MARIO VARGAS LLOSA

Los cuadernos
de don Rigoberto

punto de lectura

MARIO VARGAS LLOSA

Los cuadernos
de don Rigoberto

© 1997, Mario Vargas Llosa
© De esta edición:
2006, Santillana Ediciones Generales, S.L.
Torrelaguna, 60. 28043 Madrid (España)
www.puntodelectura.com
Teléfono 91 744 90 60

ISBN: 978-84-663-1848-8
Depósito legal: B-27.457-2009
Impreso en España – Printed in Spain

Fotografía de cubierta: © Christof Schlotmann / Zefa / Corbis / Cover

Impreso por Litografía Rosés, S.A.

Primera edición: junio 2006
Segunda edición: diciembre 2006
Tercera edición: diciembre 2006
Cuarta edición: junio 2009

El hombre, un dios cuando sueña
y apenas un mendigo cuando piensa.

HÖLDERLIN, *Hyperion*

No puedo llevar un registro de mi
vida por mis acciones; la fortuna las
puso demasiado abajo: lo llevo por
mis fantasías.

MONTAIGNE

I

El regreso de Fonchito

Llamaron a la puerta, doña Lucrecia fue a abrir y, retratada en el vano, con el fondo de los retorcidos y canosos árboles del Olivar de San Isidro, vio la cabeza de bucles dorados y los ojos azules de Fonchito. Todo empezó a girar.

—Te extraño mucho, madrastra —cantó la voz que recordaba tan bien—. ¿Sigues molesta conmigo? Vine a pedirte perdón. ¿Me perdonas?

—¿Tú, tú? —cogida de la empuñadura de la puerta, doña Lucrecia buscaba apoyo en la pared—. ¿No te da vergüenza presentarte aquí?

—Me escapé de la academia —insistió el niño, mostrándole su cuaderno de dibujo, sus lápices de colores—. Te extrañaba mucho, de veras. ¿Por qué te pones tan pálida?

—Dios mío, Dios mío —doña Lucrecia trastabilleó y se dejó caer en la banca imitación colonial, contigua a la puerta. Se cubría los ojos, blanca como un papel.

—¡No te mueras! —gritó el niño, asustado.

Y doña Lucrecia —sentía que se iba— vio a la figurita infantil cruzar el umbral, cerrar la puerta, caer de rodillas a sus pies, cogerle las manos y sobárselas, atolondrado: «No te mueras, no te desmayes, por favor». Hizo un esfuerzo para sobreponerse y recobrar el control. Respiró hondo, antes de hablar. Lo hizo despacio, sintiendo que en cualquier momento se le quebraría la voz:

—No me pasa nada, ya estoy bien. Verte aquí era lo último que me esperaba. ¿Cómo te has atrevido? ¿No tienes cargos de conciencia?

Siempre de rodillas, Fonchito trataba de besarle la mano.

—Dime que me perdonas, madrastra —imploró—. Dímelo, dímelo. La casa no es la misma desde que te fuiste. Vine a espiarte un montón de veces, a la salida de clases. Quería tocar, pero no me atrevía. ¿Nunca me vas a perdonar?

—Nunca —dijo ella, con firmeza—. No te perdonaré nunca lo que hiciste, malvado.

Pero, contradiciendo sus palabras, sus grandes ojos oscuros reconocían con curiosidad y cierta complacencia, acaso hasta ternura, el enrulado desorden de esa cabellera, las venitas azules del cuello, los bordes de las orejas asomando entre las mechas rubias y el cuerpecillo airoso, embutido en el saco azul y el pantalón gris del uniforme. Sus narices aspiraban ese olor adolescente a partidos de fútbol, frunas y helados d'Onofrio, y sus oídos reconocían aquellos chillidos agudos y los cambios de voz, que resonaban también en su memoria. Las manos de doña Lucrecia se resignaron a ser humedecidas por los besos de pajarillo de esa boquita:

—Yo te quiero mucho, madrastra —hizo pucheros Fonchito—. Y, aunque no te lo creas, también mi papá.

En eso apareció Justiniana, ágil silueta de color canela envuelta en un guardapolvo floreado, un pañuelo en la cabeza y un plumero en la mano. Quedó petrificada en el pasillo que conducía a la cocina.

—Niño Alfonso —murmuró, incrédula—. ¡Fonchito! ¡No me lo creo!

—¡Figúrate, figúrate! —exclamó doña Lucrecia, empeñada en mostrar más indignación de la que sentía—. Se atreve a venir a esta casa. Después de arruinar mi vida, de darle esa puñalada a Rigoberto. A pedir que lo perdone, a derramar lágrimas de cocodrilo. ¿Has visto desfachatez igual, Justiniana?

Pero ni siquiera ahora arrebató al niño los afilados dedos que Fonchito, estremecido por los sollozos, seguía besando.

—Váyase, niño Alfonso —dijo la muchacha, tan confusa que, sin advertirlo, cambió el usted por el tú—: ¿No ves el colerón que estás dando a la señora? Anda vete, Fonchito.

—Me voy si me dice que me perdona —rogó el niño, entre suspiros, la cara en las manos de doña Lucrecia—. ¿Ni siquiera me saludas y comienzas a insultarme, Justita? ¿Qué te he hecho yo a ti? Si también te quiero mucho, si el día que te fuiste de la casa lloré toda la noche.

—Calla, mentiroso, no te creo ni lo que comes —Justiniana alisaba los cabellos de doña Lucrecia—. ¿Le traigo un pañito con alcohol, señora?

—Un vaso de agua, más bien. No te preocupes, ya estoy mejor. Ver aquí a este mocoso me ha revuelto toda.

Y, por fin, sin brusquedad, retiró sus manos de las de Fonchito. El niño seguía a sus pies, ya sin llorar, conteniendo a duras penas nuevos pucheros. Tenía los ojos enrojecidos y las lágrimas le habían marcado surcos en las mejillas. Una hebra de saliva colgaba de su boca. A través de la neblina que le velaba los ojos, doña Lucrecia espió la delineada nariz, los labios dibujados, el pequeño mentón altivo y su hendidura, lo blancos que eran sus dientes. Sintió ganas de abofetear, de rasguñar esa carita de Niño Jesús. ¡Hipócrita! ¡Judas! Y hasta de morderlo en el cuello y chuparle la sangre como un vampiro.

—¿Sabe tu padre que has venido?

—Cómo se te ocurre, madrastra —respondió el niño en el acto, con un tonito confidencial—. Quién sabe qué me haría. Aunque nunca habla de ti, yo sé muy bien que te extraña. No piensa en otra cosa, día y noche, te lo juro. Vine a escondidas, me escapé de la academia. Voy tres veces por semana, después del colegio. ¿Quieres que te enseñe mis dibujos? Dime que me perdonas, madrastra.

—No se lo diga y bótelo, señora —Justiniana regresaba con un vaso de agua; doña Lucrecia bebió varios sorbos—. No se deje engatusar por su cara bonita. Es Lucifer en persona, usted lo sabe. Volverá a hacerle otra maldad peor que la primera.

—No digas eso, Justita —Pareció que Fonchito rompería de nuevo en llanto—. Te juro que estoy arrepentido, madrastra. No me di cuenta de lo que hacía, por lo más santo. Yo no quise que pasara nada. ¿Iba a querer que te fueras de la casa? ¿Que yo y mi papá nos quedáramos solos?

—No me fui de la casa —lo reprendió doña Lucrecia, entre dientes—. Rigoberto me largó como a una puta. ¡Por tu culpa!

—No digas lisuras, madrastra —El niño alzó ambas manos, escandalizado—. No las digas, no te sienta.

A pesar de la pena y la cólera, doña Lucrecia estuvo a punto de sonreír. ¡No le sentaba decir palabrotas! ¿Niñito perspicaz, sensible? Justiniana tenía razón: una víbora con cara de ángel, un Belcebú.

El niño tuvo una explosión de júbilo:

—¡Te estás riendo, madrastra! Entonces, ¿me has perdonado? Dime, dime que me has, pues, madrastra.

Palmoteaba y en sus ojos azules se había disipado la tristeza y relampagueaba una lucecita salvaje. Doña Lucrecia advirtió que en sus dedos había manchas de tinta. A pesar de ella misma, se emocionó. ¿Se iba a desmayar de nuevo? Qué ocurrencia. Se vio en el espejo de la entrada: había compuesto su expresión, un ligero rubor coloreaba sus mejillas y la agitación subía y bajaba su pecho. En un movimiento maquinal, se cubrió el escote de la bata de entrecasa. ¿Cómo podía ser tan descarado, tan cínico, tan retorcido, siendo tan chiquito? Justiniana leía sus pensamientos. La miraba como diciendo: «No sea débil, señora, no lo vaya a perdonar. ¡No sea tan tonta!». Disimulando su embarazo, volvió a beber unos sorbitos de agua; estaba fría y le hizo bien. El niño se apresuró a cogerle la mano que tenía libre y a besársela de nuevo, locuaz:

—Gracias, madrastra. Eres muy buena, ya lo sabía, por eso me atreví a tocar. Quiero mostrarte mis dibujos. Y que hablemos de Egon Schiele, de su vida y sus pinturas. Contarte lo que voy a ser de grande y mil cosas. ¿Ya lo adivinaste? ¡Pintor, madrastra! Eso quiero ser.

Justiniana movía la cabeza, alarmada. Afuera, motores y bocinas aturdían el atardecer de San Isidro y, a través de los visillos de la salita comedor, doña Lucrecia divisaba las ramas desnudas y los troncos nudosos de los olivos, una presencia que se había vuelto amiga. Basta de debilidades, era hora de reaccionar.

—Bueno, Fonchito —dijo, con una severidad que su corazón ya no le exigía—. Ahora, dame gusto. Anda vete, por favor.

—Sí, madrastra —El niño se levantó de un salto—. Lo que tú digas. Siempre te haré caso, siempre te obedeceré en todo. Ya vas a ver qué bien me portaré.

Tenía la voz y la expresión de quien se ha sacado un peso de encima y hecho las paces con su conciencia. Un mechón de oro barría su frente y sus ojos chisporroteaban de alegría. Doña Lucrecia lo vio meter una mano en el bolsillo trasero, sacar un pañuelo, sonarse; y, luego, recoger del suelo su mochila, su carpeta de dibujos y la caja de lápices. Con todo ello a cuestas, retrocedió sonriente hasta la puerta, sin apartar la vista de doña Lucrecia y Justiniana.

—Apenas pueda, me escaparé otra vez para venir a visitarte, madrastra —trinó, desde el umbral—. Y a ti también, Justita, por supuesto.

Cuando la puerta de calle se cerró, ambas permanecieron inmóviles y sin hablar. Al poco rato, doblaron a lo lejos las campanas de la Virgen del Pilar. Un perro ladró.

—Es increíble —murmuró doña Lucrecia—. Que haya tenido la frescura de presentarse en esta casa.

—Lo increíble es lo buena que es usted —repuso la muchacha, indignada—. Lo ha perdonado, ¿no? Después de la trampa que le preparó para hacerla pelear con el señor. ¡Usted se irá al cielo vestida, señora!

—Ni siquiera es seguro que fuera una trampa, que su cabecita planeara lo que pasó.

Iba hacia el cuarto de baño, hablando consigo misma, pero oyó que Justiniana la corregía:

—Claro que lo planeó todo. Fonchito es capaz de las peores cosas, ¿no se ha dado cuenta todavía?

«Tal vez», pensó doña Lucrecia. Pero era un niño, un niño. ¿No lo era? Sí, por lo menos de eso no había duda. En el cuarto de baño, se mojó la frente con agua fría y se examinó en el espejo. La impresión le había afilado la nariz, que palpitaba ansiosa, y unas ojeras azuladas cercaban sus ojos. Por la boca entreabierta, veía la puntita de esa lija en que estaba convertida su lengua. Recordó a las lagartijas y las iguanas de Piura; tenían siempre la lengua reseca, como ella ahora. La aparición de Fonchito en su casa la había hecho sentirse pétrea y antigua como esas reminiscencias prehistóricas de los desiertos norteños. Sin pensarlo, en un acto mecánico, se desanudó el cinturón y ayudándose con un movimiento de los hombros se despojó de la bata; la seda se deslizó sobre su cuerpo como una caricia y cayó al suelo, sibilante. Achatada y redonda, la bata le cubría los empeines, como una flor gigante. Sin saber qué hacía ni qué iba a hacer, respirando ansiosa, sus pies franquearon la frontera de ropa que los circuía y la llevaron al bidé, donde, luego de bajarse el calzoncito de encaje, se sentó. ¿Qué hacía? ¿Qué ibas a hacer, Lucrecia? No sonreía. Trataba de aspirar y expulsar el aire con más calma mientras sus manos, independientes, abrían las llaves de la regadera, la caliente, la fría, las medían, las mezclaban, las graduaban, subían o bajaban el surtidor tibio, ardiente, frío, fresco, débil, impetuoso, saltarín. Su cuerpo inferior se adelantaba, retrocedía, se ladeaba a derecha, a izquierda, hasta encontrar la colocación debida. Ahí. Un estremecimiento corrió por su espina dorsal. «Tal vez ni se daba cuenta, tal vez lo hacía porque sí», se repitió, compadecida por ese niño al que había maldecido tanto estos últimos seis meses. Tal vez no era malo, tal vez no. Travieso, malicioso, agrandado, irresponsable, mil cosas más. Pero, malvado, no. «Tal vez, no.» Los pensamientos reventaban en su mente como las burbujas de una olla que hierve. Recordó el día que conoció a Rigoberto, el viudo de grandes orejas budistas y desvergonzada nariz con el que se casaría poco después, y la primera vez que vio a su hijastro, querube vestido de marinerito —traje azul, botones dorados, gorrita con ancla— y lo que fue descubriendo y aprendiendo, esa vida inesperada, imaginativa, nocturna, intensa, en la casita de Barranco que Rigoberto mandó construir para iniciar en ella su vida juntos, y las peleas entre el arquitecto y su marido que jalonaron la edificación del que sería su hogar. ¡Habían pasado tantas cosas! Las imágenes iban y venían, se diluían, alteraban, entreveraban, sucedían y era como si la caricia líquida del ágil surtidor llegara a su alma.

INSTRUCCIONES PARA EL ARQUITECTO

Nuestro malentendido es de carácter conceptual. Usted ha hecho ese bonito diseño de mi casa y de mi biblioteca partiendo del supuesto —muy extendido, por desgracia— de que en un hogar lo importante son las personas en vez de los objetos. No lo critico por hacer suyo este criterio, indispensable para un hombre de su profesión que no se resigne a prescindir de los clientes. Pero, mi concepción de mi futuro hogar es la opuesta. A saber: en ese pequeño espacio construido que llamaré mi mundo y que gobernarán mis caprichos, la primera prioridad la tendrán mis libros, cuadros y grabados; las personas seremos ciudadanos de segunda. Son esos cuatro millares de volúmenes y el centenar de lienzos y cartulinas estampadas lo que debe constituir la razón primordial del diseño que le he encargado. Usted subordinará la comodidad, la seguridad y la holgura de los humanos a las de aquellos objetos.

Es imprescindible el detalle de la chimenea, que debe poder convertirse en horno crematorio de libros y grabados sobrantes, a mi discreción. Por eso, su emplazamiento deberá estar muy cerca de los estantes y al alcance de mi asiento, pues me place jugar al inquisidor de calamidades literarias y artísticas, sentado, no de pie. Me explico. Los cuatro mil volúmenes y los cien grabados que poseo son números inflexibles. Nunca tendré más, para evitar la superabundancia y el desorden, pero nunca serán los mismos, pues se irán renovando sin cesar, hasta mi muerte. Lo que significa que, por cada libro que añado a mi biblioteca, elimino otro, y cada imagen —litografía, madera, xilografía, dibujo, punta seca, mixografía, óleo, acuarela, etcétera— que se incorpora a mi colección, desplaza a la menos favorecida de las demás. No le oculto que elegir a la víctima es arduo y, a veces, desgarrador, un dilema hamletiano que me angustia

17

días, semanas, y que luego reconstruyen mis pesadillas. Al principio, regalaba los libros y grabados sacrificados a bibliotecas y museos públicos. Ahora los quemo, de ahí la importancia de la chimenea. Opté por esta fórmula drástica, que espolvorea el desasosiego de tener que elegir una víctima con la pimienta de estar cometiendo un sacrilegio cultural, una transgresión ética, el día, mejor dicho la noche, en que, habiendo decidido reemplazar con un hermoso Szyszlo inspirado en el mar de Paracas una reproducción de la multicolor lata de sopa Campbell's de Andy Warhol, comprendí que era estúpido infligir a otros ojos una obra que había llegado a estimar indigna de los míos. Entonces, la eché al fuego. Viendo achicharrarse aquella cartulina, experimenté un vago remordimiento, lo admito. Ahora ya no me ocurre. He enviado decenas de poetas románticos e indigenistas a las llamas y un número no menor de plásticos conceptuales, abstractos, informalistas, paisajistas, retratistas y sacros, para conservar el numerus clausus de mi biblioteca y pinacoteca, sin dolor, y, más bien, con la estimulante sensación de estar ejerciendo la crítica literaria y la de arte como habría que hacerlo: de manera radical, irreversible y combustible. Añado, para acabar con este aparte, que el pasatiempo me divierte, pero no funciona para nada como afrodisíaco, y, por lo tanto, lo tengo como limitado y menor, meramente espiritual, sin reverberaciones sobre el cuerpo.

Confío en que no tome lo que acaba de leer —la preponderancia que concedo a cuadros y libros sobre bípedos de carne y hueso— como rapto de humor o pose de cínico. No es eso, sino una convicción arraigada,

consecuencia de difíciles, pero, también, muy placente-
ras experiencias. No fue fácil para mí llegar a una postura que contradecía viejas tradiciones —llamémoslas hu-
manísticas con una sonrisa en los labios— de filosofías y
religiones antropocéntricas, para las que es inconcebible
que el ser humano real, estructura de carne y huesos pere-
cibles, sea considerado menos digno de interés y de respeto que el inventado, el que aparece (si se siente más cómodo con ello digamos reflejado) en las imágenes del arte y
la literatura. Lo exonero de los detalles de esta historia y
lo traslado a la conclusión que llegué y que ahora procla-
mo sin rubor. No es el mundo de bellacos semovientes del
que usted y yo formamos parte el que me interesa, el que
me hace gozar y sufrir, sino esa miríada de seres animados
por la imaginación, los deseos y la destreza artística, pre-
sentes en esos cuadros, libros y grabados que con paciencia y amor de muchos años he conseguido reunir. La casa
que voy a construir en Barranco, la que usted deberá dise-
ñar rehaciendo de principio a fin el proyecto, es para ellos
antes que para mí o para mi flamante nueva esposa, o mi
hijito. La trinidad que forma mi familia, dicho sin blasfe-
mia, está al servicio de esos objetos y usted deberá estarlo
también, cuando, luego de haber leído estas líneas, se in-
cline sobre el tablero a rectificar lo que hizo mal.

Lo que acabo de escribir es una verdad literal, no
una enigmática metáfora. Construyo esta casa para padecer y divertirme con *ellos*, por *ellos* y para *ellos*. Haga un
esfuerzo por imitarme en el limitado período que traba-
jará para mí.

Ahora, dibuje.

LA NOCHE DE LOS GATOS

Fiel a la cita, Lucrecia entró con las sombras, hablando de gatos. Ella misma parecía una hermosa gata de Angora bajo el rumoroso armiño que le llegaba a los pies y disimulaba sus movimientos. ¿Estaba desnuda dentro de su envoltura plateada?

—¿Gatos, has dicho?

—Gatitos, más bien —maulló ella, dando unos pasos resueltos alrededor de don Rigoberto, quien pensó en un astado recién salido del toril midiendo al torero—. Mininos, micifuces, michis. Una docena, quizás más.

Retozaban sobre la colcha de terciopelo rojo. Encogían y estiraban las patitas bajo el cono de luz cruda que, polvo de estrellas, bajaba sobre el lecho desde el invisible cielorraso. Un olor a almizcle bañaba la atmósfera y la música barroca, de bruscos diapasones, venía del mismo rincón del que salió la dominante, seca voz:

—Desnúdate.

—Eso sí que no —protestó doña Lucrecia—. ¿Yo ahí, con esos bichos? Ni muerta, los odio.

—¿Quería que hicieras el amor con él en medio de los gatitos? —Don Rigoberto no perdía una sola de las evoluciones de doña Lucrecia por la mullida alfombra. Su corazón empezaba a despertar y la noche barranquina a deshumedecerse y vivir.

—Imagínate —murmuró ella, parándose un segundo y retomando su paseo circular—. Quería verme desnuda en medio de esos gatos. ¡Con el asco que les tengo! Me escarapelo toda de acordarme.

Don Rigoberto comenzó a percibir sus siluetas, sus orejas a oír los débiles maullidos de la menuda gatería. Segregados por las sombras, iban asomando, corporizándose, y en el incendiado cubrecama, bajo la lluvia de luz, lo marearon los brillos, los reflejos, las pardas contorsiones. Intuyó que, en el límite de esas extremidades movedizas se insinuaban, acuosas, curvas, recién salidas, las uñitas.

—Ven, ven aquí —ordenó el hombre del rincón, suavemente. Al mismo tiempo, debió de subir el volumen porque clavicordios y violines crecieron, golpeando sus oídos. ¡Pergolesi!, reconoció don Rigoberto. Entendió la elección de la sonata; el dieciocho no era sólo el siglo del disfraz y la confusión de sexos; también, por excelencia, el de los gatos. ¿Y acaso no había sido Venecia, desde siempre, una república gatuna?

—¿Ya estabas desnuda? —Escuchándose, comprendió que la ansiedad se apoderaba de su cuerpo muy deprisa.

—Todavía. Me desnudó él, como siempre. Para qué preguntas, sabes que es lo que más le gusta.

—¿Y, a ti también? —la interrumpió, dulzón.

Doña Lucrecia se rió, con una risita forzada.

—Siempre es cómodo tener un valet —susurró, inventándose un risueño recato—. Aunque esta vez era distinto.

—¿Por los gatitos?

—Por quién, si no. Me tenían nerviosísima. Me hacía la pila de los nervios, Rigoberto.

Sin embargo, había obedecido la orden del amante oculto en el rincón. De pie a su lado, dócil, curiosa y anhelante, esperaba, sin olvidar un segundo el manojo de felinos que, anudados, disforzados, revolviéndose y lamiéndose, se exhibían en el obsceno círculo amarillo que los aprisionaba en el centro de la colcha llameante. Cuando sintió las dos manos en sus tobillos, bajando hasta sus pies y descalzándolos, sus pechos se tensaron como dos arcos. Los pezones se le endurecieron. Meticuloso, el hombre le quitaba ahora las medias, besando sin premura, con minucia, cada pedacito de piel descubierta. Murmuraba algo que a doña Lucrecia, al principio, le habían parecido palabras tiernas o vulgares dictadas por la excitación.

—Pero no, no era una declaración de amor, no eran las porquerías que a veces se le ocurren —se rió de nuevo, con la misma risita descreída, deteniéndose al alcance de las manos de don Rigoberto. Éste no intentó tocarla.

—Qué, entonces —balbuceó, luchando contra la resistencia de su lengua.

—Explicaciones, toda una conferencia felinesca —se volvió a reír ella, entre gritos sofocados—. ¿Sabías que lo que más les gusta en el mundo a los michis es la miel? ¿Que llevan en el trasero una bolsa de la que se saca un perfume?

Don Rigoberto olfateó la noche con sus narices dilatadas.

—¿A eso hueles? ¿No es almizcle, entonces?

—Es algalia. Perfume de gato. Estoy impregnada. ¿Te molesta?

La historia se le escurría, lo extraviaba, creía estar dentro y se encontraba fuera. Don Rigoberto no sabía qué pensar.

—¿Y para qué había llevado los frascos de miel? —preguntó, temiendo un juego, una broma, que quitaran formalidad a aquella ceremonia.

—Para untarte —dijo el hombre, dejando de besarla. Continuó desnudándola; había terminado con las medias, el abrigo, la blusa. Ahora, desabotonaba su falda—. La traje de Grecia, de abejas del monte Imeto. La miel de la que habla Aristóteles. La guardé para ti, pensando en esta noche.

«La ama», pensó don Rigoberto, celoso y enternecido.

—Eso sí que no —protestó doña Lucrecia—. No y no. Conmigo no van las cochinadas.

Lo decía sin autoridad, sus defensas arrolladas por la contagiosa voluntad de su amante, con el tono de quien se sabe vencida. Su cuerpo había comenzado a distraerla de los chillones de la cama, a vibrar, a concentrarla, a medida que el hombre la liberaba de las últimas prendas y, postrado a sus pies, seguía acariciándola. Ella lo dejaba hacer, tratando de abandonarse en el placer que provocaba. Sus labios y manos dejaban llamas por donde pasaban. Los gatitos estaban siempre allí, pardos y verdosos, letárgicos o animados, arrugando el cubrecama. Maullaban, jugueteando. Pergolesi había amainado, era una lejana brisa, un desmayo sonoro.

—¿Untarte el cuerpo con miel de abejas del monte Imeto? —repitió don Rigoberto, deletreando cada palabra.

—Para que los gatitos me lamieran, date cuenta. Con el asco que me dan esas cosas, con mi alergia a los gatos, con el disgusto que me produce mancharme con algo pegajoso («Nunca mascó un chicle», pensó don Rigoberto, agradecido), aunque sea la punta de un dedo. ¿Te das cuenta?

—Era un gran sacrificio, lo hacías sólo porque...

—Porque te amo —le cortó ella la palabra—. Me amas también, ¿no es cierto?

«Con toda el alma», pensó don Rigoberto. Tenía los ojos cerrados. Había alcanzado, por fin, el estado de lucidez plena que buscaba. Podía orientarse sin dificultad en ese laberinto de densas sombras. Muy claramente, con una pizca de envidia, percibía la destreza del hombre que, sin apurarse ni perder el control de sus dedos, desembarazaba a Lucrecia del fustán, del sostén, del calzoncito, mientras sus labios besaban con delicadeza su carne satinada, sintiendo la granulación —¿por el frío, la incertidumbre, la aprensión, el asco o el deseo?— que la enervaba y las cálidas vaharadas que, al conjuro de las caricias, comparecían en esas formas presentidas. Cuando sintió en la lengua, los dientes y el paladar del amante la crespa mata de vellos y el aroma picante de sus jugos le trepó al cerebro, empezó a temblar. ¿Había empezado a untarla? Sí. ¿Con una pequeña brocha de pintor? No. ¿Con un paño? No. ¿Con sus propias manos? Sí. Mejor dicho, con cada uno de sus dedos largos y huesudos y la sabiduría de un masajista. Esparcían sobre la piel la cristalina sustancia —su azucarado olor ascendía por las narices de don Rigoberto, empalagándolo— y verificaban la consistencia de muslos, hombros y pechos, pellizcaban esas caderas, repasaban esas nalgas, se hundían en esas profundidades fruncidas, separándolas. La música de Pergolesi volvía, caprichosa. Resonaba, apagando las quedas protestas de doña Lucrecia y la excitación de los gatitos, que olfateaban la miel y, adivinando lo que iba a ocurrir, se habían puesto a brincar y a chillar. Corrían por el cubrecama, las fauces abiertas, impacientes.

—Más bien, hambrientos —lo corrigió doña Lucrecia.

—¿Estabas ya excitada? —jadeó don Rigoberto—. ¿Estaba él desnudo? ¿Se echaba también miel por el cuerpo?

—También, también, también —salmodió doña Lucrecia—. Me untó, se untó, hizo que yo le untara la espalda, donde su mano no llegaba. Muy excitantes esos jueguecitos, por supuesto. Ni él es de palo ni a ti te gustaría que yo lo fuese, ¿no?

—Claro que no —confirmó don Rigoberto—. Amor mío.

—Nos besamos, nos tocamos, nos acariciamos, por supuesto —precisó su esposa. Había reanudado la caminata circular y los oídos de don Rigoberto percibían el chaschás del armiño a cada paso. ¿Estaba inflamada, recordando?—. Quiero decir, sin movernos del rincón. Un buen rato. Hasta que me cargó, y así, toda enmelada, me llevó a la cama.

La visión era tan nítida, la definición de la imagen tan explícita, que don Rigoberto temió: «Puedo quedarme ciego». Como aquellos *hippies* que en los años psicodélicos, estimulados por las sinestesias del ácido lisérgico, desafiaban el sol de California hasta que los rayos les carbonizaban la retina y condenaban a ver la vida con el oído, el tacto y la imaginación. Ahí estaban, aceitados, chorreantes de miel y humores, helénicos en su desnudez y apostura, avanzando hacia la algarabía gatuna. Él era un lancero medieval armado para la batalla y ella una ninfa del bosque, una sabina raptada. Movía los áureos pies y protestaba «no quiero, no me gusta», pero sus brazos enlazaban amorosamente el cuello de su raptor, su lengua pugnaba por invadir su boca y con fruición le sorbía su saliva. «Espera, espera», pidió don Rigoberto. Dócilmente, doña Lucrecia se detuvo y fue como si desapareciera en esas sombras cómplices, mientras a la memoria de su marido volvía la lánguida muchacha de Balthus *(Nu avec chat)* que, sentada en una silla, la cabeza voluptuosamente echada atrás, una pierna estirada, otra encogida, el taloncito en el borde del asiento, alarga el brazo para acariciar a un gato tumbado en lo alto de una cómoda, que, con los ojos entrecerrados, calmosamente aguarda su placer. Hurgando, rebuscando, recordó también haber visto, sin prestarles atención, ¿en el libro del animalista holandés Midas Dekkers?, la *Rosalba* de Botero (1968), óleo en el que, agazapado en una cama nupcial, un pequeño felino negro se apresta a compartir sábanas y colchón con la exuberante prostituta de crespa cabellera que termina su pitillo, y alguna madera de Félix Valloton (¿*Languor*, circa 1896?) en que una muchacha de nalgas pizpiretas, entre almohadones floreados y un edredón geométrico, rasca el erógeno cuello de un gato enderezado. Aparte de esas inciertas aproximaciones, en el arsenal de su memoria ninguna imagen coincidía con esto. Estaba infantilmente intrigado. La excitación había refluido, sin desaparecer; asomaba en el horizonte de su cuerpo como uno de esos soles fríos del otoño europeo, la época preferida de sus viajes.

—¿Y? —preguntó, volviendo a la realidad del sueño interrumpido.

El hombre había depositado a Lucrecia bajo el cono de luz y, desprendiéndose con firmeza de sus brazos que querían atajarlo, sin atender a sus ruegos, dado un paso atrás. Como don Rigoberto, la contemplaba también desde la oscuridad. El espectáculo era insólito y, pasado el desconcierto inicial, incomparablemente bello. Luego de apartarse, asustados, para hacerle sitio y observarla, agazapados, indecisos, siempre alertas —chispas verdes, amarillas, bigotillos tiesos—, olfateándola, las bestezuelas se lanzaron al asalto de esa dulce presa. Escalaban, asediaban, ocupaban el cuerpo enmelado, chillando con felicidad. Su gritería borró las protestas entrecortadas, las apagadas medias risas y exclamaciones de doña Lucrecia. Cruzados los brazos sobre la cara para proteger su boca, sus ojos y su nariz de los afanosos lamidos, estaba a su merced. Los ojos de don Rigoberto acompañaban a las irisadas criaturas ávidas, se deslizaban con ellas por sus pechos y caderas, resbalaban en sus rodillas, se adherían a los codos, ascendían por sus muslos y se regalaban también como esas lengüetas con la dulzura líquida empozada en la luna oronda que parecía su vientre. El brillo de la miel condimentada por la saliva de los gatos daba a las formas blancas una apariencia semilíquida y los menudos sobresaltos que le imprimían las carreras y rodadas de los animalitos tenían algo de la blanda movilidad de los cuerpos en el agua.

Doña Lucrecia flotaba, era un bajel vivo surcando aguas invisibles. «¡Qué hermosa es!», pensó. Su cuerpo de pechos duros y caderas generosas, de nalgas y muslos bien definidos, se hallaba en ese límite que él admiraba por sobre todas las cosas en una silueta femenina: la abundancia que sugiere, esquivándola, la indeseable obesidad.

—Abre las piernas, amor mío —pidió el hombre sin cara.

—Ábrelas, ábrelas —suplicó don Rigoberto.

—Son muy chiquitos, no muerden, no te harán nada— insistió el hombre.

—¿Ya gozabas? —preguntó don Rigoberto.

—No, no —repuso doña Lucrecia, que había reanudado el hipnotizante paseo. El rumor del armiño resucitó sus sospechas: ¿estaría desnuda, bajo el abrigo? Sí, lo estaba—. Me volvían loca las cosquillas.

Pero había terminado por consentir y dos o tres felinos se precipitaron ansiosamente a lamer el dorso oculto de sus muslos, las gotitas de miel que destellaban en los sedosos, negros vellos del monte de Venus. El coro de los lamidos pareció a don Rigoberto música celestial. Retornaba Pergolesi, ahora sin fuerza, con dulzura, gimiendo despacito. El sólido cuerpo desuntado estaba quieto, en profundo reposo. Pero doña Lucrecia no dormía, pues a los oídos de don Rigoberto llegaba el discreto remoloneo que, sin que ella lo advirtiera, escapaba de sus profundidades.

—¿Se te había pasado el asco? —inquirió.

—Claro que no —repuso ella. Y, luego de una pausa, con humor—: Pero ya no me importaba tanto.

Se rió y, esta vez, con la risa abierta que reservaba para él en las noches de intimidad compartida, de fantasía sin bozal, que los hacía dichosos. Don Rigoberto la deseó con todas las bocas de su cuerpo.

—Quítate el abrigo —imploró—. Ven, ven a mis brazos, reina, diosa mía.

Pero lo distrajo el espectáculo que en ese preciso instante se había duplicado. El hombre invisible ya no lo era. En silencio, su largo cuerpo aceitoso se infiltró en la imagen. Estaba ahora allí él también. Tumbándose en la colcha rojiza, se anudaba a doña Lucrecia. La chillería de los gatitos aplastados entre los amantes, pugnando por escapar, desorbitados, fauces abiertas, lenguas colgantes, hirió los tímpanos de don Rigoberto. Aunque se tapó las orejas, siguió oyéndola. Y, pese a cerrar los ojos, vio al hombre encaramado sobre doña Lucrecia. Parecía hundirse en esas robustas caderas blancas que lo recibían con regocijo. Él la besaba con la avidez que los gatitos la habían lamido y se movía sobre ella, con ella, aprisionado por sus brazos. Las manos de doña Lucrecia oprimían su espalda y sus piernas, alzadas, caían sobre las de él y los altivos pies se posaban sobre sus pantorrillas, el lugar que a don Rigoberto enardecía. Suspiró, conteniendo a duras penas la necesidad de llorar que se abatía sobre él. Alcanzó a ver que doña Lucrecia se deslizaba hacia la puerta.

—¿Volverás mañana? —preguntó, ansioso.

—Y pasado y traspasado —respondió la muda silueta que se perdía—. ¿Acaso me he ido?

Los gatitos, recuperados de la sorpresa, tornaban a la carga y daban cuenta de las últimas gotas de miel, indiferentes al batallar de la pareja.

EL FETICHISMO DE LOS NOMBRES

Tengo el fetichismo de los nombres y el tuyo me prenda y enloquece. ¡Rigoberto! Es viril, es elegante, es broncíneo, es italiano. Cuando lo pronuncio, en voz baja, solita para mí, me corre una culebrita por la espalda y se me hielan los talones rosados que me dio Dios (o, si prefieres, la Naturaleza, descreído). ¡Rigoberto! Reidora cascada de aguas transparentes. ¡Rigoberto! Amarilla alegría de jilguero celebrando el sol. Ahí donde tú estés, yo estoy. Quietecita y enamorada, yo ahí. ¿Firmas una letra de cambio, un pagaré, con tu nombre cuatrisílabo? Yo soy el puntito sobre la i, el rabito de la g y el cuernito de la t. La manchita de tinta que queda en tu pulgar. ¿Te desalteras del calor con un vasito de agua mineral? Yo, la burbujita que te refresca el paladar y el cubito de hielo que escalofría tu lengua-viborita. Yo, Rigoberto, soy el cordón de tus zapatos y la oblea de extracto de ciruelas que tomas cada noche contra el estreñimiento. ¿Cómo sé ese detalle de tu vida gastroenterológica? Quien ama, sabe, y tiene por sabiduría todo lo que concierne a su amor, sacralizando lo más trivial de su persona. Ante tu retrato, me persigno y rezo. Para conocer tu vida tengo tu nombre, la numerología de los cabalistas y las artes adivinatorias de Nostradamus. ¿Quién soy? Alguien que te quiere como

la espuma a la ola y la nube al rosicler. Busca, busca y
encuéntrame, amado.

Tuya, tuya, tuya
La fetichista de los nombres

II

Las cositas de Egon Schiele

—¿Por qué te interesa tanto Egon Schiele? —preguntó doña Lucrecia.

—Me da pena que muriera tan joven y que lo metieran a la cárcel —respondió Fonchito—. Sus cuadros son lindísimos. Me paso horas mirándolos, en los libros de mi papá. ¿A ti no te gustan, madrastra?

—No los recuerdo muy bien. Salvo las posturas. Unos cuerpos forzados, dislocados, ¿no?

—Y también me gusta Schiele porque, porque… —la interrumpió el niño, como si fuera a revelarle un secreto— . No me atrevo a decírtelo, madrastra.

—Tú sabes decir muy bien las cosas cuando quieres, no te hagas el sonsito.

—Porque, siento que me le parezco. Que voy a tener una vida trágica, como la suya.

Doña Lucrecia soltó la risa. Pero, una inquietud la invadió. ¿De dónde sacaba este niño semejante cosa? Alfonsito seguía mirándola, muy serio. Al cabo de un rato, haciendo un esfuerzo, le sonrió. Estaba sentado en el suelo de la salita comedor, con las piernas cruzadas; conservaba el saco azul y la corbata gris del uniforme, pero se había quitado la gorrita con visera, que yacía a su lado, entre el bolsón, el cartapacio y la caja de lápices de la

32

academia. En eso, Justiniana entró con la bandeja del té. Fonchito la recibió alborozado.

—Chancays tostados con mantequilla y mermelada —aplaudió, súbitamente liberado de la preocupación—. Lo que más me gusta en el mundo. ¡Te acordaste, Justita!

—No te los he hecho a ti, sino a la señora —mintió Justiniana, simulando severidad—. A ti, ni un cacho quemado.

Iba sirviendo el té y disponiendo las tazas en la mesita de la sala. En el Olivar, unos muchachos jugaban al fútbol y se veían sus ardorosas siluetas a través de los visillos; hasta ellos llegaban, en sordina, palabrotas, patadones y gritos de triunfo. Pronto, oscurecería.

—¿No me vas a perdonar nunca, Justita? —se entristeció el niño—. Aprende de mi madrastra; se ha olvidado de lo que pasó y ahora nos llevamos tan bien como antes.

«Como antes, no», pensó doña Lucrecia. Una ola caliente la lamía desde los empeines hasta la punta de los cabellos. Disimuló, bebiendo sorbitos de té.

—Será que la señora es buenísima y yo, malísima —se burlaba Justiniana.

—Entonces, nos parecemos, Justita. Porque, según tú, yo soy malísimo, ¿no?

—Tú me ganas por goleada —se despidió la muchacha, perdiéndose en el pasillo de la cocina.

Doña Lucrecia y el niño permanecieron en silencio, mientras comían los bizcochos y tomaban el té.

—Justita me odia de la boca para afuera —afirmó Fonchito, cuando terminó de masticar—. En el fondo, creo que también me ha perdonado. ¿No te parece, madrastra?

—Tal vez, no. Ella no se deja engatusar por tus maneras de niño bueno. Ella no quiere que vuelva a pasar por lo que pasé. Porque, aunque no me gusta recordar eso, yo sufrí mucho por tu culpa, Fonchito.

—¿Acaso no lo sé, madrastra? —palideció el niño—. Por eso, voy a hacer todo, todo, para reparar el daño que te hice.

¿Hablaba en serio? ¿Representaba una farsa, utilizando ese vocabulario de revejido? Imposible averiguarlo, en esa carita donde ojos, boca, nariz, pómulos, orejas y hasta el desorden de los cabellos parecían la obra de un esteta perfeccionista. Era bello como un arcángel, un diosecillo pagano. Lo peor, lo peor, pensaba doña Lucrecia, era que parecía la encarnación de la pureza, un dechado de inocencia y virtud. «La misma aureola de limpieza que tenía Modesto», se dijo, recordando al ingeniero aficionado a las canciones cursis que le había hecho la corte antes de casarse con Rigoberto y al que ella había desdeñado, tal vez porque no supo apreciar bastante su corrección y su bondad. ¿O, acaso, rechazó al pobre Pluto precisamente por ser bueno? ¿Porque lo que atraía a su corazón eran esos fondos turbios en los que buceaba Rigoberto? Con él, no había vacilado un segundo. En el buenazo de Pluto, la limpia expresión reflejaba su alma; en este diablito de Alfonso, era una estrategia de seducción, un canto de esas sirenas que llaman desde los abismos.

—¿La quieres mucho a Justita, madrastra?

—Sí, mucho. Ella es para mí más que una empleada. No sé qué hubiera hecho sin Justiniana todos estos meses, mientras me acostumbraba otra vez a vivir sola. Ha sido una amiga, una aliada. Así la considero. Yo no tengo los prejuicios estúpidos de la gente de Lima con las muchachas.

Estuvo a punto de contar a Fonchito el caso de la respetabilísima doña Felicia de Gallagher, quien presumía en sus té-canasta de haber prohibido a su chofer, robusto negro de uniforme azul marino, tomar agua durante el trabajo para que no le vinieran ganas de orinar y tuviera que detener el carro en busca de un baño, dejando a su patrona sola en esas calles llenas de ladrones. Pero, no lo hizo, presintiendo que una alusión aun indirecta a una función orgánica delante del niño, sería como remover las mefíticas aguas de un pantano.

—¿Te sirvo más té? Los chancays están riquísimos —la halagó Fonchito—. Cuando puedo escaparme de la academia y vengo, me siento feliz, madrastra.

—No debes perder tantas tardes. Si de veras quieres ser pintor, esas clases te servirán mucho.

¿Por qué, cuando le hablaba como a un niño —como lo que era—, la dominaba la sensación de pisar en falso, de mentir? Pero si lo trataba como a un hombrecito, tenía idéntica desazón, el mismo sentimiento de falsedad.

—¿Justiniana te parece bonita, madrastra?

—Pues, sí. Tiene un tipo muy peruano, con su piel color canela y su fachita pizpireta. Debe haber roto algunos corazones por ahí.

—¿Te dijo alguna vez mi papá que le parecía bonita?

—No, no creo que me lo dijera. ¿A qué tantas preguntas?

—Por nada. Pero, tú eres más linda que Justita y que todas, madrastra —exclamó el niño. Aunque, de inmediato, asustado, se excusó—. ¿Hice mal en decirte eso? ¿No te vas a enojar, no?

La señora Lucrecia trataba de que el hijo de Rigoberto no notara su sofocación. ¿Volvía Lucifer a las andadas? ¿Debía cogerlo de una oreja y echarlo, ordenándole que no volviera? Pero ya Fonchito parecía haberse olvidado de lo que acababa de decir y hurgaba su cartapacio en busca de algo. Al fin, lo encontró.

—Mira, madrastra —le alcanzó el pequeño recorte—. Schiele, de chiquito. ¿No me le parezco?

Doña Lucrecia examinó al esmirriado adolescente de cabellos cortos y delicadas facciones, encorsetado en un traje oscuro de principios de siglo, con una rosa en la solapa, y al que la camisa de cuello duro y la corbata pajarita parecían sofocar.

—En lo más mínimo —dijo—. No te le pareces en nada.

—Las que están a su lado son sus hermanas. Gertrude y Melanie. La más chica, la rubia, es la famosa Gerti.

—¿Por qué, famosa? —preguntó doña Lucrecia, incómoda. Sabía muy bien que iba adentrándose en un campo minado.

—¿Cómo por qué? —se sorprendió la carita rubicunda; sus manos hicieron un ademán teatral—. ¿No sabías? Fue la modelo de sus desnudos más conocidos.

—¿Ah, sí? —La incomodidad de doña Lucrecia se acentuó—. Ya veo, conoces muy bien la vida de Egon Schiele.

—Me he leído todo lo que hay sobre él en la biblioteca de mi papá. Montones posaron para él desnudas. Chicas de colegio, mujeres de la calle, su amante Wally. Y, también, su esposa Edith y su cuñada Adele.

—Bueno, bueno —Doña Lucrecia consultó su reloj—. Se te está haciendo tarde, Fonchito.

—¿Tampoco sabías que a Edith y a Adele las hizo posar juntas? —prosiguió el niño, entusiasmado, como si no la hubiera oído—. Y, cuando vivía con Wally, en el pueblito de Krumau, lo mismo. Desnuda, junto a niñas del colegio. Por eso se armó un escándalo.

—No me extraña, si eran niñas de colegio —comentó la señora Lucrecia—. Ahora, como está oscureciendo, mejor te vas. Si Rigoberto llama a la academia, descubrirá que faltas a clases.

—Pero, ese escándalo fue una injusticia —continuó el niño, presa de gran excitación—. Schiele era un artista, necesitaba inspirarse. ¿No pintó obras maestras? ¿Qué tenía de malo que las hiciera desnudarse?

—Voy a llevar estas tazas a la cocina. —La señora Lucrecia se puso de pie.— Ayúdame con los platos y la panera, Fonchito.

El niño se apresuró a recoger con las manos las migas de bizcocho esparcidas por la mesita. Siguió a la madrastra, dócilmente. Pero, la señora Lucrecia no había logrado arrancarlo del tema.

—Bueno, es verdad que con algunas de las que posaron desnudas también hizo cositas —iba diciendo, mientras recorrían el pasillo—. Por ejemplo, con su cuñada Adele las hizo. Aunque con su hermana Gerti no las haría ¿no, madrastra?

En las manos de la señora Lucrecia las tazas se habían puesto a bailotear. El mocosito tenía la endemoniada costumbre, como quien no quiere la cosa, de llevar siempre la conversación hacia temas escabrosos.

—Claro que no las hizo —repuso, sintiendo que la lengua se le enredaba—. Por supuesto que no, qué ocurrencia.

Habían entrado a la pequeña cocina, de losetas como espejos. También las paredes destellaban. Justiniana los observó, intrigada. Una mariposita revoloteaba en sus ojos, animando su cara morena.

—Con Gerti, tal vez, no, pero con su cuñada sí —insistió el niño—. Lo confesó la misma Adele, cuando Egon Schiele ya estaba muerto. Lo dicen los libros, madrastra. O sea, hizo cositas con las dos hermanas. A lo mejor, era gracias a eso que le venía la inspiración.

—¿Quién era ese fresco? —preguntó la empleada. Su expresión era vivísima. Recibía tazas y platos y los iba poniendo bajo el caño abierto; luego, los sumergía en el lavadero, lleno hasta el tope de agua espumosa y azulada. El olor a lejía impregnaba la cocina.

—Egon Schiele —susurró doña Lucrecia—. Un pintor austriaco.

—Murió a los veintiocho años, Justita —precisó el niño.

—Moriría de tanto hacer cositas —Justiniana hablaba y enjuagaba platos y tazas y los secaba con un secador de rombos colorados—. Así que compórtate, Foncho, cuidadito te pase lo mismo.

—No murió de hacer cositas, sino de la gripe española —replicó el niño, impermeabilizado contra el humor—. Su esposa, también, tres días antes que él. ¿Qué es la gripe española, madrastra?

—Una gripe maligna, me imagino. Llegaría a Viena de España, seguro. Bueno, ahora debes irte, se te ha hecho tarde.

—Ya sé por qué quieres ser pintor, bandido —intervino Justiniana, irreprimible—. Porque los pintores se dan la gran vida con sus modelos, por lo visto.

—No hagas esas bromas —la reprendió doña Lucrecia—. Es un niño.

—Bien agrandado, señora —replicó ella, abriendo la boca de par en par y mostrando sus dientes blanquísimos.

—Antes de pintarlas, jugaba con ellas —retomó Fonchito el hilo de su pensamiento, sin prestar atención al diálogo de señora y empleada—. Las hacía posar de distintas maneras, probando. Vestidas, sin vestir, a medio vestir. Lo que más le gustaba era que se cambiaran las medias. Coloradas, verdes, negras, de todos los colores. Y que se echaran en el suelo. Juntas, separadas, enredadas. Que hicieran como si pelearan. Se las quedaba mirando horas. Jugaba con las dos hermanas como si fueran sus muñecas. Hasta que le venía la inspiración. Entonces, las pintaba.

—Vaya jueguito —lo provocó Justiniana—. Como el de quitarse las prendas, pero para adultos.

—¡Punto final! ¡Basta! —Doña Lucrecia elevó tanto la voz que Fonchito y Justiniana se quedaron boquiabiertos. Ella se moderó—: No quiero que tu papá comience a hacerte preguntas. Tienes que irte.

—Bueno, madrastra —tartamudeó el niño.

Estaba blanco de susto y doña Lucrecia se arrepintió de haber gritado. Pero, no podía permitirle que siguiera hablando con esa fogosidad de las intimidades de Egon Schiele, su corazón le decía que había en ello una trampa, un riesgo, que era indispensable evitar. ¿Qué le había picado a Justiniana para azuzarlo de ese modo? El niño salió de la cocina. Lo escuchó recogiendo su bolsón, cartapacio y lápices en la salita comedor. Cuando volvió, se había compuesto la corbata, calado la gorra y abotonado el saco. Plantado en el umbral, mirándola a los ojos, le preguntó, con naturalidad:

—¿Puedo darte un beso de despedida, madrastra?

El corazón de doña Lucrecia, que había comenzado a serenarse, se aceleró de nuevo; pero, lo que más la turbó fue la sonrisita de Justiniana. ¿Qué debía hacer? Era ridículo negarse. Asintió, inclinando la cabeza. Un instante después, sintió en su mejilla el piquito de un avecilla.

—¿Y, a ti también puedo, Justita?

—Cuidadito que sea en la boca —soltó una carcajada la muchacha.

Esta vez el niño festejó el chiste, soltando la risa, a la vez que se empinaba para besar a Justiniana en la mejilla. Era una tontería, por supuesto, pero la señora Lucrecia no se atrevía a mirar a los ojos a la empleada ni atinaba a reprenderla por propasarse con bromas de mal gusto.

—Te voy a matar —dijo, al fin, medio en juego medio en serio, cuando sintió cerrarse la puerta de calle—. ¿Te has vuelto loca para hacerle esas gracias a Fonchito?

—Es que ese niño tiene no sé qué —se excusó Justiniana, encogiendo los hombros—. Hace que a una se le llene la cabeza de pecados.

—Lo que sea —dijo doña Lucrecia—. Pero, mejor, no echar leña al fuego con él.

—Fuego es el que tiene usted en la cara, señora —repuso Justiniana, con su desparpajo habitual—. Pero, no se preocupe, ese color le queda regio.

CLOROFILA Y BOSTA

Siento tener que decepcionarlo. Sus apasionadas arengas en favor de la preservación de la Naturaleza y del medio ambiente no me conmueven. Nací, he vivido y moriré en la ciudad (en la fea ciudad de Lima, si se trata de buscar agravantes) y alejarme de la urbe, aun cuando sea por un fin de semana, es una servidumbre a la que me someto a veces por obligación familiar o razón de trabajo, pero siempre con disgusto. No me incluya entre esos mesócratas cuya más cara aspiración es comprarse una casita en una playa del Sur para pasar allí veranos y fines de semana en obscena promiscuidad con la arena, el agua salada y las barrigas cerveceras de otros mesócratas idénticos a ellos. Este espectáculo dominguero de familias fraternizando en un exhibicionismo *bien pensant* a la vera del mar es para mí uno de los más deprimentes que ofrece, en el innoble escalafón de lo gregario, este país preindividualista.

Entiendo que, a gentes como usted, un paisaje aliñado con vacas paciendo entre olorosas yerbas o cabritas

41

que olisquean algarrobos, les alboroza el corazón y hace experimentar el éxtasis del jovenzuelo que por primera vez contempla una mujer desnuda. En lo que a mí concierne, el destino natural del toro macho es la plaza taurina —en otras palabras, vivir para enfrentarse a la capa, la muleta, la vara, la banderilla y el estoque— y a las estúpidas bovinas sólo quisiera verlas descuartizadas y cocidas a la parrilla, con aderezo de especies ardientes y sangrando ante mí, cercadas por crujientes papas fritas y frescas ensaladas, y, a las cabritas, trituradas, deshilachadas, fritas o adobadas, según las recetas del *seco* norteño, uno de mis favoritos entre los platos que ofrece la brutal gastronomía criolla.

Sé que ofendo sus más caras creencias, pues no ignoro que usted y los suyos —¡otra conspiración colectivista!— están convencidos, o van camino de estarlo, de que los animales tienen derechos y acaso alma, todos, sin excluir al anófeles palúdico, la hiena carroñera, la sibilante cobra y la piraña voraz. Yo confieso paladinamente que para mí los animales tienen un interés comestible, decorativo y acaso deportivo (aunque le precisaré que el amor a los caballos me produce tanto desagrado como el vegetarianismo y que tengo a los caballistas de testículos enanizados por la fricción de la montura por un tipo particularmente lúgubre del castrado humano). Aunque respeto, a la distancia, a quienes les asignan funcionalidad erótica, a mí, personalmente, no me seduce (más bien, me hace olfatear malos olores y presumir variadas incomodidades físicas) la idea de copular con una gallina, una pata, una mona, una yegua o cualquier variante animal con orificios, y albergo la enervante sospecha de que quienes se gratifican con esas gimnasias son, en el tuétano —no lo tome usted como algo personal— ecologistas en estado salvaje, conservacionistas que se ignoran, muy capaces, en el futuro, de ir a apandillarse con Brigitte Bardot (a la que también amé de joven, por lo demás) para obrar por la supervivencia de las focas. Aunque, alguna vez, he tenido fantasías desasosegadoras con la imagen de una hermosa mujer desnuda retozando en un lecho espolvoreado de micifuces, saber que en los Estados Unidos hay sesenta y tres millones de gatos y cincuenta y cuatro millones de perros domésticos me alarma más que el enjambre de armas atómicas almacenadas en media docena de países de la ex-Unión Soviética.

Si así pienso de esos cuadrúpedos y pajarracos, ya puede usted imaginar los humores que despiertan en mí sus susurrantes árboles, espesos bosques, deleitosas frondas, ríos cantores, hondas quebradas, cumbres cristalinas, similares y anejos. Todas esas materias primas tienen para mí sentido y justificación si pasan por el tamiz de la civilización urbana, es decir, si las manufactura y transmuta —no me importa que digamos irrealiza, pero preferiría la desprestigiada fórmula las humaniza— el libro, el cuadro, el cine o la televisión. Para entendernos, daría mi vida (algo que no debe ser tomado a la letra pues es un decir obviamente hiperbólico) por salvar los álamos que empinan su alta copa en El Polifemo y los almendros que encanecen Las Soledades de Góngora y por los sauces llorones de las églogas de Garcilaso o los girasoles y trigales que destilan su miel áurea en los Van

43

Gogh, pero no derramaría una lágrima en loor de los pinares devastados por los incendios de la estación veraniega y no me temblaría la mano al firmar el decreto de amnistía en favor de los incendiarios que carbonizan bosques andinos, siberianos o alpinos. La Naturaleza no pasada por el arte o la literatura, la Naturaleza al natural, llena de moscas, zancudos, barro, ratas y cucarachas, es incompatible con placeres refinados, como la higiene corporal y la elegancia indumentaria.

Para ser breve, resumiré mi pensamiento —mis fobias, en todo caso— explicándole que si eso que usted llama «peste urbana» avanzara incontenible y se tragara todas las praderas del mundo y el globo terráqueo se recubriera de una erupción de rascacielos, puentes metálicos, calles asfaltadas, lagos y parques artificiales, plazas pétreas y parkings subterráneos, y el planeta entero se encasquetara de cemento armado y vigas de acero y fuera una sola ciudad esférica e interminable (eso sí, repleta de librerías, galerías, bibliotecas, restaurantes, museos y cafés) el suscrito, homus urbanus hasta la consumación de sus huesos, lo aprobaría.

Por las razones susodichas, no contribuiré con un solo centavo a los fondos de la Asociación Clorofila y Bosta que usted preside y haré cuanto esté a mi alcance (muy poco, tranquilícese), para que sus fines no se cumplan y a su bucólica filosofía la arrolle ese objeto emblemático de la cultura que usted odia y yo venero: el camión.

EL SUEÑO DE PLUTO

En la soledad de su estudio, despabilado por el frío amanecer, don Rigoberto se repitió de memoria la frase de Borges con la que acababa de toparse: «En el adulterio suelen participar la ternura y la abnegación». Pocas páginas después de la cita borgiana, la carta compareció ante él, indemne a los años corrosivos:

Querida Lucrecia:

Leyendo estas líneas te llevarás la sorpresa de tu vida y, acaso, me despreciarás. Pero, no importa. Aun si hubiera una sola posibilidad de que aceptaras mi propuesta contra un millón de que la rechaces, me lanzaría a la piscina. Te resumo lo que necesitaría horas de conversación, acompañada de inflexiones de voz y gesticulaciones persuasivas.

Desde que (por las calabazas que me diste) partí del Perú, he trabajado en Estados Unidos, con bastante éxito. En diez años he llegado a gerente y socio minoritario de esta fábrica de conductores eléctricos, bien implantada en el Estado de Massachusetts. Como ingeniero y empresario he conseguido abrirme camino en esta mi segunda patria, pues desde hace cuatro años soy ciudadano estadounidense.

Para que lo sepas, acabo de renunciar a esta gerencia y estoy vendiendo mis acciones en la fábrica, por lo que espero obtener un beneficio de seiscientos mil dólares, con suerte algo más. Lo hago porque me han ofrecido la rectoría del TIM (Technological Institute of Mississippi), el college *donde estudié y con el* que he mantenido siempre contacto. La tercera parte del estudiantado es ahora hispanic (latinoamericana). Mi salario será la mitad de lo que gano aquí. No me importa. Me ilusiona dedicarme a la formación de estos jóvenes de las dos Américas que construirán el siglo XXI. Siempre soñé con entregar mi vida a la Universidad y es lo que hubiera hecho de quedarme en el Perú, es decir, si te hubieras casado conmigo.

«¿A qué viene todo esto?», te estarás preguntando, «¿Por qué resucita Modesto, después de diez años, para contarme semejante historia?». Llego, queridísima Lucrecia.

He decidido, entre mi partida de Boston y mi llegada a Oxford, Mississippi, gastarme en una semana de vacaciones cien mil de los seiscientos mil dólares ahorrados. Vacaciones, dicho sea de paso, nunca he tomado y no tomaré tampoco en el futuro, porque, como recordarás, lo que me ha gustado siempre es trabajar. Mi job sigue siendo mi mejor diversión. Pero, si mis planes salen como confío, esta semana será algo fuera de lo común. No la convencional vacación de crucero en el Caribe o playas con palmeras y tablistas en Hawai. Algo muy personal e irrepetible: la materialización de un antiguo sueño. Allí entras tú en la historia, por la puerta grande. Ya sé que estás casada con un honorable caballero limeño, viudo y gerente de una compañía de seguros. Yo lo estoy también, con una gringuita de Boston, médica de profesión, y soy feliz, en la modesta medida en que el matrimonio permite serlo. No te propongo que te divorcies y cambies de vida, nada de eso. Sólo, que compartas conmigo esta semana ideal, acariciada en mi mente a lo largo de muchos años y que las circunstancias me permiten hacer realidad. No te arrepentirás de vivir conmigo estos siete días de ilusión y los recordarás el resto de tu vida con nostalgia. Te lo prometo.

*Nos encontraremos el sábado 17 en el aeropuerto Kennedy,
de New York, tú procedente de Lima en el vuelo de Lufthansa,
y yo de Boston. Una* limousine *nos llevará a la* suite *del Plaza Hotel, ya reservada, con, incluso, indicación de las flores
que deben perfumarla. Tendrás tiempo para descansar, ir a la
peluquería, tomar un sauna o hacer compras en la Quinta
Avenida, literalmente a tus pies. Esa noche tenemos localida-
des en el Metropolitan para ver la* Tosca *de Puccini, con Lu-
ciano Pavarotti de Mario Cavaradossi y la Orquesta Sinfóni-
ca del Metropolitan dirigida por el maestro Edouardo Muller.
Cenaremos en* Le Cirque, *donde, con suerte, podrás codearte
con Mick Jagger, Henry Kissinger o Sharon Stone. Termina-
remos la velada en el bullicio de* Regine's.*

El Concorde a París sale el domingo a mediodía, no habrá necesidad de madrugar. Como el vuelo dura apenas tres
horas y media —inadvertidas, por lo visto, gracias a las ex-
quisiteces del almuerzo recetado por Paul Bocusse— llegare-
mos a la Ciudad Luz de día. Apenas instalados en el Ritz (vista a la Place Vendôme garantizada) habrá tiempo para un
paseo por los puentes del Sena, aprovechando las tibias noches
de principios de otoño, las mejores según los entendidos, siempre que no llueva. (He fracasado en mis esfuerzos por averiguar las perspectivas de precipitación fluvial parisina ese
domingo y ese lunes, pues, la NASA, vale decir la ciencia me-
teorológica, sólo prevé los caprichos del cielo con cuatro días de
anticipación.) No he estado nunca en París y espero que tú
tampoco, de modo que, en esa caminata vespertina desde el
Ritz hasta Saint-Germain, descubramos juntos lo que, por lo
visto, es un itinerario atónito. En la orilla izquierda (el Miraflores parisino, para entendernos) nos aguarda, en la abadía
de Saint-Germain des Prés, el inconcluso Réquiem de Mozart*

y una cena Chez Lipp, brasserie *alsaciana donde es obligatoria la* choucroute *(no sé lo que es, pero, si no tiene ajo, me gustará). He supuesto que, terminada la cena, querrás descansar para emprender, fresquita, la intensa jornada del lunes, de modo que esa noche no atollan el programa discoteca, bar,* boîte *ni antro del amanecer.*

A la mañana siguiente pasaremos por el Louvre a presentar nuestros respetos a la Gioconda, almorzaremos ligero en La Closerie de Lilas o La Coupole *(reverenciados restaurantes* snobs *de Montparnasse), en la tarde nos daremos un baño de vanguardia en el Centre Pompidou y echaremos una ojeada al Marais, famoso por sus palacios del siglo XVIII y sus maricas contemporáneos. Tomaremos té en* La marquise de Sévigné, *de La Madelaine, antes de ir a reparar fuerzas con una ducha en el Hotel. El programa de la noche es francamente frívolo: aperitivo en el Bar del Ritz, cena en el decorado modernista de* Maxim's *y fin de fiesta en la catedral del* striptease: *el* Crazy Horse Saloon, *que estrena su nueva revista «¡Qué calor!». (Las entradas están adquiridas, las mesas reservadas y* maîtres *y porteros sobornados para asegurar los mejores sitios, mesas y atención.)*

Una limousine, *menos espectacular pero más refinada que la de New York, con chofer y guía, nos llevará la mañana del martes a Versalles, a conocer el palacio y los jardines del Rey Sol. Comeremos algo típico (bistec con papas fritas, me temo) en un* bistrot *del camino, y, antes de la Ópera (Otelo, de Verdi, con Plácido Domingo, por supuesto) tendrás tiempo para compras en el Faubourg Saint-Honoré, vecino del Hotel. Haremos un simulacro de cena, por razones meramente visuales y sociológicas, en el mismo Ritz, donde —expertos* dixit— *la suntuosidad del marco y la finura del* servicio compensan lo inimaginativo del menú. *La verdadera cena la tendremos después de la ópera, en* La Tour d'Argent, *desde cuyas ventanas nos despediremos de las torres de Notre Dame y de las luces de los puentes reflejadas en las discursivas aguas del Sena.*

El Orient Express a Venecia sale el miércoles al mediodía, de la gare Saint Lazare. Viajando y descansando pasaremos ese día y la noche siguiente, pero, según quienes han protagonizado dicha aventura ferrocarrilera, recorrer en esos camarotes belle époque *la geografía de Francia, Alemania, Austria, Suiza e Italia, es relajante y propedéutico, excita sin fatigar, entusiasma sin enloquecer y divierte hasta por razones de arqueología, debido al gusto con que ha sido resucitada la elegancia de los camarotes, aseos, bares y comedores de ese mítico tren, escenario de tantas novelas y películas de la entreguerra. Llevaré conmigo la novela de Agatha Christie,* Muerte en el Orient Express, *en versión inglesa y española, por si se te antoja echarle una ojeada en los escenarios de la acción. Según el prospecto, para la cena* aux chandelles *de esa noche, la etiqueta y los largos escotes son de rigor.*

La suite *del Hotel Cipriani, en la isla de la Giudecca, tiene vista sobre el Gran Canal, la Plaza de San Marcos y las bizantinas y embarazadas torres de su iglesia. He contratado una góndola y al que la agencia considera el guía más preparado (y el único amable) de la ciudad lacustre, para que en la mañana y tarde del jueves nos familiarice con las iglesias, plazas, conventos, puentes y museos, con un corto intervalo al mediodía para un tentempié —una pizza, por ejemplo— rodeados de palomas y turistas, en la terraza del* Florian. *Tomaremos el aperitivo —una pócima inevitable llamada Bellini— en el Hotel Danielli y cenaremos en el Harry's Bar, inmortalizado por una pésima novela de Hemingway. El viernes continuaremos la maratón con una visita a la playa del Lido y una excursión a Murano, donde todavía se modela el vidrio a soplidos humanos (técnica que rescata la tradición y robustece los pulmones de los nativos). Habrá tiempo para* souvenirs *y echar una mirada furtiva a una villa de Palladio. En la noche, concierto en la islita de San Giorgio —I Musici Veneti— con piezas dedicadas a barrocos venecianos, claro: Vivaldi, Cimarosa y Albinoni. La cena será en la terraza del Danielli, divisando, noche sin nubes mediante, como «manto de luciérnagas» (resumo guías) los faroles de Venecia. Nos despediremos de la ciudad y del Viejo Continente, querida Lucre, siempre que el cuerpo lo permita, rodeados de modernidad, en la discoteca* Il gatto nero, *que imanta a viejos, maduros y jóvenes adictos al jazz (yo no le he sido nunca y tú tampoco, pero uno de los requisitos de esta semana ideal es hacer lo nunca hecho, sometidos a las servidumbres de la mundanidad).*

A la mañana siguiente —séptimo día, la palabra fin ya en el horizonte— habrá que madrugar. El avión a París sale a las diez, para alcanzar el Concorde a New York. Sobre el Atlántico, cotejaremos las imágenes y sensaciones almacenadas en la memoria a fin de elegir las más dignas de durar.

Nos despediremos en el Kennedy Airport (tu vuelo a Lima y el mío a Boston son casi simultáneos) para, sin duda, no vernos más. Dudo que nuestros destinos vuelvan a cruzarse. Yo no regresaré al Perú y no creo que tú recales jamás en el perdido rincón del Deep South, que, a partir de octubre podrá jactarse de tener el único Rector hispanic *de este país (los dos mil quinientos restantes son gringos, africanos o asiáticos).*

¿Vendrás? Tu pasaje te espera en las oficinas limeñas de Lufthansa. No necesitas contestarme. Yo estaré de todos modos

el sábado 17 en el lugar de la cita. *Tu presencia o ausencia será la respuesta. Si no vienes, cumpliré con el programa, solo, fantaseando que estás conmigo, haciendo real ese capricho con el que me he consolado estos años, pensando en una mujer que, pese a las calabazas que cambiaron mi existencia, seguirá siendo siempre el corazón de mi memoria.*

¿Necesito precisarte que ésta es una invitación a que me honres con tu compañía y que ella no implica otra obligación que acompañarme? De ningún modo te pido que, en esos días del viaje —no sé de qué eufemismo valerme para decirlo— compartas mi lecho. Queridísima Lucrecia: sólo aspiro a que compartas mi sueño. Las suites *reservadas en New York, París y Venecia tienen cuartos separados con llaves y cerrojos, a los que, si lo exigen tus escrúpulos, puedo añadir puñales, hachas, revólveres y hasta guardaespaldas. Pero, sabes que nada de eso hará falta, y que, en esa semana, el buen Modesto, el manso Pluto como me apodaban en el barrio, será tan respetuoso contigo como hace años, en Lima, cuando trataba de convencerte de que te casaras conmigo y apenas si me atrevía a tocarte la mano en la oscuridad de los cinemas.*

Hasta el aeropuerto de Kennedy o hasta nunca, Lucre,

Modesto (Pluto)

Don Rigoberto se sintió atacado por la fiebre y el temblor de las tercianas. ¿Qué respondería Lucrecia? ¿Rechazaría indignada la carta de ese resucitado? ¿Sucumbiría a la frívola tentación? En la lechosa madrugada, le pareció que sus cuadernos esperaban el desenlace con la misma impaciencia que su atormentado espíritu.

51

IMPERATIVOS DEL SEDIENTO VIAJERO

Ésta es una orden de tu esclavo, amada.

Frente al espejo, sobre una cama o sofá engalanado con sedas de la India pintadas a mano o indonesio batik de circulares ojos, te tumbarás de espaldas, desvestida, y tus largos cabellos negros soltarás.

Levantarás recogida la pierna izquierda hasta formar un ángulo. Apoyarás la cabeza en tu hombro diestro, entreabrirás los labios y, estrujando con la mano derecha un cabo de la sábana, bajarás los párpados, simulando dormir. Fantasearás que un amarillo río de alas de mariposa y estrellas en polvo desciende sobre ti desde el cielo y te hiende.

¿Quién eres?

La *Danae* de Gustav Klimt, naturalmente. No importa quién le sirviera para pintar ese óleo (1907-1908), el maestro te anticipó, te adivinó, te vio, tal como vendrías al mundo y serías, al otro lado del océano, medio siglo después. Creía recrear con sus pinceles a una dama de la mitología helena y estaba precreándote, belleza futura, esposa amante, madrastra sensual.

Sólo tú, entre todas las mujeres, como en esa fantasía plástica, juntas la pulcra perfección del ángel, su inocencia y su pureza, a un cuerpo atrevidamente terrenal. Hoy, prescindo de la firmeza de tus pechos y la beligerancia de tus caderas para rendir un homenaje exclusivo a la consistencia de tus muslos, templo de columnas donde quisiera ser atado y azotado por portarme mal.

Toda tú celebras mis sentidos.

Piel de terciopelo, saliva de áloe, delicada señora de codos y rodillas inmarcesibles, despierta, mírate en el espejo, dite: «Soy reverenciada y admirada como la que más, soy añorada y deseada como los espejismos líquidos de los desiertos por el sediento viajero».

Lucrecia-Dánae, Dánae-Lucrecia.

Ésta es una súplica de tu amo, esclava.

LA SEMANA IDEAL

—Mi secretaria llamó a Lufthansa y, en efecto, tu pasaje está allí, pagado —dijo don Rigoberto—. Ida y vuelta. En primera clase, por supuesto.

—¿Hice bien en mostrarte esa carta, amor? —exclamó doña Lucrecia, azoradísima—. ¿No te has enojado, no? Como prometimos no ocultarnos nada, me pareció que debía mostrártela.

—Hiciste muy bien, reina mía —dijo don Rigoberto, besando la mano de su esposa—. Quiero que vayas.

—¿Quieres que vaya? —sonrió, se puso grave y volvió a sonreír doña Lucrecia—. ¿En serio?

—Te lo ruego —insistió él, los labios en los dedos de su mujer—. A menos que la idea te disguste. ¿Pero, por qué te disgustaría? Aunque es un programa de nuevo rico y algo vulgar, está elaborado con espíritu risueño y una ironía infrecuente entre ingenieros. Te divertirás, amor mío.

—No sé qué decirte, Rigoberto —balbuceó doña Lucrecia, luchando contra el sonrojo—. Es una generosidad de tu parte, pero…

—Te pido que aceptes por razones egoístas —le aclaró su marido—. Ya sabes, el egoísmo es una virtud en mi filosofía. Tu viaje será una gran experiencia para mí.

Por los ojos y la expresión de don Rigoberto, doña Lucrecia supo que hablaba en serio. Hizo, pues, el viaje, y al octavo día regresó a Lima. En la Córpac le dieron la bienvenida su marido y Fonchito, éste con un ramo de flores envueltas en papel celofán y una tarjeta: «Bienvenida al terruño, madrastra». La saludaron con muchas muestras de cariño y don Rigoberto, para ayudarla a ocultar su turbación, la abrumó a preguntas sobre el tiempo, las aduanas, los horarios alterados, el *jet lag* y su cansancio, evitando toda aproximación al material neurálgico. Rumbo a Barranco, le dio relojera cuenta de la oficina, el colegio de Fonchito, los desayunos, almuerzos y comidas, durante su ausencia. La casa brillaba con un orden y limpieza exagerados. Justiniana había mandado lavar los visillos y renovar el abono del jardín, tareas que tocaban sólo a fin de mes.

Se le pasó la tarde abriendo maletas, en conversaciones con el servicio sobre temas prácticos y respondiendo llamadas de amigas y familiares que querían saber cómo le había ido en su viaje de compras navideñas a Miami (la versión oficial de su escapada). No hubo el menor malestar en el ambiente cuando sacó los regalos para su marido, su hijastro y Justiniana. Don Rigoberto aprobó las corbatas francesas, las camisas italianas y el pulóver neoyorquino y a Fonchito los *jeans*, la casaca de cuero y el atuendo deportivo le quedaron cabalito. Justiniana dio una exclamación de entusiasmo al probarse, sobre el delantal, el vestido amarillo patito que le tocó.

Luego de la cena, don Rigoberto se encerró en el cuarto de baño y demoró menos de lo acostumbrado con sus abluciones. Cuando regresó, encontró el dormitorio en una penumbra malherida por un tajo de luz indirecta que sólo iluminaba los dos grabados de Utamaro: acoplamientos incompatibles pero ortodoxos de una sola pareja, él dotado de una verga tirabuzónica y ella de un sexo liliputiense, entre kimonos inflados como nubes de tormenta, linternas de papel, esteras, mesitas con la porcelana del té y, a lo lejos, puentes sobre un sinuoso río. Doña Lucrecia estaba bajo las sábanas, no desnuda, comprobó, al deslizarse junto a ella, sino con un nuevo camisón —¿adquirido y usado en el viaje?— que dejaba a sus manos la libertad necesaria para alcanzar sus rincones íntimos. Ella se ladeó y él pudo pasarle el brazo bajo los hombros y sentirla de pies a cabeza. La besó sin abrumarla, con mucha ternura, en los ojos, en las mejillas, demorándose en llegar a su boca.

—No me cuentes nada que no quieras —le mintió en el oído, con una coquetería infantil que atizaba su impaciencia, mientras sus labios recorrían la curva de su oreja—. Lo que te parezca. O, si prefieres, nada.

—Te contaré todo —musitó doña Lucrecia, buscándole la boca—. ¿No me mandaste para eso?

—También —asintió don Rigoberto, besándola en el cuello, en los cabellos, en la frente, insistiendo en su nariz, mejillas y mentón—. ¿Te divertiste? ¿Te fue bien?

—Me fue bien o me fue mal, dependerá de lo que pase ahora entre tú y yo —dijo la señora Lucrecia de corrido, y don Rigoberto sintió que, por un segundo, su mujer se ponía tensa—. Me divertí, sí. Gocé, sí. Pero, tuve miedo todo el tiempo.

—¿De que me enojara? —don Rigoberto besaba ahora los pechos firmes, milímetro a milímetro, y la punta de su lengua jugueteaba con los pezones, sintiendo cómo se endurecían—. ¿De que te hiciera una escena de celos?

—De que sufrieras —susurró doña Lucrecia, abrazándolo.

«Comienza a transpirar», comprobó don Rigoberto. Se sentía feliz acariciando ese cuerpo cada instante más activo y tuvo que poner su conciencia en acción para controlar el vértigo que empezaba a dominarlo. En el oído de su mujer, murmuró que la amaba, más, mucho más que antes del viaje.

Ella comenzó a hablar, con intervalos, buscando las palabras —silencios que eran coartadas para su confusión—, pero, poco a poco, estimulada por las caricias y las amorosas interrupciones, fue ganando confianza. Al fin, don Rigoberto advirtió que había recuperado su desenvoltura y relataba tomando fingida distancia de lo que contaba. Adherida a su cuerpo, apoyaba la cabeza en su hombro. Sus manos respectivas se movían de rato en rato, para tomar posesión o averiguar la existencia de un miembro, músculo o pedazo de piel de la pareja.

—¿Había cambiado mucho?

Se había agringado en su manera de vestir y de hablar, pues continuamente se le escapaban expresiones en inglés. Pero, aunque con canas y engrosado, tenía siempre esa cara de Pluto, larga y tristona, y la timidez e inhibiciones de su juventud.

—Te vería llegar como caída del cielo.

—¡Se puso tan pálido! Creí que se iba a desmayar. Me esperaba con un ramo de flores más grande que él. La *limousine* era una de ésas, plateadas, de los gángsters de las películas. Con bar, televisión, música estéreo, y, muérete, asientos en piel de leopardo.

—Pobres ecologistas —se entusiasmó don Rigoberto.

—Ya sé que es una huachafería —se excusó Modesto, mientras el chofer, afgano altísimo uniformado de granate, disponía los equipajes en la maletera—. Pero, era la más cara.

—Es capaz de burlarse de sí mismo —sentenció don Rigoberto—. Simpático.

—En el viaje hasta el Plaza me piropeó un par de veces, colorado hasta las orejas —prosiguió doña Lucrecia—. Que me conservaba muy bien, que estaba más bella todavía que cuando quiso casarse conmigo.

—Lo estás —la interrumpió don Rigoberto, bebiendo su aliento—. Cada día más, cada hora más.

—Ni una sola palabra de mal gusto, ni una sola insinuación chocante —dijo ella—. Me agradeció tanto el haber ido que me hizo sentir la buena samaritana de la Biblia.

—¿Sabes lo que iba pensando, mientras te decía esas galanterías?

—¿Qué? —doña Lucrecia enroscó una pierna en las de su marido.

—Si te vería desnuda esa misma tarde, en el Plaza, o tendría que esperar hasta la noche, o hasta París —la ilustró don Rigoberto.

—No me vio desnuda ni esa tarde ni esa noche. A menos que me espiara por la cerradura, mientras me bañaba y vestía para el Metropolitan. Lo de las habitaciones separadas era cierto. La mía, tenía vista sobre Central Park.

—Pero, al menos, te cogería la mano en la ópera, en el restaurante —se quejó él, decepcionado—. Con la ayudita del champagne, te pegaría la mejilla mientras bailaban en *Regine's*. Te besaría en el cuello, en la orejita.

Nada de eso. No había intentado cogerle la mano ni besarla en el curso de esa larga noche en la que, sin embargo, no había ahorrado las flores verbales, siempre a distancia respetuosa. Se había mostrado simpático, en efecto, burlándose de su inexperiencia («Me muero de vergüenza, Lucre, pero, en seis años que llevo casado, no engañé una sola vez a mi mujer»), y confesándole que era la primera vez en su vida que asistía a una función de ópera o ponía los pies en *Le Cirque* y *Regine's*.

—Lo único que tengo claro es que debo pedir champagne Dom Perignon, olfatear la copa de vino con narices de alérgico y ordenar platos escritos en francés.

La miraba con reconocimiento inconmensurable, perruno.

—Si quieres que te diga la verdad, he venido por vanidosa, Modesto. Además de la curiosidad, por supuesto. ¿Es posible que en estos diez años, sin habernos visto, sin saber nada uno del otro, hayas seguido enamorado de mí?

—Enamorado no es la palabra justa —la aclaró él—. Enamorado estoy de Dorothy, la gringuita con la que me casé, que es muy comprensiva y me deja cantar en la cama.

—Eras para él algo más sutil —le explicó don Rigoberto—. La irrealidad, la ilusión, la mujer de su memoria y sus deseos. Yo quiero amarte así, como él. Espera, espera.

La despojó del mínimo camisón y volvió a acomodarla de modo que las pieles de ambos tuvieran más puntos de contacto. Refrenando su deseo, le pidió que siguiera.

—Regresamos al hotel apenas me vino el primer bostezo. Me dio las buenas noches lejos de mi recámara. Que me soñara con los angelitos. Se portó tan bien, estuvo tan caballero, que, a la mañana siguiente, le hice una pequeña coquetería.

Se había presentado a tomar el desayuno, en la habitación intermedia entre los dormitorios, descalza y con una salida de cama veraniega, muy corta, que dejaba al descubierto sus piernas y muslos. Modesto la esperaba afeitado, bañado y vestido. La boca se le abrió de par en par.

—¿Dormiste bien? —articuló, desmandibulado, ayudándola a sentarse ante los jugos de frutas, tostadas y mermeladas del desayuno—. ¿Puedo decirte que te ves muy linda?

—Alto —la atajó don Rigoberto—. Déjame arrodillarme y besar las piernas que deslumbraron al perro Pluto.

59

Rumbo al aeropuerto y, luego, en el Concorde de Air France, mientras almorzaban, Modesto volvió a adoptar la actitud de atenta adoración del primer día. Recordó a Lucrecia, sin melodrama, cómo había decidido renunciar a la Universidad de Ingeniería cuando se convenció que ella no se casaría con él y partir a Boston, a la ventura. Los difíciles comienzos en aquella ciudad de inviernos fríos y granates mansiones victorianas, donde demoró tres meses en conseguir su primer trabajo estable. Se rompió el alma, pero, no lo lamentaba. Había conseguido la indispensable seguridad, una esposa con la que se entendía y, ahora que iba a empezar otra etapa volviendo a la Universidad, algo que siempre echó de menos, se estaba corporizando una fantasía, el juego adulto en que se había refugiado todos estos años: la semana ideal, jugando a ser rico, en New York, París y Venecia, con Lucre. Podía morirse tranquilo, ya.

—¿De veras te vas a gastar la cuarta parte de tus ahorros en este viaje?

—Me gastaría los trescientos mil que me tocan, pues los otros son de Dorothy —asintió él, mirándola a los ojos—. No por toda la semana. Sólo por haber podido verte, a la hora del desayuno, con esas piernas, brazos y hombros al aire. Lo más lindo del mundo, Lucre.

—Qué habría dicho, si además te hubiera visto los pechos y la colita —la besó don Rigoberto—. Te amo, te amo.

—En ese momento, decidí que, en París, vería el resto —doña Lucrecia escapó a medias de los besos de su marido—. Lo decidí cuando el piloto anunció que habíamos roto la barrera del sonido.

—Era lo menos que podías hacer por un señor tan formalito —aprobó don Rigoberto.

Apenas se instalaron en sus respectivos dormitorios —la vista, desde las ventanas de Lucrecia, abarcaba la oscura columna de la Plaza Vendôme perdiéndose en la altura y las rutilantes vitrinas de las joyerías del contorno— salieron a andar. Modesto tenía memorizada la trayectoria y calculado el tiempo. Recorrieron las Tullerías, cruzaron el Sena y bajaron hacia Saint-Germain por los muelles de la orilla izquierda. Llegaron a la abadía media hora antes del concierto. Era una tarde pálida y tibia de un otoño que había ya tornasolado los castaños y, de tanto en tanto, el ingeniero se detenía, guía y plano a la mano, para dar a Lucrecia una indicación histórica, urbanística, arquitectónica o estética. En las incómodas sillitas de la iglesia atestada para el concierto, debieron sentarse muy juntos. Lucrecia disfrutó de la lúgubre munificencia del *Requiem* de Mozart. Después, instalados en una mesita del primer piso de *Lipp*, felicitó a Modesto:

—No puedo creer que sea tu primer viaje a París. Conoces calles, monumentos y direcciones como si vivieras aquí.

—Me he preparado para este viaje como para un examen de fin de carrera, Lucre. Consultado libros, mapas, agencias, interrogado a viajeros. Yo no junto estampillas, ni crío perros, ni juego al golf. Hace años, mi único *hobby* es preparar esta semana.

—¿Siempre estuve yo en ella?

—Un paso más en el camino de las coqueterías —advirtió don Rigoberto.

—Siempre tú y sólo tú —se ruborizó Pluto—. New York, París, Venecia, las óperas, restaurantes y lo demás eran el *setting*. Lo importante, lo central, tú y yo, solitos en el escenario.

Regresaron al Ritz en taxi, fatigados y ligeramente achispados por la copa de champagne, el vino de Borgogne y el cognac con que habían esperado, acompañado y despedido la *choucroute*. Al darse las buenas noches, de pie en la salita que apartaba los dormitorios, sin el menor titubeo doña Lucrecia anunció a Modesto:

—Te portas tan bien, que yo también quiero jugar. Voy a hacerte un regalo.

—¿Ah, sí? —se atoró Pluto—. ¿Cuál, Lucre?

—Mi cuerpo entero —cantó ella—. Entra, cuando te llame. A mirar, solamente.

No oyó lo que Modesto respondía, pero estuvo segura de que, en la penumbra del recinto, mientras su enmudecida cara asentía, rebalsaba de felicidad. Sin saber cómo lo iba a hacer, se desnudó, colgó su ropa, y, en el cuarto de baño, se soltó los cabellos («¿Como me gusta, amor mío?» «Igualito, Rigoberto.»), regresó a la habitación, apagó todas las luces salvo la del velador y movió la lamparilla de modo que su luz, mitigada por una pantalla de raso, iluminara las sábanas que la camarera había dispuesto para la noche. Se tendió de espaldas, se ladeó ligeramente, en una postura lánguida, desinhibida, y acomodó su cabeza en la almohada.

—Cuando quieras.

«Cerró los ojos para no verlo entrar», pensó don Rigoberto, enternecido con ese detalle púdico. Veía muy nítido, desde la perspectiva de la silueta dubitativa y anhelante del ingeniero que acababa de cruzar el umbral, en la tonalidad azulada, el cuerpo de formas que, sin llegar a excesos rubensianos, emulaban las abundancias virginales de Murillo, extendido de espaldas, una rodilla adelantada, cubriendo el pubis, la otra ofreciéndose, las sobresalientes curvas de las caderas estabilizando el volumen de carne dorada en el centro de la cama. Aunque lo había contemplado, estudiado, acariciado y gozado tantas veces, con esos ojos ajenos lo vio por primera vez. Durante un buen rato —la respiración alterada, el falo tieso— lo admiró. Leyendo sus pensamientos y sin que una palabra rompiera el silencio, doña Lucrecia de tanto en tanto se movía en cámara lenta, con el abandono de quien se cree a salvo de miradas indiscretas, y mostraba al respetuoso Modesto, clavado a dos pasos del lecho, sus flancos y su espalda, su trasero y sus pechos, las depiladas axilas y el bosquecillo del pubis. Por fin, fue abriendo las piernas, revelando el interior de sus muslos y la medialuna de su sexo. «En la postura de la anónima modelo de *L'origine du monde*, de Gustave Courbet (1866)», buscó y encontró don Rigoberto, transido de emoción al comprobar que la lozanía del vientre y la robustez de los muslos y el monte de Venus de su mujer coincidían milimétricamente con la decapitada mujer de aquel óleo, príncipe de su pinacoteca privada. Entonces, la eternidad se evaporó:

—Tengo sueño y creo que tú también, Pluto. Es hora de dormir.

—Buenas noches —repuso al instante aquella voz, en el ápice de la dicha o la agonía. Modesto retrocedió, tropezando; segundos después, la puerta se cerró.

—Fue capaz de contenerse, no se echó sobre ti como una fiera hambrienta —exclamó don Rigoberto, hechizado—. Lo manejabas con el meñique.

—No me lo creía —se rió Lucrecia—. Pero, esa docilidad suya era también parte del juego.

A la mañana siguiente, un mozo le trajo a la cama un ramo de rosas con una tarjeta: «Ojos que ven, corazón que siente, memoria que recuerda y un can de dibujos animados que te lo agradece con toda el alma».

—Te deseo demasiado —se disculpó don Rigoberto, tapándole la boca con la mano—. Debo amarte.

—Figúrate, entonces, la nochecita que pasaría el pobre Pluto.

—¿El pobre? —reflexionó don Rigoberto, después del amor, mientras convalecían, fatigados y dichosos—. ¿Por qué, pobre?

—El hombre más feliz del mundo, Lucre —afirmó Modesto, esa noche, entre dos sesiones de *striptease*, en la apretura del Crazy Horse Saloon, rodeados de japoneses y alemanes, cuando se hubieron bebido la botella de champagne—. Ni el tren eléctrico que me trajo Papá Noel al cumplir diez años se compara con tu regalo.

Durante el día, mientras recorrían el Louvre, almorzaban en La Closerie de Lilas, visitaban el Centre Pompidou o se perdían en las callecitas remodeladas del Marais, no hizo la menor alusión a la noche anterior. Continuaba oficiando de compañero de viaje informado, devoto y servicial.

—Con cada cosa que me cuentas, pienso mejor de él —comentó don Rigoberto.

—Me pasaba lo mismo —reconoció doña Lucrecia—. Y, por eso, ese día, di un pasito más, para premiarlo. En Maxim's, sintió mi rodilla en la suya toda la comida. Y, cuando bailamos, mis pechos. Y, en el Crazy Horse, mis piernas.

—Quién como él —exclamó don Rigoberto—. Irte conociendo tipo serial, por episodios, pedacito a pedacito. El gato y el ratón, a fin de cuentas. Un juego que no dejaba de ser peligroso.

—No, si se juega con caballeros como tú —coqueteó doña Lucrecia—. Me alegro de haber aceptado tu invitación, Pluto.

Estaban de regreso en el Ritz, alegres y soñolientos. En la salita de la *suite*, se despedían.

—Espera, Modesto —improvisó ella, pestañeando—. Sorpresa, sorpresa. Cierra los ojitos.

Pluto obedeció en el acto, transformado por la expectativa. Ella se acercó, se pegó a él y lo besó, primero superficialmente, advirtiendo que él demoraba en responder a los labios que frotaban los suyos, y en replicar luego a los amagos de su lengua. Cuando lo hizo, sintió que en ese beso el ingeniero iba entregándole su viejo amor, su adoración, su fantasía, su salud y (si la tenía) el alma. Cuando la cogió de la cintura, con cautela, dispuesto a soltarla al menor rechazo, doña Lucrecia permitió que la abrazara.

—¿Puedo abrir los ojos?

—Puedes.

«Y entonces él la miró, no con la mirada fría del perfecto libertino, de Sade, pensó don Rigoberto, sino con la pura, ferviente y apasionada del místico en el momento del ascenso y la visión.»

—¿Estaba muy excitado? —se le escapó, y se arrepintió—. Qué pregunta tonta. Perdona, Lucrecia.

—A pesar de estarlo, no intentó retenerme. A la primera indicación, se apartó.

—Debiste irte a la cama con él esa noche —la amonestó don Rigoberto—. Abusabas. O, tal vez, no. Tal vez, hacías lo debido. Sí, sí, por supuesto. Lo lento, lo formal, lo ritual, lo teatral, eso es lo erótico. Era una espera sabia. La precipitación nos acerca al animal, más bien. ¿Sabías que el burro, el mono, el cerdo y el conejo eyaculan en doce segundos, a lo más?

—Pero, el sapo puede copular cuarenta días y cuarenta noches, sin parar. Lo leí en un libro de Jean Rostand: *De la mosca al hombre*.

—Qué envidia —se admiró don Rigoberto—. Estás llena de sabiduría, Lucrecia.

—Son las palabras de Modesto —lo desconcertó su mujer, retrotrayéndolo a un Orient Express que perforaba la noche europea, rumbo a Venecia—. Al día siguiente, en nuestro camarote *belle époque*.

Eso decía también el ramo de flores que la esperaba en el Hotel Cipriani, en la soleada Giudecca: «A Lucrecia, bella en la vida y sabia en el amor».

—Espera, espera —la devolvió a los rieles don Rigoberto—. ¿Compartieron ese camarote, en el tren?

—Uno con dos camas. Yo arriba y él abajo.

—O sea que…

—Tuvimos que desvestirnos uno encima de otro, literalmente —completó ella—. Nos vimos en paños menores, aunque en penumbra, pues apagué todas las luces, salvo la veladora.

—Paños menores es un concepto general y abstracto —se sulfuró don Rigoberto—. Precisiones.

Doña Lucrecia se las dio. A la hora de desvestirse —el anacrónico Orient Express cruzaba unos bosques alemanes o austriacos y, de cuando en cuando, una aldea—, Modesto le preguntó si quería que saliera. «No hace falta, en esta penumbra parecemos sombras», respondió doña Lucrecia. El ingeniero se sentó en la litera de abajo, replegándose lo más posible a fin de dejarle más espacio. Ella se desvistió sin forzar sus movimientos ni estilizarlos, girando en el sitio al despojarse de cada prenda; el vestido, el fustán, el sostén, las medias, el calzón. El resplandor de la veladora, una lamparilla en forma de champiñón con dibujos lanceolados, acarició su cuello, hombros, pechos, vientre, nalgas, muslos, rodillas, pies. Alzando los brazos, se pasó por la cabeza un pijama de seda china, con dragones.

—Voy a sentarme con las piernas al aire, mientras me escobillo los cabellos —dijo, haciendo lo que decía—. Si te provoca besármelas, puedes. Hasta las rodillas.

¿Era el suplicio de Tántalo? ¿Era el jardín de las delicias? Don Rigoberto se había deslizado al pie de la cama, y, adivinándolo, doña Lucrecia se sentó al borde para que, como Pluto en el Orient Express, su marido le besara los empeines, aspirara la fragancia de cremas y colonias que refrescaban sus tobillos, mordisqueara los dedos de sus pies y lamiera las oquedades tibias que los separaban.

—Te amo y te admiro —dijo don Rigoberto.

—Te amo y te admiro —dijo Pluto.

—Y, ahora, a dormir —ordenó doña Lucrecia.

Llegaron a Venecia en una mañana impresionista, sol poderoso y cielo azul marino, y mientras la lancha los llevaba al Cipriani entre crespas olitas, Michelin a la mano, Modesto dio a Lucrecia someras explicaciones sobre los palacios e iglesias del Gran Canal.

—Estoy sintiendo celos, amor mío —la interrumpió don Rigoberto.

—Si lo dices en serio, lo borramos, corazón —le propuso doña Lucrecia.

—De ninguna manera —dio él marcha atrás—. Los valientes mueren con las botas puestas, como John Wayne.

Desde el balcón del Cipriani, por encima de los árboles del jardín, se divisaban, en efecto, las torres de San Marcos y los palacios de la orilla. Salieron, con la góndola y el guía que los esperaban. Fue un vértigo de canales y puentes, aguas verdosas y bandadas de gaviotas que levantaban el vuelo a su paso, y oscuras iglesias en las que había que esforzar los ojos para percibir los atributos de las deidades y santidades allí colgadas. Vieron Tizianos y Veroneses, Bellinis y del Piombos, los caballos de San Marcos, los mosaicos de la catedral y dieron de comer raquíticos granitos de maíz a las gordas palomas de la Plaza. Al mediodía, se tomaron la fotografía de rigor en una mesa del Florian, mientras degustaban la pizzetta consabida. En la tarde, continuaron el recorrido, oyendo nombres, fechas y anécdotas que apenas escuchaban, entretenidos por la arrulladora voz del guía de la agencia. A las siete y media, cambiados y bañados, tomaron el Bellini en el salón de arcos moriscos y almohadillas arábigas del Danielli, y, a la hora exacta —las nueve— estaban en el Harry's Bar. Allí, vieron llegar a la mesa contigua (parecía parte del programa) a la divina Catherine Deneuve. Pluto dijo lo que tenía que decir: «Tú me pareces más bella, Lucre».

—¿Y? —la apuró don Rigoberto.

Antes de tomar el vaporcito a la Giudecca, dieron un paseo, doña Lucrecia prendida del brazo de Modesto, por callecitas semidesiertas. Llegaron al Hotel pasada la medianoche. Doña Lucrecia bostezaba.

—¿Y? —se impacientó don Rigoberto.

—Cuando estoy tan agotada por el paseo y las cosas bonitas que he visto, no puedo pegar los ojos —se lamentó doña Lucrecia—. Felizmente, tengo un remedio que nunca me falla.

—¿Cuál? —preguntó Modesto.

—¿Qué remedio? —hizo eco don Rigoberto.

—Un yacuzzi, alternando el agua fresca y la caliente —explicó doña Lucrecia, yendo hacia su recámara. Antes de desaparecer en ella, señaló al ingeniero el enorme y luminoso cuarto de baño, de blancas losetas y azulejos en las paredes—. ¿Me llenarías el yacuzzi mientras me pongo la bata?

Don Rigoberto se movió en el sitio con la ansiedad de un desvelado: ¿y? Ella fue a su habitación, se desnudó sin prisas, doblando su ropa pieza por pieza, como si dispusiera de la eternidad. Envuelta en una bata de toalla y otra toallita de turbante, regresó. La bañera circular crepitaba con los espasmos del yacuzzi.

—Le he echado sales —inquirió Modesto, con timidez—: ¿Bien o mal hecho?

—Está perfecta —dijo ella, probando el agua con la punta de un pie.

Dejó caer la bata de toalla amarilla a sus pies y, conservando la que hacía de turbante, entró y se tendió en el yacuzzi. Apoyó la cabeza en una almohadilla que el ingeniero se apresuró a alcanzarle. Suspiró, agradecida.

—¿Debo hacer algo más? —oyó don Rigoberto que preguntaba Modesto, con un hilo de voz—. ¿Irme? ¿Quedarme?

—Qué rico está, qué ricos estos masajes de agua fresquita —Doña Lucrecia estiraba piernas y brazos, regodeándose—. Después, le añadiré la más caliente. Y, a la cama, nuevecita.

—Lo asabas a fuego lento —aprobó, con un rugido, don Rigoberto.

—Quédate, si quieres, Pluto —dijo ella por fin, con la expresión reconcentrada de quien está gozando infinitamente las caricias del agua yendo y viniendo por su cuerpo—. La bañera es enorme, sobra sitio. Por qué no te bañas conmigo.

Los oídos de don Rigoberto registraron el extraño ¿graznido de búho, alarido de lobo, piar de pájaro? que respondió a la invitación de su mujer. Y, segundos después, vio al ingeniero desnudo, sumergiéndose en la bañera. Su cuerpo, a orillas de la cincuentena, de obesidad frenada a tiempo por los *aerobics* y el *jogging* practicados hasta las puertas del infarto, se tenía a milímetros del de su mujer.

—¿Qué más puedo hacer? —lo oyó preguntar, y sintió que su admiración por él crecía a compás de sus celos—. No quiero hacer nada que no quieras. No tomaré ninguna iniciativa. Tómalas tú todas. En este momento, soy el ser más dichoso y el más desgraciado de la creación, Lucre.

—Puedes tocarme —susurró ella, sin abrir los ojos, con una cadencia de bolero—. Acariciarme, besarme, el cuerpo, la cara. No los cabellos, porque, si se me mojan, mañana te avergonzarías de mi pelo, Pluto. ¿No ves que, en tu programa, no dejaste ni un huequito de tiempo para la peluquería?

—Yo también soy el hombre más dichoso del mundo —murmuró don Rigoberto—. Y el más desgraciado.

Doña Lucrecia abrió los ojos:

—No te estés así, tan asustado. No podemos quedarnos mucho en el agua.

Para verlos mejor, don Rigoberto entornó los párpados. Oía el monótono chasquido del yacuzzi y sentía el cosquilleo, los golpes del agua, la lluvia de gotitas que salpicaba las baldosas, y veía a Pluto, extremando las precauciones para no mostrarse rudo, mientras se afanaba en ese cuerpo blando que se dejaba hacer, tocar, acariciar, facilitando con sus movimientos el acceso de sus manos y labios a todas las comarcas, pero, sin responder a caricias ni besos, en estado de pasiva delectación. Sentía la fiebre quemando la piel del ingeniero.

—¿No vas a besarlo, Lucrecia? ¿No vas a abrazarlo, siquiera una vez?

—Todavía no —repuso su mujer—. Yo también tenía mi programa, muy bien estudiado. ¿Acaso no estaba feliz?

—Nunca lo estuve tanto —dijo Modesto, su cabeza emergiendo del fondo de la bañera, entre las piernas de Lucrecia, antes de volverse a zambullir—. Quisiera cantar a gritos, Lucre.

—Dice exactamente todo lo que yo siento —intervino don Rigoberto, permitiéndose una broma—. ¿No había peligro de una pulmonía, con esos disfuerzos talasoeróticos?

Se rió y al instante volvió a arrepentirse, recordando que el humor y el placer se repelían como agua y aceite. «Perdón por cortarte la palabra», se disculpó. Pero, era tarde. Doña Lucrecia había comenzado a bostezar de tal manera que el atareado ingeniero, haciendo de tripas corazón, se quedó quieto. De rodillas, chorreante, los pelos en cerquillo, simulaba resignación.

—Ya estás con sueño, Lucre.

—Me cayó encima el cansancio de todo el día. No puedo más.

De un ligero salto, salió de la bañera, arrebujándose en la bata. Desde la puerta de su habitación, dio las buenas noches, con una frase que hizo brincar el corazón de su marido:

—Mañana será otro día, Pluto.

—El último, Lucre.

—Y, también, la última noche —acotó ella, enviándole un beso.

Comenzaron la mañana del sábado con media hora de retraso, pero la recuperaron en la visita a Murano, donde, bajo un calor de infierno, artesanos en camisetas presidiarias soplaban el vidrio a la usanza tradicional y torneaban objetos decorativos o de uso doméstico. El ingeniero insistió para que Lucrecia, que se resistía a hacer más compras, aceptara tres animalitos transparentes: una ardilla, una cigüeña y un hipopótamo. De regreso a Venecia el guía los ilustró sobre dos villas de Palladio. En vez de almorzar, tomaron té con bizcochos en el Quadri, gozando de un sangriento crepúsculo que hacía llamear techos, puentes, aguas y campanarios y llegaron a San Giorgio para el concierto barroco, con tiempo para recorrer la islita y contemplar la laguna y la ciudad desde distintas perspectivas.

—El último día siempre es triste —comentó doña Lucrecia—. Esto se terminará mañana, para siempre.

—¿Estaban de la mano? —quiso saber don Rigoberto.

—Lo estuvimos, también, todo el concierto —confesó su mujer.

—¿El ingeniero soltó sus lagrimones?

—Estaba demacrado. Me apretaba la mano y le brillaban los ojitos.

«De gratitud y de esperanza», pensó don Rigoberto. El diminutivo «ojitos» repercutió en sus terminales nerviosos. Decidió que, a partir de este momento, callaría. Mientras doña Lucrecia y Pluto cenaban en el Danielli, contemplando las luces de Venecia, respetó su melancolía, no interrumpió su diálogo convencional, y sufrió estoico al advertir, en el curso de la cena, que ahora no sólo Modesto multiplicaba las atenciones. Lucrecia le ofrecía tostaditas que untaba para él con mantequilla, le daba a probar en su propio tenedor bocados de sus rigatoni y le cedía complacida su mano cuando él se la llevaba a la boca para posar en ella sus labios, una vez en la palma, otra en el dorso, otra en los dedos y en cada una de las uñas. Con el corazón encogido y una incipiente erección, esperaba lo que de todas maneras habría de ocurrir.

Y, en efecto, apenas entraron a la *suite* del Cipriani, doña Lucrecia cogió a Modesto del brazo, hizo que la

73

ciñera, le acercó los labios y, boca contra boca, lengua contra lengua, murmuró:

—De despedida, pasaremos la noche juntos. Seré contigo tan complaciente, tan tierna, tan amorosa, como sólo lo he sido con mi marido.

—¿Le dijiste eso? —tragó estricnina y miel don Rigoberto.

—¿Hice mal? —se alarmó su mujer—. ¿Debí mentirle?

—Hiciste bien —ladró don Rigoberto—. Amor mío.

En un ambiguo estado en el que la excitación desdecía los celos y ambos se retroalimentaban, los vio desnudarse, admiró la desenvoltura con que su esposa lo hacía y gozó con la torpeza de ese dichoso mortal abrumado por la felicidad que recompensaba, esa última noche, su timidez y obediencia. Iba a ser suya, la iba a amar: las manos no atinaban a desabotonar la camisa, se atracaba el cierre del pantalón, tropezó al quitarse los zapatos, y, cuando, desorbitado, iba a encaramarse en la cama en penumbra donde lo esperaba, en lánguida postura —«*La maja desnuda* de Goya», pensó don Rigoberto, «aunque con los muslos más abiertos»— ese cuerpo magnífico, se golpeó el tobillo en el filo del catre y chilló «¡Ayyayay!». Don Rigoberto gozó escuchando la hilaridad que el accidente provocó en Lucrecia. Modesto se reía también, arrodillado en el lecho: «La emoción, Lucre, la emoción».

Las brasas de su placer se apagaron, cuando, sofocada la risa, vio a su mujer abandonar la indiferencia de estatua con que había recibido el día anterior las caricias del ingeniero y tomar la iniciativa. Lo abrazaba, lo obligaba a tumbarse junto a ella, sobre ella, bajo ella, enredaba sus piernas en sus piernas, le buscaba la boca, le hundía la lengua y —«ay, ay», se rebeló don Rigoberto— se acuclillaba con amorosa disposición, pescaba entre sus ahilados dedos el sobresaltado miembro y luego de repasarlo en el lomo y la testa se lo llevaba a los labios y lo besaba antes de desaparecerlo en su boca. Entonces, a voz en cuello, rebotando en la mullida cama, el ingeniero comenzó a cantar —a rugir, a aullar— *Torna a Surriento*.

—¿Comenzó a cantar *Torna a Surriento*? —se enderezó violentamente don Rigoberto—. ¿En ese instante?

—Eso mismo —Doña Lucrecia volvió a soltar la carcajada, a contenerse y a pedir perdón—. Me dejas pasmada, Pluto. ¿Cantas porque te gusta o porque no te gusta?

—Canto para que me guste —explicó él, trémulo y granate, entre gallos y arpegios.

—¿Quieres que pare?

—Quiero que sigas, Lucre —imploró Modesto, eufórico—. Ríete, no importa. Para que mi felicidad sea completa, canto. Tápate los oídos si te distrae o te da risa. Pero, por lo que más quieras, no pares.

—¿Y siguió cantando? —exclamó, ebrio, loco de satisfacción, don Rigoberto.

—Sin parar un segundo —afirmó doña Lucrecia, entre hipos—. Mientras lo besaba, me sentaba encima suyo y él encima mío, mientras hacíamos el amor ortodoxo y el heterodoxo. Cantaba, tenía que cantar. Porque, si no cantaba, *fiasco*.

—¿Siempre *Torna a Surriento*? —se regodeó en el dulce placer de la venganza don Rigoberto.

—Cualquier canción de mi juventud —canturreó el ingeniero, saltando, con toda la fuerza de sus pulmones, de Italia a México—. *Voy a cantarles un corrido muy mentadooo...*

—Un *pot pourri* de cursilerías de los años cincuenta —precisó doña Lucrecia—. *O sole mio, Caminito, Juan Charrasqueado, Allá en el rancho grande*, y hasta *Madrid*, de Agustín Lara. ¡Ay, qué risa!

—¿Y sin esas huachaferías musicales, *fiasco?* —pedía confirmación don Rigoberto, huésped del séptimo cielo—. Es lo mejor de la noche, amor mío.

—Lo mejor no lo has oído, lo mejor fue el final, la payasada cumbre —se limpiaba las lágrimas doña Lucrecia—. Los vecinos comenzaron a tocar las paredes, llamaron de la recepción, que bajáramos la tele, el tocadiscos, nadie podía dormir en el hotel.

—O sea que ni tú ni él terminarían... —insinuó don Rigoberto, con débil esperanza.

—Yo, dos veces —lo regresó a la realidad doña Lucrecia—. Y, él, por lo menos una, estoy segura. Cuando iba bien colocado para la segunda, se armó la pelotera y se le cortó la inspiración. Todo terminó en risas. Vaya nochecita. De Ripley.

—Ahora, ya sabes mi secreto, también —dijo Modesto, una vez que, aplacados los vecinos y la recepción, apagadas sus risas, sosegados sus ímpetus, envueltos en las blancas batas de baño del Cipriani, se pusieron a conversar—. ¿Te importa que no hablemos de esto? Como te imaginarás, me da vergüenza... En fin, déjame decirte, una vez más, que nunca olvidaré esta semanita, Lucre.

—Yo tampoco, Pluto. La recordaré siempre. Y no sólo por el concierto, te lo juro.

Durmieron como marmotas, con la conciencia del deber cumplido, y estuvieron a tiempo en el embarcadero para tomar el vaporcito al aeropuerto. Alitalia se esmeró también y salió sin retraso, de modo que alcanzaron el Concorde de París a New York. Allí se despidieron, conscientes de que no volverían a verse.

—Dime que fue una semana horrible, que la odiaste —gimió, de pronto, don Rigoberto, apresando por la cintura a su mujer y encaramándola sobre él—. ¿No, no, Lucrecia?

—Por qué no haces la prueba de cantar algo, a grito pelado —le sugirió ella, con la aterciopelada voz de los mejores encuentros nocturnos—. Algo huachafo, amor. *La flor de la canela, Fumando espero, Brasil, terra de meu coração*. A ver qué pasa, Rigoberto.

77

III

El juego de los cuadros

—Qué chistoso, madrastra —dijo Fonchito—. Tus medias verdeoscuras son exactas a las de una modelo de Egon Schiele.

La señora Lucrecia se miró las gruesas medias de lana que abrigaban sus piernas hasta por encima de las rodillas.

—Son buenísimas para la humedad de Lima —dijo, palpándolas—; gracias a ellas, tengo los pies calientitos.

—*Desnudo reclinado con medias verdes* —recordó el niño—. Uno de sus cuadros más famosos. ¿Quieres verlo?

—Bueno, muéstramelo.

Mientras Fonchito se apresuraba a abrir su bolsón, que, como siempre, había tirado en la alfombra de la salita comedor, la señora Lucrecia sintió el difuso desasosiego que el niño solía transmitirle con esos arranques que siempre le parecían ocultar, bajo su apariencia inofensiva, algún peligro.

—Qué coincidencia, madrastra —decía Fonchito, mientras hojeaba el libro de reproducciones de Schiele que acababa de sacar del bolsón—. Yo me parezco a él y tú te pareces a sus modelos. En muchas cosas.

—¿En qué, por ejemplo?

—En esas medias verdes, negras o marrones que te pones. También, en la frazada a cuadritos de tu cama.

—Caramba, qué observador.

—Y, por último, en la majestad —añadió Fonchito, sin levantar la vista, enfrascado en la búsqueda del *Desnudo reclinado con medias verdes*. Doña Lucrecia no supo si reírse o burlarse. ¿Se daba cuenta de la rebuscada galantería o le había salido de casualidad?—: ¿No decía mi papá que tienes una majestad tan grande? ¿Que, hagas lo que hagas, nada en ti es vulgar? Yo sólo entendí lo que quería decir gracias a Schiele. Sus modelos se levantan las faldas, muestran todo, se las ve en posturas rarísimas, pero nunca parecen vulgares. Siempre, unas reinas. ¿Por qué? Porque tienen majestad. Como tú, madrastra.

Confundida, halagada, irritada, alarmada, doña Lucrecia quería y no quería poner punto final a esta explicación. Volvía a sentirse insegura, una vez más.

—Qué cosas dices, Fonchito.

—¡Acá está! —exclamó el niño, alcanzándole el libro—. ¿Ves lo que te digo? ¿No está en una pose que, en cualquier otra, parecería mala? Pero no en ella, madrastra. Eso es tener majestad, pues.

—Déjame ver. —La señora Lucrecia cogió el libro y, después de examinar un buen rato el *Desnudo reclinado con medias verdes*, asintió—: Cierto, son del mismo color que las que tengo puestas.

—¿No te parece lindo?

—Sí, es muy bonito. —Cerró el libro y se lo devolvió con presteza. Otra vez, la abrumó la idea de que perdía la iniciativa, de que el niño comenzaba a derrotarla. ¿Pero, qué batalla era ésta? Encontró los ojos de

Alfonso: brillaban con una lucecita equívoca y en su fresca cara amagaba una sonrisa.

—¿Podría pedirte un favor grandísimo? ¿El más grande del mundo? ¿Me lo harías?

«Me va a pedir que me desnude», se le ocurrió a ella, aterrada. «Le daré una cachetada y no lo veré más.» Odió a Fonchito y se odió.

—¿Qué favor? —murmuró, tratando de que su sonrisa no fuera macabra.

—Ponte como la señora del *Desnudo reclinado con medias verdes* —entonó la meliflua vocecita—. ¡Sólo un ratito, madrastra!

—¿Qué dices?

—Claro que sin desvestirte —la tranquilizó el niño, moviendo ojos, manos, respingando la nariz—. En esta pose. Me muero de ganas. ¿Me harías ese gran, gran favor? No seas malita, madrastra.

—No se haga de rogar tanto, sabe de sobra que le dará gusto —dijo Justiniana, apareciendo y exhibiendo su excelente humor de cada día—. Como mañana es cumpleaños de Fonchito, que sea su regalo.

—¡Bravo, Justita! —palmoteó el niño—. Entre los dos, la convencemos. ¿Me harás ese regalo, madrastra? Eso sí, tienes que quitarte los zapatos.

—Confiesa que quieres ver los pies de la señora porque sabes que los tiene muy bonitos —lo azuzó Justiniana, más temeraria que otras tardes. Disponía en la mesita la Coca Cola y el vaso de agua mineral que le habían pedido.

—Ella tiene todo bonito —afirmó el niño, con candidez—. Anda, madrastra, no nos tengas vergüenza. Si quieres, para que no te sientas mal, Justita y yo podemos jugar después a imitar otro cuadro de Egon Schiele.

Sin saber qué replicar, qué broma hacer, cómo simular un enojo que no tenía, la señora Lucrecia se vio, de pronto, sonriendo, asintiendo, murmurando «Será tu regalo de cumpleaños, caprichosito», descalzándose, ladeándose y estirándose en el largo sillón. Trató de imitar la reproducción que Fonchito había desplegado y que le señalaba, como un director teatral instruyendo a la estrella del espectáculo. La presencia de Justiniana la hacía sentirse protegida, aunque a esta loca le había dado ahora la ventolera de ponerse de parte de Fonchito. Al mismo tiempo, que estuviera allí, de testigo, añadía cierto aderezo a la insólita situación. Intentó llevar a la chacota lo que hacía, «¿Es así la cosa? No, más arribita la espalda, el cuello como gallinita, la cabeza derechita», mientras se apoyaba en los codos, alargaba una pierna y flexionaba la otra, calcando la pose de la modelo. Los ojos de Justiniana y Fonchito iban de ella a la cartulina, de la cartulina a ella, rientes los de la muchacha y los del niño con profunda concentración. «Éste es el juego más serio del mundo», se le ocurrió a doña Lucrecia.

—Está igualita, señora.

—Todavía —le quitó la palabra Fonchito—. Tienes que subir más la rodilla, madrastra. Yo te ayudo.

Antes de que tuviera tiempo de negarle el permiso, el niño entregó el libro a Justiniana, se acercó al sofá y le puso las dos manos bajo la rodilla, donde terminaba la media verde oscura y apuntaba el muslo. Con suavidad, atento a la reproducción, le alzó la pierna y la movió. El contacto de los delgados deditos en su corva desnuda, turbó a doña Lucrecia. La mitad inferior de su cuerpo se echó a temblar. Sentía una palpitación, un vértigo, algo avasallante que la hacía sufrir y gozar. Y, en eso, descubrió la mirada de Justiniana. Las pupilas encendidas de esa carita morena eran locuaces. «Sabe cómo estoy», pensó, avergonzada. El grito del niño vino a salvarla:

—¡Ahora sí, madrastra! ¿No está exacta, Justita? Quédate así un segundito, por favor.

Desde la alfombra, sentado con las piernas cruzadas como un oriental, la miraba arrobado, la boca entreabierta, sus ojos un par de lunas llenas, en éxtasis. La señora Lucrecia dejó pasar cinco, diez, quince segundos, quietecita, contagiada de la solemnidad con que el niño tomaba el juego. Algo ocurría. ¿La suspensión del tiempo? ¿El presentimiento del absoluto? ¿El secreto de la perfección artística? Una sospecha la asaltó: «Es igualito a Rigoberto. Ha heredado su fantasía tortuosa, sus manías, su poder de seducción. Pero, por suerte, no su cara de oficinista, ni sus orejas de Dumbo, ni su nariz de zanahoria». Le costó trabajo romper el sortilegio:

—Se acabó. Les toca a ustedes.

La desilusión se apoderó del arcángel. Pero, de inmediato, reaccionó:

—Tienes razón. En eso quedamos.

—Manos a la obra —los espoleó doña Lucrecia—. ¿Qué cuadro van a representar? Yo lo escojo. Dame el libro, Justiniana.

—Ahí, sólo hay dos cuadros para Justita y para mí —la previno Fonchito—. *Madre e hijo* y el *Desnudo de hombre y mujer reclinados y entreverados*. Los demás son hombres solos, mujeres solas o parejas de mujeres. El que tú quieras, madrastra.

—Vaya sabelotodo —exclamó Justiniana, estupefacta.

Doña Lucrecia inspeccionó las imágenes y, en efecto, las mencionadas por Alfonsito eran las únicas imitables. Descartó la última, porque ¿qué verosimilitud podía tener que un niño imberbe hiciera de ese barbado pelirrojo identificado por el autor del libro como el artista Félix Albrecht Harta, que, desde la foto del óleo, la observaba con expresión boba, indiferente al desnudo sin rostro, de medias rojas, que reptaba como sierpe amorosa bajo su pierna flexionada? En *Madre y niño* había al menos una desproporción de edad semejante a la de Alfonso y Justiniana.

—Qué posesita la de esa mamá y ese hijito —fingió que se alarmaba la empleada—. Supongo que no me pedirás que me quite el vestido, sinvergüenza.

—Al menos, ponte unas medias negras —le contestó el niño, sin bromear—. Yo me quitaré los zapatos y la camisa solamente.

No había maledicencia en su voz, ni sombra de trasfondo malicioso. Doña Lucrecia aguzaba el oído, escrutaba con desconfianza la carita precoz: no, ni sombra. Era un actor consumado. ¿O, un niño puro y ella una idiota, una vieja impura? Qué tenía Justiniana; en los años que llevaba con ella, no recordaba haberla visto tan disforzada.

—Qué medias negras me voy a poner, ¿acaso tengo?

—Que te las preste mi madrastra.

En vez de cortar el juego, como la razón le aconsejaba, se oyó decir: «Por supuesto». Fue a su cuarto y regresó con las medias negras de lana que se ponía las noches más frías. El niño se estaba quitando la camisa. Era delgado, armonioso, entre blanco y dorado. Vio su torso, sus esbeltos brazos, sus hombros de huesecillos que resaltaban y doña Lucrecia recordó. ¿Había pasado todo aquello, entonces? Justiniana había dejado de reír y evitaba mirarla. Estaría en ascuas, también.

—Póntelas, Justita —la apuró el niño—. ¿Quieres que te ayude?

—No, muchas gracias.

También la muchacha había perdido la naturalidad y la confianza que rara vez la abandonaban. Se le enredaron los dedos, se puso las medias torcidas. Mientras se las alisaba y subía, se doblaba, tratando de ocultar sus piernas. Quedó cabizbaja, en la alfombra, junto al niño, moviendo las manos sin ton ni son.

—Empecemos —dijo Alfonso—. Tú boca abajo, la cabeza sobre tus brazos, cruzados como una almohada. Tengo que pegarme a tu derecha. Las rodillas en tu pierna, mi cabeza a tu costado. Sólo que, como soy más grande que el del cuadro, te llego al hombro. ¿Nos parecemos algo, madrastra?

Con el libro en la mano, ganada por un escrúpulo de perfección, doña Lucrecia se inclinó sobre ellos. La manita izquierda tenía que aparecer debajo del hombro derecho de Justiniana, la carita más aquí. «Apoya la mano izquierda sobre su espalda, Foncho, que descanse en ella. Sí, ahora se parecen bastante.»

Se sentó en el sillón y los contempló, sin verlos, embebida en sus pensamientos, asombrada de lo que pasaba. Era Rigoberto. Corregido y aumentado. Aumentado y corregido. Se sintió ida, cambiada. Ellos permanecían quietos, jugando con toda seriedad. Nadie sonreía. El ojo único que la postura dejaba a Justiniana ya no refulgía con picardía, se había empozado en él una modorra lánguida. ¿Estaría excitada, también? Sí, sí, como ella, más que ella. Sólo Fonchito —los ojos cerrados para parecerse más al niño sin rostro de Schiele— parecía jugar el juego sin trastienda ni añadidos. La atmósfera se había espesado, los ruidos del Olivar apagado, el tiempo escurrido, y la casita, San Isidro, el mundo, evaporado.

—Tenemos tiempo para otro más —dijo, por fin, Fonchito, levantándose—. Ahora, ustedes dos. ¿Qué les parece? Sólo puede ser, voltea la página, madrastra, ése, cabalito. *Dos jovencitas yaciendo entreveradas.* No te muevas, Justita. Date la vuelta, nomás. Échate a su lado, madrastra, de espaldas sobre ella. La mano así, bajo la cadera. Tú eres la del vestido amarillo, Justita. Imítala. Este brazo aquí, y, el derecho, pásaselo a mi madrastra bajo las piernas. Tú, dóblate un poquito, que tu rodilla choque con el hombro de Justita. Levanta esta mano, pónsela a mi madrastra en la pierna, abre los dedos. Así, así. ¡Perfecto!

Ellas callaban y obedecían, plegándose, desplegándose, ladeándose, alargando o encogiendo piernas, brazos, cuellos. ¿Dóciles? ¿Embrujadas? ¿Hechizadas? «Derrotadas», admitió doña Lucrecia. Su cabeza reposaba sobre los muslos de la muchacha y su diestra la asía de la cintura. De tanto en tanto, la presionaba, para sentir su humedad y la calidez que emanaba de ella; y, respondiendo a esa presión, en su muslo derecho los dedos de Justiniana se hundían también y la hacían sentir que la sentía. Estaba viva. Claro que lo estaba; ese olor intenso, denso, turbador, que aspiraba ¿de dónde iba a venir sino del cuerpo de Justiniana? ¿O, vendría de ella misma? ¿Cómo habían llegado a estos extremos? ¿Qué había pasado para que, sin darse cuenta —o, dándose— este niñito las hubiera hecho jugar a esto? Ahora, no le importó. Se sentía muy a gusto dentro del cuadro. Con ella, con su cuerpo, con Justiniana, con la circunstancia que vivía. Oyó que Fonchito se alejaba:

—Qué pena tener que irme. Con lo bonito que estaba. Pero, ustedes, sigan jugando. Gracias por el regalo, madrastra.

Lo sintió abrir la puerta, lo sintió cerrarla. Se había ido. Las había dejado solas, tendidas, entreveradas, abandonadas, perdidas en una fantasía de su pintor favorito.

LA REBELIÓN DE LOS CLÍTORIS

Entiendo, señora, que la variante feminista que usted representa ha declarado la guerra de los sexos y que la filosofía de su movimiento se sustenta en la convicción de que el clítoris es moral, física, cultural y eróticamente superior al pene, y, los ovarios, de más noble idiosincrasia que los testículos.

Le concedo que sus tesis son defendibles. No pretendo oponerles la menor objeción. Mis simpatías por el feminismo son profundas, aunque subordinadas a mi amor por la libertad individual y los derechos humanos, lo que las enmarca dentro de unos límites que debo precisar a fin de que lo que le diga después tenga sentido. Generalizando, y para empezar por lo más obvio, afirmaré que estoy por la eliminación de todo obstáculo legal a que la mujer acceda a las mismas responsabilidades del varón y en favor del combate intelectual y moral contra los prejuicios en que se apoya el recorte de los derechos de las mujeres, dentro de los cuales, me apresuro a añadir, el más importante me parece, igual que en lo concerniente a los varones, no el derecho al trabajo, a la educación, a la salud, etcétera, sino el derecho al placer, en lo que, estoy seguro, asoma nuestra primera discrepancia.

Pero la principal y, me temo, irreversible, la que abre un insalvable abismo entre usted y yo —o, para movernos en el dominio de la neutralidad científica, entre mi falo y su vagina— radica en que, desde mi punto de vista, el feminismo es una categoría conceptual colectivista, es decir, un sofisma, pues pretende encerrar dentro de un concepto genérico homogéneo a una vasta colectividad de individualidades heterogéneas, en las que diferencias y disparidades son por lo menos tan importantes (seguramente más) que el denominador común clitórico y ovárico. Quiero decir, sin la menor pirueta cínica, que estar dotado de falo o clítoris (artefactos de frontera dudosa, como le probaré a continuación) me parece menos importante para diferenciar a un ser de otro, que todo el resto de atributos (vicios, virtudes o taras) específicos a cada individuo. Olvidarlo, ha motivado que las ideologías crearan formas de opresión igualadora generalmente peores que aquellos despotismos contra los que pretendían insurgir. Me temo que el feminismo, en la variante que usted patrocina, vaya por ese camino caso de que triunfen sus tesis, lo cual, desde el punto de vista de la condición de la mujer no significaría otra cosa, en vulgar, que cambiar mocos por babas.

Éstas son para mí consideraciones de principio moral y estético, que usted no tiene por qué compartir. Por fortuna, tengo también a la ciencia de mi parte. Lo comprobará si echa una ojeada, por ejemplo, a los trabajos de la profesora de Genética y Ciencia Médica de la Universidad de Brown, doctora Anne Fausto-Sterling, quien, desde hace bastantes años se desgañita demostrando, ante la muchedumbre idiotizada por las convenciones y los mitos y ciega ante la verdad, que los sexos humanos no son los dos que nos han hecho creer —femenino y masculino— sino, por lo menos, cinco, y, tal vez, más. Aunque yo objeto por razones fonéticas los nombres elegidos por la doctora Fausto-Sterling (*herms*, *merms* y *ferms*) para las tres variedades intermedias entre lo masculino y femenino detectadas por la biología, la genética y la sexología, saludo en sus investigaciones y en las de científicos como ella a unos poderosos aliados de quienes, tal cual este cobarde escriba, creemos que la división maniquea de la humanidad entre hombres y mujeres es una ilusión colectivista, cuajada de conjuras contra la soberanía individual —y por ende contra la libertad—, y una falsedad científica entronizada por el tradicional empeño de los Estados, las religiones y los sistemas legales en mantener ese sistema dualista, en contra de una Naturaleza que lo desmiente a cada paso.

La imaginación de la libérrima mitología helénica lo sabía muy bien, cuando patentó a esa hechura combinada de Hermes y Afrodita, el Hermafrodita adolescente, que, al enamorarse de una ninfa, fundió su cuerpo con el de ella, volviéndose desde entonces hombre-mujer o mujer-hombre (cada una de estas fórmulas, la doctora Fausto-Sterling *dixit*, representa un matiz distinto de coalición en un solo individuo de gónadas, hormonas, composición de cromosomas y, por lo mismo, origina sexos distintos a lo que conocemos por hombre y mujer, a saber los cacofónicos y yerbosos *herms*, *merms* y *ferms*). Lo importante es saber que esto no es mitología sino realidad restallante, pues, antes y después del Hermafrodita griego, han nacido esos seres intermedios (ni varones ni hembras en la concepción usual del término) condenados por la estupidez, la ignorancia, el fanatismo y los prejuicios, a vivir en el disfraz, o, si eran descubiertos, a ser quemados, ahorcados, exorcizados como engendros del demonio, y, en la era moderna, a ser «normalizados» desde la cuna mediante la cirugía y la manipulación genética de una ciencia al servicio de esa falaz nomenclatura que sólo acepta lo masculino y lo femenino y arroja fuera de la normalidad, a los infiernos de la anomalía, monstruosidad o extravagancia física, a esos delicados héroes intersexuales —toda mi simpatía está con ellos— dotados de testículos y ovarios, clítoris como penes o penes como clítoris, uretras y vaginas y que, a veces, disparan espermatozoides y a la vez menstrúan. Para su conocimiento, estos casos raros no son tan raros; el doctor John Money, de la Universidad de John Hopkins, estima que los intersexuales son un cuatro por ciento de los homínidos que nacen (sume y verá que, solos, poblarían un continente).

La existencia de esta populosa humanidad científicamente establecida (de la que me he enterado leyendo esos trabajos que, para mí, tienen un interés sobre todo erótico), al margen de la normalidad y por cuya liberación, reconocimiento y aceptación lucho también a mi fútil manera (quiero decir, desde mi solitaria esquina de libertario hedonista, amante del arte y los placeres del cuerpo, aherrojado tras el anodino ganapán de gerente de una compañía de seguros) fulmina a quienes, como usted, se empeñan en separar a la humanidad en compartimentos estancos en razón del sexo: falos aquí, clítoris del otro lado, vaginas a la derecha, escrotos a la izquierda. Ese esquematismo gregario no corresponde a la verdad. También en lo referente al sexo los humanos representamos un abanico de variantes, familias, excepciones, originalidades y matices. Para aprisionar la realidad última e intransferible de lo humano, en este dominio, como en todos los otros, hay que renunciar al rebaño, a la visión tumultuaria, y replegarse en lo individual.

Resumiendo, le diré que todo movimiento que pretenda trascender (o relegar a segundo plano) el combate por la soberanía individual, anteponiéndole los intereses de un colectivo —clase, raza, género, nación, sexo, etnia, iglesia, vicio o profesión— me parece una conjura para embridar aún más la maltratada libertad humana. Esa libertad sólo alcanza su sentido pleno en la esfera del individuo, patria cálida e indivisible que encarnamos usted con su clítoris beligerante y yo con mi falo encubierto (llevo prepucio y también lo lleva mi hijito Alfonso y estoy contra la circuncisión religiosa de los recién nacidos —no de la elegida por seres con uso de razón— por las mismas razones que condeno la ablación del clítoris y de los labios superiores vaginales que practican muchos islamistas africanos) y deberíamos defenderla, ante todo, contra la pretensión de quienes quisieran disolvernos en esos conglomerados amorfos y castradores que manipulan los hambrientos de poder. Todo parece indicar que usted y sus seguidoras forman parte de esa grey y, por lo tanto, es mi deber participarle mi antagonismo y hostilidad a través de esta carta, que, por lo demás, tampoco pienso llevar al correo.

Para levantar algo la seriedad funeral de mi misiva y terminarla con una sonrisa, me animo a referirle el caso del pragmático andrógino Emma (¿debería, tal vez, decir andrógina?) que refiere el urólogo Hugh H. Young (asimismo de John Hopkins) que la/lo trató. Emma fue educada como niña, pese a tener un clítoris del tamaño de un pene, y una hospitalaria vagina, lo que le permitía celebrar intercambios sexuales con mujeres y hombres. De soltera, los tuvo sobre todo con muchachas, oficiando ella de hombre. Luego, casó con un varón e hizo el amor como mujer, sin que ese rol, empero, la deleitara tanto como el otro; por eso, tuvo amantes mujeres a las que horadaba alegremente con su virilizado clítoris. Consultado por ella, el doctor Young le explicó que sería muy fácil intervenirla quirúrgicamente y convertirla sólo en hombre, ya que ésa parecía su preferencia. La respuesta de Emma vale bibliotecas sobre la estrechez del humano universo: «¿Tendría usted que quitarme la vagina, no, doctor? No creo que me convenga, pues ella me da de comer. Si me opera, tendría

91

que separarme de mi esposo y buscar trabajo. Para eso, prefiero seguir como estoy». Cita la historia la doctora Anne Fausto-Sterling en *Myths of Gender: Biological Theories about Women and Men*, libro que le recomiendo.

Abur y polvos, amiga.

BORRACHERA CON CARAMBOLA

En el sosiego de la noche barranquina, don Rigoberto se enderezó en su cama con la ligereza de una cobra convocada por el encantador. Ahí estaba doña Lucrecia, bellísima en su escotado vestido negro de gasa, hombros y brazos desnudos, sonriente, atendiendo a la docena de invitados. Daba órdenes al mayordomo que servía las bebidas y a Justiniana que, en su uniforme azul con mandil blanco almidonado, pasaba las bandejas de bocaditos —yuquitas con salsa huancaína, palitos de queso, conchitas a la parmesana, aceitunas rellenas— con desenvoltura de dueña de casa. Pero, el corazón de don Rigoberto dio un bote, quien pugnaba por ocupar toda la escena en su indirecta memoria de aquel suceso (él había sido el gran ausente de esa fiesta, que conocía a través de Lucrecia y su propia imaginación) era la voz estrambótica de Fito Cebolla. ¿Ya borracho? Camino de estarlo, pues los whiskies se sucedían en sus manos como cuentas de rosario en las de una devota.

—Si tenías que viajar —se enterró en sus brazos doña Lucrecia—, debimos cancelar el coctel. Yo te lo dije.

—¿Por qué? —preguntó don Rigoberto, ajustando su cuerpo al de su esposa—. ¿Pasó algo?

—Muchas cosas —se rió doña Lucrecia, la boca contra su pecho—. No te lo voy a contar. Ni te lo sueñes.

—¿Alguien se portó mal? —se animó don Rigoberto—. ¿Se propasó Fito Cebolla, por ejemplo?

—Quién, si no —le dio gusto su mujer—. Él, por supuesto.

«Fito, Fito Cebolla», pensó. ¿Lo quería o lo odiaba? No era fácil saberlo, pues despertaba en él uno de esos sentimientos difusos y contradictorios que eran su especialidad. Lo había conocido cuando, en un directorio, decidieron nombrarlo relacionista público de la compañía. Fito tenía amigos por todas partes y, aunque estaba en franca decadencia y lanzado hacia la dipsomanía más babosa, sabía hacer bien lo que sugería su nombramiento rimbombante: relacionarse y ser público.

—¿Qué barbaridad hizo? —preguntó, anheloso.

—A mí, meterme la mano —se avergonzó, escabulló y repuso doña Lucrecia—. A Justiniana, por poco la viola.

Don Rigoberto lo conocía de oídas y estuvo seguro de que lo detestaría apenas lo viera aparecerse en la oficina a tomar posesión de su puesto. ¿Qué otra cosa podía ser sino una canalla impresentable, un sujeto de vida jalonada de actividades deportivas? —su nombre se asociaba, en los vagos recuerdos de don Rigoberto, a la tabla hawaiana, el tenis, el golf, exhibiciones de moda o concursos de belleza de los que solía ser jurado y a las páginas

93

frívolas, donde con frecuencia irrumpían su dentadura carnicera y su piel tostada por las playas del planeta, vestido de etiqueta, de sport, de hawaiano, de noche, de tarde, de amanecer y de crepúsculo, una copa en la mano y enmarcado por mujeres muy bonitas—. Se esperaba la imbecilidad integral, en su variante alta sociedad limeña. Su sorpresa fue mayúscula al descubrir que Fito Cebolla, siendo exactamente todo lo que podía esperarse de él —frívolo, cafiche de lujo, cínico, vividor, parásito, ex-deportista y ex-tigre del coctel— era, también, un original, un impredecible y, hasta el colapso alcohólico, divertidísimo. Había leído algo alguna vez y sacaba provecho a esas lecturas, citando a Fernando Casós —«En el Perú es admirable lo que no sucede»— y, entre carcajadas admonitivas, a Paul Groussac: «Florencia es la ciudad-artista, Liverpool la ciudad-mercader y Lima la ciudad-mujer». (Para comprobar este aserto estadísticamente, llevaba una libreta en la que iba anotando las mujeres feas y bonitas que cruzaba en su camino). A poco de conocerse, mientras tomaban un copetín con dos compañeros de oficina en el Club de la Unión, habían hecho una apuesta entre los cuatro a ver quién pronunciaba la frase más pedante. La de Fito Cebolla («Cada vez que paso por Port Douglas, en Australia, me zampo un bistec de cocodrilo y me tiro a una aborigen») ganó por unanimidad.

En la soledad oscura, don Rigoberto fue presa de un arrebato de celos que alteró su pulso. Su fantasía trabajaba como una mecanógrafa. Ahí estaba otra vez doña Lucrecia. Espléndida, hombros pulidos y brazos rozagantes, empinada sobre los zapatos calados de tacón de

94

aguja y sus torneadas piernas depiladas, departía con los invitados, explicando, pareja por pareja, la urgente partida de Rigoberto a Río de Janeiro, esa tarde, por asuntos de la compañía.

—Y qué nos importa —bromeó, galante, Fito Cebolla, besando la mano de la dueña de casa después de su mejilla—. Qué más queremos.

Era fláccido, pese a las proezas deportivas de sus años mozos, alto, contoneante, ojos de batracio y una boca movediza que pringaba de lujuria las palabras que emitía. Por supuesto, se había presentado al coctel sin su mujer ¿sabiendo que don Rigoberto sobrevolaba las selvas amazónicas? Fito Cebolla había dilapidado las modestas fortunas de sus tres primeras esposas legítimas, de las que fue divorciándose a medida que las exprimía paseándolas por los mejores balnearios del ancho mundo. Llegada la hora del reposo, se resignaba a su cuarta y, sin duda, última mujer, cuyo disminuido patrimonio le aseguraba, ya no lujos ni excesos de orden turístico, vestuario o culinario, apenas una buena casa en La Planicie, una correcta despensa y escocés suficiente para cebar la cirrosis hasta el fin de sus días, a condición de no pasar de los setenta. Ella era frágil, menuda, elegante y como pasmada de admiración retrospectiva por el Adonis que en algún tiempo fue Fito Cebolla.

Ahora, era un abotargado sesentón e iba por la vida armado de una libretita y unos prismáticos con los que, en sus andanzas por el centro y en la luz roja de los semáforos cuando conducía su anticuado Cadillac color concho de vino, veía y anotaba, además de la estadística general (feas o bonitas), una más especializada: las respingadas nalgas, los encabritados pechos, las piernas mejor torneadas, los cuellos más cisnes, las bocas más sensuales y los ojos más brujos que le deparaba el tráfico. Su investigación, rigurosa y arbitraria a más no poder, dedicaba a veces un día, y hasta una semana, a una parte de las anatomías femeninas transeúntes, de manera no muy diferente a la que don Rigoberto configuraba para el aseo de sus órganos: lunes, culos; martes, pechos; miércoles, piernas; jueves, brazos; viernes, cuellos; sábados, bocas y domingos, ojos. Las calificaciones, de cero a veinte, las promediaba cada fin de mes.

Desde que Fito Cebolla le permitió hojear sus estadísticas, don Rigoberto había comenzado a presentir, en el insondable océano de los caprichos y las manías, una inquietante semejanza con él, y a consentir una incontenible simpatía por un espécimen capaz de reivindicar sus extravagancias con tanta insolencia. (No era su caso, pues las suyas eran disimuladas y matrimoniales.) En cierto sentido, aun restando su cobardía y timidez, de las que Fito Cebolla carecía, intuyó que éste era su par. Cerrando los ojos —en vano, porque las sombras del dormitorio eran totales— y arrullado por el rumor vecino del mar al pie del acantilado, don Rigoberto divisó la mano con vellos en los nudillos, decorada con aro de matrimonio y sortija de oro en el meñique, aposentándose a traición en el trasero de su mujer. Un quejido animal que hubiera podido despertar a Fonchito rajó su garganta: «¡Hijo de puta!».

—No fue así —dijo doña Lucrecia, sobándose contra él—. Conversábamos en un grupo de tres o cuatro, Fito entre ellos, ya con muchos whiskies adentro.

Justiniana pasó la fuente y entonces él, de lo más fresco, se puso a piropearla.

—Qué sirvienta más bonita —exclamó, los ojos inyectados, los labios babeando su hilito de saliva, la entonación desguasada—. Una zambita de rompe y raja. ¡Qué cuerpito!

—Sirvienta es una palabra fea, despectiva y un poco racista —reaccionó doña Lucrecia—. Justiniana es una empleada, Fito. Como tú. Rigoberto, Alfonsito y yo la queremos mucho.

—Empleada, valida, amiga, protegida o lo que sea, no pretendo ofender —siguió Fito Cebolla, imantado, a la joven que se alejaba—. Ya me gustaría tener en mi casa una zambita así.

Y, en ese momento, doña Lucrecia sintió, inequívoca, poderosa, ligeramente mojada y caliente, una mano masculina en la parte inferior de su nalga izquierda, en el sensible lugar donde descendía en pronunciada curva al encuentro del muslo. Por unos segundos, no atinó a reaccionar, a retirarla, apartarse ni enojarse. Él se había aprovechado de la gran planta de crotos junto a la cual conversaban para ejecutar la operación sin que los demás lo advirtieran. A don Rigoberto lo distrajo una expresión francesa: *la main baladeuse*. ¿Cómo se traduciría? ¿La mano viajera? ¿La mano trashumante? ¿La mano ambulante? ¿La mano resbalosa? ¿La mano pasajera? Sin resolver el dilema lingüístico, se indignó de nuevo. Un impávido Fito miraba a Lucrecia con su insinuante sonrisa mientras sus dedos comenzaban a moverse, plisando la gasa del vestido. Doña Lucrecia se apartó con brusquedad.

—Mareada de cólera, fui a la repostería a tomar un vaso de agua —explicó a don Rigoberto.

—¿Qué le pasa, señora? —le preguntó Justiniana.

—Ese asqueroso me puso la mano aquí. No sé cómo no le di una trompada.

—Debiste dársela, romperle un macetero en la cabeza, rasguñarlo, botarlo de la casa —se enfureció Rigoberto.

—Se la di, se lo rompí, lo rasguñé y lo boté de la casa —Doña Lucrecia frotó su nariz esquimal contra la de su marido—. Pero, después. Antes, pasaron cosas.

«La noche es larga», pensó don Rigoberto. Había llegado a interesarse en Fito Cebolla como un entomólogo por un insecto rarísimo, de colección. Envidiaba en esa crasa humanidad que exhibiera tan impúdicamente sus tics y fantasías, todo eso que, desde un canon moral que no era el suyo, llamaban vicios, taras, degeneraciones. Por exceso de egoísmo, sin saberlo, el imbécil de Fito Cebolla había conquistado mayor libertad que él, que sabía todo pero era un hipócrita, y, por añadidura, un asegurador («Como lo fueron Kafka y el poeta Wallace Stevens», se excusó ante sí mismo, en vano). Divertido, don Rigoberto recordó aquella conversación en el bar del César's, registrada en sus cuadernos, en que Fito Cebolla le confesó que la mayor excitación de su vida no se la había provocado el cuerpo escultural de alguna de sus infinitas amantes, ni las bataclanas del Folies Bergère de París, sino la austera Luisiana, la casta Universidad de Baton Rouge, donde su iluso padre lo matriculó con la esperanza de que se graduara de químico industrial. Allí, en el alféizar de su *dormitory*, una tarde primaveral, le tocó asistir al más formidable agarrón sexual desde que los dinosaurios fornicaban.

—¿De dos arañas? —se abrieron las narices de don Rigoberto y continuaron palpitando, feroces. Sus orejotas de Dumbo aleteaban también, sobreexcitadas.

—De este tamaño —mimó la escena Fito Cebolla, elevando, encogiendo los diez dedos y acercándolos con obscenidad—. Se vieron, se desearon y avanzaron la una hacia la otra, dispuestas a amarse o a morir. Mejor dicho: a amarse hasta morir. Al saltar una sobre otra, hubo una crepitación de terremoto. La ventana, el *dormitory*, se llenaron de olor seminal.

—¿Cómo sabes que estaban copulando? —lo banderilló don Rigoberto—. ¿Por qué no, peleando?

—Estaban peleando y fornicando a la vez, como tiene que ser, como tendría que ser siempre —bailoteó en el asiento Fito Cebolla; sus manos se habían entrecruzado y los diez dedos se restregaban con crujidos óseos—. Se sodomizaban la una a la otra con todas sus patas, anillos, pelos y ojos, con todo lo que tenían en el cuerpo. Nunca vi seres tan felices. Nunca nada tan excitante, lo juro por mi santa madre que está en el cielo, Rigo.

La excitación resultante del coito arácnido, según él, había resistido a una eyaculación aérea y a varias duchas de agua fría. Al cabo de cuatro décadas y sinfín de aventuras, la memoria de las velludas bestezuelas agarradas bajo el inclemente cielo azul de Baton Rouge venía a veces a turbarlo y, aun ahora, cuando los años aconsejaban moderación, aquella remota imagen, al emerger de pronto en su conciencia, lo empingorotaba más que un jalón de yobimbina.

—Cuéntanos qué hacías en el Folies Bergère, Fito —pidió Teté Barriga, sabiendo perfectamente a lo que se exponía—. Aunque sea mentira ¡es tan chistoso!

—Era invencionarlo, meter la mano al fuego —apuntó la señora Lucrecia, demorando el cuento—. Pero, a Teté le encanta chamuscarse.

Fito Cebolla se revolvió en el asiento donde yacía semiderribado por el whisky:

—¡Cómo, mentira! Fue el único trabajo agradable de mi vida. Pese a que me trataban tan mal como me trata tu marido en la oficina, Lucre. Ven, siéntate con nosotros, atiéndenos.

Tenía los ojos vidriosos y la voz escaldada. Los invitados comenzaban a mirar los relojes. Doña Lucrecia, haciendo de tripas corazón, fue a sentarse junto a los Barriga. Fito Cebolla empezó a evocar aquel verano. Se había quedado varado en París sin un centavo, y, gracias a una amiga, obtuvo un empleo de pezonero en el «histórico teatro de la rue Richer».

—Pezonero viene de pezón, no de pesas —explicó, mostrando una sicalíptica puntita de lengua rojiza y entornando los salaces ojos como para ver mejor lo que veía («y lo que veía era mi escote, amor». La soledad de don Rigoberto comenzaba a poblarse y afiebrarse)—. Aunque era el último pinche y el peor pagado, de mí dependía el éxito del *show*. ¡Una responsabilidad del carajo!

—¿Cuál, cuál? —lo urgió Teté Barriga.

—Poner tiesos, en el momento de salir a escena, los pezones de las coristas.

Para lo que, en su agujero de las bambalinas, disponía de un balde de hielo. Las muchachas, engalanadas con penachos de plumas, adornos de flores, exóticos peinados, largas pestañas, uñas postizas, mallas invisibles y colas de pavorreal, nalgas y pechos al aire, se inclinaban ante Fito Cebolla, quien frotaba cada pezón y la corola circundante con un cubito de hielo. Ellas, entonces, dando un gritito, saltaban a escena, los pechos como espadas.

—¿Funciona, funciona? —insistía Teté Barriga, ojeando su pecho alicaído, mientras su marido bostezaba—. ¿Frotándoles hielo se ponen…?

—Tiesos, duros, rectos, empinados, airosos, erguidos, soberbios, erizados, encolerizados —prodigaba su versación en materia de sinónimos Fito Cebolla—. Permanecen así quince minutos, cronometrados.

«Sí, funciona», se repitió don Rigoberto. En las persianas se insinuaba una rayita pálida. Otro amanecer lejos de Lucrecia. ¿Era hora de despertar a Fonchito para el colegio? Aún no. Pero ¿no estaba ella aquí? Como cuando habían verificado sobre sus hermosos pechos la receta del Folies Bergère. Él había visto enderezarse esos oscuros pezones en sus areolas doradas y ofrecerse a sus labios, fríos y duros como piedras. Aquella verificación había costado a Lucrecia un resfrío, que, por lo demás, le contagió.

—¿Dónde está el baño? —preguntó Fito Cebolla—. Para lavarme las manos, no piensen mal.

Lucrecia lo guió hasta el pasillo, guardando prudente distancia. Temía sentir de nuevo, en cualquier momento, aquella ventosa manual.

—Tu zambita me ha gustado, en serio —iba balbuciendo Fito, entre tropezones—. Yo soy democrático, vengan negras, blancas o amarillas, si están bien despachadas. ¿Me la regalas? O, si prefieres, traspásamela. Te pago un juanillo.

—Ahí tienes el baño —lo frenó doña Lucrecia—. Lávate también la lengua, Fito.

—Tus deseos son órdenes —babeó él y, antes de que ella pudiera apartarse, la maldita mano fue directa a sus pechos. La retiró en el acto y se metió en el baño—: Perdón, perdón, me equivoqué de puerta.

Doña Lucrecia regresó a la sala. Los invitados comenzaban a irse. Temblaba de cólera. Esta vez, lo echaría de la casa. Cambiaba las últimas banalidades y los despedía en el jardín. «Es el colmo, es el colmo.» Se pasaban los minutos y Fito Cebolla no aparecía.

—¿Quieres decir que se había ido?

—Eso es lo que creí. Que, al salir del baño, se habría largado, discretamente, por la puerta de servicio. Pero no, no. El maldito se quedó.

Se fueron las visitas, el mozo contratado, y, luego de ayudar a Justiniana a recoger vasos y platos, cerrar ventanas, apagar las luces del jardín y poner la alarma, el mayordomo y la cocinera dieron a Lucrecia las buenas noches y se retiraron a sus alejados dormitorios, en un pabellón aparte, detrás de la piscina. Justiniana, que dormía en los altos, junto al estudio de don Rigoberto, estaba en la cocina metiendo el servicio en la lavadora.

—¿Fito Cebolla se quedó adentro, escondido?

—En el cuartito del sauna, tal vez, o entre las plantas del jardín. Esperando que los demás se fueran, que la cocinera y el mayordomo se acostaran, para meterse a la cocina. ¡Como un ladrón!

Doña Lucrecia estaba en un sofá de la sala, cansada, todavía sin recuperarse del mal rato. El forajido de Fito Cebolla no volvería a poner los pies en esta casa. Se preguntaba si le contaría a Rigoberto lo ocurrido, cuando estalló el grito. Venía de la cocina. Se levantó, corrió. En la puerta del blanco repostero —las paredes de azulejos destellando bajo la farmacéutica luz— el espectáculo la paralizó. Don Rigoberto pestañó varias veces antes de fijar la vista en la rayita pálida de la persiana que anunciaba el día. Los veía: Justiniana, de espaldas en la mesa de pino a la que había sido arrastrada, forcejeando con manos y piernas contra la fofa corpulencia que la aplastaba, besuqueaba y gargarizaba unos ruidos que eran, que tenían que ser groserías. En el umbral, desfigurada, desorbitada, doña Lucrecia. Su parálisis no duró mucho. Ahí estaba —el corazón de don Rigoberto batió impetuoso, lleno de admiración por la belleza delacroixiana de esa furia que cogía lo primero que encontraba, el rollo de amasar, y arremetía contra Fito Cebolla, insultándolo. «Abusivo, maldito, inmundicia, crápula». Lo golpeaba sin misericordia, donde cayera el rollo, en la espalda, el cuello regordete, la cabeza frailuna, las nalgas, hasta obligarlo a soltar su presa para defenderse. Don Rigoberto podía oír los mazazos que tundían los huesos y músculos del interrumpido violador, quien, finalmente, vencido por la paliza y la borrachera que estorbaba sus movimientos, giró, las manos hacia su agresora, trastabilló, resbaló y se derramó por el suelo como una gelatina.

—Pégale, pégale tú también, véngate —gritaba doña Lucrecia, descargando el incansable rollo de amasar sobre el bulto de sucio terno azul que, tratando de enderezarse, alzaba los brazos para amortiguar los golpes.

—¿Justiniana le reventó el banquito en la cabeza? —preguntó el regocijado don Rigoberto.

Se lo hizo trizas y volaron astillas hasta el techo. Lo alzó con las dos manos, se lo descargó con todo el peso de su cuerpo. Don Rigoberto vio la silueta espigada, el uniforme azul, el mandil blanco, empinándose para descerrajar el bólido. El estentóreo «¡Ayyyy!» del despatarrado Fito Cebolla le sacudió los tímpanos. (¿Pero no a la cocinera, ni al mayordomo, ni a Fonchito?) Se tapaba la cara, en sus manos había manchas de sangre. Estuvo desmayado unos segundos. Acaso, lo volvieron en sí los gritos de las dos mujeres, que lo seguían insultando: «Degenerado, borracho, abusivo, maricón».

—Qué dulce es la venganza —se rió doña Lucrecia—. Abrimos la puerta falsa y él se escapó, gateando. A cuatro patas, te lo juro. Lloriqueando: «Ay, mi cabecita, ay, me la han partido».

En eso, se soltó la alarma. Vaya susto. Pero, ni por ésas se habían despertado Fonchito, el mayordomo ni la cocinera. ¿Era verosímil? No. Pero, sí muy conveniente, pensó don Rigoberto.

—No sé cómo la apagamos, nos metimos, cerramos la puerta, y volvimos a poner la alarma —se reía doña Lucrecia, desbocada—. Hasta que, poquito a poco, nos fuimos calmando.

Entonces, ella pudo darse cuenta de lo que ese bruto había hecho a la pobre Justiniana. Le había destrozado el vestido. La muchacha, todavía aterrada, soltó el llanto. Pobrecita. Si doña Lucrecia hubiera subido antes al dormitorio, no hubiera oído su grito, ya que ni el mayordomo ni la cocinera ni el niño oyeron nada. El canalla la hubiera violado y tan contento. La consoló, la abrazó: «Ya pasó, ya se fue, no llores». Contra el suyo, el cuerpo de la muchacha —parecía más jovencita así, tan próxima— temblaba de pies a cabeza. Sentía su corazón y veía sus esfuerzos por contener los sollozos.

—Me dio una pena —susurró doña Lucrecia—. Además de destrozarle el uniforme, le había pegado.

—Tuvo su merecido —gesticuló don Rigoberto—. Se fue humillado y sangrando. ¡Muy bien hecho!

«Mira cómo te ha puesto, el desgraciado.» Doña Lucrecia apartó a Justiniana. Examinó su uniforme en jirones, la acariñó en la cara, ahora sin rastro del buen humor exuberante que siempre lucía; unos lagrimones le corrían por las mejillas, un rictus crispaba sus labios. Los ojos se le habían apagado.

—¿Pasó algo? —insinuó, con mucha discreción, don Rigoberto.

—Todavía —repuso, igual de discreta, doña Lucrecia—. En todo caso, no me di cuenta.

No se daba cuenta. Creía que aquel desasosiego, nerviosismo, exaltación, eran obra del susto y, sin duda, también lo eran; se sentía desbordada por un sentimiento de cariño y compasión, ansiosa de hacer algo, cualquier cosa, para sacar a Justiniana del estado en que la veía. La cogió de la mano, la llevó hacia la escalera: «Ven a quitarte esa ropa, lo mejor será llamar a un médico». Al salir de la cocina, apagó la luz de la planta baja. Subieron a oscuras, de la mano, peldaño a peldaño, la escalerita en tirabuzón hacia el estudio y el dormitorio. A media escalera, la señora Lucrecia pasó su otro brazo por la cintura de la muchacha. «Qué susto has tenido.» «Creí que me moría, señora, pero, ya se me está yendo.» No era cierto; su mano estrujaba la de su patrona y sus dientes chocaban, como de frío. Cogidas de las manos y de la cintura contornearon los estantes cargados de libros de arte y en el dormitorio las recibieron, desplegadas en el ventanal, las luces de Miraflores, los faroles del Malecón y las crestas blancas de las olas avanzando hacia el acantilado. Doña Lucrecia encendió la lámpara de pie, que iluminó el amplio *chaise longue* granate con patas de halcón y la mesita con revistas, las porcelanas chinas, las almohadillas y los *poufs* regados sobre la alfombra. Quedaron en penumbra la ancha cama, los veladores, las paredes consteladas de grabados persas, tántricos y japoneses. Doña Lucrecia fue al vestidor. Alcanzó una bata a Justiniana, que permanecía de pie, cubriéndose con los brazos, un poco cortada.

—Esa ropa hay que botarla a la basura, quemarla. Sí, mejor quemarla, como hace Rigoberto con los libros y grabados que ya no le gustan. Ponte esto, voy a ver qué puedo darte.

En el baño, mientras estaba empapando una toallita en agua de colonia, se vio en el espejo («Bellísima», la premió don Rigoberto). Ella también se había llevado un susto de padre y señor mío. Estaba pálida y ojerosa; la pintura se le había corrido y, sin que se diera cuenta, el cierre relámpago de su vestido había saltado.

—Si yo también soy una herida de guerra, Justiniana —le habló a través de la puerta—. Por culpa del asqueroso de Fito se me rompió el vestido. Voy a ponerme una bata. Ven, aquí hay más luz.

Cuando Justiniana entró al cuarto de baño, doña Lucrecia, que estaba liberándose del vestido por los pies —no llevaba sostén, sólo un calzoncito triangular de seda negra— la vio en el espejo del lavador y, repetida, en el de la bañera. Arrebujada en la bata blanca que la cubría hasta los muslos, parecía más delgada y más morena. Como no tenía cinturón, sujetaba la bata con sus manos. Doña

106

Lucrecia descolgó su salida de baño china —«la de seda roja, con dos dragones amarillos unidos por las colas en la espalda», exigió don Rigoberto—, se la puso y la llamó:

—Acércate un poquito. ¿Tienes alguna herida?

—No, creo que no, dos cositas de nada —Justiniana sacó una pierna por los pliegues de la bata—. Estos moretones, de golpearme contra la mesa.

Doña Lucrecia se inclinó, apoyó una de sus manos en el terso muslo y delicadamente frotó la piel amoratada con la toallita embebida en agua de colonia.

—No es nada, se te irá volando. ¿Y la otra?

En el hombro y parte del antebrazo. Abriendo la bata, Justiniana le señaló el moretón que comenzaba a hincharse. Doña Lucrecia advirtió que la muchacha tampoco llevaba sostén. Tenía su pecho muy cerca de sus ojos. Veía la punta del pezón. Era un pecho joven y menudo, bien dibujado, con una tenue granulación en la corola.

—Esto está más feo —murmuró—. ¿Aquí, te duele?

—Apenitas —dijo Justiniana, sin retirar el brazo que doña Lucrecia frotaba con cuidado, más atenta ahora a su propia turbación que al hematoma de la empleada.

—O sea que —insistió, imploró don Rigoberto—, ahí sí pasó algo.

—Ahí, sí —concedió esta vez su mujer—. No sé qué, pero algo. Estábamos tan juntas, en bata. Nunca había tenido esas intimidades con ella. O, tal vez, por lo de la cocina. O, por lo que fuera. De repente, yo ya no era yo. Y ardía de pies a cabeza.

—¿Y ella?

—No lo sé, quién sabe, creo que no —se complicó doña Lucrecia—. Todo había cambiado, eso sí. ¿Te das cuenta, Rigoberto? Después de semejante susto. Y fíjate lo que me estaba pasando.

—Ésa es la vida —murmuró don Rigoberto, en voz alta, oyendo resonar sus palabras en la soledad del dormitorio ya iluminado por el día—. Ése es el ancho, el impredecible, el maravilloso, el terrible mundo del deseo. Mujercita mía, qué cerca te tengo, ahora que estás tan lejos.

—¿Sabes una cosa? —dijo doña Lucrecia a Justiniana—. Lo que tú y yo necesitamos para sacarnos las emociones de la noche, es un trago.

—Para no tener pesadillas con ese mano larga —se rió la empleada, siguiéndola al dormitorio. Se le había animado la expresión—. La verdad, creo que sólo emborrachándome me libraré de soñarme con él esta noche.

—Vamos a emborracharnos, entonces. —Doña Lucrecia iba hacia el barcito del escritorio.— ¿Quieres un whisky? ¿Te gusta el whisky?

—Lo que sea, lo que usted vaya a tomar. Deje, deje, yo se lo traigo.

—Quédate aquí —la atajó doña Lucrecia, desde el estudio—. Esta noche, sirvo yo.

Se rió y la muchacha la imitó, divertida. En el escritorio, sintiendo que no controlaba sus manos y sin querer pensar, doña Lucrecia llenó dos vasos grandes con mucho whisky, un chorrito de agua mineral y dos cubos de hielo. Regresó, deslizándose como un felino entre los almohadones esparcidos por el suelo. Justiniana se había reclinado en el espaldar del *chaise longue*, sin subir las piernas. Hizo ademán de levantarse.

—Quédate ahí, nomás —volvió a atajarla—. Arrímate, cabemos.

La muchacha vaciló, por primera vez desconcertada; pero, se recompuso de inmediato. Descalzándose, subió las piernas y se corrió hacia la ventana para hacerle sitio. Doña Lucrecia se acomodó a su lado. Arregló los cojines bajo su cabeza. Cabían, pero sus cuerpos se rozaban. Hombros, brazos, piernas y caderas, se presentían y, por momentos, tocaban.

—¿Por quién brindamos? —dijo doña Lucrecia—. ¿Por la paliza a ese animal?

—Por mi silletazo —recuperó su espíritu Justiniana—. Con la cólera que tenía, hubiera podido matarlo, le digo. ¿Cree que se la partí, la cabeza?

Volvió a beber un trago y la sobrecogió la risa. Doña Lucrecia se echó a reír también, con una risita medio histérica. «Se la partiste y yo, con el rollo de amasar, le partí otras cosas.» Así pasaron un buen rato, como dos amigas que comparten una confidencia jovial y algo escabrosa, estremecidas por las carcajadas. «Te aseguro que Fito Cebolla tiene más moretones que tú, Justiniana», «¿Y qué pretextos le dará ahora a su mujer, para esos chinchones y heridas?», «Que lo asaltaron los ladrones y le dieron una pateadura». En un contrapunto de chacota, acabaron los vasos de whisky. Se calmaron. Poco a poco, recuperaron el aliento.

—Voy a servir otros dos más —dijo doña Lucrecia.

—Yo voy, déjeme a mí, le juro que sé prepararlos.

—Bueno, anda, pondré música.

Pero, en vez de levantarse del *chaise longue* para que la muchacha pasara, la señora Lucrecia la cogió de la cintura con las dos manos y la ayudó a deslizarse por encima de ella, sin retenerla pero demorándola, en un movimiento que, por un momento, tuvo a sus cuerpos —la patrona abajo, la empleada arriba— enlazados. En la semipenumbra, mientras sentía el rostro de Justiniana sobre el suyo —su aliento le calentaba la cara y se le metía por la boca— doña Lucrecia vio asomar en el azabache de sus ojos un resplandor alarmado.

—¿Y, ahí, notaste qué? —la conminó un atorado don Rigoberto, sintiendo a doña Lucrecia moverse en sus brazos con la pereza animal en que su cuerpo zozobraba cuando hacían el amor.

—No se escandalizó; sólo se asustó un poquito, tal vez. Aunque no por mucho rato —dijo, semiahogada—. De que me hubiera tomado esas confianzas, haciéndola pasar encima mío cogida de la cintura. Tal vez, se dio cuenta. No sé, no sabía nada, no me importó nada. Yo, volaba. Pero, de eso sí me di: no se enojó. Lo tomaba con gracia, con esa malicia que pone en todo. Fito tenía razón, es atractiva. Y, más, medio desnuda. Su cuerpo café con leche, contrastando con la blancura de la seda…

—Hubiera dado un año de vida por verlas, en ese momento. —Y don Rigoberto encontró la referencia que hacía rato buscaba: *Pereza y lujuria o el sueño*, de Gustave Courbet.

—¿No nos estás viendo? —se burló doña Lucrecia.

Con total nitidez, pese a que, a diferencia de su diurno dormitorio, aquél era nocturno, y esa parte de la habitación estaba en penumbra, fuera del alcance de la lámpara de pie. La atmósfera se había adensado. Aquel perfume penetrante, que mareaba, intoxicó a don Rigoberto. Sus narices lo aspiraban, expelían, reabsorbían. Al fondo, se

110

oía el rumor del mar, y, en el estudio, a Justiniana preparando los tragos. Media oculta por la planta de hojas lanceoladas, doña Lucrecia se estiró y, como desperezándose, puso en marcha el tocadiscos; una música de arpas paraguayas y un coro guaraní flotó en la habitación, mientras doña Lucrecia volvía a su postura en el *chaise longue* y, los párpados entornados, esperaba a Justiniana con una intensidad que don Rigoberto olió y oyó. La bata china dejaba ver su muslo blanco y sus brazos desnudos. Tenía los cabellos alborotados y sus ojos atisbaban detrás de las sedosas pestañas. «Un ocelote que acecha a su presa», pensó don Rigoberto. Cuando Justiniana apareció con los dos vasos en las manos, venía risueña, moviéndose con desenvoltura, acostumbrada ya a esa complicidad, a no guardar con su patrona la distancia debida.

—¿Te gusta esta música paraguaya? No sé cómo se llama —murmuró doña Lucrecia.

—Mucho, es bonita, pero no se baila ¿no? —comentó Justiniana, sentándose en el borde del *chaise longue* y alcanzándole el vaso—. ¿Está bien así o le falta agua?

No se atrevía a pasar por encima de ella y doña Lucrecia se arrimó hacia el rincón que había ocupado antes la muchacha. La animó con un gesto a que se echara en su lugar. Justiniana lo hizo y, al tenderse junto a ella, la bata se le corrió de modo que su pierna derecha quedó también descubierta, a milímetros de la pierna desnuda de la señora.

—Chin chin, Justiniana —dijo ésta, chocándole el vaso.

—Chin chin, señora.

Bebieron. Apenas apartaron los vasos, doña Lucrecia bromeó:

—Cuánto hubiera dado Fito Cebolla por tenernos a las dos como estamos ahora.

Se rió y Justiniana también se rió. La risa de ambas creció, decreció. La muchacha se atrevió a hacer una broma, ella también:

—Si al menos hubiera sido joven y pintón. Pero, con semejante sapo y encima borracho, quién se iba a dejar.

—Al menos, tiene buen gusto. —La mano libre de doña Lucrecia revolvió los cabellos de Justiniana.— La verdad, eres muy bonita. No me extraña que hagas hacer locuras a los hombres. ¿Sólo a Fito? Habrás causado estragos, por ahí.

Siempre alisándole los cabellos, estiró su pierna hasta tocar la de Justiniana. Ésta no apartó la suya. Quedó quieta, media sonrisa fijada en la cara. Después de unos segundos, la señora Lucrecia, con un vuelco de corazón, notó que el pie de Justiniana se adelantaba despacito hasta hacer contacto con el suyo. Unos dedos tímidos se movían sobre los suyos, en un imperceptible rasguño.

—Te quiero mucho, Justita —dijo, llamándola por primera vez como hacía Fonchito—. Me di cuenta esta noche. Cuando vi lo que ese gordo te estaba haciendo. ¡Sentí una rabia! Como si hubieras sido mi hermana.

—Yo también a usted, señora —musitó Justiniana, ladeándose un poco, de modo que, ahora, además de pies y muslos, se tocaban sus caderas, brazos y hombros—. Me da no sé qué decírselo, pero, la envidio tanto. Por ser como es, por ser tan elegante. La mejor que he conocido.

—¿Me permites que te bese? —La señora Lucrecia inclinó la cabeza hasta rozar la de Justiniana. Sus cabellos se mezclaron. Veía sus ojos profundos, muy abiertos, observándola sin pestañar, sin miedo, aunque con algo de ansiedad—. ¿Puedo besarte? ¿Podemos? ¿Como amigas?

Se sintió incómoda, arrepentida, los segundos —¿dos, tres, diez?— que Justiniana tardó en responder. Y le volvió el alma al cuerpo —su corazón latía tan de prisa que apenas respiraba— cuando, por fin, la carita que tenía bajo la suya asintió y se adelantó, ofreciéndole los labios. Mientras se besaban, con ímpetu, enredando las lenguas, separándose y juntándose, sus cuerpos anudándose, don Rigoberto levitaba. ¿Estaba orgulloso de su esposa? Por supuesto. ¿Más enamorado de ella que nunca? Naturalmente. Retrocedió a verlas y oírlas.

—Tengo que decirle una cosa, señora —oyó que Justiniana susurraba en el oído de Lucrecia—. Hace mucho, tengo un sueño. Se repite, me viene hasta despierta. Que, una noche, hacía frío. El señor estaba de viaje. Usted tenía miedo a los ladrones y me pidió que viniera a acompañarla. Yo quería dormir en este sillón y usted «no, no, ven aquí, ven». Y me hacía acostarme con usted. Soñando eso, soñando, ¿se lo digo?, me mojaba. ¡Qué vergüenza!

—Hagamos ese sueño. —La señora Lucrecia se enderezó, llevando tras ella a Justiniana.— Durmamos juntas, pero en la cama, es más blanda que el *chaise longue*. Ven, Justita.

Antes de entrar bajo las sábanas, se quitaron las batas, que quedaron al pie del lecho de dos plazas, cubierto por un cubrecama. A las arpas había sucedido un vals de otros tiempos, unos violines cuyos compases sintonizaban con sus caricias. ¿Qué importaba que hubieran apagado la luz mientras jugaban y se amaban, ocultas bajo las sábanas, y el atareado cubrecamas se encrespaba, arrugaba y bamboleaba? Don Rigoberto no perdía detalle de sus amagos y arremetidas; se enredaba y desenredaba con ellas, estaba junto a la mano que embolsaba un pecho, en cada dedo que rozaba una nalga, en los labios que, luego de varias escaramuzas, se atrevían por fin a hundirse en esa sombra enterrada, buscando el cráter del placer, la oquedad tibia, la latiente boca, el vibrátil musculillo. Veía todo, sentía todo, oía todo. Sus narices se embriagaban con el perfume de esas pieles y sus labios sorbían los jugos que manaban de la gallarda pareja.

—¿Ella no había hecho eso nunca?

—Ni yo tampoco —se lo confirmó doña Lucrecia—. Ninguna de las dos, nunca. Un par de novatas. Aprendimos, ahí mismo. Gocé, gozamos. No te extrañé nada esa noche, mi amor. ¿No te importa que te lo diga?

—Me gusta que me lo digas —la abrazó su esposo—. ¿Y ella, no se sintió mal después?

En absoluto. Había mostrado una naturalidad y una discreción que impresionaron a doña Lucrecia. Salvo a la mañana siguiente, cuando llegaron los ramos de flores (el de la patrona decía: «Desde sus vendajes, Fito Cebolla agradece de todo corazón la merecida enseñanza que ha recibido de su querida y admirada amiga Lucrecia» y el de la empleada: «Fito Cebolla saluda y pide rendidas excusas a la Flor de la Canela») que se mostraron la una a la otra, el tema no se había vuelto a tocar. La relación no cambió, ni las maneras, ni el tratamiento, para quienes las observaban desde fuera. Es verdad que, de cuando en cuando, doña Lucrecia tenía pequeñas delicadezas con Justiniana, regalándole unos zapatos nuevos, un vestido o llevándola de compañía en sus salidas, pero eso, aunque daba celos al mayordomo y a la cocinera, no sorprendía a nadie, pues todos en la casa, desde el chofer hasta Fonchito y don Rigoberto, hacía tiempo habían notado que con sus vivezas y zalamerías Justiniana se tenía comprada a la señora.

AMOR A LAS OREJAS VOLADORAS

Ojos para ver, nariz para oler, dedos para tocar y orejas como cuernos de la abundancia para ser frotadas con las yemas, igual que la jorobita de la jorobada o la panzita del Buda —que traen suerte— y, después, lamidas y besadas.

Me gustas tú, Rigoberto, y tú y tú, pero, por encima de todas tus otras cosas, me gustan tus orejas voladoras. Quisiera ponerme de rodillas y aguaitar esos agujeritos que tú limpias cada mañana (la que sabe, sabe) con un palito algodonado y les arrancas los vellitos con una pinza —pelito ay por pelito ay junto al espejo ay— los días que les toca la purificación. ¿Qué vería yo por esos hondos huequecitos? Un precipicio. Y, así, descubriría tus secretos. ¿Cuál, por ejemplo? Que, sin saberlo, ya me amas, Rigoberto. ¿Alguna otra cosa vería? Dos elefantitos con sus trompitas levantadas. Dumbo, Dumbito, cuánto te amo.

Entre gustos y colores no han escrito los autores. Tú, para mí, aunque hay quien dice que por tu nariz y tus orejas ganarías el concurso El Hombre Elefante del Perú, eres el ser más atractivo, el más buen mozo que se ha visto. A ver, Rigoberto, adivina, si me dieran a escoger entre Robert Redford y tú ¿quién sería el elegido de mi corazón? Sí, orejita mía, sí, narigoncito, sí, Pinochito: tú, tú.

¿Qué más vería, si me asomara a espiar por tus abismos auditivos? Un campo de tréboles, todos de cuatro hojas. Y ramos de rosas cuyos pétalos tienen retratada, en su pelusa blanca, una carita amorosa. ¿Cuál? La mía.

¿Quién soy, Rigoberto? ¿Quién es la andinista que te ama y te idolatra y algún día no lejano escalará tus orejas como otros escalan el Himalaya o el Huascarán?

Tuya, tuya, tuya,

La loquita de tus orejas

IV

Fonchito en lágrimas

Fonchito había estado cabizbajo y paliducho desde
que llegó a la casa de San Isidro y doña Lucrecia estaba
segura de que sus ojeras y su mirada huidiza tenían algo
que ver con Egon Schiele, tema infalible de cada tarde.
Apenas abrió la boca mientras tomaban el té y, por primera vez en estas semanas, olvidó elogiar los chancays
tostados de Justiniana. ¿Malas notas en el colegio? ¿Descubrió Rigoberto que faltaba a la academia para venir a
visitarla? Encerrado en un mutismo tristón, se mordía
los nudillos. En algún momento había mascullado algo
terrible sobre Adolf y María, padres o parientes de su re-
verenciado pintor.

—Cuando algo lo carcome a uno por adentro, lo
mejor es compartirlo —se ofreció doña Lucrecia—. ¿No
me tienes confianza? Cuéntame qué te pasa, tal vez
pueda ayudarte.

El niño la miró a los ojos, azorado. Pestañeaba y parecía que fuera a romper en llanto. Sus sienes latían y
doña Lucrecia divisó las venillas azules de su cuello.

—Es que, he estado pensando —dijo, al fin. Apartó
la vista y se calló, arrepentido de lo que iba a decir.

—¿En qué, Fonchito? Anda, dime. ¿Por qué te preocupa tanto esa pareja? ¿Quiénes son Adolf y María?

117

—Los papás de Egon Schiele —dijo el niño, como si hablara de un compañero de clase—. Pero, no me preocupa el señor Adolf, sino mi papá.

—¿Rigoberto?

—No quiero que termine como él —la carita se ensombreció aún más y su mano hizo un extraño pase, como ahuyentando un fantasma—. Me da miedo y no sé qué hacer. No quería preocuparte. Todavía lo quieres a mi papá ¿no, madrastra?

—Claro que sí —asintió ella, desconcertada—. Me dejas en la luna, Fonchito. ¿Qué tiene que ver Rigoberto con el padre de un pintor que murió al otro lado del mundo, hace medio siglo?

Al principio, le había parecido divertido, muy propio de él, ese juego inusitado, encandilarse con las pinturas y la vida de Egon Schiele, estudiárselas, aprendérselas, identificarse con él hasta creer, o decir que creía, que era Egon Schiele redivivo y que moriría también, luego de una carrera fulgurante, de manera trágica, a los veintiocho años. Pero, este juego se iba enturbiando.

—El destino de su papá se está repitiendo también en el mío —balbuceó Fonchito, tragando saliva—. No quiero que se vuelva loco y sifilítico como el señor Adolf, madrastra.

—Pero, qué tontería —intentó calmarlo ella—. Vamos a ver, la vida no se hereda ni se repite. De dónde se te ha ocurrido un disparate así.

Incapaz de contenerse, al niño se le descompuso la cara en un puchero y rompió a llorar, con sollozos que estremecían su esmirriada figura. La señora Lucrecia saltó de su sillón, fue a sentarse junto a él en la alfombra de la salita comedor, lo abrazó, lo besó en los cabellos y en la frente, con su pañuelo le secó las lágrimas, lo hizo sonarse la nariz. Fonchito se apretó contra ella. Hondos suspiros levantaban su pecho y doña Lucrecia sentía brincar su corazón.

—Cálmate, ya pasó, no llores, ese adefesio no tiene pies ni cabeza —le alisaba los cabellos, los besaba—. Rigoberto es el hombre más sano y tiene la cabeza mejor puesta que se ha visto.

¿El padre de Egon Schiele era sifilítico y había muerto loco? Picada de curiosidad por las continuas alusiones de Fonchito, doña Lucrecia había ido a buscar algo sobre Schiele a la librería La Casa Verde, a dos pasos de su casa, pero no encontró ninguna monografía, sólo una historia del expresionismo que le dedicaba apenas parte de un capítulo. No recordaba que mencionara para nada a su familia. El niño asintió, la boca fruncida y los ojos semicerrados. De cuando en cuando, lo recorría un escalofrío. Pero, se fue sosegando y, sin apartarse de ella, encogido, y, se diría, feliz de estar protegido por los brazos de doña Lucrecia, comenzó a hablar. ¿No conocía ella la historia del señor Adolf Schiele? No, no la conocía; no había podido encontrar una biografía de ese pintor. Fonchito, en cambio, había leído varias en la biblioteca de su papá y consultado la enciclopedia. Una historia terrible, madrastra. Decían que, sin lo que les pasó al señor Adolf Schiele y a la señora María Soukup, no se podía entender a Egon. Porque esa historia escondía el secreto de su pintura.

—Bueno, bueno —trató de despersonalizar el asunto doña Lucrecia—. ¿Y cuál es, pues, el secreto de su pintura?

—La sífilis de su papá —repuso el niño, sin vacilar—. La locura del pobre señor Adolf Schiele.

Mordiéndose el labio, doña Lucrecia aguantó la risa, para no herir al niño. Le pareció oír al doctor Rubio, un psicoanalista conocido de don Rigoberto, muy popular entre sus amigas desde que, citando el ejemplo de Wilhelm Reich, se desnudaba en las sesiones para interpretar mejor los sueños de sus pacientas, y que solía soltar cosas por el estilo en los cocteles, con la misma convicción.

—Pero, Fonchito —dijo, soplándole la frente, brillosa de sudor—. ¿Sabes acaso qué es la sífilis?

—Una enfermedad venérea, que viene de Venus, una diosa que no sé quién fue —confesó el niño, con sinceridad desarmante—. No la encontré en el diccionario. Pero, sé dónde se la contagiaron al señor Adolf. ¿Te cuento cómo fue?

—A condición de que te calmes. Y de que no vuelvas a atormentarte con fantasías descabelladas. Ni eres Egon Schiele ni Rigoberto tiene nada que ver con ese caballero, tontorrón.

El niño no le prometió nada, pero tampoco le replicó. Quedó un rato en silencio, en los brazos protectores, la cabeza en el hombro de su madrastra. Cuando comenzó a contar, lo hizo con el lujo de fechas y detalles de un testigo de lo que contaba. O, protagonista, pues ponía la emoción de quien lo ha vivido en carne propia. Como si, en vez de nacer en Lima a fines del siglo veinte, fuera Egon Schiele, un mozalbete de la última generación de súbditos austro-húngaros, la que vería desaparecer en la hecatombe de la primera guerra mundial la llamada Belle

Époque y el imperio, esa sociedad rutilante, cosmopolita, literaria, musical y plástica que Rigoberto amaba tanto y sobre la que había dado a doña Lucrecia tan pacientes lecciones los primeros años de casados. (Ahora, Fonchito continuaba dándoselas.) La de Mahler, Schoenberg, Freud, Klimt, Schiele. En el sobresaltado relato, restando anacronismos y puerilidades, una historia se fue perfilando. Una aldea llamada Tulln, a orillas del Danubio, en los alrededores de Viena (a 25 kilómetros, decía) y la boda, en esos años finales de siglo, del funcionario de los ferrocarriles imperiales Adolf Eugen Schiele, protestante, de origen alemán, 26 años recién cumplidos, y la adolescente católica de origen checo, de 17, María Soukup. Un matrimonio alacrán, contra la corriente, debido a la oposición de la familia de la novia. («¿Se opuso la tuya a que te casaras con mi papá?» «Al contrario, quedaron encantados de Rigoberto.») Esa época era puritana y llena de prejuicios ¿no, madrastra? Sí, seguramente, ¿por qué? Porque María Soukup no sabía nada de la vida; no le habían enseñado ni cómo se hacían los niños, la pobrecita creía que los traían las cigüeñas de París. (¿La madrastra no sería tan inocente cuando se casó? No, doña Lucrecia sabía ya todo lo que había que saber.) Tan inocente era María que no se dio cuenta siquiera de que había quedado embarazada y se le ocurrió que su malestar era culpa de las manzanas, que le encantaban. Pero, eso era adelantarse. Había que retroceder al viaje de novios. Allí comenzó todo.

—¿Qué pasó en esa luna de miel?

—Nada —dijo el niño, enderezándose para sonarse. Tenía los ojos hinchados, pero se le había ido la palidez y

121

estaba pendiente en cuerpo y alma del relato—. María tuvo miedo. Los tres primeros días, no dejó que el señor Adolf la tocara. El matrimonio no se consumó. De qué te ríes, madrastra.

—De oírte hablar como un viejo, siendo el pedazo de hombre que eres todavía. No te enojes, me interesa mucho. Bueno, los tres primeros días de casados, Adolf y Marie, nada de nada.

—No es para reírse —se apenó Fonchito—. Más bien, para llorar. La luna de miel fue en Trieste. Para recordar ese viaje de sus padres, Egon Schiele y Gerti, su hermanita preferida, hicieron un viaje idéntico, en 1906.

En Trieste, durante la frustrada luna de miel, comenzó la tragedia. Porque, en vista de que su esposa no se dejaba tocar —lloraría, patalearía, lo rasguñaría, haría un gran escándalo cada vez que él se acercaba a darle un beso—, el señor Adolf se salía a la calle. ¿Adónde? A consolarse con mujeres malas. Y, en uno de esos sitios, Venus le contagió la sífilis. Esta enfermedad comenzó a matarlo a poquitos desde entonces. Lo hizo perder la cabeza y desgració a toda la familia. A partir de ahí, cayó una maldición sobre los Schiele. Adolf, sin saberlo, contagió a su mujer, cuando pudo consumar el matrimonio, al cuarto día. Por eso, Marie abortó los tres primeros embarazos; y, por eso, murió Elvira, la hijita que vivió apenas diez añitos. Y, por eso, Egon fue tan debilucho y propenso a enfermedades. Tanto que, en su niñez, creían que se moriría pues se las pasaba visitando médicos. Doña Lucrecia terminó por verlo: un infante solitario, jugando con trencitos de juguete, dibujando, dibujando todo el tiempo, en sus cuadernos de colegio, en los márgenes de la Biblia, hasta en papeles que rescataba del basurero.

—Ya ves, no te pareces en nada a él. Tú fuiste el niño más sano del mundo, según Rigoberto. Y te gustaba jugar con aviones, no con trenes.

Fonchito se resistía a bromear.

—¿Me dejas terminar la historia o te está aburriendo?

No la aburría, la entretenía; pero, más que la peripecia y los finiseculares personajes austro-húngaros, la pasión con que Fonchito los evocaba: vibrando, moviendo ojos y manos, con inflexiones melodramáticas. Lo terrible de esa enfermedad era que venía despacito y a traición; y que deshonraba a sus víctimas. Ésa fue la razón por la que el señor Adolf nunca reconoció que la padecía. Cuando sus parientes le aconsejaban que viera al médico, protestaba: «Estoy más sano que cualquiera». Qué lo iba a estar. Había comenzado a fallarle la razón. Egon lo quería, se llevaban muy bien, sufría cuando empeoraba. El señor Adolf se ponía a jugar a las cartas como si hubieran venido sus amigos, pero estaba solito. Las repartía, conversaba con ellos, les ofrecía cigarros, y en la mesita de la casa de Tulln no había nadie. Marie, Melanie y Gerti querían hacerle ver la realidad, «Pero, papá, si no hay con quién hablar, con quién jugar, ¿no te das cuenta?». Egon salía a contradecirlas: «No es cierto, padre, no les hagas caso, aquí están el jefe de la guardia, el director de correos, el maestro de la escuela. Tus amigos están contigo, padre. Yo también los veo, como tú». No quería aceptar que su papá tenía visiones. De repente, el señor Adolf se ponía su uniforme de gala, gorro de visera brillante, botas como espejos, y salía a cuadrarse en el andén. «¿Qué haces aquí, padre?» «Voy a recibir al Emperador y a la Emperatriz, hijo.» Ya estaba loco. No pudo seguir trabajando en los ferrocarriles, tuvo que jubilarse. De vergüenza, los Schiele se mudaron de Tulln a un lugar donde nadie los conocía: Klosterneuburg. En alemán quiere decir: «El pueblo nuevo del convento». El señor empeoró, se olvidó de hablar. Se pasaba los días en su cuarto, sin abrir la boca. ¿Veía? ¿Veía? Súbitamente, una agitación angustiosa se apoderó de Fonchito:

—Igualito que mi papá, pues —estalló, soltando un gallo—. Él también, regresa de la oficina y se encierra, para no hablar con nadie. Ni conmigo. Hasta sábados y domingos hace lo mismo; en su escritorio todo el santo día. Cuando le busco conversación, «Sí», «No», «Bueno». No sale de ahí.

¿Tendría la sífilis? ¿Se estaría volviendo loco? Le habría venido por la misma razón que al señor Adolf. Porque se quedó solo, cuando la señora Lucrecia lo dejó. Se fue a alguna casa mala y Venus se la contagió. ¡No quería que su papá se muriera, madrastra!

Rompió a llorar de nuevo, esta vez sin bulla, para adentro, tapándose la cara, y a doña Lucrecia le costó más trabajo que antes calmarlo. Lo consoló, qué delirios tan absurdos, acariñó, Rigoberto no tenía mal alguno, acunó, estaba más cuerdo que ella y Fonchito, sintiendo las lágrimas de esa rubicunda cabeza mojar la pechera de su vestido. Después de muchos mimos, logró serenarlo. A Rigoberto le gustaba encerrarse con sus grabados, con sus libros, con sus cuadernos, a leer, oír música, escribir sus citas y reflexiones. ¿Acaso no lo conocía? ¿No había sido siempre así?

—No, no siempre —negó el niño, con firmeza—. Antes, me contaba las vidas de los pintores, me explicaba los cuadros, me enseñaba cosas. Y me leía de sus cuadernos. Contigo, se reía, salía, era normal. Desde que te fuiste, cambió. Se puso triste. Ahora, ni siquiera le interesa qué notas saco; me firma la libreta sin mirarla. Lo único que le importa es su escritorio. Encerrarse ahí, horas de horas. Se volverá loco, como el señor Adolf. A lo mejor, ya lo está.

El niño le había echado los brazos al cuello y reclinaba su cabeza en el hombro de la madrastra. En el Olivar, se oían grititos y carreras de chiquillos, como todas las tardes, cuando, a la salida de los colegios, los escolares de la vecindad afluían al parque desde las innumerables esquinas a fumar un cigarrillo a ocultas de sus padres, patear la pelota y enamorar a las chicas del barrio. ¿Por qué Fonchito no hacía nunca esas cosas?

—¿Todavía lo quieres a mi papá, madrastra? —La pregunta volvía cargada de aprensión, como si de su respuesta pendiera una vida o una muerte.

—Ya te lo he dicho, Fonchito. Nunca he dejado de quererlo. ¿A qué viene eso?

—Él está así porque te extraña. Porque te quiere, madrastra, y no se consuela de que ya no vivas con nosotros.

—Las cosas pasaron como pasaron. —Doña Lucrecia luchaba contra un malestar creciente.

—¿No estarás pensando en casarte otra vez, no, madrastra? —insinuó tímidamente el niño.

—Es lo último que haría en la vida, volver a casarme. Jamás de los jamases. Además, Rigoberto y yo ni siquiera estamos divorciados, sólo separados.

—Entonces, se pueden amistar —exclamó Fonchito, con alivio—: Los que se pelean, pueden amistarse. Yo me peleo y me amisto todos los días, con chicos del colegio. Volverías a la casa y también Justita. Todo sería como antes.

«Y curaríamos al papacito de la locura», pensó doña Lucrecia. Estaba irritada. Habían dejado de hacerle gracia las fantasías de Fonchito. Cólera sorda, amargura, rencor, la invadían, a medida que su memoria desempolvaba los malos recuerdos. Tomó al niño de los hombros y lo apartó algo de ella. Lo observó, cara con cara, indignada de que esos ojitos azules, hinchados y enrojecidos, resistieran con tanta limpieza su mirada cargada de reproches. ¿Era posible que fuera tan cínico? No había llegado aún a adolescente. ¿Cómo podía hablar de la ruptura de ella y Rigoberto como de algo ajeno, como si él no hubiera sido la causa de lo sucedido? ¿No se las había arreglado, acaso, para que Rigoberto descubriera todo el pastel? La carita arrasada por las lágrimas, los rasgos dibujados a pincel, los rosados labios, las curvas pestañas, el pequeño mentón firme, la encaraban con inocencia virginal.

—Tú sabes mejor que nadie lo que pasó —dijo la señora Lucrecia, entre dientes, tratando de que su indignación no desbordara en una explosión—. Sabes muy bien por qué nos separamos. No vengas a hacerte el niñito bueno, apenado por esa separación. Tú tuviste tanta culpa como yo, y, acaso, más que yo.

—Por eso mismo, madrastra —le cortó la palabra Fonchito—. Yo los hice pelear y por eso me toca a mí hacerlos amistarse. Pero, tienes que ayudarme. ¿Lo harás, no es cierto? A que sí, madrastra.

Doña Lucrecia no sabía qué responder; quería abofetearlo y besarlo. Se le habían caldeado las mejillas. Para colmo, el fresco de Fonchito, en un nuevo cambio brusco del ánimo, parecía ahora contento. Súbitamente, lanzó una carcajada.

—Te pusiste colorada —dijo, echándole otra vez los brazos al cuello—. Entonces, la respuesta es sí. ¡Te quiero mucho, madrastra!

—Primero llantos y ahora risas —dijo Justiniana, apareciendo en el pasillo—. ¿Se puede saber qué pasa aquí?

—Tenemos una gran noticia —le dio la bienvenida el niño—. ¿Se lo contamos, madrastra?

—No es a Rigoberto sino a ti al que se le están aflojando los tornillos —dijo doña Lucrecia, disimulando el sofocón.

—Será que Venus también me contagió la sífilis —se burló Fonchito, torciendo los ojos. Y, con el mismo tono, a la muchacha—: ¡Mi papá y mi madrastra van a amistarse, Justita! ¿Qué te parece el notición?

DIATRIBA CONTRA EL DEPORTISTA

Entiendo que usted corre tabla hawaiana en las encrespadas olas del Pacífico en el verano, en los inviernos se desliza en esquí por las pistas chilenas de Portillo y las argentinas de Bariloche (ya que los Andes peruanos no permiten esas rosqueterías), suda todas las mañanas en el gimnasio haciendo aeróbicos, o corriendo en pistas de atletismo, o por parques y calles, ceñido en un buzo térmico que le frunce el culo y la barriga como los corsés de antaño asfixiaban a nuestras abuelas, y no se pierde partido de la selección nacional, ni el clásico Alianza Lima versus Universitario de Deportes, ni campeonato de boxeo por el título sudamericano, latinoamericano, estadounidense, europeo o mundial, ocasiones en que, atornillado frente a la pantalla del televisor y amenizando el espectáculo con tragos de cerveza, cubalibres o whisky a las rocas, se desgañita, congestiona, aúlla, gesticula o deprime con las victorias o fracasos de sus ídolos, como corresponde al hincha antonomásico. Razones sobradas, señor, para que yo confirme mis peores sospechas sobre el mundo en que vivimos y lo tenga a usted por un descerebrado, cacaseno y subnormal. (Uso la primera y la tercera expresión como metáforas; la del medio, en sentido literal.)

Sí, efectivamente, en su atrofiado intelecto se ha hecho la luz: tengo a la práctica de los deportes en general, y al culto de la práctica de los deportes en particular, por formas extremas de la imbecilidad que acercan al ser humano al carnero, las ocas y la hormiga, tres instancias agravadas del gregarismo animal. Calme usted sus ansias cachascanistas de triturarme, y escuche, ya hablaremos de los griegos y del hipócrita *mens sana in corpore sano* dentro de un momento. Antes, debo decirle que los únicos deportes a los que exonero de la picota son los de mesa (excluido el ping-pong) y de cama (incluida, por supuesto, la masturbación). A los otros, la cultura

128

contemporánea los ha convertido en obstáculos para el desenvolvimiento del espíritu, la sensibilidad y la imaginación (y, por tanto, del placer). Pero, sobre todo, de la conciencia y la libertad individual. Nada ha contribuido tanto en este tiempo, más aún que las ideologías y religiones, a promover el despreciable hombre-masa, el robot de condicionados reflejos, a la resurrección de la cultura del primate de tatuaje y taparrabos emboscados detrás de la fachada de la modernidad, como la divinización de los ejercicios y juegos físicos operada por la sociedad de nuestros días.

Ahora, podemos hablar de los griegos, para que no me joda más con Platón y Aristóteles. Pero, le prevengo, el espectáculo de los efebos atenienses untándose de ungüentos en el Gymnasium antes de medir su destreza física, o lanzando el disco y la jabalina bajo el purísimo azul del cielo egeo, no vendrá en su ayuda sino a hundirlo más en la ignominia, bobalicón de músculos endurecidos a expensas de su caudal de testosterona y desplome de su IQ. Sólo los pelotazos del fútbol o los puñetazos del boxeo o las ruedas autistas del ciclismo y la prematura demencia senil (¿además de la merma sexual, incontinencia e impotencia?) que ellos suelen provocar, explica la pretensión de establecer una línea de continuidad entre los entunicados fedros de Platón frotándose de resinas después de sus sensuales y filosóficas demostraciones físicas, y las hordas beodas que rugen en las tribunas de los estadios modernos (antes de incendiarlas) en los partidos de fútbol contemporáneos, donde veintidós payasos desindividualizados por uniformes de colorines, agitándose en el rectángulo de césped detrás de una pelota, sirven de pretexto para exhibicionismos de irracionalidad colectiva.

El deporte, cuando Platón, era un medio, no un fin, como ha tornado a ser en estos tiempos municipalizados de la vida. Servía para enriquecer el placer de los humanos (el masculino, pues las mujeres no lo practicaban), estimulándolo y prolongándolo con la representación de un cuerpo hermoso, tenso, desgrasado, proporcionado y armonioso, e incitándolo con la calistenia pre-erótica de unos movimientos, posturas, roces, exhibiciones corporales, ejercicios, danzas, tocamientos, que inflamaban los deseos hasta catapultar a participantes y espectadores en el acoplamiento. Que éstos fueran eminentemente homosexuales no añade ni quita coma a mi argumentación, como tampoco que, en el dominio del sexo, el suscrito sea aburridamente ortodoxo y sólo ame a las mujeres —por lo demás, a *una* sola mujer—, totalmente inapetente para la pederastia activa o pasiva. Entiéndame, no objeto nada de lo que hacen los *gays*. Celebro que la pasen bien y los apuntalo en sus campañas contra las leyes que los discriminan. No puedo acompañarlos más allá, por una cuestión práctica. Nada relativo al quevedesco «ojo del culo» me divierte. La Naturaleza, o Dios, si existe y pierde su tiempo en estas cosas, ha hecho de ese secreto ojal el orificio más sensible de todos los que me horadan. El supositorio lo hiere y el bitoque de la lavativa lo ensangrienta (me lo introdujeron una vez, en período de constipación empecinada, y fue terrible) de modo que la idea de que haya bípedos a los que entretenga alojar allí un cilindro viril me produce una espantada admiración. Estoy seguro de que, en mi caso, además de alaridos, experimentaría un verdadero cataclismo psicosomático con la inserción, en el delicado conducto de marras, de una verga viva, aun siendo ésta de pigmeo. El único puñete que he dado en mi vida lo encajó un médico que, sin prevenirme y con el pretexto de averiguar si tenía apendicitis, intentó sobre mi persona una tortura camuflada con la etiqueta científica de «tacto rectal». Pese a ello, estoy teóricamente a favor de que los seres humanos hagan el amor al derecho o al revés, solos o por parejas o en promiscuos contubernios colectivos (ajjjj), de que los hombres copulen con hombres y las mujeres con mujeres y ambos con patos, perros, sandías, plátanos o melones y todas las asquerosidades imaginables si las hacen de común acuerdo y en pos del placer, no de la reproducción, accidente del sexo al que cabe resignarse como a un mal menor, pero de ninguna manera santificar como justificación de la fiesta carnal (esta imbecilidad de la Iglesia me exaspera tanto como un match de básquet). Retomando el hilo perdido, aquella imagen de los vejetes helenos, sabios filósofos, augustos legisladores, aguerridos generales o sumos sacerdotes yendo a los gimnasios a desentumecer su libido con la visión de los jóvenes discóbolos, luchadores, marathonistas o jabalinistas, me conmueve. Ese género de deporte, celestino del deseo, lo condono y no vacilaría en practicarlo, si mi salud, edad, sentido del ridículo y disponibilidad horaria, lo permitieran.

Hay otro caso, más remoto todavía para el ámbito cultural nuestro (no sé por qué lo incluyo a usted en esa confraternidad, ya que a fuerza de patadones y cabezazos futboleros, sudores ciclísticos o contrasuelazos de

131

karateca se ha excluido de ella) en que el deporte tiene también cierta disculpa. Cuando, practicándolo, el ser humano trasciende su condición animal, toca lo sagrado y se eleva a un plano de intensa espiritualidad. Si se empeña en que usemos la arriesgada palabra «mística», sea. Obviamente, esos casos, ya muy raros, de los que es exótica reminiscencia el sacrificado luchador de *sumo* japonés, cebado desde niño con una feroz sopa vegetariana que lo elefantiza y condena a morir con el corazón reventado antes de los cuarenta y a pasarse la vida tratando de no ser expulsado por otra montaña de carne como él fuera del pequeño círculo mágico en el que está confinada su vida, son inasimilables a los de esos ídolos de pacotilla que la sociedad posindustrial llama «mártires del deporte». ¿Dónde está el heroísmo en hacerse mazamorra al volante de un bólido con motores que hacen el trabajo por el humano o en retroceder de ser pensante a débil mental de sesos y testículos apachurrados por la práctica de atajar o meter goles a destajo, para que unas muchedumbres insanas se desexualicen con eyaculaciones de egolatría colectivista a cada tanto marcado? Al hombre actual, los ejercicios y competencias físicas llamadas deportes, no lo acercan a lo sagrado y religioso, lo apartan del espíritu y lo embrutecen, saciando sus instintos más innobles: la vocación tribal, el machismo, la voluntad de dominio, la disolución del yo individual en lo amorfo gregario.

No conozco mentira más abyecta que la expresión con que se alecciona a los niños: «Mente sana en cuerpo sano». ¿Quién ha dicho que una *mente sana* es un ideal deseable? «Sana» quiere decir, en este caso, tonta, convencional, sin imaginación y sin malicia, adocenada por los estereotipos de la moral establecida y la religión oficial. ¿Mente «sana», eso? Mente conformista, de beata, de notario, de asegurador, de monaguillo, de virgen y de boyscout. Eso no es salud, es tara. Una vida mental rica y propia exige curiosidad, malicia, fantasía y deseos insatisfechos, es decir, una mente «sucia», malos pensamientos, floración de imágenes prohibidas, apetitos que induzcan a explorar lo desconocido y a renovar lo conocido, desacatos sistemáticos a las ideas heredadas, los conocimientos manoseados y los valores en boga.

Ahora bien, tampoco es cierto que la práctica de los deportes en nuestra época cree mentes sanas en el sentido banal del término. Ocurre lo contrario, y lo sabes mejor que nadie, tú, que, por ganar los cien metros planos del domingo, meterías arsénico y cianuro en la sopa de tu competidor y te tragarías todos los estupefacientes vegetales, químicos o mágicos que te garanticen la victoria, y corromperías a los árbitros o los chantajearías, urdirías conjuras médicas o legales que descalificaran a tus adversarios, y que vives neurotizado por la fijación en la victoria, el récord, la medalla, el podium, algo que ha hecho de ti, deportista profesional, una bestia mediática, un antisocial, un nervioso, un histérico, un psicópata, en el polo opuesto de ese ser sociable, generoso, altruista, «sano», al que quiere aludir el imbécil que se atreve todavía a emplear la expresión «espíritu deportivo» en el sentido de noble atleta cargado de virtudes civiles, cuando lo que se agazapa tras ella es un asesino potencial dispuesto a exterminar árbitros, achicharrar a todos los fanáticos del otro equipo, devastar los estadios y ciudades que los albergan y provocar el apocalíptico final, ni siquiera por el elevado propósito artístico que presidió el incendio de Roma por el poeta Nerón, sino para que su Club cargue una copa de falsa plata o ver a sus once ídolos subidos en un podio, flamantes de ridículo en sus calzones y camisetas rayadas, las manos en el pecho y los ojos encandilados ¡cantando un himno nacional!

LOS HERMANOS CORSOS

En la muerma tarde de ese domingo de invierno, en su estudio frente al cielo nublado y el mar ratonil, don Rigoberto espigó anhelosamente sus cuadernos en pos de ideas que atizaran su imaginación. La primera con que se dio, del poeta Philip Larkin, *Sex is too good to share with anyone else*, le recordó muchas versiones plásticas del joven Narciso deleitándose con su imagen reflejada en el agua del pozo y al tendido hermafrodita del Louvre. Pero, inexplicablemente, lo deprimió. Otras veces había coincidido con esa filosofía que depositaba sobre sus exclusivos hombros la responsabilidad de su placer. ¿Era ella cierta? ¿Lo fue alguna vez? En verdad, aun en sus momentos más puros, su soledad había sido un desdoblamiento, una cita a la que Lucrecia nunca faltó. Un débil despertar del ánimo hizo que renaciera la esperanza: tampoco faltaría esta vez. La tesis de Larkin convenía como anillo al dedo al santo (otra página del cuaderno) del que hablaba Lytton Strachey en *Eminent Victorians*, San Cuberto, quien desconfiaba tanto de las mujeres que, cuando departía con ellas, incluso con la futura santa Ebba, pasaba «las siguientes horas de sombra, en oración, sumergido en el agua hasta el cuello». Cuántos resfríos y pulmonías por una fe que condenaba al creyente al larkiniano placer solitario.

Pasó como sobre ascuas por una página en la que Azorín recordaba que «capricho viene de cabra». Se detuvo, fascinado, en la descripción, hecha por el diplomático Alfonso de la Serna, de *La Sinfonía de los adioses* de Haydn, «en la que cada músico, cuando acaba su partitura, apaga la vela que ilumina su atril y se va, hasta que queda sólo un violín, tocando su final melodía solitaria». ¿No era una coincidencia? ¿No casaba de manera misteriosa, como plegándose a un orden secreto, el violín monologante de Haydn con el egoísta placentero, Philip Larkin, quien creía que el sexo era demasiado importante para compartirlo?

Sin embargo, él, pese a poner el sexo en el más alto sitial, lo había compartido siempre, aun en su período de más ácida soledad: éste. La memoria le trajo a colación, sin ton ni son, al actor Douglas Fairbanks, duplicado en una película que desasosegó su infancia: «Los hermanos corsos». Por supuesto, nunca había compartido el sexo con nadie de la manera esencial que con Lucrecia. Lo había compartido, también, de niño, adolescente y adulto con su propio hermano corso, ¿Narciso?, con quien se había llevado siempre bien, pese a ser tan diferentes en espíritu. Aunque, esos juegos y burlas picantes tramados y disfrutados por los hermanos no correspondían al sentido irónico en que el poeta-bibliotecario utilizaba el verbo compartir. Hojeando, hojeando, cayó en *El mercader de Venecia*:

The man that hath no music in himself
Nor is not moved with concord of sweet sounds,
Is fit for treasons, stratagems, and spoils

(Acto V, Escena I)

«El hombre que no lleva música en sí mismo / Ni se emociona con la trenza de dulces sonidos / Es propenso a la intriga, el fraude y la traición», tradujo libremente. Narciso no llevaba música alguna, era cerrado en cuerpo y alma a los hechizos de Melpómene, incapaz de distinguir *La Sinfonía de los adioses* de Haydn del *Mambo número 5* de Pérez Prado. ¿Tenía razón Shakespeare cuando legislaba que esa sordera para la más abstracta de las artes hacía de él un potencial enredador, truquero y fraudulento bípedo? Bueno, tal vez fuera cierto. El simpático Narciso no había sido un dechado de virtudes cívicas, privadas ni teologales, y llegaría a la edad provecta jactándose, como el obispo Haroldo (¿de quién era la cita? La referencia había sido devorada por la sibilina humedad limeña o los afanes de una polilla), en su lecho de muerte, de haber practicado todos los vicios capitales con tanta asiduidad como su pulso latía y las campanas de su obispado repicaban. Si no hubiera sido de esa catadura moral, jamás hubiera osado proponer, aquella noche, a su hermano corso —don Rigoberto sintió que en su fuero recóndito despertaba esa música shakespeariana que él sí creía portar consigo— el temerario intercambio. Ante sus ojos se dibujaron, sentadas una junto a la otra, en aquella salita monumento al kitsch y blasfema provocación a las sociedades protectoras de animales, erizada de tigres, búfalos, osos, rinocerontes y ciervos embalsamados de la casa de La Planicie, a Lucrecia e Ilse, la rubia esposa de Narciso, la noche de la aventura. El Bardo tenía razón: la sordera para la música era síntoma (¿causa, a lo mejor?) de vileza del alma. No, no podía generalizarse; pues, hubiera habido que concluir que Jorge Luis Borges y André Breton, por su insensibilidad musical, fueron Judas y Caín, cuando era sabido que ambos habían sido, para escritores, buenísimas personas.

Su hermano Narciso no era un diablo; aventurero, nomás. Dotado de una endiablada habilidad para sacar a su vocación trashumante y su curiosidad por lo prohibido, lo secreto y lo exótico, un gran partido crematístico. Pero, como era mitómano, no resultaba fácil saber qué era cierto y qué fantasía en las correrías con que solía mantener hechizado a su auditorio, a la hora (siniestra) de la cena de gala, la fiesta de matrimonio o el coctel, escenarios de sus grandes performances relatoras. Por ejemplo, don Rigoberto nunca se había creído del todo que buena parte de su fortuna la amasara contrabandeando a los países prósperos del Asia, cuernos de rinoceronte, testículos de tigre y penes de morsas y focas (los dos primeros procedentes del África, los dos últimos de Alaska, Groenlandia y Canadá). Esos indumentos se pagaban a precio de oro en Tailandia, Hong Kong, Taiwán, Corea, Singapur, Japón, Malasia y hasta la China comunista, pues los conocedores los tenían por poderosos afrodisíacos y remedios infalibles contra la impotencia. Justamente, la noche aquélla, mientras los hermanos corsos y las dos cuñadas, Ilse y Lucrecia, tomaban el aperitivo, antes de la cena, en aquel restaurante de la Costa Verde, Narciso los había tenido entretenidos contándoles una disparatada historia de afrodisíacos de la que él fue héroe y víctima, en Arabia Saudita, donde, juraba —detalles geográficos e irretenibles nombres árabes llenos de jotas al apoyo— que estuvo a punto de ser decapitado en la plaza pública de Riad al descubrirse que contrabandeaba un maletín de tabletas de Captagon (fenicilina hidroclorídrica) para mantener la potencia sexual del lujurioso jeque Abdelaziz Abu Amid a quien sus cuatro esposas legítimas y las ochenta y dos concubinas de su harén tenían algo fatigado. Aquél le pagaba en oro el cargamento de anfetaminas.

—¿Y la yobimbina? —preguntó Ilse, cortándole la historia a su marido, en el mismo momento en que comparecía ante un tribunal de enturbantados ulemas—. ¿Produce ese efecto que dicen, en todas las personas?

Sin pérdida de tiempo, su apuesto hermano —sin pizca de envidia, don Rigoberto rememoró cómo, después de haber sido indiferenciables de niños y jóvenes, la edad adulta los había ido distinguiendo, y, ahora, las orejas de Narciso parecían normales comparadas con las espectaculares aletas que a él lo adornaban, y su nariz recta y modesta si se cotejaba con el tirabuzón o trompa de oso hormiguero con que él olfateaba la vida— se lanzó en una erudita perorata sobre la yohimbina (llamada yobimbina en el Perú por la perezosa tendencia fonética de los nativos, a quienes una hache aspirada costaba mayor trabajo bucal que una pe). El discurso de Narciso duró el aperitivo —pisco sauers los señores y vino blanco helado las damas—, el arroz con mariscos y los panqueques con manjarblanco de la comida, y tuvo, en lo que a él concernía, el efecto de una cosquilleante ansiedad presexual. En ese momento, caprichos del azar, el cuaderno le deparó la indicación shakespeariana de que las piedras turquesas cambian de color para alertar a quien las lleva de un peligro inminente (*El Mercader de Venecia*, otra vez). ¿Hablaba en serio, sabía o se inventaba esa ciencia con la intención de crear el ambiente psicológico y la amoralidad propicia para su propuesta de más tarde? No se lo había preguntado ni lo haría, pues, a estas alturas ¿qué importaba?

Don Rigoberto se echó a reír y la grisura de la tarde amainó. El Monsieur Teste de Valéry se jactaba al pie de esa página: «La estupidez no va conmigo» (*La betise n'est pas mon fort*). Dichoso él; don Rigoberto, en la compañía de seguros, había pasado ya un cuarto de siglo rodeado, sumergido, asfixiado por la estupidez, hasta convertirse en un especialista. ¿Era Narciso un mero imbécil? ¿Uno más de ese protoplasma limeño autodenominado gente decente? Sí. Lo que no le impedía ser ameno cuando se lo proponía. Esa noche, por ejemplo. Ahí estaba el gran latero, su rostro bien rasurado y la tez bronceada por el ocio, explicando el alcaloide de un arbusto, también llamado yohimbina, de ilustre progenie en la tradición herborista y la medicina natural. Aumentaba la vasodilatación y estimulaba los ganglios que controlan el tejido eréctil, e inhibía la serotonina, cuyo exceso bloquea el apetito sexual. Su cálida voz de seductor veterano, sus ademanes, congeniaban con su blazer azul, la camisa gris y el pañuelo de seda oscuro y motas blancas enroscado en el cuello. Su exposición, intercalada de sonrisas, se mantenía en el astuto límite entre la información y la insinuación, la anécdota y la fantasía, la sabiduría y el chisme, la diversión y la excitación. Don Rigoberto advirtió, de pronto, que los ojos verde marino de Ilse y los oscuros topacios de Lucrecia centellaban. ¿Había, su sabihondo hermano corso, inquietado a las señoras? A juzgar por sus risitas, sus chistes, sus preguntas, el cruce y descruce de piernas, y la alegría con que vaciaban los vasos de vino chileno Concha y Toro, sí, las había. ¿Por qué no iban ellas a experimentar el mismo desliz del ánimo que él? ¿Tenía Narciso ya, a estas alturas de la noche, su plan armado? Por supuesto, decretó don Rigoberto.

Por eso, diestramente, no les daba respiro ni permitía que la conversación se apartara del maquiavélico rumbo trazado por él. De la yobimbina pasó al *fugu* japonés, fluido testicular de un pececillo que, además de tónico seminal poderosísimo, puede producir una muerte atroz, por envenenamiento —así perecen cada año centenares de rijosos japoneses— y a referir los sudores fríos con que lo probó, aquella noche tornasolada de Kyoto, de manos de una geisha en kimono volátil, sin saber si al término de esos bocados anodinos lo esperaban los estertores y el rigor mortis o cien estallidos de placer (fue lo segundo, rebajado de un cero). Ilse, rubia escultural, ex-azafata de Lufthansa, acriollada walkiria, festejaba a su marido sin celos retrospectivos. Fue ella quien propuso (¿estaba también en la colada?), luego del harinoso postre, que terminaran la noche tomando un trago en su casa de La Planicie. Don Rigoberto dijo «buena idea», sin sopesar la propuesta, contagiado por el entusiasmo visual con que Lucrecia la acogió.

Media hora después, estaban instalados en los cómodos sillones del espantoso salón kitsch de Narciso e Ilse —huachafería peruana y orden prusiano— rodeados de bestias disecadas que los observaban, impertérritas, con helados ojos de vidrio, tomar whisky, bañados por una indirecta luz, oyendo melodías de Nat King Cole y Frank Sinatra, y contemplando, por la vidriera al jardín, los azulejos de la piscina iluminada. Narciso seguía desplegando su cultura afrodisíaca con la facilidad con que el Gran Richardi —don Rigoberto suspiró recordando el circo de la infancia— sacaba pañuelos de su sombrero de copa. Cabeceando la omnisciencia con el exotismo, aseguró que en el sur de Italia cada varón consumía una tonelada de albahaca en el curso de su vida pues la tradición asegura que de aquella hierba aromática depende, además del buen sabor de los tallarines, el tamaño del pene, y que, en la India, se vendía en los mercados un ungüento —él lo regalaba a sus amigos que cumplían cincuenta años— a base de ajo y legañas de mono que, frotado donde correspondía, provocaba erecciones en serie, como estornudos de alérgico. Abrumándolos, ponderó las virtudes de las ostras, el apio, el coreano ginseng, la zarzaparrilla, el regaliz, el polen, las trufas y el caviar, haciendo sospechar a don Rigoberto, después de escucharlo más de tres horas, que, probablemente, todos los productos animales y vegetales del mundo estaban diseñados para propiciar ese entrevero de los cuerpos llamado amor físico, cópula, pecado, al que los humanos (él no se excluía) concedían tanta importancia.

En ese momento, Narciso lo apartó de las damas, tomándolo del brazo, con el pretexto de mostrarle la última pieza de su colección de bastones (¿qué otra cosa hubiera podido coleccionar, además de fieras embalsamadas, esa bestia priápica, ese ambulante falo, que bastones?). El pisco sauer, el vino y el cognac habían hecho su efecto. En vez de caminar, don Rigoberto navegó hasta el escritorio de Narciso, en cuyos estantes, por supuesto, montaban guardia, intonsos, los encuerados volúmenes de la Británica, las Tradiciones Peruanas de Ricardo Palma y la Historia de la Civilización de los esposos Durant, además de una novela de bolsillo de Stephen King. Sin más, bajando la voz, le preguntó al oído si recordaba esas lejanas picardías con las muchachas, en la platea del cine Leuro. ¿Cuáles? Pero, antes de que su hermano respondiera, cayó en la cuenta. ¡Las cambiaditas! El abogado de la compañía las llamaría: suplantación de identidad. Aprovechando el parecido y aumentándolo con idénticos trajes y peinados, se hacían pasar el uno por el otro. Así, besaban y acariciaban —«tirar plancito», se llamaba eso en el barrio— a la enamorada ajena, mientras duraba la película.

—Qué tiempos, hermano —sonrió don Rigoberto, entregado a la nostalgia.

—Tú creías que no se daban cuenta y que nos confundían —recordó Narciso—. Nunca te convencí de que se hacían, porque les divertía el jueguecito.

—No, no se daban cuenta —afirmó Rigoberto—. Nunca se hubieran dejado. La moral de los tiempos no lo permitía. ¿Lucerito y Chinchilla? Tan formalitas, tan de misa y comunión. ¡Jamás! Nos hubieran acusado a sus padres.

—Tienes un concepto demasiado angelical de las mujeres —lo amonestó Narciso.

—Eso crees. Lo que pasa es que yo soy discreto, no como tú. Pero, cada minuto que no dedico a las obligaciones que me dan de comer, lo invierto en el placer.

(El cuaderno, en ese momento le regaló una cita propicia, de Borges: «El deber de todas las cosas es ser una felicidad; si no son una felicidad son inútiles o perjudiciales». A don Rigoberto se le ocurrió una apostilla machista: «¿Y si en vez de cosas pusiéramos mujeres, qué?».)

—Vida hay una sola, hermano. No tendrás una segunda oportunidad.

—Después de esas *matinées*, corríamos al jirón Huatica, a la cuadra de las francesas —soñó don Rigoberto—. Tiempos sin sida, de inofensivas ladillas y alguna que otra simpática purgación.

—No se han ido. Están aquí —afirmó Narciso—. No nos hemos muerto ni vamos a morir. Es una decisión irrevocable.

Sus ojos llameaban y tenía la voz pastosa. Don Rigoberto comprendió que nada de lo que oía era improvisado; que, detrás de esas astutas evocaciones, había una conspiración.

—¿Me quieres decir qué te traes entre manos? —preguntó, curioso.

—Lo sabes de sobra, hermanito corso —acercó el lobo feroz su boca a la oreja aleteante de don Rigoberto.

Y, sin más trámite, formuló su propuesta—: La cambiadita. Una vez más. Hoy mismo, ahora mismo, aquí mismo. ¿No te gusta Ilse? A mí, Lucre, muchísimo. Como con Lucerito y Chinchilla. ¿Acaso podría haber celos, entre tú y yo? ¡A rejuvenecer, hermano!

En su soledad dominical, el corazón de don Rigoberto se aceleró. ¿De sorpresa, de emoción, de curiosidad, de excitación? Y, como aquella noche, sintió la urgencia de matar a Narciso.

—Ya estamos viejos y somos muy distintos para que nuestras mujeres nos confundan —articuló, borracho de confusión.

—No es necesario que nos confundan —repuso Narciso, muy seguro de sí mismo—. Son mujeres modernas, no necesitan coartadas. Yo me ocupo de todo, cachafaz.

«Jamás de los jamases jugaré a las cambiaditas a mi edad», pensó don Rigoberto, sin abrir la boca. La asomante borrachera de hacía un momento se había disipado. ¡Caracoles! Narciso sí que era de armas tomar. Ya lo asía del brazo y lo regresaba de prisa al salón de las fieras disecadas, donde, en cordialísima chismografía, Ilse y Lucrecia despedazaban a una amiga común a la que un reciente *lifting* había dejado con los ojos abiertos hasta la eternidad (o, por lo menos, la fosa o incineración). Y ya estaba anunciando que había llegado el momento de abrir un Dom Perignon reserva especial que guardaba para ocasiones extraordinarias.

Minutos después oían el cañonazo espumante y los cuatro estaban brindando con esa pálida ambrosía. Las burbujas que bajaban por su esófago precipitaron en el

espíritu de don Rigoberto una asociación con el tópico
que había monopolizado su hermano corso toda la noche: ¿adobó Narciso el alegre champaña que bebían con
uno de esos innumerables afrodisíacos de los que se decía contrabandista y experto? Porque, las risas y disfuerzos de Lucrecia e Ilse aumentaban, propiciando audacias, y, él mismo, que hacía cinco minutos se sentía
paralizado, confuso, asustado y enojado con la propuesta
—sin embargo, no se había atrevido a rechazarla— ahora la tomaba con menos indignación, como una de esas
irresistibles tentaciones que, en su juventud católica, lo
incitaban a cometer los pecadillos, que, luego, describía
contrito en la penumbra del confesionario. Entre nubecillas de humo —¿era su hermano corso el que fumaba?— vio, cruzadas, entre los fieros colmillos de un león
amazónico y resaltando sobre la alfombra atigrada de la
sala-zoológico-funeraria, las largas, blancas y depiladas
piernas de su cuñada. La excitación se manifestó con una
discreta comezón en la boca del vientre. Le veía también
las rodillas, redondas y satinadas, ésas que la galantería
francesa llamaba *polies*, anunciando unas profundidades
macizas, sin duda húmedas, bajo esa falda plisada color
cucaracha. El deseo lo recorrió de arriba abajo. Asombrado de sí mismo, pensó: «¿Después de todo, por qué
no?». Narciso había sacado a bailar a Lucrecia y, enlazados, comenzaban a mecerse, despacio, junto a la pared
artillada con cornamentas de ciervos y testas de osos.
Los celos acudieron a aderezar con un agridulce sabor
(no a reemplazar ni a destruir) sus malos pensamientos.
Sin vacilar, se inclinó, cogió la copa que Ilse tenía en su
mano, se la retiró y la atrajo: «¿Bailamos, cuñadita?». Su

hermano había puesto una sucesión de apretados boleros, por supuesto.

Sintió una punzada en el corazón cuando, por entre los cabellos de la walkiria, notó que su hermano corso y Lucrecia bailaban mejilla contra mejilla. Él ceñía su cintura y ella su cuello. ¿De cuándo acá esas confianzas? En diez años de matrimonio, no recordaba nada parecido. Sí, el maleficiero de Narciso tenía que haber amañado las bebidas. Mientras se perdía en conjeturas, su brazo derecho había ido acercando al suyo el cuerpo de su cuñada. Ésta, no se resistía. Cuando sintió el roce de sus muslos en los suyos y que los vientres se tocaban, don Rigoberto se dijo, no sin inquietud, que nada ni nadie podría ya evitar la erección que se venía. Y se vino, en efecto, en el momento mismo en que sintió en la suya la mejilla de Ilse. El fin de la música le hizo el efecto de la campana en un despiadado match de box. «Gracias, bellísima Brunegilda», besó la mano de su cuñada. Y, tropezando en cabezas carniceras rellenas de estuco o *papier maché*, avanzó hacia donde estaban desenlazándose —¿con disgusto? ¿con desgano?— Lucrecia y Narciso. Tomó en sus brazos a su mujer, murmurando, ácido, «¿Me concedes este baile, esposa?». La llevó hacia el rincón más oscuro de la sala. Vio por el rabillo del ojo que Narciso e Ilse se enlazaban también y que, en un movimiento concertado, comenzaban a besarse.

Apretando mucho el cuerpo sospechosamente lánguido de su mujer, la erección renació; se aplastaba ahora sin remilgos contra esa forma conocida. Labios contra labios, le susurró:

—¿Sabes qué me propuso Narciso?

146

—Me lo puedo figurar —repuso Lucrecia, con una naturalidad que, a don Rigoberto, lo descolocó tanto como oírla usar un verbo que jamás habían proferido él ni ella en la intimidad conyugal—. ¿Que te tires a Ilse, mientras él me tira a mí?

Tuvo ganas de hacerle daño; pero, en vez de eso, la besó, asaltado por una de esas apasionadas efusiones a las que solía rendirse. Traspasado, sintiendo que podía ponerse a llorar, le susurró que la amaba, que la deseaba, que nunca podría agradecerle la felicidad que le debía. «Sí, sí, te amo», dijo en alta voz. «Con todos mis sueños, Lucrecia.» La grisura del domingo barranquino se aligeró, la soledad de su estudio se amortiguó. Don Rigoberto advirtió que una lágrima se había desprendido de sus mejillas y maculado una cita oportunísima del valeryano (valeriana y Valéry, qué matrimonio feliz) Monsieur Teste, que definía su propia relación con el amor: *Tout ce qui m'était facile m'était indifférent et presque ennemi.*

Antes de que la tristeza se apoderara de él y el cálido sentimiento de hace un momento naufragara del todo en la corrosiva melancolía, hizo un esfuerzo y, entrecerrando los ojos, forzando su atención, volvió a aquella sala de las fieras, a aquella noche adensada por el humo —¿fumaba Narciso, Ilse?—, las peligrosas mezclas, el champagne, el cognac, el whisky, la música y el relajado clima que los envolvía, ya no divididos en dos parejas estables, precisas, como al principio de la noche, antes de ir a cenar al restaurante de la Costa Verde, sino entreveradas, parejas precarias que se deshacían y rehacían con una ligereza que correspondía a esa atmósfera amorfa, cambiante como figura de calidoscopio. ¿Habían apagado la luz? Hacía rato. Narciso, quién si no. La salita de las fieras muertas estaba tenuemente iluminada por la luz de la piscina, que dejaba divisar sólo sombras, siluetas, contornos sin identidad. Su hermano corso preparaba bien las emboscadas. Cuerpo y espíritu de don Rigoberto habían terminado por disociarse; mientras éste divagaba, tratando de averiguar si llegaría hasta las últimas consecuencias en el juego propuesto por Narciso, su cuerpo jugaba ya, con desparpajo, emancipado de escrúpulos. ¿A quién acariciaba en este momento, mientras, simulando bailar, permanecía meciéndose en el sitio, con la vaga sensación de que la música callaba y se renovaba cada cierto tiempo? ¿Lucrecia o Ilse? No quería saberlo. Qué sensación placentera, esa forma femenina soldada a él, cuyos pechos sentía deliciosamente a través de la camisa y ese cuello terso que sus labios mordisqueaban despacito, avanzando hacia una oreja cuya cavidad el ápice de su lengua exploró con avidez. No, ese cartílago o huesecillo no era de Lucrecia. Alzó la cabeza y trató de perforar la semitiniebla del rincón donde recordaba haber visto hacía un momento a Narciso bailando.

—Hace rato que han subido. —La voz de Ilse resonó en su oído imprecisa y aburrida. Hasta pudo detectar un dejo burlón.

—¿Dónde? —preguntó, estúpidamente, avergonzándose en el acto de su estupidez.

—¿Adónde crees? —repuso Ilse, con risita malvada y humor alemán—. ¿A ver la luna? ¿A hacer pipí? ¿Adónde se te ocurre, cuñadito?

—En Lima no se ve nunca la luna —balbuceó don Rigoberto, soltando a Ilse y apartándose de ella—. Y, el sol, apenas en los veranos. Por la maldita neblina.

—Hace mucho tiempo que Narciso le tiene ganas a la Lucre —lo devolvió Ilse al potro de los suplicios, sin darle respiro; hablaba como si el asunto no fuera con ella—. No me digas que no te has dado cuenta, porque no eres tan huevón.

La embriaguez se le disipó, y, también, la excitación. Se puso a transpirar. Mudo, alelado, se preguntaba cómo era posible que Lucrecia hubiera consentido con tanta facilidad a la maquinación de su hermano corso, cuando, otra vez, la insidiosa vocecita de Ilse lo sacudió:

—¿Te da un poquito de celos, Rigo?

—Bueno, sí —reconoció. Y, con más franqueza—: En realidad, muchos celos.

—A mí también me daban, al principio —dijo ella, como una banalidad más, a la hora del bridge—. Te acostumbras y es como si vieras llover.

—Bueno, bueno —dijo él, desconcertado—. ¿O sea, tú y Narciso juegan mucho a las cambiaditas?

—Cada tres meses —repuso Ilse, con precisión prusiana—. No es mucho. Narciso dice que estas aventuras, para que no pierdan su gracia, deben hacerse de cuando en cuando. Siempre con gente seleccionada. Que, si se trivializan, ya no hay diversión.

«Ya la habrá desnudado», pensó. «Ya la tendrá en sus brazos.» ¿Lo estaría besando y acariciando Lucrecia también, con la misma codicia que a ella su hermano corso? Temblaba como un poseso de San Vito cuando volvió a recibir, como descarga eléctrica, la pregunta de Ilse:

—¿Te gustaría verlos?

Para hablarle, le había acercado la cara. Los rubios y largos cabellos de su cuñada se le metían a la boca y a los ojos.

—¿En serio? —murmuró, atónito.

—¿Te gustaría? —insistió ella, rozándole la oreja con los labios.

—Sí, sí —asintió él. Tenía la sensación de estarse deshuesando y evaporando.

Ella lo atrapó de la mano derecha. «Despacito, calladito», lo instruía. Lo hizo flotar hacia la escalera de volutas de fierro que subía a los dormitorios. Estaba a oscuras y también el pasillo central, aunque a éste alcanzaba el resplandor de los reflectores del jardín. La moqueta absorbía sus pisadas; avanzaban en puntas de pie. Don Rigoberto sentía su corazón acelerado. ¿Qué le esperaba? ¿Qué iba a ver? Su cuñada se detuvo y le dio otra orden al oído, «Quítate los zapatos», a la vez que se inclinaba para descalzarse. Don Rigoberto obedeció. Se sintió ridículo, ladronesco, sin zapatos y en medias, en ese sombrío pasillo, llevado de la mano por Ilse como si fuera Fonchito. «No hagas ruido, arruinarías todo», dijo ella, quedo. Él asintió, como un autómata. Ilse volvió a avanzar, abrió una puerta, lo hizo adelantarse. Estaban en el dormitorio, separados del lecho por una media pared de ladrillo, que, por sus intersticios en forma de rombo, dejaba ver la cama. Era anchísima y teatral. En la cónica luz que descendía de una bombilla empotrada en el cielorraso, vio a su hermano corso y Lucrecia, fundidos, moviéndose a compás. Hasta él llegó su suave, dialogante jadeo.

—Puedes sentarte —le indicó Ilse—. Aquí, en el sillón.

Él se dejó hacer. Retrocedió un paso, se dejó caer junto a su cuñada en lo que debía ser un largo sofá lleno de cojines, dispuesto de tal modo que la persona sentada allí no perdiera detalle del espectáculo. ¿Qué significaba esto? A don Rigoberto se le escapó una risita: «Mi hermano corso es más churrigueresco de lo que imaginé». Se le había resecado la boca.

Parecía que esa pareja hubiera hecho el amor toda la vida, por la diestra superposición y su encaje perfecto. Los cuerpos nunca se desajustaban; en cada nueva postura, la pierna, el codo, el hombro, la cadera, parecían ceñirse todavía mejor y, en todo momento, exprimir cada uno más recónditamente su placer del otro. Ahí estaban las bellas formas llenas, la ondulada cabellera color azabache de su amada, las levantadas nalgas que hacían pensar en un gallardo promontorio desafiando el asalto de un mar bravo. «No», se dijo. Más bien, en el espléndido trasero de la bellísima fotografía *La Prière*, de Man Ray (1930). Buscó en sus cuadernos y, en pocos minutos, contemplaba la imagen. Su corazón se encogió, recordando las veces que Lucrecia había posado así para él en la nocturna intimidad, sentada sobre los talones, las dos manos sosteniendo las medias esferas de sus nalgas. Tampoco desentonaba la comparación con la otra imagen de Man Ray que el cuaderno le ofreció, contigua a la anterior, pues la espalda musical de *Kikí de Montparnasse* (1925) era, ni más ni menos, la que en ese momento mostraba Lucrecia al ladearse y revolverse. Las inflexiones profundas de sus caderas lo tuvieron unos segundos suspenso, ido. Pero, los brazos velludos que cercaban ese cuerpo, las piernas que atenazaban esos muslos y los abrían no eran los suyos, ni tampoco esa cara —no llegaba a distinguir las facciones de Narciso— que, ahora, recorría la espalda de Lucrecia, escrutándola milímetro a milímetro, la entreabierta boca indecisa sobre dónde posarse, qué besar. Por la aturdida cabeza de don Rigoberto cruzó la imagen de la pareja de trapecistas del circo «Las águilas humanas» que volaban y se encontraban en el aire —hacían su número sin red— después de dar volatines a diez metros del suelo. Así de diestros, de perfectos, de adecuados el uno para el otro, eran Lucrecia y Narciso. Lo colmaba un sentimiento tripartito (admiración, envidia y celos) y las sentimentales lágrimas rodaban de nuevo por sus mejillas. Notó que la mano de Ilse exploraba profesionalmente su bragueta.

—Vaya, no te excita nada —oyó que sentenciaba, sin apagar la voz.

Don Rigoberto percibió un movimiento de sorpresa, allá en la cama. La habían oído, por supuesto; ya no podrían continuar fingiendo que no se sabían espiados. Quedaron inmóviles; el perfil de doña Lucrecia se volvió hacia el muro calado que los resguardaba, pero Narciso volvió a besarla y envolverla en la lucha amorosa.

—Perdóname, Ilse —susurró—. Te estoy defraudando, qué pena. Es que, yo, yo, cómo decírtelo, soy monógamo. Sólo puedo hacer el amor con mi mujer.

—Claro que lo eres —se rió Ilse, con afecto, y tan fuerte que, ahora sí, allá, en la luz, la cara despeinada de doña Lucrecia escapó al abrazo de su hermano corso y don Rigoberto vio sus grandes ojos muy abiertos, mirando asustados hacia donde se encontraban él y Ilse—. Igual que tu hermanito corso, pues. A Narciso sólo le gusta hacer el amor conmigo. Pero, necesita bocaditos, aperitivos, prolegómenos. No es tan sencillo como tú.

Se volvió a reír y don Rigoberto sintió que se apartaba de él haciéndole en los ralos cabellos uno de esos cariños que hacen las maestras a los niños que se portan bien. No daba crédito a sus ojos: ¿en qué momento se había desnudado Ilse? Ahí estaban sus ropas sobre el sofá, y, ahí, ella, gimnástica, desnuda de pies a cabeza, hendiendo la penumbra hacia la cama como sus remotas ancestras, las walkirias, hendían los bosques, con cascos bicornes, a la caza del oso, el tigre y el hombre. En ese preciso instante, Narciso se apartó de Lucrecia, se corrió hacia el centro para dejar un espacio —su cara denotaba contento indescriptible— y abría los brazos para recibirla con un rugido bestial de aprobación. Y, ahí estaba, ahora, la desairada, la retráctil Lucrecia, retirándose hacia el otro extremo de la cama, con plena conciencia de que, a partir de ahora, allí sobraba, y mirando a derecha e izquierda, en busca de alguien que le explicara qué debía hacer. Don Rigoberto se sintió apiadado. Sin pronunciar palabra, la llamó. La vio levantarse de la cama en puntas de pie, para no perturbar a los alegres esposos; buscar en el suelo sus ropas; cubrirse a medias y avanzar hacia donde él la esperaba con los brazos abiertos. Se apelotonó contra su pecho, palpitante.

—¿Tú entiendes algo, Rigoberto? —la oyó decir.

—Sólo que te amo —le contestó, abrigándola—. Nunca te he visto tan bella. Ven, ven.

—Vaya hermanitos corsos —oyó reírse a la walkiria, allá lejos, con un fondo de bufidos salvajes de jabalí y trompetas wagnerianas.

ARPÍA LEONADA Y ALADA

¿Dónde estás? En el Salón de los Grutescos, del Museo de Arte Barroco Austriaco, en el Bajo Belvedere de Viena.

¿Qué haces ahí? Estudias cuidadosamente una de las criaturas hembras de Jonas Drentwett que dan fantasía y gloria a sus paredes.

¿Cuál de ellas? La que alarga el altísimo cuello a fin de sacar mejor el pecho y mostrar la bellísima, pungente teta de rojizo botón que todos los seres animados vendrían a libar si tú no lo tuvieras reservado.

¿Para quién? Para tu enamorado a la distancia, el reconstructor de tu identidad, el pintor que te deshace y te rehace a su capricho, tu desvelado soñador.

¿Qué debes hacer? Aprender a esa criatura de memoria y emularla en la discreción de tu dormitorio, en espera de la noche en que vendré. No te desaliente saber que no tienes cola, ni garras de ave de rapiña, ni costumbre de andar a cuatro patas. Si de veras me amas, tendrás cola, garras, a cuatro patas andarás y, poco a poco, merced a la constancia y tesón que exigen las hazañas del amor, dejarás de ser Lucrecia la del Olivar y serás la Mitológica, Lucrecia la Arpía Leonada y Alada, Lucrecia la venida a mi corazón y mi deseo desde las leyendas y mitos de Grecia (con una escala en los frescos romanos de donde Jonas Drentwett te copió).

¿Estás ya como ella? ¿Retraída la grupa, el pecho altivo, la cabeza enhiesta? ¿Sientes ya que asoma la felina cola y que te crecen alas lanceoladas color de arrebol? Lo que aún te falta, la diadema para la frente, el collar de topacio, el ceñidor de oro y piedras preciosas donde descansará tu tierno busto, te los llevará en prenda de adoración y reverencia, quien te ama sobre todas las cosas reales o inexistentes

El caprichoso de las arpías.

V

Fonchito y las niñas

La señora Lucrecia se secó los ojos risueños una vez más, ganando tiempo. No se atrevía a preguntar a Fonchito si era cierto lo que le contó Teté Barriga. Dos veces había estado por hacerlo y las dos se acobardó.

—¿De qué te ríes así, madrastra? —quiso saber el niño, intrigado. Porque, desde que llegó a la casita del Olivar de San Isidro la señora Lucrecia no hacía más que lanzar esas intempestivas carcajadas, comiéndoselo con los ojos.

—De algo que una amiga me contó —se ruborizó doña Lucrecia—. Me muero de vergüenza de preguntarte. Pero, también, de ganas de saber si es cierto.

—Algún chisme de mi papá, seguro.

—Te lo voy a decir, aunque sea bastante vulgar —se decidió la señora Lucrecia—. Mi curiosidad es más fuerte que mi buena educación.

Según Teté, cuyo marido estaba allí y se lo había referido entre regocijado y furioso, era una reunión de esas que cada dos o tres meses tenía lugar en el estudio de don Rigoberto. Hombres solos, cinco o seis amigos de juventud, compañeros de colegio, universidad o barrio, mantenían esos encuentros por simple rutina, ya sin entusiasmo, pero no se atrevían a romper el rito, acaso por

156

la supersticiosa sospecha de que, si alguien faltaba a la cita, la mala suerte caería sobre el desertor o todo el grupo. Y seguían viéndose, aunque, sin duda, a ellos tampoco, igual que a Rigoberto, les hiciera gracia ya esa reunión bimestral o trimestral, en que tomaban cognac, comían empanaditas de queso y pasaban revista a los muertos y a la actualidad política. Doña Lucrecia recordaba que, luego, a don Rigoberto le dolía la cabeza del aburrimiento y debía tomar unas gotitas de valeriana. Había sucedido en la última reunión, la semana anterior. Los amigos —cincuentones o sesentones, en los umbrales de la jubilación alguno de ellos— vieron llegar a Fonchito, los claros cabellos alborotados. Sus grandes ojos azules se sorprendieron de encontrarlos allí. El desorden con que llevaba el uniforme de colegio añadía un toque de libertad a su bella personita. Los caballeros le sonrieron, buenas tardes Fonchito, qué grande estás, cuánto has crecido.

—¿No saludas? —lo había amonestado don Rigoberto, carraspeando.

—Sí, claro —respondió la cristalina voz de su entenado—. Pero, papi, por favor, que tus amigos, si me hacen cariños, no me los hagan en el potito.

La señora Lucrecia estalló en la quinta carcajada de la tarde.

—¿Les dijiste esa barbaridad, Fonchito?

—Es que, con el cuento de hacerme cariños, siempre me lo están tocando —encogió el niño los hombros, sin dar mayor importancia al asunto—. No me gusta que me toquen ahí ni jugando, después me pica. Y, cuando me viene cualquier picazón, me rasco hasta sacarme ronchas.

—Entonces, era cierto, se lo dijiste. —La señora Lucrecia pasaba de la risa al asombro y de nuevo a la risa.— Por supuesto, la Teté no podía inventarse una cosa así. ¿Y Rigoberto? ¿Cómo reaccionó?

—Me fulminó con los ojos y me mandó a hacer las tareas a mi cuarto —dijo Fonchito—. Después, cuando se fueron, me riñó a su gusto. Y me ha quitado la propina del domingo.

—Esos viejos manos largas —exclamó la señora Lucrecia, súbitamente indignada—. Qué desvergüenza. Si yo los hubiera visto alguna vez, de patitas a la calle. ¿Y tu papá se quedó tan fresco al enterarse? Pero, antes, júramelo. ¿Era verdad? ¿Te tocaban el pompis? ¿No es una de esas cosas torcidas que se te ocurren?

—Claro que me tocaban. Aquí —le mostró el niño, dándose un palmazo en las nalgas—. Igualito que los curas del colegio. ¿Por qué, madrastra? ¿Qué tengo en el potito que todos quieren tocármelo?

La señora Lucrecia lo examinaba, tratando de adivinar si no mentía.

—Si es verdad, son unos desvergonzados, unos abusivos —exclamó, por fin, todavía dudando—. ¿En el colegio, también? ¿No se lo has dicho a Rigoberto, para que haga un escándalo?

El niño puso una expresión seráfica:

—No quiero darle más preocupaciones a mi papá. Menos ahora, que lo veo tan triste.

Doña Lucrecia bajó la cabeza, confusa. Este niñito era un maestro en decir cosas que la hacían sentirse mal. Bueno, si era verdad, bien hecho que les hiciera pasar un mal rato a esos frescos. Su marido le había contado a

Teté Barriga que él y sus amigos se quedaron de una pieza, sin atreverse a mirar a Rigoberto, un rato largo. Después, habían hecho bromas, aunque con caras agestadas. Ya estaba bien de ese tema, en todo caso. Pasó a otra cosa. Preguntó a Fonchito cómo le iba en el colegio, si no se perjudicaba en la academia saliéndose antes de terminar las clases, si había ido al cine, al fútbol, a alguna fiesta. Pero, Justiniana, que entró trayendo el té con bizcochos, lo reactualizó. Había oído todo y se puso a opinar, de lo más lenguaraz. Estaba segura que era falso: «No le crea, señora. Fue otra diablura de este bandido, para que esos señores se comieran un pavo delante de don Rigoberto. ¿No lo conoce?». «Si tus chancays no estuvieran tan ricos, me enojaría contigo, Justita.» Doña Lucrecia sintió que había cometido una imprudencia; dejándose vencer por la morbosa curiosidad —con Fonchito nunca se sabía— había despertado tal vez a la fiera. En efecto, cuando Justiniana recogía las tazas y platos, la pregunta del niño cayó sobre ella como una estocada:

—¿Por qué será que a las personas mayores les gustan tanto los niños, madrastra?

Justiniana se escabulló haciendo un ruido con la garganta o el estómago que sólo podía ser una risa censurada. Doña Lucrecia buscó los ojos de Fonchito. Los escrutó con calma, en pos de una chispa de maledicencia, de intenciones aviesas. No. Más bien, la luminosidad de un cielo diáfano.

—A todo el mundo le gustan los niños —dijo, hipócrita—. Es normal que uno se enternezca con ellos. Son pequeñitos, frágiles, a veces muy ricos.

Se sintió estúpida, impaciente por escapar a los ojazos quietos y límpidos posados en ella.

—A Egon Schiele le gustaban mucho —dijo Fonchito, asintiendo—. En Viena, a principios de siglo, había muchas niñas abandonadas, viviendo en las calles. Pedían limosna en las iglesias, en los cafés.

—Como en Lima —dijo ella, sin saber lo que decía. Otra vez la colmaba la sensación de ser una mosquita atraída, pese a sus esfuerzos, a las fauces de la araña.

—Y él salía al Parque Schönbrunn, donde había montones. Las llevaba a su estudio. Les daba de comer y les regalaba plata —prosiguió Fonchito, inexorable—. El señor Paris von Güterlash, un amigo a quien Schiele pintó, ahora te muestro el retrato, dice que siempre encontraba en su estudio dos o tres niñas de la calle. Se estaban ahí, de su cuenta. Se echaban a dormir o jugaban mientras Schiele pintaba. ¿Crees que había algo de malo en eso?

—Si les daba de comer y las ayudaba, qué de malo iba a haber.

—Pero, es que las hacía desnudarse y las pintaba haciendo poses —añadió el niño. Doña Lucrecia pensó: «Ya no tengo escapatoria»—. ¿Era malo que Egon Schiele hiciera eso?

—Bueno, me figuro que no —tragó saliva la madrastra—. Un artista necesita modelos. ¿Por qué tener la mente podrida? ¿No le gustaba a Degas pintar a las *ratitas*, las pequeñas bailarinas de la Ópera de París? Bueno, también a Egon Schiele las niñitas lo inspiraban.

¿Y, entonces, por qué lo habían metido preso, acusándolo de haber secuestrado a una menor? ¿Por qué, condenado a la prisión por difundir pinturas inmorales? ¿Por qué, obligado a quemar un dibujo con el cuento de que los niños veían en su estudio cosas escabrosas?

—No sé por qué —lo calmó ella, al ver que se iba excitando—. Yo no sé nada de Schiele, Fonchito. Tú eres el que sabe todo sobre él. Los artistas son personas complicadas, que te lo explique tu papá. No tienen que ser unos santos. No hay que idealizarlos, ni satanizarlos. Importan sus obras, no sus vidas. Lo que ha quedado de Schiele es cómo pintó a esas niñas, no lo que hacía con ellas en su estudio.

—Las hacía ponerse esas medias de colores que le gustaban tanto —remató el relato Fonchito—. Echarse en el sofá, en el suelo. Solas o de dos en dos. Entonces, se subía a una escalera, para mirarlas desde arriba. Trepado ahí, en lo alto, hacía un boceto, en unos cuadernos que se han publicado. Mi papá tiene el libro. Pero, en alemán. Sólo pude ver los dibujos, no leerlo.

—¿Subido en una escalera? ¿Así las pintaba?

Ya estabas en la telaraña, Lucrecia. Siempre lo conseguía, el mocoso. Ahora, no intentaba apartarlo del tema; lo seguía, atrapada. La pura verdad, madrastra. Decía que su sueño era ser un ave de presa. Pintar el mundo desde arriba, verlo como lo veía un cóndor o un gallinazo. Y, fijándose bien, era la pura verdad. Se lo demostraría ahora mismo. Saltó a rebuscar su maletín de la academia y un momento después se acuclillaba a sus pies —ella estaba como siempre en el sofá y él en el suelo— pasando las páginas de un nuevo y voluminoso libro de reproducciones de Egon Schiele, que apoyó sobre las rodillas de la madrastra. ¿Sabía Fonchito de verdad todas esas cosas sobre el pintor? ¿Cuántas eran ciertas? ¿Y, por qué le había venido esa manía por Schiele? ¿Cosas que le oía a Rigoberto? ¿Era este pintor la última obsesión de su ex-marido? En todo caso, no le faltaba razón. Esas muchachas tendidas, esos amantes enlazados, esas ciudades fantasmales, sin personas, animales ni coches, de casas apelotonadas y como congeladas a orillas de ríos desiertos, parecían divisados desde lo alto, por un ave rampante, que planeaba sobre ellas con una mirada envolvente y sin piedad. Sí, la perspectiva de un ave de presa. La carita de ángel le sonrió: «¿No te lo dije, madrastra?». Ella asintió, desagradada. Detrás de esos rasgos de querube, de esa inocencia de cuadro milagrero, anidaba una inteligencia sutil, precozmente madura, una psicología tan enrevesada como la de Rigoberto. Y, en ese momento, tomó conciencia de lo que exhibía la página. Se encendió como una antorcha. Fonchito había dejado el libro abierto en una acuarela de tonos rojos y espacios cremas, con una franja malva, al que sólo ahora doña Lucrecia prestaba atención: el propio artista de espigada silueta, sentado, y, entre sus piernas abiertas, una muchacha, desnuda y de espaldas, sosteniendo en alto, como el asta de una bandera, su gigantesca extremidad viril.

—Esta pareja también ha sido pintada desde lo alto —la alertó la cristalina voz—. ¿Pero, cómo haría el boceto? No pudo desde la escalera, porque quien está sentado en el suelo es él mismo. ¿Te das cuenta, no, madrastra?

—Me doy cuenta de que es un autorretrato muy obsceno —dijo doña Lucrecia—. Mejor, sigue pasando, Foncho.

—A mí, me parece triste —le discutió el niño, con mucha convicción—. Fíjate en la cara de Schiele. Está caída, como si no pudiera más de la pena que siente. Parece que va a llorar. Tenía solamente veintiún años, madrastra. ¿Por qué crees que a este cuadro le puso *La hostia roja*?

—Mejor no averiguarlo, sabidito —comenzó a enojarse la señora Lucrecia—. ¿Así se llama? Además de obsceno, es sacrílego, entonces. Pasa la página o la rompo.

—Pero, madrastra —la recriminó Fonchito—. Tú no serás como ese juez que condenó a Egon Schiele a romper su cuadro. Tú no puedes ser tan injusta ni prejuiciosa.

Su indignación parecía genuina. Le brillaban las pupilas, las finas aletas de su nariz vibraban y hasta las orejas se le habían afilado. Doña Lucrecia lamentó lo que acababa de decir.

—Bueno, tienes razón, con la pintura, con el arte, hay que tener manga ancha. —Se frotó las manos, nerviosa.— Es que tú me sacas de mis casillas, Fonchito. Nunca sé si haces lo que haces y dices lo que dices de manera espontánea, o con segunda intención. Nunca sé si estoy con un niño o con un viejo vicioso y perverso, escondido detrás de una carita de Niño Jesús.

El niño la miraba desconcertado; la sorpresa parecía brotarle de lo más profundo. Pestañeaba, sin comprender. ¿Era ella la que, con su desconfianza, estaba escandalizando a esta criatura? Por supuesto que no. Sin embargo, al ver que a Fonchito los ojos se le aguaban, se sintió culpable.

—Ni siquiera sé lo que estoy diciendo —murmuró—. Olvídate, no he dicho nada. Ven, dame un beso, nos amistamos.

El niño se incorporó y le echó los brazos al cuello. Doña Lucrecia sintió, palpitando, la frágil estructura, los huesecillos, ese cuerpecito en la frontera de la adolescencia, esa edad en que los niños se confundían todavía con las niñas.

—No te enojes conmigo, madrastra —oyó que le decía, al oído—. Corrígeme si hago algo mal, dame consejos. Yo quiero ser como tú quieres que sea. Pero, no te enojes.

—Bueno, ya se me pasó —dijo ella—. Nos olvidamos.

La tenía encarcelada por el cuello con sus bracitos y le hablaba tan lento y bajo que no entendió lo que decía. Pero registró con todos sus nervios la puntita de la lengua del niño cuando, como un delicado estilete, entró en la cavidad de su oreja y la ensalivó. Resistió el impulso de apartarlo. Un momento después, sintió que los labios delgaditos recorrían el lóbulo, con besos espaciados, menuditos. Ahora sí, lo apartó con suavidad —le corrían culebritas por todas partes— y se encontró con su cara traviesa.

—¿Te hice cosquillas? —Parecía jactándose de una proeza—. Te pusiste a temblar todita. ¿Te pasó electricidad, madrastra?

No supo qué decirle. Le sonrió, forzada.

—Me olvidaba de contarte —vino a sacarla de apuros Fonchito, retornando a su lugar acostumbrado, al pie del sofá—. Ya comencé a hacerle el trabajo, a mi papá.

—¿Qué trabajo?

—La amistada de ustedes, pues —explicó el niño, accionando—. ¿Sabes qué hice? Decirle que te había visto saliendo de la Virgen del Pilar, elegantísima, del brazo de un señor. Que parecían una parejita en su luna de miel.

—¿Y por qué le mentiste así?

—Para darle celos. Y, se los di. ¡Se puso nerviosísimo, madrastra!

Se rió con una risa que proclamaba una espléndida alegría de vivir. Su papi se había puesto pálido; se le saltaron los ojos, aunque, al principio, no comentó nada. Pero, estaba recomiéndolo la curiosidad y se moría de ganas de saber más. ¡Se lo notaba tan muñequeado! Para facilitarle la cosa, Fonchito abrió el fuego:

—¿Crees que mi madrastra piensa volver a casarse, papi?

A don Rigoberto se le avinagró la cara e hizo un extraño caballuno, antes de contestar:

—No lo sé. Debiste preguntárselo tú. —Y, luego de una vacilación, tratando de aparecer natural.— Quién sabe. ¿Te pareció que ese señor era más que un amigo?

—Bueno, no sé —habría dudado Fonchito, moviendo la cabeza como el cucú del reloj—. Estaban del brazo. El señor la miraba igual que en las películas. Y ella también le echaba unas miraditas muy coquetas.

—Yo a ti te mato, por bandido y mentiroso. —La señora Lucrecia le lanzó uno de los cojines, que Fonchito recibió en la cabeza con grandes aspavientos.— Eres un farsante. No le dijiste nada, estás burlándote de mí a tu gusto.

—Por lo más santo, madrastra —se reía el niño, a carcajadas, besando sus dedos en cruz.

—Eres el peor cínico que he conocido —le disparó ella otro cojín, riéndose también—. Cómo serás de grande. Dios guarde a la pobre cándida que se enamore de ti.

El niño se puso serio, en uno de esos bruscos cambios de ánimo que desconcertaban a doña Lucrecia. Había cruzado los brazos sobre el pecho y, sentado como un Buda, la examinaba con cierto miedo.

—¿Lo decías en broma, no, madrastra? ¿O, de veras piensas que soy malo?

Ella estiró la mano y le acarició los cabellos.

—No, malo, no —dijo—. Eres impredecible. Un sabidillo con demasiada imaginación, eso sí.

—Quiero que ustedes se amisten —la interrumpió Fonchito, con ademán enérgico—. Por eso le inventé esa historia. Ya tengo un plan.

—Como yo soy la interesada, por lo menos deja que le dé mi aprobación.

—Es que... —Fonchito se retorció las manos—. Todavía me falta completarlo. Tienes que tenerme confianza, madrastra. Necesito saber algunas cosas de ustedes. Por ejemplo, cómo se conocieron tú y mi papá. Y, cómo fue que se casaron.

Una cascada de imágenes melancólicas actualizó en la memoria de doña Lucrecia el día aquel —once años ya— en que, en aquella tumultuosa y aburrida fiesta para celebrar las bodas de plata de unos tíos, le habían presentado a ese señor de carota lúgubre, grandes orejas y beligerante nariz, camino a la calvicie. Un cincuentón del que una amiga celestina, empeñada en casar a todo el mundo, la puso al tanto: «Viudo fresco, un hijo, gerente de Seguros La Perricholi, un poco estrafalario pero de familia decente y con plata». Al principio, sólo retuvo de Rigoberto el aspecto funeral, su actitud huraña, lo inapuesto que era. Pero, desde esa misma noche, algo la había atraído de ese hombre sin encantos físicos, algo que adivinó de complicado y misterioso en su vida. Y, doña Lucrecia, desde niña, había sentido fascinación por asomarse a los abismos desde lo alto del acantilado, por hacer equilibrio en la baranda de los puentes. Esa atracción se había confirmado cuando aceptó tomar té con él en *La Tiendecita Blanca*, asistir en su compañía a un concierto de la Filarmónica en el Colegio Santa Úrsula, y, sobre todo, cuando entró a su casa por primera vez. Rigoberto le mostró sus grabados, sus libros de arte y sus cuadernos donde estaban sus secretos, y le explicó cómo renovaba su colección, penalizando con las llamas a los libros e imágenes que reemplazaba. Se había impresionado oyéndolo, observando la corrección con que la trataba, su formalidad maniática. Para asombro de su familia y de sus amigas («¿Qué esperas para casarte, Lucre? ¿Un príncipe azul? ¡No puede ser que rechaces a todos tus aficionados!») cuando Rigoberto le propuso matrimonio («Sin haberme dado un beso») aceptó inmediatamente. Nunca se había arrepentido. Ni un solo día, ni un solo minuto. Había sido divertido, excitante, maravilloso, ir descubriendo el mundo de manías, rituales y fantasías de su esposo, compartirlo con él, ir construyendo a su lado esa vida reservada, a lo largo de diez años. Hasta la absurda, loca, estúpida historia con su hijastro a la que se dejó arrastrar. Y, con un mocosito que ahora ni siquiera parecía acordarse de lo ocurrido. ¡Ella, ella! La que todos creían tan juiciosa, tan precavida, tan bien organizada, la que siempre calculó todos los pasos con tanta sensatez. ¡Cómo había podido tener una aventura con un niñito de colegio! ¡Su propio entenado! Más bien, Rigoberto se había portado muy decente, evitando el escándalo, limitándose a pedirle la separación y dándole el apoyo económico que le permitía ahora vivir sola. Otro la hubiera matado, despedido con cajas destempladas, sin un centavo, puesto en la picota social como corruptora de menores. Qué tontería pensar que Rigoberto y ella podrían reconciliarse. Él seguiría mortalmente ofendido por lo que pasó; no la perdonaría jamás. Sintió que otra vez los bracitos se enroscaban en su cuello.

—Por qué te has puesto triste —la consoló Fonchito—. ¿Hice algo malo?

—De pronto, me acordé de algo y como soy una sentimental… Ya se me pasó.

—Cuando vi que te ponías así ¡me vino un susto!

El niño volvió a besarla en la oreja, con los mismos besitos diminutos, y a rematar los cariños humedeciéndole otra vez el pabellón de la oreja con la punta de la lengua. Doña Lucrecia se sentía tan deprimida que ni siquiera tuvo ánimos para apartarlo. Al poco rato, oyó que le decía, con un tono distinto:

—¿Tú también, madrastra?

—¿Qué cosa?

—Me estás tocando el potito, pues, igual que los amigotes de mi papá y los curas del colegio. ¡Qué les ha dado a todos con mi pompis, caramba!

CARTA AL ROTARIO

Ya sé que te ofendiste, amigo, por mi negativa a incorporarme al Rotary Club, institución de la que eres dirigente y promotor. Y, sospecho que quedaste receloso, nada convencido de que mi reticencia a ser rotario de ninguna manera significa que vaya a enrolarme en el Club de Leones o el recién aparecido Kiwanis del Perú, asociaciones con las que la tuya compite implacablemente para llevarse las palmas de la beneficencia pública, el espíritu cívico, la solidaridad humana, la asistencia social y cosas por el estilo. Tranquilízate: no pertenezco ni perteneceré a ninguno de esos clubs o asociaciones ni a nada que pudiera parecérseles (los Boy Scouts, los Ex-alumnos Jesuitas, la masonería, el Opus Dei, etcétera). Mi hostilidad al género asociativo es tan radical que hasta he desistido de ser miembro del Touring Automóvil Club, y no se diga de esos llamados clubs sociales que miden la categoría étnica y el patrimonio económico de los limeños. Desde mis años ya lejanos de militancia en la Acción Católica y a causa de ella —pues fue ésa la experiencia que me abrió los ojos sobre la ilusión de toda utopía social y me catapultó a la defensa del hedonismo y el individuo—, he contraído una repugnancia moral, psicológica e ideológica, contra toda forma de servidumbre gregaria, al punto que —no es broma— incluso la cola del cine me hace sentirme atropellado y disminuido de mi libertad (a veces, no tengo más remedio que acolarme, claro), retrocedido a la condición de hombre-masa. La única concesión que recuerdo haber hecho se debió a una amenaza de sobrepeso (soy un convencido, como Cyril Connolly, de que «la obesidad es una enfermedad mental») que me llevó a inscribirme en un gimnasio, donde un tarzán sin sesos nos hacía sudar a quince idiotas una hora diaria, al compás de sus rugidos, ejercitando unas simiescas contracciones que él llamaba *aerobics*. El suplicio gimnástico confirmó todos mis prejuicios contra el hombre-rebaño.

Permíteme, a propósito, que te transcriba una de las citas que atestan mis cuadernos, pues sintetiza maravillosamente lo que pienso. Su autor es un asturiano trotamundos acantonado en Guatemala, Francisco Pérez de Antón: «Un rebaño, como se sabe, está compuesto de gente despalabrada y esfínter más o menos débil. Es un hecho comprobado, además, que, en tiempos de confusión, el rebaño prefiere la servidumbre al desorden. De ahí que quienes actúan como cabras no tengan líderes sino cabrones. Y algo se nos debe de haber contagiado de esta especie cuando en el humano rebaño es tan común ese dirigente capaz de conducir a las masas hasta el borde del arrecife y, una vez allí, hacerlas saltar al agua. Eso si no se le ocurre asolar una civilización, que es algo también bastante frecuente». Dirás que es paranoico divisar tras unos benignos varones que se reúnen a almorzar una vez por semana y discuten en qué nuevo distrito levantar esas estelas de piedra caliza con la placa de metal «El Rotary Club les da la bienvenida», cuya erección pagan a escote, una ominosa depreciación en la escala humana de individuo soberano a individuo-masa. Tal vez yo exagere. Pero, no puedo descuidarme. Como el mundo avanza tan de prisa hacia la desindividualización completa, la extinción de ese accidente histórico, el reinado del individuo libre y soberano, que una serie de azares y circunstancias hiciera posible (para un número reducido de personas, desde luego, y en un número aún más reducido de países), estoy movilizado en zafarrancho de combate, con mis cinco sentidos y las veinticuatro horas del día, para demorar lo más que pueda, en lo que a mí concierne, esa derrota existencial. La batalla es a muerte y totalizadora; todo y todos participan en ella. Esas asociaciones de engordados profesionales, ejecutivos y burócratas de alto rango que, una vez por semana, comparecen a comer un menú regimentado (¿compuesto por una papa rellena, un bistecito con arroz y unos panqueques con manjarblanco, todo ello rociado con vinito tinto Tacama Reserva especial?) es una batalla ganada a favor de la robotización definitiva y el oscurantismo, un avance de lo planificado, lo organizado, lo obligatorio, lo rutinario, lo colectivo, y un encogimiento aún mayor de lo espontáneo, lo inspirado, lo creativo y lo original, que sólo son concebibles en la esfera del individuo.

¿Por lo que llevas leído recelas que, bajo mi incolora apariencia de burgués cincuentón, se embosca un hirsuto antisocial medio anarquista? ¡Bingo! Acertaste, hermanón. (Hago una broma y no resulta: la palabreja *hermanón* me sugiere ya la inevitable palmada en el hombro que la acompaña y la asquerosa visión de dos varones embarrigados por la cerveza y la inmoderada ingestión

171

de picantes, colectivizándose, formando una sociedad, renunciando a sus fantasmas endovenosos y a su *yo*.) Es verdad: soy un antisocial en la medida de mis fuerzas, que por desgracia son flaquísimas, y resisto la gregarización en todo aquello que no pone en peligro mi supervivencia ni mis excelentes niveles de vida. Tal como lo lees. Ser individualista es ser egoísta (Ayn Rand, *The Virtue of Selfishness*), pero no imbécil. Por lo demás, la imbecilidad me parece respetable si es genética, heredada, no si es elegida, una deliberada toma de posición. Temo que ser rotario, igual que león, kiwani, masón, boyscout, opus, sea (perdóname) una acobardada apuesta a favor de la estupidez.

Mejor te explico este insulto, así lo atenúo y la próxima vez que los negocios de nuestras aseguradoras nos junten, no me partas la cabeza de un puñetazo (o de un patadón en la espinilla, agresión más apropiada para gentes de nuestra edad). No sé de qué manera más justa definir la institucionalización de las virtudes y los buenos sentimientos que representan esas asociaciones, que como una abdicación de la responsabilidad personal y una barata manera de adquirir buena conciencia «social» (pongo la palabra entre comillas para subrayar el desagrado que me causa). En términos prácticos, lo que hacen tú y tus colegas no contribuye a mi juicio a reducir el mal (o, si prefieres, a aumentar el bien) en ningún sentido apreciable. Los principales beneficiarios de esa generosidad colectivizada son ustedes mismos, empezando por sus estómagos, deglutidores de esos menús semanales, y sus puercas mentes, que, en esas veladas de confraternización (¡horroroso concepto!) regurgitan de placer intercambiando chismes, chistes colorados y rajando sin piedad del ausente. No estoy contra esos entretenimientos ni, en principio, contra nada que produzca placer; estoy contra la hipocresía de no reivindicar este derecho a cara descubierta, de buscar el placer disimulado bajo la coartada profiláctica de la acción cívica. ¿No me dijiste, poniendo ojos de sátiro y dándome un tincanazo pornográfico, que otra ventaja de ser rotario era que la institución proveía un pretexto semanal de primer orden para estar lejos de casa sin alarmar a la mujer? Aquí, añado otra objeción. ¿Es por reglamento o simplemente costumbre que no hay mujeres en sus filas? En los almuerzos que me has infligido, nunca vi una falda. Estoy seguro que no todos ustedes son maricones, única razón tibiamente aceptable para justificar el pantalonismo rotario (león, kiwani, boyscout, etcétera). Ésta es mi tesis: ser rotario es un pretexto para pasar unos buenos ratos masculinos, a salvo de la vigilancia, servidumbre o formalidad que, según ustedes, impone la cohabitación con la mujer. Esto me parece tan anticivilizado como la paranoia de las recalcitrantes feministas que han declarado la guerra de los sexos. Mi filosofía es que en los casos inevitables de resignación al gregarismo —escuelas, trabajos, diversiones—, la mezcla de géneros (y de razas, lenguas, costumbres y creencias) es una manera de amortiguar la cretinización que conlleva el pandillismo y de introducir un elemento picante, de malicia (malos pensamientos, de los que soy resuelto practicante) en las relaciones humanas, algo que, desde mi punto de vista, las eleva estética y moralmente. No te digo que ambas cosas son, para mí, una sola, porque no lo entenderías.

Toda actividad humana que no contribuya, aun de la manera más indirecta, a la ebullición testicular y ovárica, al encuentro de espermatozoides y óvulos, es despreciable. Por ejemplo, la venta de pólizas de seguros a la que tú y yo nos dedicamos desde hace treinta años, o los almuerzos misóginos de los rotarios. Lo es todo lo que distrae del objetivo verdaderamente esencial de la vida humana, que consiste, a mi juicio, en la satisfacción de los deseos. No veo para qué otra cosa podemos estar aquí, girando como lentos trompos en el gratuito universo. Uno puede vender seguros, como tú y yo lo hemos hecho —y con bastante éxito, pues hemos alcanzado posiciones expectantes en nuestras respectivas compañías— porque era preciso comer, vestirse, abrigarse bajo un techo y alcanzar unos ingresos que nos permitieran tener y aplacar deseos. No hay ninguna otra razón válida para vender pólizas de seguros, ni tampoco para construir represas, castrar gatos o ser taquígrafo. Te oigo: ¿y si, a diferencia de ti, desquiciado Rigoberto, vendiendo pólizas de seguros contra incendios, robos o enfermedades, un hombre se realiza y goza? ¿Y, si, asistiendo a almuerzos rotarios y contribuyendo con óbolos pecuniarios a levantar letreros en las carreteras con la consigna «Despacio se va lejos» materializa sus más ardientes deseos y es feliz, ni más ni menos que tú hojeando tu colección de grabados y libros impropios para señoritas o en esas pajas mentales que son los soliloquios de tus cuadernos? ¿No tiene cada cual derecho a sus deseos? Sí, lo tiene. Pero, si los más caros deseos (la palabra más bella del diccionario) de un ser humano consisten en vender seguros y afiliarse al Rotary Club (o afines) ese bípedo es un cacaseno. El caso del noventa por ciento de la humanidad, de acuerdo. Veo que vas comprendiendo, asegurador.

¿Por tan poca cosa te santiguas? Tu señal de la cruz me insta a pasar a otro tema, que es el mismo. ¿Qué papel ocupa la religión en esta diatriba? ¿Recibe ella también las bofetadas de este renegado de la Acción Católica, ex-lector enfebrecido de San Agustín, el Cardenal Newmann, San Juan de la Cruz y Jean Guitton? Sí y no. Si soy algo en estas materias, soy agnóstico. Desconfiado del ateo y del creyente, a favor de que la gente crea y practique una fe, pues, de otro modo, no tendría vida espiritual alguna y el salvajismo se multiplicaría. La cultura —el arte, la filosofía, todas las actividades intelectuales y artísticas laicas— no reemplaza el vacío espiritual que resulta de la muerte de Dios, del eclipse de la vida trascendente, sino en una muy pequeña minoría (de la que formo parte). Ese vacío vuelve a la gente más destructora y bestial de lo que es normalmente. Al mismo tiempo que estoy a favor de la fe, las religiones en general me incitan a taparme la nariz, porque todas ellas implican el rebañismo procesionario y la abdicación de la independencia espiritual. Todas ellas coartan la libertad humana y pretenden embridar los deseos. Reconozco que, desde el punto de vista estético, las religiones —la católica, acaso, más que ninguna otra con sus hermosas catedrales, ritos, liturgias, atuendos, representaciones, iconografías, músicas— suelen ser unas soberbias fuentes de placer que halagan el ojo, la sensibilidad, atizan la imaginación y nos combustionan de malos pensamientos. Pero, en todas ellas hay emboscado siempre un censor, un comisario, un fanático y las parrillas y tenazas de la inquisición. Es cierto, también, que, sin sus prohibiciones, pecados, fulminaciones morales, los deseos —el sexual, sobre todo— no hubieran alcanzado el refinamiento que tuvieron en ciertas épocas. Pues, y esto no es teoría sino práctica, gracias a una modesta encuesta personal de limitado horizonte, afirmo que se hace mucho mejor el amor en los países religiosos que en los secularizados (mejor en Irlanda que en Inglaterra, en Polonia que en Dinamarca) y en los católicos que en los protestantes (en España o Italia mejor que en Alemania o Suecia) y que son mil veces más imaginativas, audaces y delicadas las mujeres que pasaron por colegios de monjas que las que estudiaron en colegios laicos (Roger Vailland ha teorizado al respecto en *Le regard froid*). Lucrecia no sería la Lucrecia que me ha colmado de una impagable felicidad, noche y día (pero, sobre todo, de noche) a lo largo de diez años, si su niñez y juventud no hubieran estado a cargo de las estrictísimas monjas del Sagrado Corazón, entre cuyas enseñanzas figuraba la de que, para una niña, sentarse con las rodillas abiertas era pecado. Estas sacrificadas esclavas del Señor, con su exacerbada suceptibilidad y casuística en materia amorosa, han ido formando a lo largo de la historia dinastías de Mesalinas. ¡Benditas sean!

¿Y, entonces? ¿En qué quedamos? Yo no sé en qué quedarás tú, querido colega (para usar otra expresión vomitable). Yo me quedo en mi contradicción, que es, también, después de todo, una fuente de placer para un espíritu díscolo e inclasificable como el mío. En contra

176

de la institucionalización de los sentimientos y la fe, pero a favor de los sentimientos y la fe. Al margen de las iglesias, pero curioso y envidioso de ellas, y diligente aprovechador de lo que puedan prestarme para enriquecer el mundo de mis fantasmas. Te señalo que soy un desembozado admirador de esos príncipes de la Iglesia que fueron capaces de congeniar en el más alto grado la púrpura y la esperma. Rebusco mis cuadernos y encuentro, como ejemplo, aquel Cardenal sobre el que escribió el virtuoso Azorín: «Escéptico refinado, se reía a solas de la farsa en que se movía su persona, y asombrábase a ratos de que no se acabase la estupidez humana que mantenía con su dinero aquella estupenda comedia». ¿No es éste, casi, un medallón del famoso Cardenal de Bernis, embajador dieciochesco de Francia en Italia, que compartió en Venecia a dos monjas lesbianas con Giacomo Casanova (*vide* sus Memorias) y atendió en Roma al marqués de Sade sin saber de quién se trataba, cuando éste, prófugo de Francia por sus excesos libertinos, recorría Italia emboscado bajo la falsa identidad de Conde de Mazan?

Pero, ya veo que bostezas, porque esos nombres con que te tiroteo —Ayn Rand, Vailland, Azorín, Casanova, Sade, Bernis— son para ti unos ruidos incomprensibles, de modo que corto y pongo punto final a esta misiva (que, tranquilízate, tampoco enviaré).

Muchos almuerzos y placas, rotario.

En la noche húmeda, sobresaltada por la agitación del mar, don Rigoberto se despertó de golpe, bañado en sudor: las ratas innumerables del templo de Karniji, convocadas por las alegres campanillas de los brahmanes, acudían a la merienda de la tarde. Las enormes pailas, las fuentes de metal, los cuencos de madera ya habían sido llenados con trocitos de carne o con el lechoso sirope, su manjar preferido. De todos los huecos de las paredes de mármol, horadados para ellas y equipados con manojos de paja para su confort por los piadosos monjes, miles de grises roedores salían de sus nidos, ávidos. Atropellándose, unos sobre otros, se precipitaban hacia los recipientes. Se zambullían en ellos a lamer el almíbar, mordisquear los pedazos de carne, y, los más exquisitos, a arrancar con sus blancos incisivos bocaditos de callos y durezas de los desnudos pies. Los sacerdotes las dejaban hacer, halagados de contribuir con esas sobras de su piel al placer de las ratas, encarnaciones de hombres y mujeres desaparecidos.

El templo había sido construido para ellas hacía quinientos años en ese rincón norteño del Rajastán hindú, en homenaje a Lakhan, hijo de la diosa Karniji, apuesto mancebo que se transformó en una rata gorda. Desde entonces, detrás de la imponente construcción de plateadas puertas, marmóleos pisos, muros y cúpulas majestuosos, el espectáculo tenía lugar dos veces al día. Ahí estaba ahora el brahmán-jefe, Chotu-Dan, oculto bajo las decenas de grises animales que se subían a sus hombros, brazos, piernas, espaldas, rumbo a la gran paila de almíbar a cuyas orillas estaba sentado. Pero, lo que le revolvía el estómago y tenía a punto de vomitar a don Rigoberto, era el olor. Denso, envolvente, más hiriente que la bosta de la acémila, el aliento del basural o la carroña putrefacta, el hedor de esa muchedumbre parda estaba ahora dentro de él. Recorría el envés de su cuerpo con sus venas, la transpiración de sus glándulas, se empozaba en los resquicios de sus cartílagos y el tuétano de sus huesos. Su cuerpo se había convertido en el templo de Karniji. «Estoy embutido de olor a ratas», se asustó.

Saltó de la cama en pijama, sin ponerse la bata, sólo las zapatillas, y corrió a su estudio, a ver si hojeando algún libro, escrutando un grabado, oyendo música o garabateando sus cuadernos, otras imágenes venían a exorcizar a las sobrevivientes de la pesadilla.

Tuvo suerte. En el primer cuaderno que abrió, una cita científica explicaba la variedad de anófeles cuya característica más saltante es percibir el olor de sus hembras a distancias increíbles. «Soy uno de ellos», pensó, abriendo sus narices y husmeando. «Puedo ahora mismo, si me lo propongo, oler a Lucrecia dormida en el Olivar de San Isidro, y diferenciar nítidamente las segregaciones de su cuero cabelludo, de sus axilas y de su pubis.» Pero se encontró con otro olor —benigno, literario, placentero, fantaseoso— que empezó a disipar, como el viento del amanecer la neblina nocturna, los hedores ratoniles del sueño. Un olor santo, teológico, elegantísimo, exhalado por la *Introducción a la vida devota*, de Francisco de Sales, en la traducción de Quevedo: «Las lámparas que tienen el olio aromático despiden de sí un más suave olor cuando las apagan la luz. Así, las viudas, cuyo amor ha sido puro en su casamiento, derraman un precioso y aromático olor de virtud de castidad, cuando su luz, esto es, su marido, es apagada por la muerte». Ese aroma de viudas castas, impalpable melancolía de sus cuerpos condenados al soliloquio físico, exhalación nostálgica de sus deseos insatisfechos, lo inquietó. Las ventanillas de su nariz afanosamente latieron, tratando de reconstruir, detectar, extraer del ambiente algún rastro de su presencia. La mera idea de ese olor de viuda lo puso en vilo. Evaporó los restos de la pesadilla, le quitó el sueño, devolvió a su espíritu una confianza saludable. Y lo llevó a pensar —¿por qué?— en esas señoras flotando entre ríos de estrellas, de Klimt, mujeres olorosas, de caras traviesas —ahí estaban *Goldfish*, hembra-pececito de colores y *Dánae*, simulando dormir y exhibiendo con simplicidad un curvilíneo culo de guitarra. Ningún pintor había sabido pintar el olor de las mujeres como el bizantino vienés; sus aéreas y cimbreadas mujeres siempre le habían entrado a la memoria, simultáneamente, por los ojos y la nariz. (Y, a propósito, ¿no era hora de comenzar a inquietarse por el desmesurado interés que ejercía sobre Fonchito el otro vienés, Egon Schiele? Tal vez, pero no en este momento.)

¿Despedía el cuerpo de Lucrecia ese santo olor salesiano desde que estaban separados? Si así fuera, aún lo quería. Pues, ese olor, según San Francisco de Sales, testimoniaba una fidelidad amorosa que trascendía la tumba. Entonces, no lo había reemplazado. Sí, aún seguía «viuda». Los rumores, infidencias, acusaciones, que llegaban hasta él —incluido el chisme de Fonchito— sobre los recién contraídos amantes de Lucrecia, eran calumnias.

Su corazón se regocijó, mientras olfateaba con encarnizamiento el contorno. ¿Estaba ahí? ¿Lo había detectado? ¿Era el olor de Lucrecia? No. Era el de la noche, la humedad, los libros, los óleos, las maderas, las telas y cueros del estudio.

Trató de retrotraer del pasado y la nada, cerrando los ojos, los olores nocturnos que aspiró en esos diez años, aromas que tanto lo habían hecho gozar, perfumes que lo habían defendido contra la pestilencia y fealdad reinantes. La depresión se apoderó de él. Vinieron a consolarlo unos versos de Neruda, al volver una página de ese mismo cuaderno:

Y por verte orinar, en la oscuridad, en el fondo de la casa,
como vertiendo una miel delgada, trémula, argentina, obstinada,
cuántas veces entregaría este coro de sombras que poseo,
y el ruido de espadas inútiles que se oye en mi alma...

¿No era extraordinario que el poema de esos versos se llamara *Tango del viudo*? Sin transición, divisó a Lucrecia, sentada en la taza del excusado, y escuchó el alegre chapaleo de su pipí en el fondo del recipiente, que lo recibía cascabeleando agradecido. Por supuesto, silencioso, acuclillado en el rincón, absorto, místicamente concentrado, escuchando y oliendo, ahí estaba también el feliz beneficiario de aquella emisión y aquel concierto líquido: ¡Manuel de las prótesis! Pero, en eso apareció Gulliver, salvando a la Emperadora de Lilliput de su palacio en llamas con una espumosa meada. Pensó en Jonathan Swift, que vivió obsesionado con el contraste entre la belleza del cuerpo y las horribles funciones

181

corporales. El cuaderno recordaba cómo, en su poema más famoso, un amante explica por qué decidió abandonar a su amada, con estos versos:

Nor wonder how I lost my wits;
Oh! Celia, Celia, Celia shits

«Qué estúpido», sentenció. Lucrecia también *shited* y eso, en vez de degradarla, la realzaba a sus ojos y narices. Por unos segundos, con la primera sonrisa de la noche dibujada en su cara, su memoria aspiró los vapores reminiscentes del paso de su ex-mujer por el cuarto de baño. Aunque ahora se entremetía allí el sexólogo Havelock Ellis, cuya más recóndita felicidad era, según el cuaderno, escuchar a su amada licuar, proclamando en su correspondencia que el día más feliz de su vida había sido aquel en que su complaciente mujer, amparada en las vueludas faldas victorianas que la arropaban, orinó para él entre inadvertidos paseantes, irreverentemente, a los pies del Almirante Nelson, observada por los monumentales leones de piedra de Trafalgar Square.

Pero Manuel no había sido un poeta como Neruda, ni un moralista como Swift, ni un sexólogo como Ellis. Apenas, un castrado. ¿O, más bien, un eunuco? Diferencia abismal, entre esos dos negados para la fecundación. Uno tenía todavía falo y erección y el otro había perdido el adminículo y la función reproductora y lucía un pubis liso, curvo y femenil. ¿Qué era Manuel? Eunuco. ¿Cómo había podido Lucrecia concederle aquello? ¿Generosidad, curiosidad, compasión? ¿O, vicio y morbo? ¿O, todas esas cosas combinadas? Ella lo había conocido antes del célebre accidente, cuando Manuel ganaba campeonatos motociclísticos enfundado en un casco rutilante y un buzo de plástico, encaramado sobre un equino mecánico de tubos, manubrio y ruedas, de nombre siempre japonés (Honda, Kawasaki, Suzuki o Yamaha), catapultándose a sí mismo con ruido de pedo ensordecedor a campo traviesa —lo llamaban *motocross*—, aunque también solía participar en galimatías como *Trail* y *Enduro*, esta última prueba de sospechosas reminiscencias albigenses— a doscientos o trescientos kilómetros por hora. Sobrevolando acequias, trepando cerros, alborotando arenales y saltando rocas o abismos, Manuel ganaba trofeos y salía retratado en los periódicos descorchando botellas de champagne y con modelos que besuqueaban sus mejillas. Hasta que, en una de esas exhibiciones de acendrada estupidez, voló por los aires, luego de ascender como bólido una colina equivocada, tras cuya cumbre lo esperaba, no, como él, incauto, creía, un sedante tobogán de amortiguadoras arenas, sino un precipicio con rocas. Se precipitó en él, gritando una palabrota arcaica —¡Ojete!— cuando volaba montado en su corcel de metal rumbo a las profundidades, a cuyo fondo llegó segundos después sonoramente, en un estruendo de huesos y fierros que se machacaban, rompían y astillaban. ¡Milagro! Su cabeza quedó intacta; sus dientes, completos; su visión y su audición, sin daño alguno; el uso de sus extremidades, algo resentido a causa de los huesos quebrados y los músculos desgarrados y tundidos. El pasivo quedó compensatoriamente concentrado en su genital, que monopolizó las averías. Tuercas, clavos y punzones perforaron sus testículos pese al elástico suspensor que los guarnecía e hicieron de ellos una sustancia híbrida, entre la melcocha y la *ratatouille*, en tanto que el peciolo de su virilidad fue cercenado de raíz por algún material cortante que tal vez —ironías de la vida— no provino de la moto de sus amores y triunfos. ¿Qué lo castró, entonces? El grueso crucifijo punzo-cortante que llevaba encima para convocar la protección divina cuando perpetraba sus proezas motociclísticas.

Los diestros cirujanos de Miami soldaron sus huesos, estiraron lo que se había encogido y encogieron lo que se había estirado, zurcieron lo desgarrado y le construyeron, disimulándolo con pedazos de carne arrancados a su glúteo, un genital artificial. Andaba siempre tieso, pero era pura pinta, una armazón de piel sobre una prótesis de plástico. «Mucha presencia y pocas nueces, o, para ser matemático, ninguna nuez», se encarnizó don Rigoberto. Le servía sólo para orinar, mas ni siquiera a voluntad, sino cada vez que tomaba algún líquido, y como el pobre Manuel no tenía la menor potestad para que ese constante escurrir de sus líquidos no empapara sus fundillos, llevaba colgada, a modo de sombrerito o estrambote, una bolsita de plástico que recogía sus aguas. Salvo esta inconveniencia, el eunuco llevaba una vida muy normal y —cada loco con su tema— todavía enfeudada con las motocicletas.

—¿Vas a ir a visitarlo otra vez? —preguntó don Rigoberto, algo amoscado.

—Me ha invitado a tomar el té y, ya sabes, es un buen amigo al que le tengo mucha pena —le explicó doña Lucrecia—. Si te molesta, no voy.

—Anda, anda —se disculpó él—. ¿Después me cuentas?

Se habían conocido de chicos. Formaban parte del mismo barrio y fueron enamorados cuando estaban en el colegio y ser enamorados consistía en pasearse de la mano los domingos después de misa de once en el Parque Central de Miraflores, y en el Parquecito Salazar luego de una matiné sincopada de besos y algún manoseo tímido y gentil en la platea. Y, habían sido novios, cuando Manuel cometía sus hazañas rodantes, salía retratado en las páginas deportivas y las chicas bonitas se morían por él. Su mariposeo sentimental hartó a Lucrecia, que rompió el noviazgo. Dejaron de verse hasta el accidente. Ella fue a visitarlo al hospital, llevándole una caja de Cadbury. Reanudaron una relación, ahora sólo amistosa —así lo había creído don Rigoberto, hasta descubrir la líquida verdad— que continuó luego del matrimonio de doña Lucrecia.

Don Rigoberto lo había divisado alguna vez, detrás de los cristales de su floreciente negocio de compra y venta de motos importadas de Estados Unidos y Japón (a las jeroglíficas marcas niponas había adosado las estadounidenses Harley Davidson y Triumph y la germana B.M.W.), a orillas del zanjón, casi llegando a Javier Prado. No volvió a participar en campeonatos como corredor, pero, con obvio sadomasoquismo, siguió vinculado a ese deporte como promotor y patrocinador de esas masacres y carnicerías vicarias. Don Rigoberto lo veía aparecer en los noticieros de televisión bajando una ridícula bandera a cuadritos, con aire de estar dando el arranque a la primera guerra mundial; en las líneas de partida o de llegada de las carreras o entregando una copa bañada en falsa plata al vencedor. Ese desplazamiento de participante a auspiciador de eventos, aplacaba —según Lucrecia— la viciosa atracción del castrado por las aparatosas motocicletas.

¿Y lo otro? ¿La otra ausencia? ¿La aplacaba algo, alguien? En las periódicas tardes en que solían conversar, tomando té con pastelitos, Manuel mantenía una notable discreción sobre el asunto, que Lucrecia, por supuesto, no cometía la imprudencia de mencionar. Sus conversaciones eran chismográficas, reminiscentes de una niñez miraflorina y juventud sanisidrina, de los antiguos compañeros de barrio que se casaban, descasaban, recasaban, enfermaban, engendraban y a veces morían, salpicadas de comentarios de actualidad sobre la última película, el último disco, el baile de moda, el matrimonio o la quiebra catastrófica, la estafa recién descubierta o el último escándalo de drogas, cuernos o sida. Hasta que un día —las manos de don Rigoberto pasaban rápido las hojas del cuaderno en pos de una anotación que correspondiera a la secuencia de imágenes ya claramente en movimiento en su mente febril— doña Lucrecia había descubierto su secreto. ¿Lo había descubierto, de verdad? ¿O Manuel se arregló para que ella lo creyera, cuando, en verdad, no hacía más que meter el pie en la trampa que le tenía preparada? El hecho es que un día, tomando el té en su casa de La Planicie, rodeados de eucaliptos y laureles, Manuel hizo pasar a Lucrecia a su recámara. ¿El pretexto? Mostrarle una fotografía de un partido de vóley en el Colegio San Antonio de hacía muchos años. Allí se había llevado ella la mayúscula sorpresa. ¡Un estante entero de libros dedicados al escalofriante tema de la castración y los eunucos! ¡Una biblioteca especializada! En todas las lenguas, y, sobre todo, aquellas que no entendía Manuel, que sólo dominaba el español en su variante peruana, y, más precisamente, miraflorino-sanisidrina. ¡Y una colección de discos y C.D. con aproximaciones o simulaciones de la voz de los *castrati*!

—Se ha vuelto un especialista en el tema —le contó a don Rigoberto, excitadísima con el descubrimiento.

—Por razones obvias —dedujo él.

¿Había sido aquello parte de la estrategia de Manuel? La cabezota de don Rigoberto asintió, en el pequeño círculo de la lamparilla. Naturalmente. Para crear una intimidad escabrosa, una complicidad en lo prohibido que le permitiera, luego, implorar el temerario favor. Le había confesado —¿simulando cortedad, con vacilaciones de tímido?, así mismo— que, desde la brutal cirugía, el tema lo había ido obsesionando, hasta tornarse la preocupación central de su existencia. Se había convertido en un gran conocedor, capaz de perorar horas sobre aquello, abordándolo en sus aspectos históricos, religiosos, físicos, clínicos, psicoanalíticos. (¿Habría oído hablar el ex-motociclista del vienés del diván? Antes, no; después, sí, y hasta había leído algo de él, aunque sin entender una palabra.) En conversaciones que los hundían a ambos cada vez más en una entrañable sociedad en el curso de esas, en apariencia, inocentes reuniones a la hora del té, Manuel explicó a Lucrecia la diferencia entre el eunuco, variante principalmente sarracena practicada desde el medioevo con los guardianes en los serrallos, a quienes la ablación inmisericorde de falo y testículos volvía castos, del castrado, versión occidental, católica, apostólica y romana, que consistía en privar sólo de los mellizos —dejando en su sitio lo demás— a la víctima de la operación, a quien no se quería privar de la cópula, sino, simplemente, impedir la transformación de la voz del niño que, al llegar a la adolescencia, baja una octava. Manuel contó a Lucrecia la anécdota, que ambos habían festejado, del *castrati* Cortona, quien escribió al Pontífice Inocencio XI pidiéndole permiso para casarse. Alegaba que la castración lo había dejado indemne para el refocilo. Su Santidad, que no tenía nada de inocente, de puño y letra escribió al margen de la solicitud: «Que le castren mejor». («Ésos eran Papas», se alegró don Rigoberto.)

Él, él, Manuel, as de las motos, en sus invitaciones a tomar el té y posando de hombre moderno que criticaba a la Iglesia, había explicado a Lucrecia que la castración sin ánimo belicoso, con objetivos artísticos, empezó a practicarse en Italia desde el siglo XVII, por la prohibición eclesial a que hubiera voces femeninas en las ceremonias religiosas. Esta censura creó la necesidad del híbrido, el varón de voz feminizada («voz caprina» o «falsete» «entre vibrante y tremolante», explicaba en el cuaderno el experto Carlos Gómez Amat) algo posible de fabricar, mediante una cirugía que Manuel describió y documentó, entre tazas de té y alfajores. Había la manera primitiva, sumergir a los niños de buena voz en agua helada para controlar la hemorragia y chancárselos con piedras de amasar («¡Ay, ay!» gritó don Rigoberto, olvidado de las ratas y la mar de divertido) y la sofisticada. A saber: el cirujano-barbero, anestesiando al niño con láudano, con su navaja recién afilada le abría la ingle y tiraba de allí las tiernas presas. ¿Qué efectos producía la operación a los niños cantores que sobrevivían? La obesidad, el ensanchamiento torácico y una voz aguda potente, así como un sostenido inusual; algunos *castrati*, como Farinelli, emitían arias sin respiro por más de un minuto. En la sosegada oscuridad del estudio, rumor marino al fondo, don Rigoberto estuvo oyendo, más entretenido y curioso que gozoso, la vibración de aquellas cuerdas vocales que, en un agudo delgadísimo, se prolongaba indefinida, como una larga herida en la noche barranquina. Ahora sí, olió a Lucrecia.

«Manuel de las prótesis, envenenado de la muerte», pensó poco después, contento con su hallazgo. Pero, inmediatamente recordó que citaba. ¿Envenenado de la muerte? Mientras sus manos buscaban en el cuaderno, su memoria rehacía el humoso y apretado local de la peña criolla donde Lucrecia lo arrastró aquella noche insólita. Había sido una de las pocas memorables inmersiones en el mundo nocturno de la diversión, en el extraño país al que vendía pólizas de seguros, administrativamente el suyo, contra el que había levantado este enclave y del que, a fuerza de discretos pero monumentales esfuerzos, había conseguido saber muy poco. Ahí estaban los versos del vals *Desdén*:

> *Desdeñoso, semejante a los dioses*
> *yo seguiré luchando por mi suerte*
> *sin escuchar las espantadas voces*
> *de los envenenados de la muerte.*

Sin la guitarra, el cajón y la sincopada voz del cantante, algo de la audacia lúgubre y narcisista del bardo compositor se perdía. Pero, aun sin la música, se preservaban la genial vulgaridad y la misteriosa filosofía. ¿Quién había compuesto este vals criollo «clásico», como lo había calificado Lucrecia cuando quiso averiguarlo? Lo averiguó: era chiclayano y se llamaba Miguel Paz. Imaginó un criollito montaraz y noctámbulo, de bufanda al cuello y guitarra al hombro, que daba serenatas y amanecía en los antros del folclore entre virutas y vómitos, la garganta rota de cantar toda la noche. En todo caso, bravo. Ni Vallejo y Neruda combinados habían producido nada comparable a estos versos, que, además, se bailaban. Le sobrevino una risita y volvió a capturar a Manuel de las prótesis, que se le estaba escapando.

Había sido después de muchas conversaciones vespertinas regadas de té, luego de haber volcado sobre doña Lucrecia su enciclopédica información sobre eunucos turcos y egipcios y *castrati* napolitanos y romanos, que el ex-motociclista («Manuel de las prótesis, Pipí perpetuo, el Húmedo, el Goteante, el del Sombrerillo, la Bolsa Líquida», improvisó don Rigoberto, con un humor que mejoraba cada segundo) había dado el gran paso.

—¿Y, cuál fue tu reacción, cuando te contó eso?

Acababan de ver, en la televisión del dormitorio, *Senso*, un hermoso melodrama stendhaliano de Visconti, y don Rigoberto tenía a su esposa sobre sus rodillas, ella en camisón de dormir y él en pijama.

—Me quedé lela —repuso doña Lucrecia—. ¿Crees que es posible?

—Si te lo contó destrozándose las manos y con llanto, debe serlo. ¿Por qué te mentiría?

—Claro, no había ninguna razón —ronroneó ella, retorciéndose—. Si me sigues besando así en el cuello, grito. Lo que no entiendo, es por qué me contaría eso.

—Era el primer paso —la boca de don Rigoberto fue escalando el tibio cuello hasta llegar a la oreja, que también besó—: El siguiente, será pedirte que lo dejes verte o, por lo menos, oírte.

—Me lo contó porque le hizo bien compartir su secreto —trató de apartarlo doña Lucrecia y el pulso de don Rigoberto se desquició—. Saber que yo sé, lo hizo sentirse menos solo.

—¿Apostamos que en el próximo té te lo propone? —insistió en besarle despacito la oreja su marido.

—Me iría de su casa dando un portazo —se revolvió en sus brazos doña Lucrecia, decidiéndose también a besarlo—. Y no volvería más.

No había hecho ninguna de esas cosas. Manuel de las prótesis se lo había pedido con tanta humildad servil y llanto de víctima, con tantas excusas y atenuantes, que ella no había tenido el valor (¿ni tampoco las ganas?) de ofenderse. ¿Habría dicho «¿Te olvidas que soy una señora decente y casada?» No. ¿Acaso, «Estás abusando de nuestra amistad y destruyendo el buen concepto que tenía de ti»? Tampoco. Se contentó con tranquilizar a Manuel, quien, pálido, avergonzado, le rogaba que no fuera a tomarlo mal, a enojarse, a privarlo de su amistad tan querida. Una operación de alta estrategia y exitosa, pues, apiadada con tanto psicodrama, Lucrecia volvió a tomar el té con él —don Rigoberto sintió agujas de acupunturista en las sienes— y terminó por darle gusto. El envenenado de la muerte oyó esa argentina música, fue embriagado por el líquido arpegio. ¿Sólo oyendo? ¿No habría sido, también, viendo?

—Te juro que no —protestó doña Lucrecia, abrigándose contra él y hablándole a su pecho—. En la más absoluta oscuridad. Fue mi condición. Y la cumplió. No vio nada. Oyó.

En la misma posición, habían visto un vídeo de *Carmina Burana*, en la Ópera de Berlín, dirigida por Seiji Osawa y los coros de Pekín.

—Puede ser —replicó don Rigoberto, la imaginación atizada por los latines vibrantes de los coros (¿habría *castrati* entre esos coristas de ojos rasgados?)—. Pero, también, que Manuel haya desarrollado de manera extraordinaria su visión. Y que, aunque no lo vieras, él sí te viera.

—Puestos a hacer conjeturas, todo es posible —discutió todavía, aunque sin mucha convicción, doña Lucrecia—. Pero, si vio, sería apenas, nada.

El olor estaba allí y no había duda posible: corporal, íntimo, ligeramente marino y con reminiscencias frutales. Cerrando los ojos, lo aspiró con avidez, sus narices muy abiertas. «Estoy oliendo el alma de Lucrecia», pensó, enternecido. El alegre chapaleo del chorrito en la taza no dominaba aquel aroma, apenas matizaba con un toque fisiológico lo que era una exhalación de recónditos humores glandulares, transpiraciones cartilaginosas, secreción de músculos que se adensaban y confundían en un efluvio espeso, valiente, doméstico. A don Rigoberto le recordó los momentos más remotos de su niñez —un mundo de pañales y talcos, vómitos y excrementos, colonias y esponjas embebidas de agua tibiecita, una teta pródiga— y las noches anudadas con Lucrecia. Ah, sí, qué bien comprendía al motociclista cercenado. Pero, no era indispensable ser émulo de Farinelli ni haber pasado por el trámite de la prótesis para asimilar esa cultura, convertirse a esa religión, y, como el envenenado Manuel, como el viudo de Neruda, como tantos anónimos exquisitos del oído, el olfato, la fantasía (pensó en el Primer Ministro de la India, el nonagenario Rarji Desai, que leía sus discursos con pausas para beber traguitos de su propio pipí; «¡ah, si hubiera sido el de su esposa!»), sentirse transportado al cielo, viendo y oyendo al acuclillado o sentado ser querido interpretando esa ceremonia, en apariencia anodina, funcional, de vaciar una vejiga, sublimada en espectáculo, en danza amorosa, en prolegómeno o posdata (para el decapitado Manuel, sucedáneo) del acto del amor. A don Rigoberto se le llenaron los ojos de lágrimas. Redescubrió el terso silencio de la noche barranquina y la soledad en que se hallaba, entre grabados y libros autistas.

—Lucrecia querida, por lo que más quieras —rogó, imploró, besando los cabellos sueltos de su amada—. Orina también para mí.

—Primero, tengo que comprobar que, cerrando puertas y ventanas, el baño queda totalmente a oscuras —dijo doña Lucrecia, con pragmatismo de albacea—. Cuando sea el momento, te llamaré. Entrarás sin ruido, para no cortarme. Te sentarás en el rincón. No te moverás ni dirás palabra. Para entonces, los cuatro vasos de agua empezarán a hacer su efecto. Ni una exclamación, ni un suspiro, ni el menor movimiento, Manuel. Caso contrario, me iré y no pisaré más esta casa. Puedes quedarte en tu rincón mientras me seco y arreglo el vestido. En el momento de salir, acércate, arrastrándote, y, en agradecimiento, bésame los pies.

¿Lo había hecho? Seguramente. Se habría arrastrado hasta ella por el suelo embaldosado y acercado su boca a sus zapatos con gratitud perruna. Luego, se lavaría manos y cara y, con los ojos mojados, habría ido a reunirse con Lucrecia a la sala, a decirle, untuoso, que le faltaban las palabras, lo que había hecho por él, la inconmensurable felicidad. Y, abrumándola de alabanzas, le contaría que, en realidad, era así desde chico, no sólo desde su salto al precipicio. El accidente le había permitido asumir como su única fuente de placer lo que, antes, le producía una vergüenza tan grande que se lo ocultaba a los demás y a sí mismo. Todo había comenzado de muy niño, cuando dormía en el cuarto de su hermanita y la niñera se levantaba a medianoche a botar los líquidos. No se molestaba en cerrar la puerta; él oía clarísimo el chorrito susurrante, cristalino, rebotante, que lo arrullaba y hacía sentirse un angelito en el cielo. Era el más bello, el más musical, el más tierno recuerdo de su infancia. ¿Ella lo comprendía, no es cierto? La magnífica Lucrecia lo comprendía todo. Nada la espantaba en la laberíntica madeja de los caprichos humanos. Manuel lo sabía; por eso, la admiraba, y por eso se atrevió a pedírselo. Sin la tragedia motociclista, nunca lo habría hecho. Porque su vida había sido, hasta el vuelo de su moto hacia el abismo rocoso, en lo que se refiere al amor y al sexo, una pesadilla. Lo que de veras lo enardecía, era algo que nunca se atrevió a pedir a las chicas decentes, sólo a negociarlo con prostitutas. Y, aun pagándolo, cuántas humillaciones soportó, risas, burlas, miraditas despectivas o irónicas que lo cohibían y hacían sentirse una basura.

Ésa era la razón por la que había roto con tantas enamoradas. A todas les faltó darle ese premio extraordinario que doña Lucrecia acababa de concederle: el chorrito de pis. Una carcajada conmiserativa sacudió a don Rigoberto. ¡Pobre infeliz! Quién se hubiera imaginado, entre las esculturales bellezas que salían, se reían y se enamoraban con el astro deportivo, que la luminaria del *motorcross*, el jinete de acero, no quería acariciarlas, desnudarlas, besarlas ni penetrarlas: apenas, oírlas en el mingitorio. ¡Y la noble, la magnánima Lucrecia había meado para el damnificado Manuel! Esa micción quedaría grabada en su memoria como las gestas heroicas en los libros de historia, como los milagros en los santorales. ¡Lucrecia querida! ¡Lucrecia condescendiente con las debilidades humanas! ¡Lucrecia, nombre romano que quería decir afortunada! ¿Lucrecia? Sus manos pasaban rápidamente las páginas del cuaderno y no tardó en aparecer la referencia:

«Lucrecia, dama romana, famosa por su hermosura y virtud. Fue violada por Sexto Tarquino, hijo del rey Tarquino el soberbio. Luego de contar a su padre y a su esposo el ultraje e incitarlos a vengarla, se mató en su presencia, clavándose un puñal en el pecho. El suicidio de Lucrecia desencadenó la expulsión de los Reyes de Roma y la instauración de la República, en el año 509 antes de Cristo. La figura de Lucrecia se convirtió en símbolo del pudor y de la honestidad y, sobre todo, de la esposa honesta.»

«Es ella, es ella», pensó don Rigoberto. Su mujer podía provocar cataclismos históricos y perennizarse como símbolo. ¿De la esposa honesta? Entendiendo la honestidad en un sentido no cristiano, por supuesto. ¿Qué esposa habría compartido con tanta devoción las fabulaciones de su marido como lo había hecho ella? Ninguna. ¿Y lo de Fonchito? Bueno, mejor contornear esas arenas movedizas. Por último, ¿no había quedado todo en familia? ¿Habría hecho ella lo mismo que la matrona romana, al ser violada por Sexto Tarquino? Un hielo atravesó el corazón de don Rigoberto. Con una mueca de espanto, se esforzó por alejar la imagen de Lucrecia tendida en el suelo con el corazón atravesado por un puñal. Para conjurarla, retrotrajo al motociclista encandilado por la destilación de las vejigas hembras. ¿Sólo hembras? ¿O, también machos? ¿Lo solivianтаба por igual el espectáculo de un caballero surtidor?

—Nunca —confesó Manuel de inmediato, con acento tan sincero que doña Lucrecia le creyó.

Bueno, tampoco era cierto que su vida hubiera sido sólo una pesadilla por culpa de esa necesidad (¿cómo llamarla para no decir vicio?). Coloreando el desértico panorama de insatisfacciones y frustraciones, hubo momentos balsámicos, efervescentes, deparados casi siempre por el azar, modestas compensaciones a su angustia. Por ejemplo, aquella lavandera cuya cara Manuel recordaba con el afecto con que se recuerda a esas tías, abuelas o madrinas más ligadas a la calidez de la infancia. Venía a lavar la ropa, un par de veces por semana. Debía padecer de cistitis porque, a cada momento, corría del lavadero o la tabla de planchar al bañito de servicio, junto al repostero. Y allí estaba el niño Manuel, siempre alerta, encaramado en el entretecho, la cara aplastada contra el suelo, aguzando el oído. Venía el concierto, la cascada rumorosa y cuantiosa, una verdadera inundación. Esa mujer era una vejiga futbolística, un embalse vivo, dado el ímpetu, abundancia, frecuencia y sonoridad de sus micciones. Una vez —doña Lucrecia vio dilatarse golosamente las pupilas del motociclista de la prótesis—, Manuel la había visto. Sí, visto. Bueno, no entera. En un acto de audacia, por el enrejado del jardín se izó hasta el tragaluz del bañito de servicio y, por unos gloriosos segundos, sosteniéndose en el aire, divisó la mata de cabellos, los hombros, las piernas con medias de lana y los zapatos sin taco, de la mujer sentada en la taza que se desaguaba con bulliciosa indiferencia. ¡Ay, qué alegría!

Había habido, también, la americana aquella, rubia, bronceada, ligeramente varonil, siempre en botas y sombrero cowboy, que vino a participar en La vuelta de los Andes. Era una motociclista tan arriesgada que casi la ganó. Pero, Manuel no recordaba tanto su destreza con la máquina (Harley Davidson, por supuesto) sino sus maneras despercudidas, su falta de remilgos, que le permitía, en las etapas, compartir los cuartos de dormir con los pilotos y bañarse delante de ellos si no había más que un baño y hasta entrar al excusado y hacer sus necesidades sin incomodarse si en la misma habitación, separados por un tabique, había varios motociclistas. ¡Qué días! Manuel había vivido una crepitación crónica, una prolongada erección del órgano ido, escuchando aquellos desahogos líquidos de la emancipada Sandy Canal que convirtieron aquella competencia, para él, en fiesta

197

interminable. Pero, ni la lavandera ni Sandy ni ninguna de las experiencias casuales o mercenarias de su mitología, se podía comparar con la de ahora, superlativa gracia, maná licuante, con que lo había hecho sentirse un dios doña Lucrecia.

Don Rigoberto sonrió, satisfecho. No había ninguna rata por las cercanías. El templo de Karniji, sus brahmanes, ejércitos de roedores y las pailas de almíbar, estaban allende los océanos, continentes y selvas. Él, aquí, solo, en la noche que terminaba, en su refugio de grabados y cuadernos. Había indicios de amanecer en el horizonte. Hoy también estaría bostezando en la oficina. ¿Olía a algo? El olor a la viuda se había disipado. ¿Oía algo? Las olas, y, perdido entre ellas, el cascabeleo de una señora haciendo pis.

«Yo —pensó sonriente— soy un hombre que se lava las manos, no después, sino antes de orinar».

MENÚ DIMINUTIVO

Ya sé que te gusta comer poquito y sanito, pero riquito, y estoy preparadita para complacerte *también* en la mesita.

En la mañanita iré al mercado y compraré la lechecita más fresquita, el pancito recién horneadito y la naranjita más chaposita. Y te despertaré con la bandejita del desayuno, una florcita fragante y un besito. «Aquí está su juguito sin pepitas, sus tostaditas con mermeladita de fresita y su cafecito con leche sin azuquítar, señorcito.»

Para tu almuercito, sólo una ensaladita y un yogurcito, como te gusta. Lavaré las lechuguitas hasta que brillen y cortaré los tomatitos artísticamente, inspirándome en los cuadritos de tu biblioteca. Los aderezaré con aceitito, vinagrito, gotitas de mi salivita y, en vez de salcita, mis lagrimitas.

En las nochecitas, cada día una de tus preferencias (tengo menucitos para un añito, sin repetirse ni una sola vececita). Olluquitos con charquicito, frejolitos colados, pepiancito, causita, caucaucito, sequito de lomito y de chabelito, bistecito a la chorrillana, cevichito de corvina, chupecito de camarones o a la limeña, arrocito con patito, arrocito tapadito, tacutacucito, rocotitos rellenitos, ajicito de gallina. Pero, mejor paro, para no abrirte el apetito. Y, por supuesto, tu vasito de vinito tinto o una cervecita bien heladita, a escoger.

De postre, los guargüeritos de la abuelita, suspiritos a la limeña, frituritas con miel, sopaipillitas, buñuelitos, peditos de monja, mazapancitos, rosquillitas, quesito helado, melcochitas, turroncitos de doña Pepa, mazamorrita morada y pastelitos de higo con requesoncito.

¿Me aceptas como tu cocinerita? Soy limpiecita, pues por lo menos dos veces al día me doy un bañito. No masco chiclecitos, ni fumo cigarritos, ni tengo vellitos en las axilas y mis manitas y patitas son tan perfectas como mis tetitas y mi pompis. Trabajaré todas las horas que haga falta para tener bien contentitos a tu paladar y a tu pancita. Si hace falta, también te vestiré, desvestiré, jabonaré, afeitaré, cortaré las uñitas y limpiaré cuando hagas el dos. En las noches, te abrigaré con mi cuerpito para que en la camita no tengas friecito. Además de hacer tus comiditas, seré tu valecito, tu estufita, tu maquinita de afeitar, tu tijerita y tu papelito higiénico.

¿Me aceptas, señorcito?

Tuyita, tuyita, tuyita,

La cocinerita sin juanetes

VI

El anónimo

En vez de enojada, como la noche anterior al irse a la cama con el arrugado papel en el puño, la señora Lucrecia despertó de buen humor y complacida. La rondaba una sensación ligeramente voluptuosa. Estiró la mano y cogió la misiva garabateada con letras de imprenta, en un papel granulado color azul pálido, agradable al tacto.

«Frente al espejo, sobre una cama o sofá…» Disponía de una cama, no de sedas de la India pintadas a mano ni de un *batik* indonesio, así que incumpliría esa exigencia del amo sin rostro. Eso sí, podía satisfacerlo tumbándose de espaldas, desvestida, los cabellos sueltos, encoger la pierna, alojar la cabeza en, pensar que era la *Dánae* de Klimt (aunque no se lo creyera) y simular que dormía. Y, desde luego, podía mirarse en el espejo diciéndose: «Soy gozada y admirada, soy soñada y amada». Con una sonrisita burlona y unos ojos cuyos brillos de luciérnaga repetía el espejo del tocador, apartó las sábanas y jugó a seguir las instrucciones. Pero, como sólo se veía la mitad del cuerpo, no supo si alcanzaba a imitar con alguna verosimilitud la postura del cuadro de Klimt que el corresponsal fantasma le había enviado en una tosca reproducción de carta postal.

Mientras tomaba el desayuno, conversando distraídamente con Justiniana, y, luego, bajo la ducha y en tanto se vestía, sopesó una vez más las razones para dar un nombre y un rostro al autor de la carta. ¿Don Rigoberto? ¿Fonchito? ¿Y si fuera algo tramado por ambos? ¡Qué absurdo! No, no tenía pies ni cabeza. La lógica la inclinaba a pensar en Rigoberto. Una manera de hacerle saber que, pese a lo pasado y a la separación, la tenía siempre presente en sus delirios. Una manera de sondear la posibilidad de una reconciliación. No. Aquello había sido demasiado duro para él. Nunca sería capaz de amistarse con la mujer que lo engañó con su propio hijo, en su propia casa. Ese gusanito rancio, el amor propio, se lo prohibía. Entonces, si el anónimo no lo había enviado su ex-marido, el autor era Fonchito. ¿No tenía la misma fascinación por la pintura que su padre? ¿La misma buena o mala costumbre de entreverar la vida de los cuadros con la verdadera? Sí, había sido él. Además, se había delatado, metiendo a Klimt. Le haría saber que lo sabía y lo avergonzaría. Esta misma tarde.

A doña Lucrecia se le hicieron larguísimas las horas de espera. Sentada en la salita comedor, miraba el reloj, temerosa de que, hoy, precisamente, fuera a faltar. «Dios mío, señora, parece como si su enamorado viniera a visitarla por primera vez», se chanceó Justiniana. Ella se ruborizó, en lugar de festejarla. Apenas se apareció, con su bella carita y el delicado cuerpecillo embutido en las desordenadas prendas del uniforme de colegio, y tiró sobre la alfombra su bolsón y la saludó besándola en la mejilla, doña Lucrecia le lanzó esta advertencia:

—Tú y yo tenemos que hablar de algo muy feo, caballerito.

Vio la expresión intrigada y los ojos azules que se abrían, inquietos. Se había sentado frente a ella, con las piernas cruzadas. Doña Lucrecia notó que tenía suelto uno de los pasadores de sus zapatos.

—¿De qué, madrastra?

—De una cosa muy fea —repitió, mostrándole la carta y la postal—. De lo más cobarde y sucio que existe: mandar anónimos.

El niño no palideció, ni enrojeció, ni pestañó. Siguió mirándola, curioso, sin el menor desconcierto. Ella le alcanzó la carta y la postal y no le quitó los ojos de encima mientras Fonchito, muy serio, una puntita de lengua entre los dientes, leía el anónimo como deletreando. Sus despiertos ojitos volvían sobre las líneas, una y otra vez.

—Hay dos palabras que no entiendo —dijo, por fin, bañándola con su mirada transparente—. Helena y *batik*. Una chica en la Academia se llama Helena. Pero, aquí está usada en otro sentido ¿no? Y, nunca he oído *batik*. ¿Qué quieren decir, madrastra?

—No te hagas el idiota —se molestó doña Lucrecia—. ¿Por qué me has escrito esto? ¿Creías que no iba a darme cuenta de que eras tú?

Se sintió algo incómoda con el desconcierto, ahora sí muy explícito, de Fonchito, quien, luego de mover un par de veces la cabeza, perplejo, volvió a llevarse a los ojos el anónimo y a leerlo, moviendo los labios en silencio. Y se sintió totalmente sorprendida cuando, al levantar el niño la cabeza, vio que sonreía de oreja a oreja.

Con alegría desbordante, alzó los brazos, saltó sobre ella y la abrazó, lanzando un grïtito de triunfo:

—¡Ganamos, madrastra! ¿No te das cuenta?

—De qué debo darme cuenta, geniecillo —lo apartó.

—Pero, madrastra —la miraba con ternura, compadeciéndola—. Nuestro plan, pues. Está resultando. ¿No te dije que había que ponerlo celoso? Alégrate, vamos muy bien. ¿No quieres amistarte con mi papá?

—No estoy nada segura de que este anónimo sea de Rigoberto —vaciló doña Lucrecia—. Yo, más bien, sospecho de ti, mosquita muerta.

Se calló, porque el niño se reía, mirándola con la benevolencia cariñosa que merece un pobre de espíritu.

—¿Tú sabes que Klimt fue el maestro de Egon Schiele? —exclamó de pronto, adelantándose a una pregunta que ella tenía en los labios—. Lo admiraba. Lo pintó en su lecho de muerte. Un carboncillo muy bonito, *Agonía*, de 1912. También pintó, ese año, *Los ermitaños*, donde él y Klimt aparecen con hábitos de monjes.

—Estoy convencida que lo escribiste tú, revejido que sabes tanto —volvió a sublevarse doña Lucrecia. Se sentía dividida por conjeturas contradictorias y la irritaba la cara despreocupada de Fonchito y que hablara tan contento de sí mismo.

—Pero, madrastra, en vez de ser tan mal pensada, alégrate. Esta cartita te la manda mi papá para que sepas que ya te perdonó, que quiere amistarse. Cómo no te das cuenta.

—Tonterías. Es un anónimo insolente y un poco cochino, nada más.

—No seas tan injusta —protestó el niño, con vehemencia—. Te compara con un cuadro de Klimt, dice que cuando pintó a esa chica estaba adivinando cómo serías. ¿Dónde está la cochinada? Es un piropo muy bonito. Una manera que ha buscado mi papá de ponerse en contacto contigo. ¿Le vas a contestar?

—No puedo contestarle, no me consta que sea él —Ahora, doña Lucrecia dudaba menos. ¿De veras, querría amistarse?

—Ya ves, ponerlo celoso funcionó a las mil maravillas —repitió el niño, feliz—. Desde que le dije que te vi del brazo con un señor, se imagina cosas. Se asustó tanto que te escribió esta carta. ¿No soy buen detective, madrastra?

Doña Lucrecia cruzó los brazos, pensativa. Nunca había prestado seriedad a la idea de reconciliarse con Rigoberto. Le había seguido la cuerda a Fonchito para pasar el rato. De repente, por primera vez, no le parecía una remota quimera, sino algo que podía suceder. ¿Eso quería? ¿Volver a la casa de Barranco, reanudar la vida de antes?

—Quién si no mi papá te podía comparar con una pintura de Klimt —insistió el niño—. ¿No ves? Te está recordando esos jueguecitos con cuadros que tenían ustedes en las noches.

La señora Lucrecia sintió que le faltaba el aire.

—De qué hablas —balbuceó, sin fuerzas para desmentirlo.

—Pero, madrastra —respondió el niño, accionando—. De esos juegos, pues. Cuando te decía hoy eres Cleopatra, hoy Venus, hoy Afrodita. Y tú te ponías a imitar las pinturas para darle gusto.

—Pero, pero. —En el colmo del bochorno, doña Lucrecia no alcanzaba a encolerizarse y sentía que todo lo que decía la delataba más—: De dónde sacas eso, tienes una imaginación muy retorcida y muy, muy…

—Tú misma me lo contaste —la anonadó el niño—. Qué cabecita, madrastra. ¿Ya se te olvidó?

Quedó muda. ¿Ella se lo había dicho? Escarbó su memoria, en vano. No recordaba haber tocado ese tema con Fonchito ni siquiera de la manera más indirecta. Nunca jamás, claro que no. ¿Pero, entonces? ¿Sería que Rigoberto le hizo confidencias? Imposible, Rigoberto no hablaba con nadie de sus fantasías y deseos. Ni con ella, durante el día. Esa había sido una regla respetada en sus diez años de matrimonio; nunca, ni en broma ni en serio, aludir durante el día a lo que decían y hacían en las noches en el secreto de la alcoba. Para no trivializar el amor y conservarle un aura mágica, sagrada, decía Rigoberto. Doña Lucrecia recordó los primeros tiempos de casados, cuando comenzaba a descubrir el otro lado de la vida de su marido, aquella conversación sobre el libro de Johan Huizinga, *Homo Ludens*, uno de los primeros que él le había rogado que leyera, asegurándole que en la idea de la vida como juego y del espacio sagrado se encontraba la clave de su futura felicidad. «El espacio sagrado resultó ser la cama», pensó. Habían sido felices, jugando a esos juegos nocturnos, que, al principio, sólo la intrigaban, pero que, poco a poco, habían ido conquistándola, espolvoreando su vida —sus noches— de ficciones siempre renovadas. Hasta la locura con este niñito.

—Quien a solas se ríe, de sus maldades se acuerda —la sacó de sus divagaciones la fresca voz de Justiniana, quien traía la bandeja del té—. Hola, Fonchito.

206

—Mi papá le ha escrito una carta a la madrastra y prontito se amistarán. Tal como te dije, Justita. ¿Me hiciste chancays?

—Tostaditos, con mantequilla y mermelada de fresa —Justiniana se volvió a doña Lucrecia, abriendo los ojazos—: ¿Se va a amistar con el señor? ¿Nos mudamos de nuevo a Barranco, entonces?

—Tonterías —dijo la señora Lucrecia—. ¿No lo conoces?

—Veremos si son tonterías —protestó Fonchito, atacando los bizcochos mientras doña Lucrecia le servía el té—. ¿Una apuesta? ¿Qué me das si te amistas con mi papá?

—Un cacho quemado —dijo la señora Lucrecia, doblegada—. ¿Y qué me das tú a mí, si pierdes?

—Un beso —se rió el niño, guiñándole el ojo.

Justiniana soltó una carcajada.

—Mejor me voy y dejo solos a los tortolitos.

—Calla, loca —la reprendió doña Lucrecia, cuando la muchacha ya no podía oírla.

Tomaron el té en silencio. Doña Lucrecia seguía impregnada de reminiscencias de su vida con Rigoberto, dolida de que hubiera pasado lo que pasó. Esa ruptura no tenía arreglo. Había sido demasiado tremendo, no cabía marcha atrás. ¿Sería acaso posible la vida de los tres, juntos de nuevo en la misma casa? En ese momento, se le ocurrió que Jesucristo, a los doce años, había asombrado a los doctores del templo discutiendo con ellos de igual a igual sobre materias teologales. Sí, pero Fonchito no era un niño prodigio como Jesucristo. Lo era como Luzbel, el Príncipe de las Tinieblas. No ella, sino él, él, el supuesto niño, había tenido la culpa de toda esa historia.

—¿Sabes en qué otra cosa me parezco a Egon Schiele, madrastra? —la sacó el niño de su fantaseo—. En que él y yo somos esquizofrénicos.

No pudo contener la carcajada. Pero, la risa se le cortó de golpe, porque, como otras veces, intuyó que por debajo de lo que semejaba una niñería, podía anidar algo tenebroso.

—¿Sabes qué es un esquizofrénico, acaso?

—En que, siendo uno solo, te crees dos personas distintas o más —Fonchito recitaba una lección, exagerando—. Me lo explicó mi papá, anoche.

—Bueno, tú podías serlo, entonces —murmuró doña Lucrecia—. Porque, en ti, hay un viejo y un niño. Un angelito y un demonio. ¿Qué tiene que ver eso con Egon Schiele?

Otra vez la cara de Fonchito se distendió en una sonrisa satisfecha. Y, luego de murmurar un rápido «Espérate, madrastra», escarbó en su bolsón en pos del infaltable libro de reproducciones. O, más bien, los libros, pues la señora Lucrecia recordaba haber visto por lo menos tres. ¿Andaba siempre con uno en su maletín? Estaba pasándose de la raya con su manía de identificarse en todo y a toda hora con ese pintor. Si ella tuviera comunicación con Rigoberto, le sugeriría que lo llevara donde un psicólogo. Pero, en el acto, se rió de sí misma. Qué descabellada idea, darle consejos a su ex-marido sobre la educación del niñito que causó la ruptura matrimonial. Se estaba volviendo idiota, últimamente.

—Mira, madrastra. Qué te parece.

Cogió el libro por la página que Fonchito le señalaba y durante un buen rato lo hojeó, tratando de concentrarse en esas imágenes calientes, contrastadas, en esas figuras masculinas que, de a dos, de a tres, se exhibían ante ella, mirándola con impavidez, vestidas, embutidas en túnicas, desnudas, semidesnudas y, alguna vez, tapándose el sexo o mostrándoselo, erecto y enorme, con total impudor.

—Bueno, son autorretratos —dijo, al fin, por decir algo—. Algunos, buenos. Otros, no tanto.

—Pintó más de cien —la ilustró el niño—. Después de Rembrandt, Schiele es el pintor que más se retrató a sí mismo.

—Eso no quiere decir que fuese esquizofrénico. Más bien, un Narciso. ¿Tú también eres eso, Fonchito?

—No te has fijado bien. —El niño abrió otra página, y otra, instruyéndola, mientras señalaba—: ¿No te diste cuenta? Se duplica y hasta triplica. Éste, por ejemplo. *Los videntes de sí mismos*, de 1911. ¿Quiénes son esas figuras? Él mismo, repetido. Y, *Profetas* (Doble Autorretrato), de 1911. Fíjate. Es él mismo, desnudo y vestido. *Triple autorretrato*, de 1913. Él, tres veces. Y, tres más ahí, en chiquito, a la derecha. Se veía así, como si hubiera varios Egon Shieles metidos en él. ¿No es eso ser esquizofrénico?

Como se atropellaba al hablar y sus ojos relampagueaban, doña Lucrecia trató de apaciguarlo.

—Bueno, tendría tendencia a la esquizofrenia, como muchos artistas —le concedió—. Los pintores, los poetas, los músicos. Tienen muchas cosas dentro, tantas que, a veces, no caben en una sola persona. Pero, tú, eres el niño más normal del mundo.

—No me hables como si fuera un tarado, madrastra —se enojó Alfonso—. Yo soy como era él y lo sabes muy bien, porque acabas de decírmelo. Un viejo y un niño. Un angelito y un demonio. O sea, esquizofrénico.

Ella le acariñó los cabellos. Los alborotados, suaves mechones rubios resbalaron entre sus dedos y doña Lucrecia resistió la tentación de tomarlo en sus brazos, sentarlo sobre sus faldas y arrullarlo.

—¿Te hace falta tu mamá? —se le escapó. Trató de componerlo—: Quiero decir, ¿piensas mucho en ella?

—Casi nunca —dijo Fonchito, muy tranquilo—. Apenas me acuerdo de su cara, salvo por las fotos. La que me hace falta eres tú, madrastra. Por eso, quiero que te amistes de una vez con mi papá.

—No va a ser tan fácil. ¿No te das cuenta? Hay heridas difíciles de cerrar. Lo ocurrido con Rigoberto fue una de ésas. Se sintió muy ofendido, y con toda razón. Yo cometí una locura que no tiene disculpa. No sé, nunca sabré qué me pasó. Mientras más pienso, más increíble me parece. Como si no hubiera sido yo, como si otra hubiera actuado dentro de mí, suplantándome.

—Entonces, eres también esquizofrénica, madrastra —se rió el niño, poniendo otra vez la expresión de haberla pillado en falta.

—Un poco, no, bastante —asintió ella—. Mejor, no hablemos de cosas tristes. Cuéntame algo de ti. O de tu papá.

—A él también le haces falta —Fonchito se puso grave y algo solemne—: Por eso te escribió ese anónimo. A él se le cerró ya la herida y quiere amistarse.

No tuvo ánimos para discutirle. Ahora, se sentía ganada por la melancolía y algo tristona.

—¿Cómo está Rigoberto? ¿Haciendo su vida de siempre?

—De la oficina a la casa y de la casa a la oficina, todos los días —asintió Fonchito—. Metido en el escritorio, oyendo música, contemplando sus grabados. Pero, es un pretexto. No se encierra ahí para leer, ver pinturas ni oír sus discos. Sino, para pensar en ti.

—¿Cómo lo sabes?

—Porque habla contigo —afirmó el niño, bajando la voz y echando una mirada al interior de la casa, por si aparecía Justiniana—. Lo he oído. Me acerco despacito y pego la oreja a su puerta. Nunca falla. Está hablando solito. Y te nombra a cada rato. Te lo juro.

—No te creo, mentiroso.

—Sabes que no te inventaría una cosa así, madrastra. ¿Ves lo que te digo? Quiere que vuelvas.

Hablaba con tanta seguridad que era difícil no sentirse arrastrada hacia ese mundo suyo tan seductor y tan falso, de inocencia, bondad y maldad, pureza y suciedad, espontaneidad y cálculo. «Desde que ocurrió esta historia no he vuelto a sentirme angustiada por no haber tenido un hijo», pensó doña Lucrecia. Le pareció que entendía por qué. El niño, acuclillado, con el libro de reproducciones abierto a sus pies, la escudriñaba.

—¿Sabes una cosa, Fonchito? —dijo, casi sin reflexionar—. Yo te quiero mucho.

—Yo también a ti, madrastra.

—No me interrumpas. Y, porque te quiero, me apena que no seas como los otros niños. Siendo tan

211

agrandado, pierdes algo que sólo se vive a la edad que tienes. Lo más maravilloso que puede ocurrirle a alguien es tener tus años. Tú, los estás desperdiciando.

—No te entiendo, madrastra —dijo Fonchito, impaciente—. Pero, si hace un ratito dijiste que era el niño más normal del mundo. ¿He hecho algo malo?

—No, no —lo tranquilizó—. Quiero decir, me gustaría verte jugar al fútbol, ir al estadio, salir con los chicos de tu barrio y de tu colegio. Tener amigos de tu edad. Organizar fiestas, bailar, enamorar a las colegialas. ¿No te provoca hacer nada de eso?

Fonchito se encogió de hombros, desdeñoso.

—Qué cosas tan aburridas —murmuró, sin dar importancia a lo que oía—. Juego al fútbol en los recreos y ya está. A veces, salgo con los chicos del barrio. Pero, me aburro con las tonterías que a ellos les gustan. Y, las chicas, todavía son más tontas. ¿Se te ocurre que podría hablarles de Egon Schiele? Cuando estoy con mis amigos, me parece que pierdo mi tiempo. Contigo, en cambio, lo gano. Prefiero mil veces estar conversando aquí, que fumando con los chicos en el Malecón de Barranco. Y, para qué necesito a las chicas si te tengo a ti, madrastra.

No supo qué decirle. La sonrisa que intentó no podía ser más falsa. El niño, estaba segura, era consciente del embarazo que ella sentía. Mirando su carita adelantada, con los rasgos alterados por la euforia, los ojos devorándola con una luz varonil, le pareció que iba a abalanzarse sobre ella a besarla en la boca. Y, en ese momento, advirtió, aliviada, la silueta de Justiniana. Pero, su alivio no duró mucho, pues, al ver el sobrecito blanco en las manos de la muchacha, adivinó.

—Han metido este sobre por debajo de la puerta, señora.

—Apuesto que es otro anónimo de mi papá —aplaudió Fonchito.

EXALTACIÓN Y DEFENSA DE LAS FOBIAS

Desde este apartado rincón del planeta, amigo Peter Simplon —si ése es su apellido y no fue aviesamente alterado para caricaturizarlo aún más por algún ofidio del serpentario periodístico—, le hago llegar mi solidaridad, acompañada de admiración. Desde que, esta mañana, rumbo a la oficina, oí en el Noticiero de Radio América que un Tribunal de Syracusa, Estado de Nueva York, lo había condenado a tres meses de cárcel por treparse repetidas veces al techo de su vecina, a fin de espiarla cuando se bañaba, he contado los minutos para, terminada la jornada, volver a mi casa y garabatearle estas líneas. Me apresuro a decirle que estos efusivos sentimientos hacia usted estallaron en mi pecho (no es metáfora, tuve la sensación de que una granada de amistad deflagraba entre mis costillas), no al conocer la sentencia sino al enterarme de su respuesta al Juez (respuesta que, el infeliz, consideró un agravante): «Lo hice porque el atractivo de esas matas de vello en las axilas de mi vecina me resultaba irresistible». (El crótalo de locutor, al leer esta parte de la noticia ponía una meliflua voz de

213

cuchufleta para hacer saber a sus oyentes que era todavía más imbécil de lo que su profesión obliga a suponer.)

Amigo fetichista: no he estado nunca en Syracusa, ciudad de la que nada sé, salvo que la asolan tormentas de nieve y un frío polar en el invierno, pero, algo especial debe de tener en sus entrañas esa tierra para procrear a alguien de su sensibilidad y fantasía, y del coraje que usted ha mostrado, arrostrando el descrédito y, me imagino, su ganapán y la burla de amistades y relaciones en defensa de su pequeña excentricidad (digo pequeña para decir inofensiva, benigna, sanísima y bienhechora, claro está, pues usted y yo sabemos que no hay manía o fobia que carezca de grandeza, ya que ellas constituyen la originalidad de un ser humano, la mejor expresión de su soberanía).

Dicho esto, me siento obligado, para evitar malentendidos, a hacerle saber que lo que para usted es manjar es para mí bazofia, y que, en el riquísimo universo de los deseos y los sueños, esas floraciones de vellos en las axilas femeninas cuya visión (y, supongo, sabor, tacto y olor) a usted lo sublima de felicidad, a mí me desmoralizan, asquean y reducen a la inapetencia sexual. (La contemplación de *La mujer barbuda* de Ribera me produjo una impotencia de tres semanas.) Por eso, mi amada Lucrecia siempre se las arregló para que en sus templadas axilas nunca asomara ni la premonición de un vello y su piel pareciera siempre a mis ojos, lengua y labios, el pulido culito de un querube. En materia de vello femenino, sólo el púbico me resulta deleitoso, a condición de estar bien trasquilado y no excederse en densas vedejas, crenchas o madejas lanares que dificulten el acto del amor y tornen el *cunnilingus* una empresa con riesgo de asfixia y atoro.

Puesto, emulándolo a usted, en plan de confesar la intimidad, añado que no sólo las axilas ennegrecidas por el vello (pelos es palabra que empeora la realidad aña-diéndole una materia seborreica y casposa) me provocan ese espanto antisexual, sólo comparable al que me pro-ducen el bochornoso espectáculo de una mujer que mas-ca chicle o luce bozo, o un bípedo de cualquier sexo que se hurga la dentadura en busca de excrecencias con ese innoble objeto llamado escarbadientes, o se roe las uñas, o come, a ojos y vista del mundo, sin escrúpulo y sin ver-güenza, un mango, una naranja, una granadilla, un du-razno, uvas, chirimoyas, o cualquier fruta dotada de esas durezas horribles cuya sola mención (no digo visión) me pone la carne de gallina e infecta mi alma de furores y urgencias homicidas: gajos, fibras, pepas, cáscaras u ho-llejos. No exagero nada, compañero en el orgullo de nuestros fantasmas, si le digo que cada vez que observo a alguien comiendo una fruta y sacándose de la boca o es-cupiendo incomestibles excrecencias, me vienen náuseas y hasta deseos de que el culpable muera. De otro lado, siempre he tenido a cualquier comensal que, a la hora de llevarse el tenedor a la boca levanta el codo al mismo tiempo que la mano, por un caníbal.

Así somos, no nos avergonzamos, y nada admiro tanto como que alguien sea capaz de ir a la cárcel y expo-nerse a la infamia por sus manías. Yo, no soy de ésos. He organizado mi vida secretamente y en familia para llegar a las alturas morales que usted ha alcanzado en públi-co. En mi caso, todo se lleva a cabo en la discreción y el recato, sin ánimo misionero ni exhibicionista, de una manera sinuosa para no provocar a mi alrededor, entre las gentes con las que estoy obligado a convivir por razones de trabajo, parentesco o servidumbre social, las ironías y la hostilidad. Si usted está pensando que hay en mí mucha cobardía —sobre todo, en comparación con su desparpajo para plantarse ante el mundo como lo que es— da en el blanco. Ahora, soy menos cobarde que cuando joven respecto a mis fobias y manías —no me gusta ninguna de estas fórmulas por su carga peyorativa y sus asociaciones a psicólogos o divanes psicoanalíticos, pero, cómo llamarlas sin lesionarlas: ¿excentricidades?, ¿deseos privados? Por el momento, digamos que la última es la menos mala. Entonces, yo era muy católico, militante y luego dirigente de Acción Católica, influido por pensadores como Jacques Maritain; es decir, un cultor de utopías sociales, convencido de que, mediante un enérgico apostolado inspirado en la palabra evangélica, se podía arrebatar al espíritu del mal —lo llamábamos pecado— el dominio de la historia humana y construir una sociedad homogénea, sustentada en los valores del espíritu. Para hacer realidad la República Cristiana, esa utopía espiritual colectivista, trabajé los mejores años de mi juventud, resistiendo, con celo de converso, los brutales desmentidos que a mí y a mis compañeros nos infligía sin tregua una realidad humana írrita a esos desvaríos que son todos los empeños orientados a arquitecturar de manera coherente e igualitaria ese vórtice de especificidades incompatibles que es el conglomerado humano. Fue en esos años, amigo Peter Simplon, de Syracusa, cuando descubrí, al principio con cierta simpatía, luego con rubor y vergüenza, las manías que me diferenciaban de los demás y hacían de mí un espécimen. (Tendrían que pasar años e incontables experiencias para que llegara a comprender que todos los seres humanos somos casos aparte y que ello nos hace creativos y da sentido a nuestra libertad.) Cuánta extrañeza sentía al notar que, bastaba que viera, a quien había sido hasta entonces un buen amigo, pelando una naranja con las manos y metiéndose a la boca los pedazos de pulpa, sin importarle que las repelentes hilachas de gajos colgaran de sus labios, y escupiendo a diestra y siniestra las blancuzcas pepitas intragables, para que la simpatía se trocara en invencible desagrado y poco después, con cualquier pretexto, rompiera con él mi amistad.

Mi confesor, el Padre Dorante, un bonachón ignaciano de la vieja escuela, tomaba sin inquietud mis alarmas y escrúpulos, considerando que esas «pequeñas manías» eran pecadillos veniales, caprichos inevitables en todo hijo de familia acomodada, excesivamente consentido por sus padres. «Qué vas a ser tú un fenómeno, Rigoberto, se reía. Salvo por tus orejas monumentales y tu nariz de oso hormiguero, nunca se ha visto a nadie más normal que tú. Así que, cuando veas comer fruta con gajos o pepitas, mira a otro lado y duerme en paz.» Pero, no dormía en paz, sino sobresaltado e inquieto. Sobre todo, después de haber roto, mediante un pretexto fútil, con Otilia, la Otilia de las trenzas, los patines y la naricita respingona, de la que estaba tan enamorado y a la que tanto asedié para que me hiciera caso. ¿Por qué peleé con ella? ¿Qué crimen cometió la linda Otilia, de uniforme blanco del Colegio Villa María? Comer uvas delante

217

de mí. Se las metía a la boca una por una, con manifestaciones de deleite, volteando los ojos y suspirando para
burlarse más a su gusto de mis muecas de horror —pues
yo la había hecho partícipe de mi fobia. Abría la boca y
completaba la asquerosidad sacándose con las manos las
repulsivas pepitas y los inmundos hollejos, que arrojaba
al jardín de su casa —allí estábamos, sentados en la ver-
ja— con gesto de desafío. ¡La detesté! ¡La odié! Mi largo
amor se derritió como bola de helado expuesta al sol, y,
durante muchos días, le deseé atropellos de auto, revol-
cones de olas y la escarlatina. «Eso no es pecado, muchacho, creía que me tranquilizaba el Padre Dorante.
Eso es locura furiosa. No necesitas un confesor, sino un
loquero.»

Pero, a mí, amigo y émulo de Syracusa, todo eso me
hacía sentir un anormal. Esa idea me abrumaba entonces, pues, como tantos homínidos todavía —la mayoría,
temo— no asociaba la idea de ser diferente a una reivin-
dicación de mi independencia, sólo a la sanción social
que recae siempre sobre la oveja negra del rebaño. Ser
un apestado, la excepción a la norma, me parecía la peor
de las calamidades. Hasta que descubrí que en eso de las
manías no todas eran fobias; también, algunas, misteriosa fuente de goce. Las rodillas y los codos de las muchachas, por ejemplo. A mis compañeros les gustaban los
ojos bonitos, el cuerpo espigado o rellenito, la cintura
delgada, y, a los más audaces, el potito parado o las piernas curvilíneas. Sólo a mí se me ocurría privilegiar esas
junturas óseas, que, ahora lo confieso sin rubor en la intimidad tumbal de mis cuadernos, valían más que todo el
resto de atributos físicos de una muchacha. Lo digo y no

me desdigo. Unas rodillas bien almohadilladas, sin pro-tuberancias, curvas, satinadas, y unos codos tersos, no surcados, no amotinados, lisos, suaves al tacto, dotados de la cualidad esponjosa del bizcocho, me desasosiegan y encabritan. Soy feliz viéndolos y tocándolos; besándolos, asciendo a arcángel. Usted no tendrá la oportunidad de hacerlo, pero, si requiriese el testimonio de Lucrecia, mi amada le diría las muchas horas que he pasado —tantas como de niño al pie del crucifijo— contemplando, en arrobada plegaria, la perfección de sus geométricas rodi-llas y sus gentiles codos de lisura sin par, besándolos, mordisqueándolos como un cachorrito juguetón su hue-so, sumido en la embriaguez, hasta sentir que se me dor-mía la lengua o un calambre labial me regresaba a la pe-destre realidad. ¡Cara Lucrecia! Entre todas las gracias que la adornan, ninguna agradezco tanto como su com-prensión de mis debilidades, su sabiduría para ayudarme a cuajar mis fantasías.

Fue en razón de esta manía que me vi obligado a un examen de conciencia. Un compañero de Acción Católi-ca que me conocía muy bien, percatado de lo que me atraía antes que nada en las chicas —las rodillas y los co-dos—, me previno que algo iba mal dentro de mí. Era un aficionado a la psicología, lo que empeoró las cosas, pues, ortodoxo, quería que sintonizaran las conductas y motivaciones humanas con la moral y las enseñanzas de la Iglesia. Habló de desviaciones y pronunció las pala-bras fetichismo y fetichista. Ahora me parecen dos de las más aceptables del diccionario (eso es lo que somos us-ted, yo y todos los seres sensibles) pero, en aquella épo-ca, me sonaron a depravación, vicio nefando.

Usted y yo sabemos, amigo siracuso, que el fetichismo no es el «culto de los fetiches» como dice mezquinamente el Diccionario de la Academia, sino una forma privilegiada de expresión de la particularidad humana, una vía que tienen el hombre y la mujer de trazar su espacio, de marcar su diferencia con los otros, de ejercitar su imaginación y su espíritu antirrebaño, de ser libres. Me gustaría contarle, sentados en alguna casita de campo de las afueras de su ciudad, que imagino lleno de lagos, pinares y colinas blanqueadas por la nieve, tomando una copa de whisky y oyendo crepitar los leños en la chimenea, cómo descubrir el rol central del fetichismo en la vida del individuo, fue decisivo en mi desencanto con las utopías sociales —la idea de que se podía construir colectivamente la felicidad, la bondad o encarnar cualquier valor ético o estético—, en mi tránsito de la fe al agnosticismo, y en la convicción que ahora me anima, según la cual, ya que el hombre y la mujer no pueden vivir sin utopías, la única manera realista de materializarlas es trasladándolas de lo social a lo individual. Un colectivo no puede organizarse para alcanzar ninguna forma de perfección sin destruir la libertad de muchos, sin arrollar las hermosas diferencias individuales en nombre de los espantosos denominadores comunes. En cambio, el individuo solitario puede —en función de sus apetitos, manías, fetichismos, fobias o gustos— erigirse un mundo propio que se acerque (o llegue a encarnarlo, como les ocurre a los santos y los campeones olímpicos) a ese ideal supremo donde lo vivido y lo deseado coinciden. Naturalmente, en algunos casos privilegiados, una coincidencia feliz —la del espermatozoide y el óvulo que produce la fecundación, digamos— permite a dos personas realizar complementariamente su sueño. Es el caso (acabo de leerlo en la biografía escrita por su comprensiva viuda) del periodista, comediógrafo, crítico, animador y frívolo profesional, Kenneth Tynan, masoquista encubierto a quien el azar deparó el conocer a una muchacha que casualmente era sádica, también vergonzante, lo que les permitió a ambos ser felices, dos o tres veces por semana, en un sótano de Kensington, él recibiendo azotes y ella impartiéndolos, en un juego enronchado que los transportaba al cielo. Respeto, pero no practico, esos juegos que tienen, como corolario, el mercurio cromo y el árnica.

Puestos a contar anécdotas —en este dominio las hay oceánicas— no resisto referirle la fantasía que solivianta hasta el mal de San Vito la libido de Cachito Arnilla, as en la verbosa profesión de colocar seguros, y que consiste —me la confesó en uno de esos abominables cocteles de Fiestas Patrias o Navidades a los que no puedo no asistir— en ver a una mujer desnuda pero calzada con zapatos de tacón de aguja, fumando y jugando al billar. Esa imagen, que cree haber visto de niño en alguna revista, estuvo asociada a sus primeras erecciones y desde entonces ha sido el Norte de su vida sexual. ¡Simpático Cachito! Cuando se casó, con una pizpireta morenita de Contabilidad, capaz, estoy seguro, de secundarlo, cometí la picardía de regalarle, en nombre de la Compañía de Seguros La Perricholi —soy su gerente— un juego de billar reglamentario, que un camión de mudanzas descargó en su casa el día de la boda. A todo el mundo pareció un regalo disparatado; pero, por la mirada de

Cachito y la salivita anticipatoria con que me agradeció, supe que había dado en el clavo.

Queridísimo amigo de Syracusa, amante de las escobas axilares, la exaltación de las manías y fobias no puede ser ilimitada. Hay que reconocerle restricciones sin las cuales se desatarían el crimen, el retorno a la bestialidad selvática. Pero, en el dominio privado que es el de estos fantasmas, todo debe estar permitido entre adultos que consienten en el juego y en las reglas del juego, para su mutua diversión. Que, a mí, muchos de estos juegos me produzcan una repugnancia desmesurada (por ejemplo, las pastillitas de provocar cuescos a las que era tan afecto el siglo galante francés, y, en particular, el Marqués de Sade, quien, no contento con maltratar a las mujeres les exigía que lo marearan con descargas artilleras de ventosidades) es tan cierto como que en este universo todas son diferencias que merecen consideración y respeto, pues nada representa mejor la complejidad inapresable de la persona humana.

¿Infringía usted los derechos humanos y la libertad de su pelosa vecina trepándose a su tejado para rendir homenaje de admiración a los moños de sus axilas? Sin duda. ¿Merecía usted ser sancionado en nombre de la coexistencia social? Ay, ay, por supuesto que sí. Pero, eso, usted lo sabía y se arriesgó, presto a pagar el precio de ser mirón de las axilas capilosas del vecindario. Ya le dije que no puedo imitarlo en esos extremos heroicos. Mi sentido del ridículo y mi desprecio del heroísmo son demasiado grandes, además de mi torpeza física, para atreverme a escalar un techo ajeno, a fin de divisar, en un cuerpo sin veladuras, las rodillas más redondas y los codos más esféricos de la especie femenina. Mi cobardía natural, que, acaso, sólo sea enfermizo instinto de legalidad, me induce a encontrar para mis manías, fobias y fetichismos una hornacina propicia dentro de lo comúnmente conocido como lícito. ¿Me priva eso de un suculento tesoro de lubricidades? Desde luego. Pero, lo que tengo, es bastante, a condición de sacarle el provecho debido, algo que trato de hacer.

Que los tres meses le sean leves y alivien sus enrejadas noches sueños de bosques de vellos, avenidas de pelos sedosos, renegridos, blondos, pelirrojos, entre los que usted galopa, nada, corre, frenético de dicha.

Adiós, congénere.

EL CALZONCITO DE LA PROFESORA

Don Rigoberto abrió los ojos: ahí, derramado entre el tercer y cuarto peldaño de la escalera, azuloso, brillante, con filo de encaje, provocador y poético, estaba el calzoncito de la profesora. Tembló como un poseso. No dormía, aunque llevaba ya buen rato a oscuras, en la cama, oyendo el murmullo del mar, sumido en escurridizas fantasías. Hasta que, de pronto, había vuelto a sonar el teléfono aquel, la noche aquella, sacándolo violentamente del sueño.

—¿Aló, aló?

—¿Rigoberto? ¿Es usted?

Reconoció la voz del viejo profesor, aunque hablaba muy bajito, tapando el auricular con su mano y sofocando su dicción. ¿En dónde estaban? En una ciudad universitaria de prosapia. ¿De qué país? De Estados Unidos. ¿En cuál Estado? El de Virginia. ¿Cuál Universidad? La del Estado, la bella Universidad de estilo neoclásico, de blancas columnatas, diseñada por Thomas Jefferson.

—¿Es usted, profesor?

—Sí, sí, Rigoberto. Pero, habla despacio. Perdona que te despierte.

—No se preocupe, profesor. ¿Cómo le fue en su comida con la profesora Lucrecia? ¿Ya terminó?

La voz del venerable jurista y filósofo, Nepomuceno Riga, se quebró en jeroglífico tartamudeo. Rigoberto comprendió que algo serio ocurría a su antiguo maestro de Filosofía del Derecho, de la Universidad Católica de Lima, venido a asistir a un Simposio de la Universidad de Virginia, donde él hacía su posgrado (en legislación y seguros) y donde había tenido ocasión de servirle de cicerone y chofer: lo había llevado a Monticello, a visitar la casa-museo de Jefferson, y a los sitios históricos de la batalla de Manassas.

—Es que, Rigoberto, perdona que abuse, pero, eres la única persona aquí con la que tengo confianza. Como has sido mi alumno, conozco a tu familia y has tenido estos días tantas gentilezas…

—No faltaba más, don Nepomuceno —lo animó el joven Rigoberto—. ¿Le pasa algo?

Don Rigoberto se sentó en la cama, sacudido por una risita tendenciosa. Le pareció que en cualquier momento iba a abrirse la puerta del baño y aparecer dibujada en el umbral la silueta de doña Lucrecia, sorprendiéndolo con uno de esos primorosos calzoncitos de fantasía, negros, blancos, con bordados, orificios, filos de seda, pespuntados o lisos, que ceñían apenas para resaltarlo su respingado monte de Venus y por cuyos bordes se asomaban a tentarlo —díscolos, coquetos— algunos vellitos del pubis. Era un calzoncito como ésos el que yacía insólitamente, cual uno de esos objetos provocadores de los cuadros surrealistas del catalán Joan Ponç o del rumano Victor Brauner, en la escalera por la que tenía que subir a su dormitorio esa ánima buena, ese espíritu inocente, don Nepomuceno Riga, quien, en sus memorables clases, las únicas dignas de recuerdo en sus siete años de áridos estudios de leyes, solía borrar el pizarrón con su corbata.

—Es que, no sé qué hacer, Rigoberto. Me encuentro en un apuro. Pese a mi edad, no tengo la menor experiencia en estas lides.

—En qué lides, profesor. Dígamelo, no tenga vergüenza.

¿Por qué, en vez de alojarlo en el Holiday Inn o en el Hilton, como a los demás asistentes al Simposio, habían instalado a don Nepomuceno en casa de la profesora de Derecho Internacional, II curso? Una deferencia a su prestigio, sin duda. ¿O, porque los unía una amistad surgida de coincidir en las Facultades de Derecho del vasto mundo, en congresos, conferencias, mesas redondas, y, acaso, haber pergeñado a cuatro manos una erudita ponencia, abundosa de latinazgos y publicada con profusión de notas y una sofocante bibliografía en una revista especializada de Buenos Aires, Tubingen o Helsinki? El hecho es que el ilustre don Nepomuceno, en vez de hospedarse en el impersonal cubo con ventanas del Holiday Inn, pasaba las noches en la cómoda, entre rústica y moderna, casita de la profesora Lucrecia, que Rigoberto conocía muy bien, porque este semestre tomaba con ella el seminario de Derecho Internacional, II curso, y había ido varias veces a tocarle la puerta, llevándole sus *papers* o a devolverle los densos tratados que ella, amablemente, le prestaba. Don Rigoberto cerró los ojos y se le escarapeló la piel, divisando, una vez más, las musicales caderas de la bien proporcionada, marcial figura de la jurista cuando se alejaba.

—¿Está usted bien, profesor?

—Sí, sí, Rigoberto. En realidad, se trata de una tontería. Te vas a reír de mí. Pero, ya te digo, no tengo ninguna experiencia. Estoy perplejo y atolondrado, muchacho.

No necesitaba decirlo; le temblaba la voz como si fuera a quedarse mudo y las palabras le salían con fórceps. Debía de estar sudando hielo. ¿Se atrevería a contarle qué le había pasado?

—Bueno, fíjate tú. Ahora, al regresar del coctel ese que nos dieron, la doctora Lucrecia preparó aquí, en su casa, una pequeña cena. Sólo para los dos, sí, fineza de su parte. Una cena muy simpática, en la que nos tomamos una botellita de vino. Yo no estoy acostumbrado al alcohol, así que, a lo mejor, toda mi confusión viene de esos vapores que se me subieron a la cabeza. Un vinito de California, por lo visto. Bueno, aunque algo fuerte.

—Déjese de tanto rodeo, profesor, y dígame qué le ha pasado.

—Espera, espera. Figúrate que, después de esa cena y esa botellita, la doctora se empeñó todavía en que tomáramos una copa de cognac. No pude negarme, claro, por educación. Pero, vi estrellas, muchacho. Era fuego líquido. Me vino una tos y hasta pensé que me podía quedar ciego. Más bien, me ocurrió algo ridículo. Caí dormido, hijo. Sí, sí, ahí, en el sillón, en la salita que también es biblioteca. Y, cuando desperté, no sé cuánto rato después, diez, quince minutos, la doctora no estaba. Se habrá retirado a dormir, pensé. Me dispuse a hacer lo mismo. Cuando, cuando, figúrate que al subir la escalera, zas, me di de bruces, a que no te imaginas con qué. ¡Un calzoncito! En mi camino, sí. No te rías, muchacho, porque, aunque sea para reírse, estoy la mar de turbado. No sé qué hacer, te repito.

—Por supuesto que no me río, don Nepomuceno. ¿Usted no cree que, esa prenda íntima, ahí, sea pura casualidad?

—Qué casualidad ni qué ocho cuartos, muchacho. No tendré experiencia, pero todavía no me he vuelto gagá. La doctora la dejó ahí ex-profeso, para que me topara con ella. Bajo este techo, no hay otra persona que la dueña de casa y yo. Ella lo puso ahí.

—Pero, entonces, profesor, le pasa lo mejor que puede pasarle a un huésped. Ha recibido usted una invitación de su anfitriona. Está clarísimo.

La voz del profesor se quebró tres veces antes de articular algo inteligible.

—¿Tú crees, Rigoberto? Bueno, eso me pareció a mí, cuando atiné a pensar, después de semejante sorpresa. Se diría una invitación ¿no es cierto? No puede ser casual, esta casita es el orden personificado, como la doctora. Esa prenda fue puesta ahí con intencionalidad. Además, la manera como está dispuesta en la escalera, no es casual, pues, la realza, la exhibe, te juro.

—Fue colocada ahí con alevosía, si me permite una pequeña broma, don Nepomuceno.

—Si yo también me río por dentro, Rigoberto. En medio de mi perplejidad, quiero decir. Por eso, necesito tu consejo. ¿Qué debería hacer? Nunca soñé encontrarme en una circunstancia semejante.

—Lo que tiene que hacer es clarísimo, profesor. ¿No le gusta la doctora Lucrecia? Ella es una mujer muy atractiva; lo pienso yo y también mis compañeros. Es la catedrática más guapa de Virginia.

—Sin duda lo es, quién lo pondría en duda. Es una dama muy bella.

—Entonces, no pierda tiempo. Vaya y tóquele la puerta. ¿No ve que está esperándolo? Antes de que se le duerma, pues.

—¿Puedo permitirme eso? ¿Tocarle la puerta, sin más?

—¿Dónde está usted ahora?

—Adónde va a ser. Aquí, en la salita, al pie de la escalera. Por qué crees que hablo tan bajito. ¿Voy y toco con los nudillos a su puerta? ¿Sin más ni más?

—No pierda un minuto. Le ha dejado una señal, no puede usted hacerse el desentendido. Sobre todo, si le gusta. Porque, la doctora le gusta ¿no, profesor?

—Claro que sí. Es lo que debo hacer, sí, tienes razón. Pero, me siento algo cohibido. Gracias, muchacho. No necesito encarecerte la mayor discreción ¿no? Por mí, y, sobre todo, por la reputación de la doctora.

—Seré una tumba, profesor. No dude más. Suba esas escaleras, recoja el calzoncito y lléveselo. Tóquele la puerta y comience haciéndole una broma, sobre la sorpresa que se encontró en su camino. Todo saldrá a las mil maravillas, ya verá. Recordará siempre esta noche, don Nepomuceno.

Antes de oír el clic del auricular clausurando la conversación, don Rigoberto alcanzó a percibir un ruido estomacal, un angustiado eructo que el anciano jurista no pudo reprimir. Qué nervioso y azorado estaría, en la oscuridad de esa salita llena de libros de Derecho, en la pujante noche primaveral virginiana, escindido entre la ilusión de esa aventura —¿la primera, en una vida de coitos matrimoniales y reproductores?— y su cobardía enmascarada tras el rigor de unos principios éticos, convicciones religiosas y prejuicios sociales. ¿Cuál de las fuerzas que batallaban en su espíritu vencería? ¿El deseo o el miedo?

Don Rigoberto, casi sin darse cuenta, sumido en esa imagen ya totémica, el calzoncito abandonado en la escalera de la profesora, se levantó de la cama y trasladó al estudio, sin prender la luz. Su cuerpo evitaba los obstáculos —el banquito, la escultura nubia, los cojines, el aparato de televisión— con una desenvoltura adquirida por asidua práctica, pues, desde la partida de su mujer, no había noche en que el desvelo no lo impulsara a incorporarse todavía a oscuras, a buscar entre los papeles y garabatos de su escritorio bálsamo para su nostalgia y soledad. La cabeza todavía fija en la silueta del venerable jurista aventado por las circunstancias (encarnadas en un perfumado y voluptuoso calzón de mujer acostado a su paso entre dos gradas de una escalera jurisprudente) a una incertidumbre hamletiana, pero ya sentado ante la larga mesa de madera de su escritorio y hojeando sus cuadernos, don Rigoberto dio un respingo cuando el cono dorado de la lamparilla le reveló el proverbio alemán que encabezaba esa página: *Wer die Wahl hat, hat die Qual* («Quien tiene elección, tiene tormento»). ¡Extraordinario! ¿No retrataba ese refrán, copiado vaya usted a saber de dónde, el estado de ánimo del pobre y dichoso don Nepomuceno Riga, tentado por la abundante catedrática, la doctoral Lucrecia?

Sus manos, que pasaban las hojas de otro cuaderno provocando al azar, a ver si por segunda vez acertaba o establecía una relación entre lo encontrado y lo soñado que sirviera de combustible a su fantasía, se detuvieron de pronto («como las del *croupier* que lanza la bolita sobre la ruleta en movimiento») y se inclinó, ávido. Borroneaba la página una reflexión sobre *El diario de Edith*, de Patricia Highsmith.

Alzó la cabeza, desconcertado. Oyó las enfurecidas olas del mar, al pie del acantilado. ¿Patricia Highsmith? Esa novelista de aburridos crímenes, cometidos por el apático e inmotivado criminal Mr. Ripley, no le interesaba lo más mínimo. Siempre había respondido con bostezos (comparables a los que le había producido el popular *Libro tibetano de los vivos y los muertos*) a la moda por esa criminalista que (películas de Alfred Hitchcock de por medio) enfervorizó hacía algunos años al centenar de lectores que constituían el público limeño. ¿Qué hacía esa subescritora para cinéfilos, entrometida en sus cuadernos? Ni siquiera recordaba cuándo y por qué había escrito aquel comentario sobre *El diario de Edith*, libro que tampoco recordaba:

«Excelente novela, para saber que la ficción es una fuga a lo imaginario que enmienda la vida. Las frustraciones familiares, políticas y personales de Edith no son gratuitas; se enraízan en aquella realidad que más la hace sufrir: su hijo Cliffie. En vez de proyectarse en el Diario tal como es —un muchacho flojo y fracasado, que no fue admitido a la Universidad y que no sabe trabajar— Cliffie, en las páginas que escribe su madre, se desdobla del original y aparece viviendo la vida que Edith deseaba para él: periodista de punta, desposado con una muchacha de buena familia, con hijos, un buen empleo, vástago que llena de satisfacción a su progenitora.

«Pero, la ficción es sólo un momentáneo remedio, pues, aunque sirve de consuelo a Edith y la distrae de los reveses, la va inhibiendo para la lucha por la vida, aislándola en un mundo mental. Las relaciones con sus amigos se debilitan y estropean; pierde su trabajo y termina desamparada. Aunque su muerte resulta una exageración, desde un punto de vista simbólico es coherente; Edith pasa, físicamente, a donde ya se había mudado en vida: la irrealidad.

»La novela está construida con simplicidad engañosa, bajo la cual se perfila un contexto dramático, de lucha sin cuartel entre las hermanas enemigas, la realidad y el deseo, y las infranqueables distancias que las separan, salvo en el recinto milagroso del espíritu humano.»

Don Rigoberto sintió que le castañeteaban los dientes y le sudaban las manos. Ahora recordaba esa pasajera novela y el porqué de su reflexión. ¿Terminaría como Edith, deslizándose hacia la ruina por abusar de la fantasía? Pero, pese a ello, debajo de esa lúgubre hipótesis, el calzoncito, fragante rosa, seguía en el corazón de su conciencia. ¿Qué ocurría con don Nepomuceno? ¿Cuáles eran sus movimientos, sus dilemas, luego de la conversación telefónica con el joven Rigoberto? ¿Había seguido el consejo de su discípulo?

Había comenzado a subir la escalera en puntas de pie, en una oscuridad relativa, en la que distinguía los anaqueles de libros y los filos de los muebles. En el segundo peldaño se detuvo, se inclinó, sus agarrotados dedos asieron el precioso objeto —¿de seda?, ¿de hilo?—, se lo llevó a la cara y lo husmeó, como un animalito averiguando si ese objeto desconocido es comestible. Entrecerrando los ojos, lo besó, sintiendo un comienzo de vértigo que lo hizo tambalearse, cogido del pasamanos. Estaba decidido, lo haría. Siguió subiendo la escalera, con el calzoncito en las manos, siempre en puntas de pie, temiendo ser sorprendido o como si el ruido —los peldaños crujían ligeramente— pudiera romper el hechizo. Su corazón latía tan fuerte que le cruzó la idea de lo importuno, además de estúpido, que sería caer derribado por un ataque cardíaco en este preciso momento. No, no era un síncope; eran la curiosidad y la sensación (inédita en su vida) de estar degustando un fruto prohibido lo que atropellaba de ese modo la sangre en sus venas. Había llegado al pasillo, estaba ante la puerta de la jurista. Se apretó la mandíbula con las dos manos porque ese grotesco castañeteo causaría pésima impresión a su anfitriona. Armándose de valor («haciendo de tripas corazón», murmuró don Rigoberto, que sudaba a chorros y temblaba a la par) tocó con los nudillos, muy despacio. La puerta, sólo junta, se abrió con un hospitalario crujido.

Lo que el venerable maestro de Filosofía del Derecho vio desde aquel umbral alfombrado, cambió sus ideas sobre el mundo, el hombre —seguramente el Derecho— y arrancó un gemido de desesperado placer a don Rigoberto. Una luz oro y azul añil (¿Van Gogh? ¿Botticelli? ¿Algún expresionista tipo Emil Nolde?) que enviaba desde el estrellado cielo de Virginia una luna redonda y amarilla, caía en pleno, dispuesta por un exigente escenógrafo o diestro iluminista, sobre la cama, con la única intención de destacar el cuerpo desnudo de la doctora. ¿Quién hubiera imaginado que aquellas severas ropas que lucía en el pupitre de su cátedra, esos trajes sastre con que exponía sus argumentos y mociones en los congresos, esas capas pluviales con que solía abrigarse en los inviernos, ocultaban unas formas que se hubieran disputado Praxíteles por la armonía y Renoir por lo carnosamente modeladas? Estaba bocabajo, la cabeza apoyada sobre los brazos cruzados, de manera que la postura la alargaba, pero no eran sus hombros, ni sus mórbidos brazos («mórbidos, en el sentido italiano», se precisó don Rigoberto, que no tenía ninguna afición por lo macabro y sí en cambio por lo blando) ni esa curvada espalda, lo que imantó la mirada del aturdido don Nepomuceno. Ni siquiera los anchos, lechosos muslos y los piececillos de plantas rosadas. Eran esas esferas macizas que con alegre desvergüenza se empinaban y lucían como las cumbres de una montaña bicéfala («Esos vértices de las cordilleras enroscadas de nubecillas en los grabados japoneses del período Meiji», asoció, satisfecho, don

Rigoberto). Pero, también Rubens, el Tiziano, Courbet e Ingres, Úrculo y media docena más de maestros forjadores de traseros femeninos parecían haberse apandillado para dar realidad, consistencia, abundancia y, a la vez, finura, suavidad, espíritu y vibración sensual a ese trasero cuya blancura fosforecía en la penumbra. Incapaz de contenerse, sin saber lo que hacía, el deslumbrado («¿corrompido para siempre?») don Nepomuceno, dio dos pasos y al llegar junto a la cama cayó de rodillas. Las añosas maderas del suelo se quejaron.

—Disculpe, doctora, encontré algo que le pertenece en la escalera —balbuceó, sintiendo que le corrían ríos de saliva por las comisuras de los labios.

Hablaba tan bajito que ni él mismo se oía, o, acaso, movía los labios sin emitir sonido alguno. Ni su voz ni su presencia habían recordado a la jurista. Respiraba sosegada, simétricamente, en inocente sueño. Pero, esa postura, que estuviera desnuda, que hubiera dejado sólo junta la puerta de su recámara, que se hubiera soltado los cabellos y que éstos —negros, lacios, largos— le barrieran los hombros y la espalda, contrastando su azulada oscuridad con la blancura de su piel ¿podía ser inocente? «No, no», sentenció don Rigoberto. «No, no», coreó el transido profesor, paseando la mirada por esa ondulante superficie que, en los flancos, se hundía y levantaba como un bravío mar de carne femenina, ensalzada por la claridad de la luna («más bien, por la aceitosa luz en penumbra de los cuerpos del Tiziano», rectificó don Rigoberto), a pocos centímetros de su alelada faz: «No es inocente, nada lo es. Estoy aquí porque ella lo quiso y tramó».

Sin embargo, no extraía de esa conclusión teórica fuerzas suficientes para hacer lo que ardientemente le exigían unos reaparecidos instintos: pasar la yema de los dedos sobre la satinada piel, posar sus labios matrimoniales sobre esas colinas y hondonadas que anticipaba tibias, olorosas y de un sabor en que lo dulce y lo salado coexistían sin mezclarse. Pero, no atinaba a hacer nada, petrificado por la felicidad, salvo mirar, mirar. Después de ir y venir muchas veces de la cabeza a los pies de ese milagro, de recorrerlo una y otra vez, sus ojos se inmovilizaron, como el exquisito catador que no necesita seguir degustando pues identificó el *non plus ultra* de la bodega, en el espectáculo que por sí solo constituía el esférico trasero. Descollaba sobre el resto de ese cuerpo como un Emperador ante sus vasallos, Zeus frente a los diosecillos del Olimpo. («Alianza feliz del decimonónico Courbet y el moderno Úrculo», lo ennobleció con referencias don Rigoberto.) El noble maestro, desorbitado, observaba y adoraba en silencio ese prodigio. ¿Qué se decía? Repetía una máxima de Keats («*Beauty is truth, truth is beauty*») ¿Qué pensaba? «De modo que estas cosas existen. No sólo en los malos pensamientos, en el arte o las fantasías de los poetas; también, en la vida real. De modo que un culo así es posible en la realidad de carne y hueso, en las mujeres que pueblan el mundo de los vivos.» ¿Había ya polucionado? ¿Estaba a punto de macular sus calzoncillos? Todavía no, aunque, allí, en el bajo vientre, el jurista advertía novedosos síntomas, un despertar, una desdormida oruga desperezándose. ¿Pensaba algo más? Esto: «Y nada menos que entre las piernas y el torso de mi antigua y respetada colega, de esta buena amiga con quien tanto correspondí sobre abstrusas materias filosófico-jurídicas, ético-legales, histórico-metodológicas?». ¿Cómo era posible que nunca, hasta esa noche, en ninguno de los foros, conferencias, simposios, seminarios, en que habían coincidido, charlado, discutido, departido, hubiera siquiera sospechado que, bajo esos trajes cuadrados, abrigos velludos, capas forradas, impermeables color hormiga, se escondía una esplendidez semejante? ¿Quién hubiera podido imaginar que esa mente tan lúcida, esa inteligencia justiniana, esa enciclopedia legal, poseía también un cuerpo tan deslumbrante en su organización y desmesura? Imaginó por un instante —¿acaso lo vio?— que, indiferente a su presencia, libres en su mórfico abandono, aquellas quietas montañas de carne soltaban un alegre, asordinado vientecillo que reventó frente a sus narices, llenándolas de un aroma acre. No le dio risa, no lo incomodó («Tampoco lo excitó», pensó don Rigoberto). Se sintió reconocido, como si, de algún modo y por una razón intrincada y difícil de explicar («como las teorías de Kelsen, que él nos explicaba tan bien», comparó) ese pedito fuera una suerte de aquiescencia que ese soberbio cuerpo le participaba, luciendo ante él esa intimidad tan íntima, los gases inútiles expectorados por una sierpe intestinal de cavidades que imaginó rosadas, húmedas, limpias de escorias, tan delicadas y modélicas como esas nalgas emancipadas que tenía a milímetros de su nariz.

Y, entonces, con espanto, supo que doña Lucrecia estaba despierta, pues, aunque ella no se había movido, la escuchó:

—¿Usted aquí, doctor?

No parecía enojada, menos asustada. Era su voz, por supuesto, pero cargada de una suplementaria calidez. Había en ella algo demorado, insinuante, una sensualidad musical. En su embarazo, el jurista alcanzó a preguntarse cómo era posible que, esta noche, su vieja colega experimentara tantas transformaciones mágicas.

—Discúlpeme, discúlpeme, doctora. No malinterprete mi presencia aquí, se lo suplico. Puedo explicárselo.

—¿Le sentó mal la comida? —lo tranquilizó ella. Le hablaba sin alterarse lo más mínimo—. ¿Un vasito de agua con bicarbonato?

Había ladeado ligeramente la cabeza y, con la mejilla abandonada sobre su brazo a manera de almohada, sus grandes ojos lo observaban, brillando entre las crenchas negras de su cabellera.

—Encontré en la escalera algo que le pertenece, doctora, vine a traérselo —musitó el profesor. Seguía arrodillado y, ahora, advertía un dolor vivísimo en los huesos de las rodillas—. Toqué, pero usted no me respondió. Y, como la puerta sólo estaba junta, me atreví a entrar. No quería despertarla. Le ruego que no lo tome a mal.

Ella movió la cabeza, asintiendo, disculpándolo, displicente, compadecida de su atontamiento.

—¿Por qué está usted llorando, buen amigo? ¿Qué le ocurre?

Don Nepomuceno, sin defensas contra esa afectuosa deferencia, la acariciante cadencia de esas palabras, el cariño de esa mirada que destellaba en la sombra, se quebró. Lo que hasta entonces habían sido sólo unos mudos lagrimones bajando por sus mejillas, mudaron en sollozos resonantes, desgarrados suspiros, catarata de babas y mocos que trataba de contener con las dos manos —en su desorden mental no encontraba el pañuelo, ni el bolsillo donde estaba el pañuelo— mientras, ahogándose, se explayaba en esta confesión:

—Ay, Lucrecia, Lucrecia, perdóneme, no puedo contenerme. No vea en esto una ofensa, todo lo contrario. Yo no había imaginado nunca nada así, tan hermoso, quiero decir, tan perfecto, como el cuerpo que usted tiene. Sabe cuánto la respeto y la admiro. Intelectual, académica, jurídicamente. Pero, esta noche, esto, verla así, es lo mejor que me ha pasado en la vida. Se lo juro, Lucrecia. Por este instante, echaría a la basura todos mis títulos, los doctorados *honoris causa* con que me han honrado, las condecoraciones, los diplomas. («*Si no tuviera la edad que tengo, quemaría todos mis libros e iría a sentarme como un mendigo a la puerta de tu casa* —leyó en su cuaderno al poeta Enrique Peña don Rigoberto—. *Sí, criatura mía, óyelo bien: como un mendigo, a la puerta de tu casa.*») Nunca he sentido una felicidad tan grande, Lucrecia. Haberla visto, así, sin ropas, como Ulises a Nausicaa, es el premio mayor, una gloria que no creo merecer. Me ha emocionado, traspasado. Lloro por lo conmovido, por lo agradecido que le estoy. No me desprecie, Lucrecia.

En vez de desahogarlo, su discurso lo había ido conmoviendo más y ahora lo atragantaban los sollozos. Dejó la cabeza en la orilla de la cama y siguió llorando, siempre arrodillado, suspirando, sintiéndose triste y alegre, acongojado y dichoso. «Perdóneme, perdóneme», balbuceaba. Hasta que, segundos u horas después —su cuerpo se erizó como el de un gato— sintió la mano de Lucrecia en su cabeza. Sus dedos revolvieron sus canosos cabellos, consolándolo, acompañándolo. Su voz vino a aliviar también con una fresca caricia la llaga viva de su alma:

—Cálmate, Rigoberto. No llores más, amor mío, alma mía. Ya está, ya pasó, nada ha cambiado. ¿No has hecho lo que querías? Entraste, me viste, te acercaste, lloraste, te perdoné. ¿Me puedo enojar yo, contigo? Sécate las lágrimas, estornuda, duérmete. Arrorró, mi niño, arrorró.

El mar golpeaba allá abajo, contra los acantilados de Barranco y Miraflores y la espesa capa de nubes no dejaba ver las estrellas ni la luna en el cielo de Lima. Pero, la noche estaba acabando. En cualquier momento amanecería. Un día menos. Un día más.

PROHIBICIONES A LA BELLEZA

Nunca verás un cuadro de Andy Warhol ni de Frida Kahlo, ni aplaudirás un discurso político, ni dejarás que se te resquebraje la piel de los codos ni de las rodillas, ni que se te endurezcan las plantas de los pies.

Nunca oirás una composición de Luigi Nono ni una canción protesta de Mercedes Sosa ni verás una película de Oliver Stone ni comerás directamente de las hojas de la alcachofa.

Nunca te rasparás las rodillas ni te cortarás los cabellos ni tendrás espinillas, caries, conjuntivitis ni (mucho menos) almorranas.

Nunca andarás descalza sobre el asfalto, la piedra, la grava, la loseta, el hule, la calamina, la pizarra y el metal, ni te arrodillarás sobre una superficie que no ceda como la miga del chancay (antes de tostar).

Nunca usarás en tu vocabulario las palabras telúrico, cholito, concientizar, visualizar, estatalista, pepas, hollejos o societal.

Nunca tendrás un hámster ni harás gárgaras ni usarás postizos ni jugarás al bridge ni llevarás sombrero, boina o rodete.

Nunca almacenarás gases ni dirás palabrotas ni bailarás el rock and roll.

Nunca morirás.

VII

El dedo gordo de Egon Schiele

—Todas las chicas de Egon Schiele son flaquitas y huesudas y me parecen muy bonitas —dijo Fonchito—. Tú, en cambio, eres llenita, pero también me pareces muy bonita. ¿Cómo explicar esta contradicción, madrastra?

—¿Me estás diciendo gorda? —se puso lívida doña Lucrecia.

Había estado distraída, oyendo la voz del niño como un rumor de fondo, concentrada en los anónimos —siete, en apenas diez días— y en la carta que había escrito a Rigoberto la noche anterior y que tenía ahora en el bolsillo de la bata. Sólo recordaba que Fonchito se había puesto a hablar y hablar, de Egon Schiele como siempre, hasta que lo de «llenita» le hizo parar la oreja.

—Gorda, no. Dije llenita, madrastra. —Se disculpaba, accionando.

—Tu papá tiene la culpa de que sea así —se quejó, examinándose—. Yo era delgadita, cuando nos casamos. Pero a Rigoberto se le metió que la moda filiforme destruye el cuerpo femenino, que la gran tradición de la belleza es la ubérrima. Eso decía: «la forma ubérrima». Por darle gusto, engordé. Y ya no he vuelto a enflaquecer.

—Así estás regia, te juro, madrastra —seguía excusándose Fonchito—. Te decía lo de las flaquitas de Egon

Schiele porque ¿no te parece raro que a mí me gusten, y también tú me gustes, siendo por lo menos el doble que ellas?

No, el autor no podía ser él. Porque los anónimos alababan su cuerpo, e, incluso, en uno, titulado «Blasón del cuerpo de la amada», cada uno de sus miembros —cabeza, hombros, cintura, pechos, vientre, muslos, piernas, tobillos, pies— venía acompañado de una referencia a un poema o un cuadro emblemático. El invisible enamorado de sus formas ubérrimas sólo podía ser Rigoberto. («Ese hombre sí que está templado de usted», proclamó Justiniana, después de leer el Blasón. «¡Cómo le conoce el cuerpo, señora! Tiene que ser don Rigoberto. De dónde va a sacar Fonchito esas palabras, por agrandado que sea. Aunque, él también la conoce todita ¿no?»)

—¿Por qué te quedas callada todo el rato, sin hablarme? Me miras como si no me vieras. Hoy estás muy rara, madrastra.

—Es por esos anónimos. No puedo sacármelos de la cabeza, Fonchito. Así como tú tienes la obsesión de Egon Schiele, yo tengo ahora la de esas malditas cartas. Me paso el día esperándolas, leyéndolas, recordándolas.

—¿Pero, por qué malditas, madrastra? ¿Acaso te insultan o dicen cosas feas?

—Porque vienen sin firma. Y, porque, a ratos, me parece que me las manda un fantasma, no tu papá.

—Sabes muy bien que son de él. Todo está saliendo como se pide, madrastra. No te hagas mala sangre. Muy pronto vendrá la amistada, verás.

La reconciliación de doña Lucrecia y don Rigoberto se había convertido en la segunda obsesión del niño.

Hablaba de ella con tanta seguridad, que la madrastra ya no tenía ánimos para rebatirlo y decirle que eran puras fantasías de ese fantaseador empedernido que se había vuelto. ¿Había hecho bien en mostrarle los anónimos? Algunos eran tan osados en sus referencias a su intimidad, que, después de leerlos, se prometía: «Éste sí que no se lo enseño». Y cada vez terminaba por hacerlo, espiando su reacción, a ver si lo traicionaba algún gesto. Pero, no. Cada vez, había reaccionado con la misma actitud sorprendida y excitada, y sacado siempre la misma conclusión: era su papá, era otra prueba de que ya no le guardaba rencor. Advirtió que Fonchito parecía ahora abstraído también, alejado de la salita comedor y del bosque de los Olivos, atrapado por algún recuerdo. Se miraba las manos, acercándolas mucho a sus ojos; las juntaba, las alargaba, abría los dedos, ocultaba el pulgar, las cruzaba y descruzaba, en extrañas poses, como las de quienes proyectan siluetas en la pared con la sombra de sus manos. Pero, Fonchito no trataba de fabricar figuras chinescas en la tarde primaveral; escrutaba sus dedos como un entomólogo examina a la lupa una especie desconocida.

—¿Se puede saber qué haces?

El niño no se inmutó y continuó con sus ademanes, a la vez que le respondía con otra pregunta:

—¿Te parece que tengo manos deformes, madrastra?

¿Qué se traía hoy este diablito?

—A ver, déjame verlas —jugó al médico especialista—. Ponlas aquí.

Fonchito no jugaba. Muy serio, se incorporó, se le acercó y puso sus dos manos sobre las palmas que ella le ofrecía. Al contacto de esa suavidad lisa y la delicadeza

243

de los huesecillos de esos dedos, doña Lucrecia sintió un estremecimiento. Tenía unas manos frágiles, deditos afilados, uñas ligeramente sonrosadas, recortadas con esmero. Pero, en las yemas había manchitas de tinta o carboncillo. Fingió someterlas a un examen clínico, mientras las acariciaba.

—No tienen nada de deformes —concluyó—. Aunque, un poquito de agua y jabón no les vendría mal.

—Qué lástima —dijo el niño, sin asomo de humor, retirando sus manos de las de doña Lucrecia—. Porque, entonces, en eso no me parezco nada a él.

«Ya está. Tenía que venir.» El juego de toda las tardes.

—Explícame eso.

El niño se apresuró a hacerlo. ¿No se había fijado que las manos eran la manía de Egon Schiele? De él, y, también, de las muchachas y señores que pintaba. Si no se había, que lo hiciera ahora. En un dos por tres, doña Lucrecia tuvo en sus rodillas el libro de reproducciones. ¿Veía el asco que Egon Schiele había tenido siempre al dedo gordo?

—¿Al dedo gordo? —se echó a reír doña Lucrecia.

—Fíjate en sus retratos. El de Arthur Roessler, por ejemplo —insistió el niño, con pasión—. O, éste: el *Doble retrato del inspector general Heinrich Benesch y su hijo Otto;* el de Enrich Lederer; y sus autorretratos. Sólo muestra cuatro dedos. Al dedo gordo, siempre lo desaparece.

¿Por qué sería? ¿Por qué lo ocultaba? ¿Porque el dedo gordo es el más feo de la mano? ¿Le gustarían los números pares y creería que los impares traían mala suerte? ¿Tendría el dedo gordo desfigurado y se avergonzaría de él? Algo le pasaba con las manos, pues, si no ¿por qué se hacía tomar fotos escondiéndolas en los bolsillos, o haciendo con ellas unas poses tan ridículas, torciendo los dedos como una bruja, metiéndolas delante de la cámara o poniéndoselas encima de la cabeza como para que se le escaparan, volando? Las manos suyas, las de los hombres, las de las muchachas. ¿No lo había notado? Esas chicas desnudas, de cuerpo tan bien formadito, ¿no era incomprensible que tuvieran esos dedos varoniles, de nudillos huesudos y toscos? Por ejemplo, en este grabado de 1910, *Muchacha desnuda de cabellos negros, de pie*, ¿no desentonaban esas manos hombrunas, de uñas cuadradas, idénticas a las que se pintaba el mismo Egon en sus autorretratos? ¿No había hecho también eso con casi todas las mujeres que pintó? Por ejemplo, el *Desnudo, de pie*, de 1913. Fonchito tomó aire:

—O sea, era un Narciso, como tú dijiste. Pintaba siempre sus propias manos, aunque el personaje del cuadro fuera otro, hombre o mujer.

—¿Eso, lo descubriste tú? ¿O lo has leído en alguna parte? —Doña Lucrecia estaba desconcertada. Hojeaba el libro y, lo que veía, daba la razón a Fonchito.

—Cualquiera que mire mucho sus cuadros, lo nota —se encogió de hombros el niño, sin dar importancia al asunto—. ¿No dice mi papá que si no es un temático, un artista no llega a ser genial? Por eso, yo me fijo siempre en las manías de los pintores que se reflejan en sus cuadros. Egon Schiele tenía tres: ponerles las mismas manos desproporcionadas a todas sus figuras, quitándoles el dedo gordo. Que las chicas y los señores mostraran sus cositas, levantándose la falda y abriendo las piernas. Y, la tercera, retratarse él mismo, poniendo las manos en posturas forzadas, que llaman la atención.

—Bueno, bueno, si querías dejarme con la boca abierta, lo conseguiste. ¿Sabes una cosa, Fonchito? Tú sí que eres un gran temático. Si la teoría de tu papá es cierta, ya tienes uno de los requisitos para ser genial.

—Sólo me falta pintar los cuadros —se rió él. Volvió a tumbarse y a mirarse las manos. Las movía y lucía imitando las extravagantes poses con que aparecían en los cuadros y fotos de Schiele. Doña Lucrecia, divertida, observaba su pantomima. Y, de pronto, decidió: «Voy a leerle mi carta, a ver qué dice». Además, leyéndola en voz alta, sabría si lo que había escrito estaba bien y decidiría si mandársela a Rigoberto o romperla. Pero, cuando iba a hacerlo, se acobardó. Más bien, dijo:

—Me preocupa que día y noche sólo pienses en Schiele. —El niño dejó de jugar con sus manos.— Te lo digo con todo el cariño que te tengo. Al principio, me parecía bonito que te gustaran tanto sus pinturas, que te identificaras con él. Pero, por tratar de parecerte a él en todo, estás dejando de ser tú.

—Es que yo soy él, madrastra. Aunque lo tomes a broma, es así. Siento que soy él.

Le sonrió, para tranquilizarla. «Espérate un ratito», murmuró, mientras, incorporándose, cogía el libro de reproducciones, lo hojeaba buscando algo, y se lo volvía a poner sobre las rodillas, abierto. Doña Lucrecia vio una lámina en colores; sobre un fondo ocre, se extendía una sinuosa señora embutida en un disfraz carnavalesco, con filas de barras verdes, rojas, amarillas y negras, dispuestas en zigzag. Llevaba los cabellos ocultos bajo un

246

rodete aturbantado, iba descalza, la miraba con lánguida tristeza en sus grandes ojos oscuros y tenía las manos alzadas sobre la cabeza como si se dispusiera a tocar
castañuelas.

—Viendo ese cuadro me di cuenta —oyó decir a
Fonchito, con total seriedad—. Que yo era él.

Trató de reírse, pero no lo consiguió. ¿Qué preten-
día este chiquito? ¿Asustarla? «Juega conmigo como un
gatito con una gran ratona», pensó.

—¿Ah, sí? ¿Y qué te reveló en este cuadro que eres
Egon Schiele reencarnado?

—No te has dado cuenta, madrastra —se rió Fonchito—. Míralo de nuevo, pedacito por pedacito. Y verás
que, aunque lo pintó en Viena, en 1914, en su taller, en
esa señora está el Perú. Repetido cinco veces.

La señora Lucrecia volvió a examinar la imagen. De
arriba abajo. De abajo arriba. Por fin, reparó que, en el
coloreado vestido de payaso de la descalza modelo, había
cinco minúsculas figuritas, a la altura de los brazos, en su
costado derecho, sobre la pierna y en el ruedo de su falda. Se llevó el libro a los ojos y las examinó, con calma.
Pues, sí. Parecían indiecitas, cholitas. Estaban vestidas
como las campesinas del Cusco.

—Eso es lo que son, indiecitas de los Andes —dijo
Fonchito, leyéndole el pensamiento—. ¿Ves? El Perú está metido en los cuadros de Egon Schiele. Por eso me di
cuenta. Para mí, fue un mensaje.

Siguió hablando, haciendo gala de esa prodigiosa
información sobre la vida y la obra del pintor que a doña
Lucrecia le daba la impresión de la omnisciencia y la sospecha de una conjura, de una calenturienta emboscada.

247

Tenía su explicación, madrastra. La señora del retrato se llamaba Frederike María Beer. Era la única persona retratada por los dos más grandes pintores de la Viena de su tiempo: Egon y Klimt. Hija de un señor muy rico, dueño de cabarets, había sido una gran dama; ayudaba a los artistas y les conseguía compradores. Poco antes de que Schiele la pintara, había hecho un viaje por Bolivia y Perú y de aquí se había llevado esas indiecitas de trapo, que se compraría en alguna feria del Cusco o La Paz. Y a Egon Schiele se le ocurrió pintarlas en el vestido de la señora. O sea, no había ningún milagro en que hubiera cinco cholitas en ese cuadro. Pero, pero...

—¿Pero, qué? —lo animó doña Lucrecia, absorbida por el relato de Fonchito, esperando una gran revelación.

—Pero, nada —añadió el chiquillo, con un gesto de fatiga—. Esas indiecitas fueron puestas ahí para que yo me las encontrara algún día. Cinco peruanitas en un cuadro de Schiele. ¿No te das cuenta?

—¿Se pusieron a hablarte? ¿Te dijeron que tú las pintaste, hace ochenta años? ¿Que eres un reencarnado?

—Bueno, si te vas a burlar, hablemos de otra cosa, madrastra.

—No me gusta oírte decir tonterías —dijo ella—. Ni que pienses tonterías, ni que creas tonterías. Tú eres tú y Egon Schiele era Egon Schiele. Tú vives aquí, en Lima, y él vivió en Viena a principios de siglo. La reencarnación no existe. Así que, no vuelvas a decir disparates, si no quieres que me enoje. ¿De acuerdo?

El niño asintió, de mala gana. Tenía su carita compungida, pero no se atrevió a replicarle, porque ella le

248

había hablado con una severidad desacostumbrada. Trató de hacer las paces.

—Quiero leerte algo que he escrito —murmuró, sacando de su bolsillo el borrador de la carta.

—¿Le has contestado a mi papá? —se alegró el niño, sentándose en el suelo y avanzando la cabeza.

Sí, anoche. No sabía aún si se la mandaría. Ya no podía más. Siete, eran muchos anónimos. Y el autor era Rigoberto. ¿Quién, si no? ¿Quién otro podía hablarle de esa manera tan familiar y exaltada? ¿Quién, conocerla tan al detalle? Había decidido acabar con ese teatro. A ver, qué le parecía.

—Léemela de una vez, madrastra —se impacientó el niño. Tenía los ojos brillantes y su carita delataba una enorme curiosidad; también, algo de, algo de, doña Lucrecia buscaba la palabra, de regocijo malicioso; incluso, de maldad. Carraspeando antes de empezar y sin levantar los ojos hasta el final, leyó:

Amado:

He resistido la tentación de escribirte desde que supe que eras el autor de esas misivas ardientes que, desde hace dos semanas, han llenado esta casita de llamas, de alegría, de nostalgia y de esperanza, y a mi corazón y a mis entrañas del dulce fuego que abrasa sin quemar, el del amor y el deseo unidos en matrimonio feliz.

¿Para qué ibas a firmar unas cartas que sólo tú podías escribir? ¿Quién me ha estudiado, formado, inventado, como tú lo has hecho? ¿Quién podía hablar de los puntitos rojos de mis axilas, de las rosadas nervaduras de las cavidades ocultas entre los dedos de mis pies, de esa «fruncida boquita circundada por una circunferencia en miniatura de alegres arruguitas

de carne viva, entre azulada y plomiza, a la que hay que llegar escalando las lisas y marmóleas columnas de tus piernas»? Sólo tú, amor mío.

Desde las primeras líneas de la primera carta, supe que eras tú. Por eso, antes de terminar de leerla, obedecí tus instrucciones. Me desnudé y posé para ti, ante el espejo, imitando a la *Dánae* de Klimt. Y volví, como tantas noches añoradas en mi soledad actual, a volar contigo por esos reinos de la fantasía que hemos explorado juntos, a lo largo de esos años compartidos que son, para mí, ahora, una fuente de consuelo y de vida a la que vuelvo a beber con la memoria, para soportar la rutina y el vacío que han sucedido a lo que, junto a ti, fue aventura y plenitud.

En la medida de mis fuerzas, he seguido al pie de la letra las exigencias —no, las sugerencias y ruegos— de tus siete cartas. Me he vestido y desvestido, disfrazado y enmascarado, tumbado, plegado, desplegado, acuclillado y encarnado— con mi cuerpo y mi alma — todos los caprichos de tus cartas, pues ¿qué placer más grande, para mí, que complacerte? Para ti y por ti, he sido Mesalina y Leda, Magdalena y Salomé, Diana con su arco y sus flechas, la Maja Desnuda, la Casta Susana sorprendida por los viejos lujuriosos y, en el baño turco, la odalisca de Ingres. He hecho el amor con Marte, Nabucodonosor, Sardanápalo, Napoleón, cisnes, sátiros, esclavos y esclavas, emergido del mar como una sirena, aplacado y atizado los amores de Ulises. He sido una marquesita de Watteau, una ninfa del Tiziano, una Virgen de Murillo, una Madonna de Piero della Francesca, una geisha de Fujita y una arrastrada de Toulouse-Lautrec. Me costó trabajo pararme en puntas de pie como la ballerina de Degas, y, créeme, para no defraudarte, hasta intenté, a costa de calambres, mudarme en eso que llamas el voluptuoso cubo cubista de Juan Gris.

Jugar de nuevo contigo, aunque a la distancia, me ha hecho bien, me ha hecho mal. He sentido, de nuevo, que era tuya y tú mío. Cuando terminaba el juego, mi soledad aumentaba y me entristecía aún más. ¿Está perdido, para siempre, lo perdido?

Desde que recibí la primera carta, he vivido esperando la siguiente, devorada por las dudas, tratando de adivinar tus intenciones. ¿Querías que te contestara? ¿O, el enviármelas sin firma indica que no quieres entablar un diálogo, sólo que escuche tu monólogo? Pero, anoche, después de haber sido, dócilmente, la hacendosa señora burguesa de Vermeer, decidí responderte. Algo, desde ese fondo oscuro de mi persona que sólo tú has buceado, me ordenó tomar la pluma y el papel. ¿He hecho bien? ¿No habré infringido esa ley no escrita que prohíbe a la figura de un retrato salirse del cuadro a hablarle a su pintor?

Tú, amado, sabes la respuesta. Házmela saber.

—Carambas, qué carta —dijo Fonchito. Su entusiasmo parecía muy sincero—. ¡Madrastra, tú quieres mucho a mi papá!

Estaba ruborizado y radiante, y doña Lucrecia lo notó también —por primera vez— hasta confuso.

—Nunca he dejado de quererlo. Ni siquiera cuando pasó lo que pasó.

Fonchito puso de inmediato esa mirada blanca, amnésica, que vaciaba sus ojos, cada vez que doña Lucrecia aludía de algún modo a aquella aventura. Pero, notó que el rubor desaparecía de las mejillas del niño y lo reemplazaba una palidez nacarada.

—Porque, aunque a ti y a mí nos gustaría que no hubiera, y aunque nunca hablemos de eso, lo que pasó,

pasó. No se puede borrar —dijo doña Lucrecia, buscándole los ojos—. Y, aunque me mires como si no supieras de qué te hablo, lo recuerdas todo tan bien como yo. Y, seguro que lo lamentas tanto o más que yo.

No pudo seguir. Fonchito se había puesto otra vez a mirarse las manos, mientras las movía, imitando los disfuerzos de los personajes de Egon Schiele: tiesas y paralelas a la altura de su hombro, con el dedo pulgar oculto y como cercenado, o sobre su cabeza, adelantadas como si acabara de lanzar una lanza. Doña Lucrecia terminó por echarse a reír:

—No eres un diablito sino un payaso —exclamó—. Deberías dedicarte al teatro, más bien.

El niño se rió también, distendido, haciendo morisquetas y jugando siempre con sus manos. Y, sin abandonar las monerías, sorprendió a doña Lucrecia con este comentario:

—¿Has escrito esa carta en estilo huachafo, a propósito? ¿Tú también crees, como mi papá, que la huachafería es inseparable del amor?

—La he escrito imitando el estilo de tu papá —dijo doña Lucrecia—. Exagerando, tratando de ser solemne, rebuscada y truculenta. A él le gusta así. ¿Te parece muy huachafa?

—Le va a encantar —le aseguró Fonchito, asintiendo varias veces—. La leerá y releerá muchas veces, encerrado en su escritorio. No se te ocurrirá firmarla ¿no, madrastra?

La verdad, no había pensado en eso.

—¿Debería mandársela anónima?

—Por supuesto, madrastra —afirmó el niño, enfático—. Tienes que seguirle el juego, pues.

Tal vez tenía razón. Si él se las mandaba sin firma, por qué la firmaría ella.

—Sabes las de Quico y Caco, chiquito —murmuró—. Sí, es una buena idea. Se la mandaré sin firma. Total, él sabrá muy bien quién se la ha escrito.

Fonchito se hizo el que aplaudía. Se había puesto de pie y se alistaba para irse. Hoy no había habido chancays tostados, porque Justiniana estaba de salida. Como siempre, recogió el libro de reproducciones y lo guardó en su bolsón, se abotonó la camisa gris y se ajustó la corbatita del uniforme, observado por una Lucrecia a la que divertía verlo repetir cada tarde los mismos gestos, al llegar y al partir. Pero, esta vez, a diferencia de otras, en que se limitaba a decirle «Chau, madrastra», se sentó a su lado en el sillón, muy junto.

—Quisiera preguntarte algo antes de irme. Sólo que me da un poco de vergüenza.

Había puesto la vocecita delgada, dulce y tímida que ponía cuando quería despertar su benevolencia o su piedad. Y, aunque a doña Lucrecia nunca la abandonaba la sospecha de que era pura farsa, siempre terminaba despertando su benevolencia o su piedad.

—Tú no tienes vergüenza de nada, así que no vengas a contarme el cuento ni a hacerte el inocente —le dijo, desmintiendo la dureza de sus palabras con la caricia que le hacía, tironeándole la oreja—. Pregunta, nomás.

El niño se ladeó y le echó los brazos al cuello. Hundió la carita en su hombro.

—Si te miro, no me atrevo —susurró, bajando la voz hasta convertirla en un murmullo apenas audible—.

Esa boquita fruncida, rodeada de arruguitas, de tu carta, no es ésta ¿no, madrastra?

Doña Lucrecia sintió que la mejilla pegada a la suya se movía, que dos delgados labios bajaban por su cara y se adherían a los suyos. Fríos al principio, al instante se animaron. Sintió que hacían presión y la besaban. Cerró los ojos y abrió la boca: una culebrilla húmeda la visitó, paseó por sus encías, su paladar, y se enredó en su lengua. Estuvo un tiempo sin tiempo, ciega, convertida en sensación, anonadada, feliz, sin hacer nada ni pensar en nada. Pero, cuando alzó los brazos para estrechar a Fonchito, el niño, en uno de esos súbitos cambios de humor que eran su rasgo distintivo, se soltó y apartó de ella. Ahora, estaba alejándose, haciéndole adiós. Tenía la expresión muy natural.

—Si quieres, pasa tu anónimo en limpio y ponlo en un sobre —le dijo, desde la puerta—. Mañana me lo das y lo meteré al buzón de la casa sin que mi papá me vea. Chau, madrastra.

NI CABALLITO DE TOTORA NI TORITO DE PUCARÁ

Entiendo que el espectáculo de la bandera flameando al viento le produce palpitaciones, y, la música y la letra del himno nacional, ese cosquilleo en las venas y retracción y erizamiento de los vellos que llaman emoción. La palabra patria (que usted escribe siempre con mayús-

culas) no la asocia con los versos irreverentes del joven
Pablo Neruda

> *Patria,*
> *palabra triste,*
> *como termómetro o ascensor*

ni con la mortífera sentencia del Doctor Johnson (*Pa-
triotism is the last refuge of a scoundrel*) sino con heroicas
cargas de caballería, espadas que se incrustan en pechos
de uniformes enemigos, toques de clarín, disparos y ca-
ñonazos que no son los de las botellas de champaña.
Usted pertenece, según todas las apariencias, al conglomerado de machos y hembras que miran con respeto las estatuas de esos prohombres que adornan las plazas públicas y deploran que las caguen las palomas, y es
capaz de madrugar y esperar horas para no perderse un
buen sitio en el Campo de Marte en el desfile de los sol-
dados los días de efemérides, espectáculo que le suscita
apreciaciones en las que chisporrotean las palabras marcial, patriótico y viril. Señor, señora: en usted hay agaza-
pada una fiera rabiosa que constituye un peligro para la
humanidad.

Usted es un lastre viviente que arrastra la civilización desde los tiempos del caníbal tatuado, perforado y
de estuche fálico, el mágico prerracional que zapateaba
para atraer la lluvia y manducaba el corazón de su adversario a fin de robarle la fuerza. En verdad, detrás de sus
arengas y oriflamas en exaltación de ese pedazo de geografía mancillada por hitos y demarcaciones arbitrarias,
en las que usted ve personificada una forma superior de

la historia y de la metafísica social, no hay otra cosa que el astuto *aggiornamiento* del antiquísimo miedo primitivo a independizarse de la tribu, a dejar de ser masa, parte, y convertirse en individuo, añoranza de aquel antecesor para el que el mundo comenzaba y terminaba dentro de los confines de lo conocido, el claro del bosque, la caverna oscura, la meseta empinada, ese enclave pequeñito donde compartir la lengua, la magia, la confusión, los usos, y, sobre todo, la ignorancia y los miedos de su grupo, le daba valor y lo hacía sentirse protegido contra el trueno, el rayo, la fiera y las otras tribus del planeta. Aunque, desde aquellos remotos tiempos, hayan transcurrido siglos y se crea usted, porque lleva saco y corbata o falda tubo y se hace *liftings* en Miami, muy superior a ese ancestro de taparrabos de corteza de tronco y labio y nariz de colgantes prendedores, usted es él y ella es usted. El cordón umbilical que los enlaza a través de las centurias se llama pavor a lo desconocido, odio a lo distinto, rechazo a la aventura, pánico a la libertad y a la responsabilidad de inventarse cada día, vocación de servidumbre a la rutina, a lo gregario, rechazo a descolectivizarse para no tener que afrontar el desafío cotidiano que es la soberanía individual. En aquellos tiempos, el indefenso comedor de carne humana, sumido en una ignorancia metafísica y física ante lo que ocurría y lo rodeaba, tenía cierta justificación de negarse a ser independiente, creativo y libre; en éstos, en que se sabe ya todo lo que hace falta saber y algo más, no hay razón valedera para empeñarse en ser un esclavo y un irracional. Este juicio le parecerá severo, extremado, ante lo que para usted no es sino un virtuoso e idealista sentimiento ·de solidaridad y amor con el terruño y los recuerdos («la tierra y los muertos», según el antropoide francés señor Maurice Barrés), ese marco de referencias ambientales y culturales sin el cual un ser humano se siente vacío. Yo le aseguro que ésa es una cara de la moneda patriótica; la otra, el revés de la exaltación de lo propio, es la denigración de lo ajeno, la voluntad de humillar y derrotar a los demás, a los que son diferentes de usted porque tienen otro color de piel, otra lengua, otro dios y hasta otra indumentaria y otra dieta.

El patriotismo, que, en realidad, parece una forma benevolente del nacionalismo —pues la «patria» parece ser más antigua, congénita y respetable que la «nación», ridículo artilugio político-administrativo manufacturado por estadistas ávidos de poder e intelectuales en pos de un amo, es decir de mecenas, es decir de tetas prebendarias que succionar, es una peligrosa pero efectiva coartada para las guerras que han diezmado el planeta no sé cuántas veces, para las pulsiones despóticas que han consagrado el dominio del fuerte sobre el débil y una cortina de humo igualitarista cuyas deletéreas nubes indiferencian a los seres humanos y los clonizan, imponiéndoles, como esencial e irremediable, el más accidental de los denominadores comunes: el lugar de nacimiento. Detrás del patriotismo y del nacionalismo llamea siempre la maligna ficción colectivista de la identidad, alambrada ontológica que pretende aglutinar, en fraternidad irredimible e inconfundible, a los «peruanos», los «españoles», los «franceses», los «chinos», etc. Usted y yo sabemos que esas categorías son otras tantas abyectas mentiras que echan un manto de olvido sobre diversidades e incompatibilidades múltiples y pretenden abolir siglos de historia y retroceder a la civilización a esos bárbaros tiempos anteriores a la creación de la individualidad, vale decir de la racionalidad y la libertad: tres cosas inseparables, entérese.

Por eso, cuando alguien dice, a mi alrededor, «el chino», «el negro», «los peruanos», «los franceses», «las mujeres» o cualquier expresión equivalente con pretensiones de definir a un ser humano por su pertenencia a un colectivo de cualquier orden y no como una circunstancia desechable, tengo ganas de sacar el revólver y —pum pum— disparar. (Se trata de una figura poética, por supuesto; nunca he tenido un arma de fuego en la mano ni la tendré y no he efectuado otros disparos que los seminales, que, a ellos sí, reivindico con orgullo patriótico.) Mi individualismo no me lleva, claro está, a hacer el elogio del soliloquio sexual como la forma más perfecta del placer; en este campo, me inclino por los diálogos de a dos o, máximo, de a tres, y, por supuesto, me declaro encarnizado enemigo del promiscuo *partouze*, que es, en el espacio de la cama y el fornicio, el equivalente del colectivismo político y social. A menos de que el monólogo sexual se practique en compañía —en cuyo caso se vuelve barroquísimo diálogo—, como se ilustra en esa pequeña acuarela y carboncillo de Picasso (1902/ 1903) con la que usted puede recrearse en el Museo Picasso de Barcelona, en la que el Sr. D. Ángel Fernández de Soto, vestido y fumando la pipa, y su distinguida esposa, desnuda pero con medias y zapatos, tomando una copa de champaña y sentada en las rodillas de su cónyuge, se masturban recíprocamente, cuadro que, dicho sea de paso, sin ánimo de ofender a nadie (y, menos que nadie, a Picasso) considero superior al *Guernica* y *Les demoiselles d'Avignon*.

(Si le parece que esta carta empieza a dar muestras de incoherencia, recuerde al Monsieur Teste, de Valéry: «La incoherencia de un discurso depende del que escucha. El espíritu no me parece concebido de manera que pueda ser incoherente consigo mismo».)

¿Quiere usted saber de dónde viene toda la hepática descarga antipatriótica de esta carta? De una arenga del Presidente de la República, reseñada por la prensa esta mañana, según la cual, inaugurando la Feria de Artesanía, afirmó que los peruanos tenemos la obligación patriótica de admirar el trabajo de los anónimos artesanos que, hace siglos, modelaron los huacos de Chavín, tejían y pintaban las telas de Paracas o enhebraban los mantos de plumas de Nasca, los *queros* cusqueños, o los contemporáneos constructores de retablos ayacuchanos, de toritos de Pucará, niños Manuelitos, alfombras de San Pedro de Cajas, caballitos de totora del lago Titicaca y espejitos de Cajamarca, porque —cito al primer mandatario— «la artesanía es el arte popular por antonomasia, la exposición suprema de la creatividad y destreza artística de un pueblo y uno de los grandes símbolos y manifestaciones de la Patria y cada uno de sus objetos no lleva la firma individual de su artesano forjador porque todos ellos llevan la firma de la colectividad, de la nacionalidad».

Si es usted varón o hembra de buen gusto —es decir, amante de la precisión—, habrá sonreído ante esta diarrea artesano-patriótica de nuestro Jefe de Estado. En lo que a mí concierne, además de parecerme, como a usted, huera y cursi, me iluminó. Ahora ya sé por qué detesto todas las artesanías del mundo en general, y la de «mi país» (uso la fórmula para que podamos entendernos) en particular. Ahora ya sé por qué en mi casa no ha entrado ni entrará jamás un huaco peruano ni una máscara veneciana ni una *matriuska* rusa ni una muñequita con trenzas y zuecos holandesa ni un torerito de madera ni una gitanilla bailando flamenco ni un muñeco articulado indonesio, ni un samurai de juguete ni un retablo ayacuchano o un diablo boliviano ni ninguna figura u objeto de greda, madera, porcelana, piedra, tela o miga de pan manufacturado serial, genérica y anónimamente, que usurpe, aunque sea con la hipócrita modestia de autotitularse arte popular, la naturaleza de objeto artístico, algo que es predominio absoluto de la esfera privada, expresión de acérrima individualidad y por lo tanto refutación y rechazo de lo abstracto y lo genérico, de todo lo que, directa o indirectamente, aspire a justificarse en nombre de una pretendida estirpe «social». No hay arte impersonal, señor patriota (y no me hable, por favor, de las catedrales góticas). La artesanía es una manifestación primitiva, amorfa y fetal de lo que algún día —cuando individuos particulares desagregados del todo comiencen a imprimir un sello personal a esos objetos en los que volcarán una intimidad intransferible— podrá tal vez acceder a la categoría artística. Que ella truene, prospere y reine en una «nación» no debería ennorgullecer a nadie y menos a los pretendidos patriotas.

Porque la prosperidad de la artesanía —esa manifestación de lo genérico— es signo de atraso o regresión, inconsciente voluntad de no avanzar en ese torbellino demoledor de fronteras, de costumbres pintorescas, de color local, de diferencias provinciales y espíritu campaneril, que es la civilización. Ya sé que usted, señora patriota, señor patriota, usted la odia, si no la palabra, el contenido de esa palabra demoledora. Es su derecho. También lo es, mío, amarla y defenderla contra viento y marea, aun a sabiendas de que el combate es difícil y de que puedo hallarme —los signos son múltiples— en el bando de los derrotados. No importa. Ésa es la única forma de heroísmo que nos está permitida a los enemigos del heroísmo obligatorio: morir firmando con nombre y apellido propios, tener una muerte personal.

Sépalo de una vez por todas y horrorícese: la única patria que reverencio es la cama que holla mi esposa, Lucrecia (*Tu luz, alta señora / Venza esta ciega y triste noche mía*, fray Luis de León *dixit*) y, su cuerpo soberbio, la única bandera o enseña patria capaz de arrastrarme a los más temerarios combates, y el único himno que me conturba hasta el sollozo son los ruidos que esa carne amada emite, su voz, su risa, su llanto, sus suspiros, y, por supuesto (tápese los oídos y la nariz) sus hipos, eructos, pedos y estornudos. ¿Puedo o no puedo ser considerado un verdadero patriota, *a mi manera*?

¡MALDITO ONETTI! ¡BENDITO ONETTI!

Don Rigoberto se despertó llorando (le ocurría con bastante frecuencia últimamente). Había pasado del sueño a la vigilia ya; su conciencia reconocía en las sombras los objetos de su dormitorio; sus oídos, el monótono mar; sus narices y los poros de su cuerpo, la corrosiva humedad. Pero, la horrible imagen estaba todavía allí, sobrenadando en su imaginación, salida de algún remoto escondrijo, angustiándolo igual que hacía unos momentos, en la inconsciencia de la pesadilla. «Deja de llorar, estúpido.» Pero las lágrimas corrían por sus mejillas y sollozaba, sobrecogido de espanto. ¿Y, si fuera telepatía? ¿Si hubiera recibido un mensaje? ¿Si, en efecto, ayer, esa tarde, gusanito en el corazón de la manzana, le hubieran descubierto el bulto en el pecho anunciador de la catástrofe y Lucrecia inmediatamente hubiera pensado en él, confiado en él, acudido a él a compartir su pesadumbre, su zozobra? Había sido una llamada *in extremis*. El día de la operación estaba decidido. «Estamos todavía a tiempo, sentenció el doctor, a condición de extirpar ese pecho, tal vez los dos pechos, de inmediato. Casi, casi, puedo meter mis manos al fuego: aún no se ha producido metástasis. A condición de operar dentro de pocas horas, se salvará.» El miserable habría comenzado a afilar el bisturí, con celajes de placer sádico en los ojos. Entonces, en ese instante, Lucrecia pensó en él, deseó ardientemente hablar con él, contarle, ser escuchada, consolada, acompañada por él. «Dios mío, iré a arrastrarme a sus pies como una lombriz y a pedirle perdón», se estremeció don Rigoberto.

La imagen de Lucrecia, tendida en una mesa de operaciones, sometida a esa monstruosa mutilación, le acarreó un nuevo ramalazo de angustia. Cerrando los ojos, aguantando la respiración, recordó sus pechos firmes, robustos, idénticos, las corolas oscuras y la piel granulada, los botones que, arrullados y humedecidos por sus labios, se enderezaban con gallardía, desafiantes, a la hora del amor. ¿Cuántos minutos, horas, había pasado contemplándolos, sopesándolos, besándolos, lamiéndolos, jugando con ellos, acariciándolos, fantaseándose convertido en ciudadano de Liliputh que escalaba esas sonrosadas colinas en pos del alto torreón de la cumbre, o en un recién nacido que, mamando de allí la blanca savia de la vida, recibía de esos pechos, apenas salido del claustro materno, sus primeras lecciones de placer? Recordó cómo solía, ciertos domingos, sentarse en el banquito de madera del cuarto de baño, a contemplar a Lucrecia en la bañera, arrebosada de espuma. Ella se ponía una toalla en forma de turbante y proseguía su toilette, muy concienzuda, concediéndole de tanto en tanto una sonrisa benevolente, mientras se restregaba el cuerpo con las grandes esponjas amarillas que embebía en agua espumosa, y pasaba por sus hombros, su espalda o las hermosas piernas que sacaba para ello unos segundos de las profundidades cremosas. En esos momentos, eran sus pechos los que imantaban toda la atención, el fervor religioso de don Rigoberto. Asomaban a flor de agua, su copa blanca y sus pezones azulados brillando entre las burbujas de espuma, y, de rato en rato, para halagarlo y premiarlo («caricia distraída que hace el ama al perro dócil tendido a sus pies», pensó, más calmado) doña

Lucrecia se los cogía y, con el pretexto de enjabonarlos y enjuagarlos algo más, los acariciaba con la esponja. Eran bellos, eran perfectos. Tenían la redondez, la consistencia y la temperatura para colmar los deseos de un dios lujurioso. «Ahora, pásame la toalla, sé mi valet, decía, incorporándose, mientras se enjuagaba con la ducha de mano. Si te portas bien, tal vez te permita que me seques la espalda.» Sus pechos estaban ahí, destellando en la oscuridad del cuarto y como iluminando su soledad. ¿Podía ser posible que el inicuo cáncer se encarnizara contra esas criaturas que enaltecían la condición femenina, que justificaban la divinización trovadoresca de la mujer, el culto mariano? Don Rigoberto sintió que a la desesperación de hacía un momento sucedía la cólera, un sentimiento salvaje de rebeldía contra la enfermedad.

Y, entonces, recordó. «¡Maldito Onetti!» Se echó a reír a carcajadas. «¡Maldita novela! ¡Maldita Santa María! ¡Maldita Gertrudis!» (¿Así se llamaba su personaje? ¿Gertrudis? Sí, así.) De ahí le vino la pesadilla, nada de telepatía. Seguía riéndose, liberado, sobreexcitado, dichoso. Decidió, por unos momentos, creer en Dios (en alguno de sus cuadernos había transcrito la frase de Quevedo, en el Buscón: «Era de esos que creen en Dios por cortesía») para poder agradecer a alguien que los amados pechos de Lucrecia estuvieran intactos, indemnes a las acechanzas del cáncer, y que esa pesadilla hubiera sido sólo la reminiscencia de esa novela cuyo terrible comienzo lo había sobresaltado de horror, los primeros meses de su matrimonio con Lucrecia, inoculándole la aprensión de que algún día, los deliciosos, dulces pechos de su nueva esposa, pudieran ser víctimas de una afrenta quirúrgica (la frase compareció en su memoria con su obscena eufonía: «Ablación de mama») semejante a la que describía, o, aún mejor, inventaba, en las primeras páginas, Brausen, el narrador de esa novela desasosegadora del maldito Onetti. «Gracias, Dios mío, de que no sea cierto, de que sus tetas estén enteritas», rezó. Y, sin calzarse las zapatillas ni ponerse la bata fue a oscuras, tropezando, a revisar los cuadernos de su escritorio. Estaba seguro de haber dejado testimonio de esa perturbadora lectura, que, ¿por qué?, había sobreflotado esta noche de su subconsciencia para estropearle el sueño.

¡El maldito Onetti! ¿Uruguayo? ¿Argentino? Rioplatense, en todo caso. Qué mal rato le hizo pasar. Curioso encaminamiento el de la memoria, caprichosas curvas, barrocos zigzags, incomprensibles hiatos. ¿Por qué, ahora, esta noche, reaparecía en su conciencia esa ficción, luego de diez años en que probablemente ni un solo día, ni una sola vez, pensó en ella? Con la luz de la lamparita del escritorio proyectando sobre el tablero su luz dorada, revisaba apresurado el alto de cuadernos que, calculó, correspondía a la época en que leyó *La vida breve*. A la vez, seguía viendo, cada vez más nítidos, níveos, levantados, cálidos, en la cama nocturna, en la bañera matutina, asomando entre los pliegues del camisón o la bata de seda o la abertura del escote, los pechos de Lucrecia. Y, volvía, regresaba, con el recuerdo de la tremenda impresión que le había causado la imagen inicial, la historia que refería *La vida breve*, con una creciente lucidez, como si aquella lectura fuese fresca, recientísima. ¿Por qué *La vida breve*? ¿Por qué, esta noche?

Por fin, encontró. Encabezando la página y subrayado: *La vida breve*. Y, a continuación: «Soberbia arquitectura, delicadísima y astuta construcción: una prosa y una técnica muy por encima de sus pobres personajes y anodinas historias». No era una frase muy entusiasta. ¿Por qué, pues, esa conmoción al recordarla? ¿Sólo porque su subconsciente había asociado aquel pecho cercenado por el bisturí de la Gertrudis de la novela con los añorados pechos de Lucrecia? Tenía clarísima la escena inicial, la imagen que había vuelto a remecerlo. El mediocre empleadito de una agencia publicitaria de Buenos Aires, Juan María Brausen, narrador de la historia, se tortura en su sórdido departamento con la idea de la mutilación de teta que ha sufrido la víspera o esa mañana su mujer, Gertrudis, mientras oye, al otro lado del tabique, el estúpido parloteo de una nueva vecina, una ex o todavía puta, Queca, y vagamente fantasea un argumento para cine que le ha pedido su amigo y jefe, Julio Stein. Ahí estaban las transcripciones estremecedoras: «...pensé en la tarea de mirar sin disgusto la nueva cicatriz que iba a tener Gertrudis en el pecho, redonda y complicada, con nervaduras de un rojo o un rosa que el tiempo transformaría acaso en una confusión pálida, del color de la otra, delgada y sin relieve, ágil como una firma, que Gertrudis tenía en el vientre y que yo había reconocido tantas veces con la punta de la lengua». Y ésta, aún más lacerante, en que Brausen, agarrando al toro por los cuernos, anticipa la única manera real en que podría convencer a su mujer de que aquella teta cercenada no importaba: «Porque la única prueba convincente, la única fuente de dicha y confianza que puede proporcionarle será levantar y abatir a plena luz, sobre el pecho mutilado, una cara rejuvenecida por la lujuria, besar y enloquecerme allí».

«Quien escribe frases así, que diez años después siguen erizándole a uno la piel, llenándole el cuerpo de estalactitas, es un creador», pensó don Rigoberto. Se imaginó desnudo con su mujer, en la cama, contemplando la cicatriz casi invisible en el lugar donde había reinado y tronado aquella copa de carne tibia, aquella sedosa comba, besuqueándola con exagerada avidez, mintiendo una excitación, un frenesí que no sentía ni volvería a sentir, y reconoció en sus cabellos la mano —¿agradecida, compadecida?— de su amada, haciéndole saber que ya bastaba. No era necesario fingir. ¿Por qué, ellos que habían vivido cada noche la verdad de sus deseos y sus sueños hasta los tuétanos, iban ahora a mentir, diciéndose que no importaba, cuando ambos sabían que importaba muchísimo, que aquella teta ausente seguiría gravitando sobre todas las noches restantes? ¡Maldito Onetti!

—Te llevarías la sorpresa de tu vida —se rió doña Lucrecia, haciendo un gorgorito de cantante de ópera que se prepara a salir a escena—. Como yo, cuando me lo dijo. Y, más todavía, cuando se los vi. ¡La sorpresa de tu vida!

—¿Los gallardos pechos de la embajadora de Argelia? —se sorprendió don Rigoberto—. ¿Reconstituidos?

—De la esposa del embajador de Argelia —lo perfeccionó doña Lucrecia—. No te hagas el tonto, sabes muy bien de quién se trata. Los estuviste mirando toda la noche, en la comida de la embajada de Francia.

—Es verdad, eran lindísimos —admitió don Rigoberto, ruborizándose. Y, al tiempo que acariciaba, besaba y miraba con devoción los pechos de doña Lucrecia, matizó su entusiasmo con una galantería—: Pero, no tanto como los tuyos.

—Si no me importa —dijo ella, despeinándolo—. Son mejores que los míos, qué le voy a hacer. Más pequeñitos, pero más perfectos. Y, más duros.

—¿Más duros? —Don Rigoberto había comenzado a tragar saliva—. Ni que la hubieras visto desnuda. Ni que se los hubieses tocado.

Hubo un silencio auspicioso, que, sin embargo, coexistía con el estruendo de las olas rompiendo en el acantilado, allá abajo, al pie del escritorio.

—La he visto desnuda y se los he tocado —deletreó, demorándose mucho, su mujer—. ¿No te importa, no es cierto? Pero, no iba a eso, sino a que son reconstruidos. De verdad.

Ahora, don Rigoberto recordó que las mujeres de *La vida breve* —Queca, Gertrudis, Elena Sala— usaban fajas de seda, además de calzones, para sujetarse el talle y tener silueta. ¿De qué fecha sería aquella novela de Onetti? Ninguna mujer usaba ya fajas. Nunca había visto a Lucrecia con una faja de seda. Tampoco vestida de pirata, ni de monja, ni de jockey, ni de payaso, ni de mariposa, ni de flor. Aunque sí de gitana, con pañuelo en la cabeza, grandes aros en las orejas, blusa de bobos, una falda de amplio ruedo de muchos colores, y, en garganta y en brazos, sartas de abalorios. Recordó que estaba solo, en el amanecer húmedo de Barranco, separado hacía cerca de un año de Lucrecia, y lo impregnó el atroz pesimismo novelesco de Juan María Brausen. Sintió, también, lo que leía en el cuaderno: «la seguridad inolvidable de que no hay en ninguna parte una mujer, un amigo, una casa, un libro, ni siquiera un vicio, que puedan hacerme feliz». Era esa soledad atroz, no la escena del pecho canceroso de Gertrudis, lo que había desenterrado de su subconsciencia aquella novela; él estaba ahora sumido en una soledad tan ácida y un pesimismo tan negro como los de Brausen.

—¿Qué quiere decir, reconstruidos? —se atrevió a preguntar, luego de un largo paréntesis de desconcierto.

—Que tuvo cáncer y que se los sacaron —lo informó doña Lucrecia, con brutalidad quirúrgica—. Luego, poco a poco, se los reconstruyeron, en la Clínica Mayo de Nueva York. Seis intervenciones. ¿Te das cuenta? Una. Dos. Tres. Cuatro. Cinco. Seis. A lo largo de tres años. Pero, se los dejaron más perfectos que antes. Hasta le rehicieron los pezones, con arruguitas y todo. Idénticos. Te lo puedo decir, porque se los vi. Porque se los toqué. ¿No te importa, no, amor mío?

—Por supuesto que no —se apresuró a responder don Rigoberto. Pero, su prisa lo traicionó, y, también, el cambio de coloratura, resonancias e implicaciones de su voz—. ¿Podrías decirme cuándo? ¿Dónde?

—¿Cuándo se los vi? —lo atascó, con sabiduría profesional, doña Lucrecia—. ¿Dónde se los toqué?

—Sí, sí —imploró él, ya sin guardar las formas—. Siempre que quieras. Sólo lo que te parezca que puedes contarme, por supuesto.

«¡Por supuesto!», dio un respingo don Rigoberto. Lo entendía. No era ese pecho emblemático, ni la negrura esencial del narrador de *La vida breve;* era la astuta manera que Juan María Brausen había encontrado de salvarse, lo que provocó la súbita resurrección, el regreso del Zorro, Tarzán o d'Artagnan, después de diez años. ¡Por supuesto! ¡Bendito Onetti! Sonrió, aliviado, casi contento. El recuerdo no comparecía para hundirlo, más bien para ayudarlo, o, como decía Brausen calificando a su afiebrada imaginación, para salvarlo. ¿No lo decía así, cuando se trasponía él mismo del Buenos Aires real a la Santa María inventada, fantaseado en el médico corrupto, Díaz Grey, que por dinero inyectaba morfina a la misteriosa Elena Sala? ¿No decía que esa transposición, esa muda, esa elucubración, ese recurso a lo ficticio, *lo salvaba*? Aquí estaba, anotado en su cuaderno: «Una caja china. En la ficción de Onetti, su personaje inventado, Brausen, inventa una ficción en la que hay un médico calcado de él, Díaz Grey, y una mujer calcada de Gertrudis (aunque con sus pechos enteros todavía), Elena Sala, y esa ficción es más que el argumento de cine que le ha pedido Julio Stein: es su manera de defenderse de la realidad enfrentándole el sueño, de aniquilar la horrible verdad de la vida con la hermosa mentira de la ficción». Estaba gozoso y exaltado con su descubrimiento. Se sentía Brausen, se sentía redimido, a salvo, cuando, otra cita de su cuaderno, al pie de las de *La vida breve*, lo preocupó. Era un verso de *If*, el poema de Kipling:

*If you can dream —and not
make dreams your master*

Una oportuna advertencia. ¿Seguía siendo dueño de sus sueños, o éstos lo gobernaban ya, por abusar tanto de ellos desde su separación de Lucrecia?

—Nos hicimos amigas desde aquella comida en la embajada francesa —le contaba su mujer—. Me invitó a su casa, a tomar un baño de vapor. Una costumbre muy extendida en los países árabes, parece. Los baños de vapor. No son lo mismo que el sauna, que es baño seco. Se han hecho construir un *hammam* al fondo del jardín, en la residencia de Orrantia.

Don Rigoberto seguía hojeando, atolondrado, las páginas de su cuaderno, pero ya no estaba totalmente allí; ya estaba, también, en aquel tupido jardín de floripondios, laureles de flores blancas y rosadas y un intenso perfume de la madreselva que se enredaba en las columnas que sostenían el techo de una terraza. Espiaba, encandilado, a las dos mujeres —Lucrecia, con un floreado vestido de primavera y unas sandalias que dejaban al descubierto sus entalcados pies, y la embajadora de Argelia en una túnica de seda de delicados colores que la luminosa mañana tornasolaba— avanzando entre matas de geranios rojos, crotos verdes y amarillos y un césped cuidadosamente recortado, hacia la construcción de madera medio cubierta por las ramas frondosas de un ficus. «El *hammam*, el baño de vapor», se dijo, sintiendo su corazón. Veía a las dos mujeres de espaldas y admiraba lo parecido de sus formas, las anchas, desacomplejadas nalgas moviéndose a compás, las airosas espaldas, el quiebre de las caderas al andar que dibujaba pliegues en sus ropas. Iban del brazo, amigas cordialísimas, llevaban toallas en las manos. «Estoy allí, salvándome, y estoy en mi escritorio, pensó, como Juan María Brausen en su departamentito de Buenos Aires, desdoblándose en el cafiche Arce que explota a su vecina Queca y que se salva

271

desdoblándose en el doctor Díaz Grey, de la inexistente Santa María.» Pero, se distrajo de las dos mujeres porque, al volver una página de su cuaderno, se dio con otra cita robada de *La vida breve:* «Usted nombró plenipotenciarios a sus pechos».

«Ésta es la noche de los pechos», se enterneció. «¿Seremos Brausen y yo nada más que un par de esquizofrénicos?» No le importaba en absoluto. Había cerrado los ojos y veía a las dos amigas desnudándose sin remilgos, con desenvoltura, como si hubieran celebrado este ritual muchas veces, en la pequeña antesala enmaderada de la cámara de vapor. Colocaban las ropas en unos ganchos y se envolvían en las amplias toallas, conversando animadamente sobre algo que don Rigoberto no entendía ni quería entender. Ahora, empujando una puertita de madera sin cerradura, pasaban a la pequeña cámara saturada de nubecillas de vapor. Sintió una bocanada de calor húmedo en la cara, que se le mojaba el pijama y se le pegaba al cuerpo en la espalda, el pecho y las piernas. El vapor se le metía dentro del cuerpo por las narices, la boca, los ojos, con un perfume que se parecía al pino, al sándalo, a la menta. Temblaba, atemorizado de que las amigas lo descubrieran. Pero, ellas no le prestaban la menor atención, como si no estuviera allí o fuera invisible.

—No creas que usaron nada artificial, silicona o alguna de esas porquerías —le aclaró doña Lucrecia—. Nada de eso. Se los reconstruyeron con piel y carne de su propio cuerpo. Sacándole un pedacito de estómago, otro de nalga, otro de muslo. Sin dejarle la menor huella de nada. Quedó regia, regia, te lo juro.

Era cierto, lo estaba comprobando. Se habían quitado las toallas y sentado muy juntas por la falta de espacio, en una tarima de barras de madera adosada a la pared. Don Rigoberto contempló los dos cuerpos desnudos a través de los ondulantes movimientos de las nubecillas calientes de vapor. Era mejor que *El baño turco* de Ingres, pues, en ese cuadro, el amontonamiento de desnudos descontrolaba la atención —«la maldición colectivista», blasfemó— en tanto que, aquí, su percepción podía focalizarse, abarcar de una mirada a las dos amigas, escrutarlas sin perder el más mínimo de sus gestos, poseerlas en una visión integral. Además, en *El baño turco*, los cuerpos estaban secos y aquí, en pocos segundos, doña Lucrecia y la embajadora tenían ya las pieles cubiertas de gotitas brillantes de transpiración. «Qué bellas son», pensó, emocionado. «Juntas, más todavía, como si la belleza de una potenciara la de la otra.»

—No le dejaron ni la sombra de una cicatriz —insistía doña Lucrecia—. Ni en la barriga, ni en la nalga, ni en el muslo. Y, mucho menos, en los pechos que le fabricaron. De no creérselo, amor.

Don Rigoberto lo creía a pie juntillas. ¿Cómo no, si estaba viendo a esas dos perfecciones tan de cerca que, si estiraba su mano, las tocaba? («Ay, ay», se compadeció). El cuerpo de su mujer era más blanco y el de la embajadora más moreno, como crecido y formado a la intemperie; la cabellera de Lucrecia lacia y negra en tanto que la de su amiga crespa y rojiza, pero, pese a aquellas diferencias, se parecían en su desprecio a la moda moderna de la delgadez y el estilo lanceolado, en su renacentista suntuosidad, en su espléndida abundancia de tetas, muslos, nalgas y brazos, en esas magníficas redondeces que —no necesitaba acariciarlas para saberlo— eran firmes, duras y tirantes, prensadas como si las modelaran invisibles corpiños, fajas, ligas, sujetadores. «El modelo clásico, la gran tradición», lo celebró.

—Sufrió mucho con tanta operación, con tanta convalecencia —se apiadaba doña Lucrecia—. Pero, su coquetería, su voluntad de no dejarse vencer, de derrotar a la Naturaleza, de seguir siendo bella, la ayudó. Y, al fin, ganó la guerra. ¿No te parece bellísima?

—Tú también me lo pareces —oró don Rigoberto.

El calor y la transpiración las habían agitado. Ambas respiraban hondo, con lentos y profundos movimientos que alzaban y bajaban sus pechos como tumbos de mar. Don Rigoberto estaba en trance. ¿Qué se decían? ¿Por qué habían surgido esos brillos maliciosos en esos dos pares de ojos? Aguzó los oídos y escuchó.

—No lo puedo creer —decía doña Lucrecia, mirándole los pechos a la embajadora y exagerando su asombro—. Volverían loco a cualquiera. Pero, si no pueden ser más naturales.

—Es lo que me dice mi marido —se rió la embajadora, con intención, alzando un poco el torso de manera que sus pechos se lucieran. Hablaba haciendo un mohín, con un dejo francés, pero sus jotas y erres eran árabes. («Su padre nació en Orán y jugó fútbol con Albert Camus», decidió don Rigoberto)—. Que me los dejaron mejor que antes, que ahora le gustan más. No creas que las operaciones los volvieron insensibles. Nada de eso.

Se rió, simulando rubor, y Lucrecia se rió también, dándole una ligera palmadita en el muslo que sobresaltó a don Rigoberto.

—Espero que no lo tomes a mal ni pienses cosas —dijo, un momento después—. ¿Te los podría tocar? ¿Te importaría? Me muero por saber si al tacto son tan auténticos como lucen. Te pareceré una loca, pidiéndote eso. ¿Te importaría?

—Claro que no, Lucrecia —respondió la embajadora, con familiaridad. Su mohín se había acentuado y sonreía con una boca abierta de par en par, exhibiendo con legítimo orgullo sus blanquísimos dientes—. Tú tocarás los míos, yo los tuyos. Compararemos. No tiene nada de malo que dos amigas se acaricien.

—Eso es, eso es —exclamó doña Lucrecia, entusiasmada. Y echó una miradita de soslayo hacia donde se encontraba don Rigoberto. («Supo desde el principio que yo estaba aquí», suspiró él)—. No sé al tuyo, pero, a mi marido, esto le encanta. Juguemos, juguemos.

Habían comenzado a tocarse, al principio con mucha prudencia y apenas; luego, con más atrevimiento; ahora, se acariciaban ya los pezones, sin disimulo. Se habían ido juntando. Se abrazaban, las dos cabelleras se confundían. Don Rigoberto apenas las divisaba. Las gotas de sudor —o, acaso, las lágrimas— le irritaban de tal modo las pupilas que debía parpadear sin descanso y cerrar los ojos. «Estoy feliz, estoy entristecido», pensaba, consciente de la incongruencia. ¿Podía ser posible? Por qué no. Como estar en Buenos Aires y en Santa María, o en este amanecer, solo, en el desolado escritorio rodeado de cuadernos y grabados, y en aquel jardín primaveral, entre nubes de vapor, sudando a chorros.

—Comenzó como un juego —le explicó doña Lucrecia—. Para pasar el rato, mientras botábamos las toxinas. Inmediatamente, pensé en ti. Si lo aprobarías. Si te excitaría. Si te molestaría. Si me harías una escena cuando te contara.

Él, fiel a su promesa de dedicar toda la noche a rendir culto a los pechos plenipotenciarios de su mujer, se había arrodillado en el suelo, entre las piernas separadas de Lucrecia, sentada al borde de la cama. Con amorosa solicitud sostenía cada uno de sus senos en una mano, extremando el cuidado, como si fueran de frágil cristal y pudieran trizarse. Los besaba con la flor de los labios, milímetro a milímetro, cultivador concienzudo que no deja mota de terreno sin roturar.

—Es decir, me provocó tocarla para saber si, al tacto, sus pechos no parecían postizos. Y, ella, por galantería, para no quedarse quieta, como una posma. Pero, era jugar con fuego, por supuesto.

—Por supuesto —asintió don Rigoberto, incansable en su búsqueda de la simetría, saltando, equitativo, de un pecho a otro—. ¿Porque se fueron excitando? ¿Porque de tocárselos pasaron a besárselos? ¿A chupárselos?

Se arrepintió en el acto. Había violado ese estricto código que establecía la incompatibilidad entre el placer y el uso de palabras vulgares, de verbos (chupar, mamar) sobre todo, que malherían cualquier ilusión.

—No he dicho chupárselos —se excusó, tratando de retrotraer el pasado y corregirlo—. Quedémonos en besárselos. ¿Cuál de las dos comenzó? ¿Tú, vida mía?

Oyó su livianísima voz, pero no alcanzó ya a verla, porque se desvanecía muy de prisa, como el vaho en el espejo al ser frotado o recibir una bocanada de aire fresco: «Sí, yo, ¿no es lo que me mandaste hacer, lo que querías?». «No», pensó don Rigoberto. «Lo que quiero es tenerte aquí, de carne y hueso, no fantasma. Porque, te amo.» La tristeza había caído sobre él como un chaparrón, cuyas trombas de agua impetuosa se llevaron el jardín, aquella residencia, el olor a sándalo, a pino, a menta y a madreselva, el baño de vapor y las dos amigas cariñosas. También, el calor mojado de un momento atrás y su sueño. El frío de la madrugada le calaba los huesos. El isócrono mar golpeaba con furia los acantilados.

Y entonces recordó que, en la novela —¡maldito Onetti!, ¡bendito Onetti!— la Queca y la Gorda se besaban y acariciaban a escondidas de Brausen, del falso Arce, y que la puta, o ex-puta, la vecina, la Queca, la que mataban, creía que su departamento estaba lleno de monstruos, de gnomos, de endriagos, invisibles bestezuelas metafísicas que venían a acosarla. «La Queca y la Gorda, pensó, Lucrecia y la embajadora.» Esquizofrénico, igual que Brausen. Ni los fantasmas lo salvaban ya, más bien lo sepultaban cada día en una soledad más profunda, dejando su estudio sembrado de alimañas feroces, como el departamento de la Queca. ¿Debería quemar esta casa? ¿Con él y Fonchito dentro?

En el cuaderno, destelló un sueño erótico de Juan María Brausen («tomado de unos cuadros de Paul Delvaux que Onetti no podía conocer cuando escribió *La vida breve* porque el surrealista belga ni siquiera los había

277

pintado», decía una notita entre paréntesis): «Me abandono contra el respaldo del asiento, contra el hombro de la muchacha, e imagino estar alejándome de una pequeña ciudad formada por casas de citas; de una sigilosa aldea en la que parejas desnudas ambulan por jardinillos, pavimentos musgosos, protegiéndose las caras con las manos abiertas cuando se encienden luces, cuando se cruzan con mucamos pederastas...». ¿Terminaría como Brausen? ¿Sería ya Brausen? Un fallido mediocre que fracasó como idealista católico, reformador social evangélico y también, luego, como irredento libertario individualista y agnóstico hedonista, como fabricante de enclaves privados de alta fantasía y buen gusto artístico, al que se le desmorona todo, la mujer que ama, el hijo que procreó, los sueños que quiso incrustar en la realidad, y que declina cada día, cada noche, detrás de la repelente máscara de gerente de una exitosa compañía de seguros, convertido en ese «desesperado puro» del que hablaba la novela de Onetti, en un remedo del masoquista pesimista de *La vida breve*. Brausen, al menos, al final, se las arreglaba para escapar de Buenos Aires, y, tomando trenes, autos, barcos o autobuses, conseguía llegar a Santa María, la colonia rioplatense de su invención. Don Rigoberto estaba todavía lo bastante lúcido para saber que no podía contrabandearse en las ficciones, brincar al sueño. No era Brausen todavía. Había tiempo de reaccionar, de hacer algo. Pero, qué, qué.

Entro a tu casa por el tubo de la chimenea, aunque no sea Santa Claus. Voy flotando hasta tu dormitorio y, pegadita a tu cara, imito el zumbido del mosquito. Entre sueños, tú comienzas a dar manotazos en la oscuridad contra un pobre zancudito que no existe.

Cuando me canso de jugar al anófeles, te destapo los pies y soplo una corriente de aire frío que te entumece los huesos. Te pones a temblar, te encoges, jalas la frazada, te chocan los dientes, te tapas con la almohada y hasta te vienen unos estornudos que no son los de tu alergia.

Entonces, me vuelvo un calorcito piurano, amazónico, que te empapa de sudor de pies a cabeza. Pareces un pollito mojado, pateando las sábanas al suelo, arranchándote la camisa y el pantalón del pijama. Hasta que te quedas calatito, sudando, sudando y acezando como un fuelle.

Después, me vuelvo una pluma y te hago cosquillas, en la planta de los pies, en la oreja, en las axilas. Ji ji, ja ja, jo jo, te ríes sin despertar, haciendo muecas desesperadas y moviéndote, a la derecha, a la izquierda, para que se vayan los calambritos de la carcajada. Hasta que, por fin, te despiertas, asustado, sin verme, pero sintiendo que alguien ronda por la oscuridad.

Cuando te levantas para ir a tu escritorio, a entretenerte con tus grabados, te pongo trampas en el camino. Muevo sillas y adornos y mesas de su sitio, para que te tropieces y grites «¡Ayayayyy!», frotándote las espinillas. A veces, te escondo la bata, las zapatillas. A veces, te derramo el vaso de agua que colocas en el velador para tomártelo al despertar. ¡Cómo te enojas cuando abres los ojos y tanteas buscándolo y descubres que está en medio de un charco, en el suelo!

Así nos jugamos con nuestros amores, nosotras.

Tuya, tuya, tuya,

La fantasmita enamorada

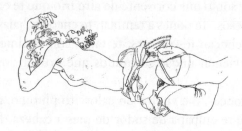

280

VIII

Fiera en el espejo

«Anoche me fui», se le escapó a doña Lucrecia. Antes de darse cuenta cabal de lo que había dicho, escuchó a Fonchito: «¿Adónde, madrastra?». Enrojeció hasta la raíz de los cabellos, comida por la vergüenza.

—No pude pegar los ojos, quise decir— mintió, porque hacía tiempo que no había tenido un sueño tan profundo, aunque, eso sí, removido por las turbulencias del deseo y los fantasmas del amor—. Con la fatiga, ni sé lo que hablo.

El chiquillo había vuelto a concentrarse en esa página del libro sobre el pintor de sus amores, en la que se veía una fotografía de Egon Schiele mirándose en el gran espejo de su estudio. Lo reproducía de cuerpo entero, con las manos en los bolsillos, los cortos cabellos alborotados, la esbelta silueta juvenil embutida en una camisa blanca de cuello postizo, con corbata pero sin chaqueta, y las manos, escondidas por supuesto, en los bolsillos de un pantalón que parecía remangado para vadear un río. Desde que llegó, Fonchito no había hecho más que hablar de aquel espejo, tratando una y otra vez de que entablaran conversación sobre esa foto; pero, doña Lucrecia, absorta en sus pensamientos, presa aún de la exaltación confusa, las dudas y esperanzas en que la tenía sumida desde ayer el sorprendente desarrollo de su anónima correspondencia, no le había prestado atención. Miró la cabeza de dorados bucles de Fonchito y divisó su perfil, el grave escrutinio a que sometía esa fotografía, como si quisiera arrancarle algún secreto. «No se ha dado cuenta, no entendió.» Aunque, con él, nunca se sabía. A lo mejor había entendido muy bien y disimulaba, para no aumentar su embarazo.

¿O, para el niño, «irse» no quería decir lo mismo? Recordó que, tiempo atrás, ella y Rigoberto habían tenido una de esas conversaciones escabrosas que el secreto código que gobernaba sus vidas sólo permitía en las noches y en la cama, en los prolegómenos, durante o a los postres del amor. Su marido le había asegurado que la nueva generación ya no decía «irse» sino «venirse», lo que graficaba, también en el delicado territorio venusino, la influencia del inglés, pues los gringos y las gringas cuando hacían el amor «se venían» *(to come)* y no se iban, como los latinos, a ninguna parte. Fuera como fuera, doña Lucrecia se había ido, venido o terminado (éste era el verbo que adoptaron ella y don Rigoberto los diez años de matrimonio, después de acordar que jamás se referirían a ese hermoso final del cuerpo a cuerpo erótico con el incivil y clínico «orgasmo» y menos aún con la lluviosa y beligerante «eyaculación») la noche anterior, gozando intensamente, con un placer extremado, casi doloroso —se había despertado bañada en sudor, los dientes entrechocándose, las manos y los pies convulsos— soñando que había acudido a la misteriosa cita del anónimo, cumpliendo con todas las extravagantes instrucciones, al cabo de lo cual, luego de rocambolescos desplazamientos por las calles oscuras del centro y los suburbios de Lima, había sido —con los ojos vendados, desde luego— ingresada a una casa cuyo olor reconoció, subida por unas escaleras a una segunda planta —que tuvo la seguridad desde el primer momento que era la casa de Barranco—, desnudada y tumbada en una cama que identificó asimismo como la suya de siempre, hasta que se sintió ceñida, abrazada, invadida y colmada por un cuerpo que, por supuesto, era el de Rigoberto. Habían terminado —ídose o venídose— juntos, algo que no les ocurría con frecuencia. A ambos les había parecido un buen signo, un augurio feliz para la nueva etapa que se abría luego de la abracadabrante amistada. Entonces, se despertó, húmeda, lánguida, confusa, y debió luchar un buen rato para aceptar que aquella intensa felicidad sólo había sido un sueño.

—Ese espejo se lo regaló a Schiele su mamá —la voz de Fonchito la volvió a su casa, a la grisácea San Isidro, a los gritos de los chiquillos que pateaban pelota en el Olivar; el niño tenía la cara vuelta hacia ella—. Él le rogó y le rogó que se lo regalara. Algunos dicen que se lo robó. Que tanto se moría por tenerlo, que, un día, fue a la casa de su madre y se lo sacó a la mala. Y que ella se resignó y lo dejó en su estudio. El primero que tuvo. Lo conservó siempre, se mudó con ese espejo a todos sus talleres, hasta su muerte.

—¿Por qué es tan importante ese espejo? —Doña Lucrecia hizo un esfuerzo por interesarse—. Él era un Narciso, ya lo sabemos. Esa foto lo pinta enterito. Contemplándose, enamorado de sí mismo, poniendo cara de víctima. Para que el mundo lo quisiera y lo admirara, como se quería y admiraba él.

Fonchito soltó la carcajada.

—¡Qué imaginación, madrastra! —exclamó—. Por eso me gusta hablar contigo; se te ocurren cosas, igual que a mí. De todo sacas una historia. Nos parecemos ¿no es cierto? Contigo, yo no me aburro nunca.

—Y yo tampoco contigo —le mandó ella un beso volado—. Ya te di mi opinión, ahora dame la tuya. ¿Por qué te interesa tanto?

—Me sueño con ese espejo —confesó Fonchito. Y, con una sonrisita mefistofélica, agregó—: A Egon le importaba muchísimo. ¿Cómo crees que pintó su centenar de autorretratos? Gracias a ese espejo. Le sirvió también para pintar a sus modelos, reflejadas en él. No era un capricho. Era que, era que...

Hizo una mueca, buscando, pero doña Lucrecia adivinó que no eran palabras lo que le faltaba, sino precisar una idea todavía inconcreta, gestándose aún en esa cabecita precoz. La pasión del niño por ese pintor, ahora estaba segura, era patológica. Pero, tal vez, por eso mismo, podía determinar también para Fonchito un futuro excepcional, de creador excéntrico, de artista extravagante. Si iba a la cita y se reunía con Rigoberto, se lo comentaría. «¿Te gusta la idea de tener un hijo genial y neurótico?» Y le preguntaría si no había un riesgo para la salud psíquica del niño en que se identificara de esa manera con un pintor de inclinaciones tan retorcidas como Egon Schiele. Pero, entonces, Rigoberto le respondería: «¿Cómo? ¿Has estado viendo a Fonchito? ¿Mientras estábamos separados? ¿Mientras yo te escribía cartas de amor, olvidando lo ocurrido, perdonando lo ocurrido, tú lo recibías a escondidas? ¿Al niñito que corrompiste, metiéndolo a tu cama?». «Dios mío, Dios mío, me he vuelto una idiota perdida», pensó doña Lucrecia. Si iba a esa cita, lo único que no podía hacer era mencionar una sola vez el nombre de Alfonso.

—Hola, Justita —saludó el niño a la muchacha, que entraba a la salita comedor de punta en blanco, el guardapolvo almidonado, con la bandeja del té y los infaltables chancays tostados con mantequilla y mermelada—. No te vayas, quiero mostrarte algo. ¿Qué ves aquí?

—Qué va a ser, otra de las cochinadas que te gustan tanto —Justiniana posó los movedizos ojos un buen rato en el libro—. Un descarado que se baña en agua rica viendo a dos chicas calatas, con medias y sombrero, luciéndose para él.

—Eso parece ¿no es cierto? —exclamó Fonchito, con aire de triunfo. Le alcanzó el libro a doña Lucrecia, para que examinara la reproducción a toda página—. No son dos modelos, es una sola. ¿Por qué se ven dos, una de frente y otra de espalda? ¡Por el espejo! ¿Captas, madrastra? El título lo explica todo.

Schiele pintando una modelo desnuda delante del espejo (1910) (Graphische Sammlung Albertina, Viena) leyó doña Lucrecia. Mientras lo examinaba, intrigada por algo que no sabía qué era, salvo que no estaba en el cuadro mismo, una presencia, o más bien una ausencia, oía a medias a Fonchito, ya en ese estado de excitación progresiva al que lo llevaba siempre hablar de Schiele. Le explicaba a Justiniana que el espejo «está donde estamos nosotros, los que vemos el cuadro». Y que, la modelo vista de frente no era la de carne y hueso, sino la imagen del espejo, en tanto que sí eran reales, no reflejos, el pintor y la misma modelo vista de espaldas. Lo que quería decir que, Egon Schiele, había empezado a pintar a Moa de espaldas, frente al espejo, pero, luego, atraído por la parte de ella que no veía directamente sino proyectada, decidió pintarla también así. Con lo cual, gracias al espejo, pintó dos Moas, que, en verdad, eran una: la Moa completa, la Moa con sus dos mitades, esa Moa que nadie podría mirar en la realidad porque «nosotros sólo vemos lo que tenemos delante, no la parte de atrás de ese delante». ¿Comprendía por qué era tan importante ese espejo para Egon Schiele?

—¿No cree que le está fallando la azotea, señora? —exageró Justiniana, tocándose la sien.

—Hace rato —asintió doña Lucrecia. Y, encadenando, a Fonchito—: ¿Quién era esa Moa?

Una tahitiana. Llegó a Viena y se puso a vivir con un pintor, que era, también, un mimo y un loco: Erwin Dominik Ose. El niño se apresuró a pasar las páginas y a mostrar a doña Lucrecia y Justiniana varias reproducciones de la tahitiana Moa, bailando, envuelta en túnicas multicolores por cuyos pliegues asomaban sus menudos pechos de enhiestos pezones y, como dos arañas agazapadas bajo sus brazos, las matitas de las axilas. Bailaba en los cabarets, era musa de poetas y pintores, y, además de posar para Egon, también había sido su amante.

—Eso, lo adiviné desde el principio —comentó Justiniana—. El bandido se acostaba siempre con sus modelos después de pintarlas, ya sabemos.

—A veces, antes, y, a veces, mientras las pintaba —aseguró Fonchito, con tranquilidad, aprobando—. Aunque, no con todas. En su Carnet de 1918, su último año, apa-

286

recen 117 visitas de modelos a su estudio. ¿Podía acostarse con tantas, en tan poco tiempo?

—Ni volviéndose tuberculoso —se festejó Justiniana—. ¿Murió de los pulmones?

—Murió de la gripe española, a los 28 años —la aclaró Fonchito—. Así me voy a morir yo también, por si no lo sabes.

—No digas eso ni jugando, que trae mala suerte —lo riñó la muchacha.

—Pero, aquí hay algo que no encaja —los interrumpió doña Lucrecia.

Había arrebatado al niño el libro de reproducciones y volvía a repasar, con atención, ese dibujo sobre fondo sepia, de precisas líneas delgadas, del pintor con la modelo duplicada («¿o, mejor, escindida?») por el espejo, en el que, a los ojos reconcentrados, casi hostiles, de Schiele, parecían responder los melancólicos, sedosos y chispeantes de Moa, bailarina de azuladas pestañas. A la señora Lucrecia la inquietaba algo que acababa de identificar. Ah, sí, el sombrero entrevisto de espaldas. Salvo ese detalle, en todo lo demás las dos partes de la delicada, quebrada, sensual silueta de la tahitiana con vellos como arañas en el pubis y en los brazos, se correspondían a la perfección; una vez advertida la presencia del espejo, se reconocían las dos mitades de la misma persona en las dos figuras que observaba el dibujante. En cambio, en el sombrero, no. La de espaldas llevaba en la cabeza algo que, desde esa perspectiva, no parecía un sombrero, sino algo incierto, inquietante, una especie de capuchón, y, hasta, hasta, una cabeza de fiera. Eso, una especie de tigre. Nada, en todo caso, que se pareciera al coqueto sombrerito femenino, gracioso, que adornaba la carita de la Moa vista de frente.

—Qué curioso —repitió la madrastra—. Visto de espaldas, ese sombrero se vuelve una máscara. La cabeza de una fiera.

—¿Como ésa que mi papá te pide que te pongas ante el espejo, madrastra?

A doña Lucrecia se le congeló la sonrisa. De golpe, comprendió la razón del difuso malestar que la había invadido desde que el niño le mostró *Schiele pintando una modelo desnuda frente al espejo.*

—¿Qué le pasa, señora? —la atendió Justiniana—. Qué pálida se ha puesto.

—Entonces, eres tú —balbuceó ella, mirando incrédula a Fonchito—. Los anónimos me los mandas tú, pedazo de farsante.

Era él, claro que sí. Estaba en el penúltimo o el antepenúltimo. No necesitaba ir a buscarlo, la frase revivía con puntos y comas en su memoria: «Te desnudarás ante el espejo de luna, conservando las medias, y ocultarás tu hermosa cabeza bajo la máscara de una fiera feroz, de preferencia tigresa o leona. Quebrarás la cadera derecha, flexionarás la pierna izquierda, apoyarás tu mano en la cadera opuesta, en la pose más provocativa. Yo te estaré mirando, sentadito en mi silla, con la reverencia acostumbrada». ¿No era lo que estaba viendo? ¡El maldito mocoso jugaba con ella a su gusto! Cogió el libro de reproducciones y, ciega de rabia, se lo lanzó a Fonchito. El niño no alcanzó a esquivarlo. Recibió el libro en plena cara, con un grito, al que siguió otro, de la asustada Justiniana. Por efecto del impacto, cayó de espaldas sobre la alfombra, cogiéndose la cara y desde el suelo se quedó mirándola, desorbitado. Doña Lucrecia no pensó que había hecho mal dejándose ganar por la cólera. Ésta la dominaba demasiado para arrepentirse. Mientras la muchacha lo ayudaba a incorporarse, fuera de sí, siguió gritando:

—Mentiroso, hipócrita, mosquita muerta. ¿Crees que tienes derecho a jugar así conmigo, siendo yo una vieja y tú un mocoso que no acaba de salir del cascarón?

—Qué te pasa, qué te he hecho —balbuceaba Fonchito, tratando de zafarse de los brazos de Justita.

—Cálmese, señora, le ha hecho daño, mire, está sangrando de la nariz —decía Justiniana—. Tú, estáte quieto, Foncho, déjame ver.

—Cómo que qué me has hecho, comediante —lo reñía doña Lucrecia, más furiosa—. ¿Te parece poco? ¿Escribirme anónimos? ¿Hacerme la pantomima de que eran de tu papá?

—Pero, si yo no te he mandado ningún anónimo —protestaba el niño, mientras la empleada, de rodillas, le limpiaba la sangre de la nariz con una servilleta de papel: «No te muevas, no te muevas, te estás manchando todito».

—Te ha delatado tu maldito espejo, tu maldito Egon Schiele —gritó todavía doña Lucrecia—. ¿Te creías muy vivo, no? No lo eres, tonto. ¿Cómo sabes que me pedía eso, que me pusiera una máscara de fiera?

—Tú me lo contaste, madrastra —comenzó a tartamudear Fonchito, pero calló al ver que doña Lucrecia se ponía de pie. Se protegió la cara con las dos manos, como si ella fuera a pegarle.

—Nunca te hablé de esa máscara, mentiroso —estalló la madrastra, iracunda—. Te voy a traer ese anónimo, te lo voy a leer. Te lo vas a tragar y me vas a pedir perdón. No te dejaré poner nunca más los pies en esta casa. ¿Lo oyes? ¡Nunca más!

Pasó como una exhalación delante de Justiniana y Fonchito, arrebatada de indignación. Pero, antes de ir al tocador donde guardaba los anónimos, fue al cuarto de baño a echarse agua fría en la cara y frotarse las sienes con agua de colonia. No conseguía serenarse. Este mocoso, este mocoso. Jugando con ella, sí, el gatito con una gran ratona. Mandándole cartas atrevidas y rebuscadas para hacerle creer que eran de Rigoberto, alentando en ella la esperanza de una reconciliación. ¿Qué quería? ¿Qué intriga tramaba? ¿Por qué esa farsa? ¿Divertirse, divertirse disponiendo de sus emociones, de su vida? Era perverso, sádico. Gozaba ilusionándola y viéndola luego desmoronarse, desengañada.

Regresó a su dormitorio, sin calmarse del todo, y no tuvo que buscar mucho en el cajón del tocador para encontrar la carta. Era el séptimo anónimo. Ahí estaba la frase que la había puesto sobre aviso, más o menos como en su recuerdo: «…ocultarás tu hermosa cabeza bajo la máscara de una fiera feroz, de preferencia la tigre en celo del Rubén Darío de *Azul*… o una leona sudanesa. Quebrarás la cadera…», etcétera, etcétera. La tahitiana Moa en el dibujo de Schiele, ni más ni menos. El precoz enredador, el intrigantillo. Había tenido la desfachatez de hacerle todo un teatro con el espejo de Schiele y hasta mostrarle el cuadro que lo delató. No lamentaba haberle lanzado el libro, aunque le sacara sangre de la nariz.

¡Muy bien hecho! ¿No había destrozado su vida, ese pequeño demonio? Porque, no había sido ella la corruptora, aunque la diferencia de edad la condenara; había sido él, él, el corruptor. Con sus pocos añitos, con su carita de querubín, era un Mefistófeles, Luzbel en persona. Pero, esto se había acabado. Le haría tragar este anónimo, sí, y lo echaría de la casa. Que no volviera más, que no se entrometiera en su vida nunca más.

Pero, en la salita comedor sólo encontró a Justiniana. Cariacontecida, le mostró la servilleta con manchitas de sangre.

—Se fue llorando, señora. No por el golpe en la nariz. Sino porque, al aventárselo, le rompió usted el libro de ese pintor que le gusta tanto. Se ha quedado muy dolido, le digo.

—Vaya, ahora resulta que te da pena. —La señora Lucrecia se dejó caer en el sillón, exhausta.— ¿No te das cuenta de lo que me hizo? Esos anónimos me los mandó él, él.

—Me ha jurado que no, señora. Que por lo más santo, que es el señor quien se los manda.

—Mentira. —Doña Lucrecia sentía un cansancio de siglos. ¿Se iba a desmayar? Qué ganas de irse a la cama, de cerrar los ojos, de dormir una semana seguida.— Se vendió solo, con lo de la máscara y la gracia del espejito.

Justiniana se acercó y le habló casi en secreto.

—¿Está segura que no le leyó ese anónimo? ¿Que no le contó lo de la máscara? Fonchito es una ardilla de sabido, señora. ¿Cree que se habría dejado chapar tan tontamente?

—Nunca le leí esa carta, nunca le hablé de la máscara —afirmó doña Lucrecia. Pero, en ese mismo instante, dudó.

¿No lo había hecho? ¿Ayer, anteayer? Tenía la cabeza tan revuelta estos días; desde esa cascada de anónimos andaba extraviada en un bosque de conjeturas, divagaciones, sospechas, fantasías. ¿No podía ser que sí? ¿Que le hubiera contado, mencionado, incluso leído, esa peregrina instrucción de que posara desnuda, con medias y una máscara de fiera, ante un espejo? Si lo hubiera hecho, habría cometido una gran injusticia, insultándolo y golpeándolo.

—Estoy harta —murmuró, haciendo esfuerzos por contener las lágrimas—. Harta, Justita, harta. A lo mejor se lo conté y se me olvidó. Ya no sé dónde tengo la cabeza. Tal vez. Quisiera irme de esta ciudad, de este país. Donde nadie me conozca. Lejos de Rigoberto y de Fonchito. Por culpa de ese par he caído en un pozo y nunca podré salir al aire libre.

—No se ponga triste, señora —Justiniana le puso la mano en el hombro, le acarició la frente—. No se amargue. Además, no se preocupe. Hay una manera, facilísima, de saber si es Fonchito o don Rigoberto el que le escribe esas huachaferías.

Doña Lucrecia levantó la vista. La empleada tenía los ojos llenos de chispas.

—Claro, pues, señora —hablaba con las manos, los ojos, los labios, los dientes—. ¿No le da esa cita, en la última? Ya está. Vaya donde le dice, haga lo que le pide.

—¿Se te ocurre que voy a hacer esas payasadas de peliculón mexicano? —fingió que se escandalizaba doña Lucrecia.

—Y así sabrá quién es el autor de los anónimos —concluyó Justiniana—. Yo la acompaño, si quiere. Para que no se sienta sola. Y porque también me muero de curiosidad, señora. ¿El hijito o el papito? ¿Cuál será?

Se rió con el descaro y la gracia con que solía hacerlo y doña Lucrecia terminó sonriendo también. Después de todo, tal vez esta loca tuviera razón. Si iba a la truculenta cita, se sacaría el clavo, por fin.

—No se presentará, me meterá el dedo a la boca una vez más —argumentó, sin mucha fuerza, sabiendo en su fuero íntimo que estaba decidida. Iría, haría todas las payasadas que el papito o el hijito le pedían. Seguiría jugando el juego que, queriendo o no queriendo, jugaba también desde hacía tiempo.

—¿Quiere que le prepare un bañito de agua tibia, con sales, para que se le pase el colerón? —Justiniana estaba animadísima.

Doña Lucrecia asintió. Maldita sea, ahora tenía la sensación de haberse apresurado, de haber cometido una tremenda injusticia con el pobre Fonchito.

CARTA AL LECTOR DE «PLAYBOY»
O TRATADO MÍNIMO DE ESTÉTICA

Siendo el erotismo la humanización inteligente y sensible del amor físico, y, la pornografía, su abaratamiento y degradación, yo lo acuso a usted, lector de *Playboy* o *Penthouse*, frecuentador de antros que exhiben films porno duro y de sex shops donde se adquieren vibradores eléctricos, consoladores de caucho y condones con crestas de gallo o mitras arzobispales, de contribuir al regreso veloz hacia la mera cópula animal del atributo más eficaz concedido al hombre y a la mujer para asemejarse a los dioses (paganos, por supuesto, que no eran castos ni remilgados en cuestiones sexuales como el que sabemos).

Usted delinque abiertamente, cada mes, renunciando a ejercer su propia imaginación, atizada por el fuego de sus deseos, cediendo a la tara municipal de permitir que sus pulsiones más sutiles, las del apetito carnal, sean embridadas por productos manufacturados de manera clónica, que, aparentando satisfacer las urgencias sexuales, las subyugan, aguándolas, serializándolas y constriñéndolas dentro de caricaturas que vulgarizan el sexo, lo despojan de originalidad, misterio y belleza, y lo tornan mascarada, cuando no innoble afrenta al buen gusto. Para que sepa con quién tiene que vérselas, quizás le aclare mi pensamiento saber que (monógamo como soy, aunque benevolente con el adulterio) tengo por fuentes más apetecibles de codicias eróticas a la difunta y respetabilísima estadista de Israel doña Golda Meier o a la austera señora Margaret Thatcher del Reino Unido, a quien nunca se le movió un cabello mientras fue Primera Ministra, que a cualquiera de esas muñecas alcanforadas, de tetas infladas por la silicona, pubis escarmenados y teñidos que parecen canjeables, una misma impostura multiplicada por una horma única, que, para que el ridículo complemente a la estupidez, aparecen en esa enemiga de Eros que es *Playboy*, a página desplegada y con orejas y cola de peluche ostentando el cetro de «La conejita del mes».

Mi odio a *Playboy*, *Penthouse* y congéneres no es gratuito. Ese espécimen de revista es un símbolo del encanallamiento del sexo, de la desaparición de los hermosos tabúes que solían rodearlo y gracias a los cuales el espíritu humano podía rebelarse, ejercitando la libertad individual, afirmando la personalidad singular de cada cual, y crearse poco a poco el individuo soberano en la elaboración, secreta y discreta, de rituales, conductas, imágenes, cultos, fantasías, ceremonias, que, ennobleciendo éticamente y confiriendo categoría estética al acto del amor, lo desanimalizaran progresivamente hasta convertirlo en acto creativo. Un acto gracias al cual, en la reservada intimidad de las alcobas, un hombre y una mujer (cito la fórmula ortodoxa, pero, claro, podría tratarse de un caballero y una palmípeda, de dos mujeres, de dos o tres hombres, y de todas las combinaciones imaginables siempre que el elenco no supere el trío o, concesión máxima, los dos pares) podían emular por unas horas a Homero, Fidias, Botticelli o Beethoven. Sé que usted no me entiende, pero no importa; si me entendiera, no sería tan imbécil de sincronizar sus erecciones y orgasmos con el reloj (¿de oro macizo e impermeabilizado, seguramente?) de un señor llamado Hugh Heffner.

El problema es estético antes que ético, filosófico, sexual, psicológico o político, aunque, para mí, demás está decírselo, esa separación no es aceptable, porque *todo* lo que importa es, a la corta o a la larga, estético. La pornografía despoja al erotismo de contenido artístico, privilegia lo orgánico sobre lo espiritual y lo mental, como si el deseo y el placer tuvieran de protagonistas a falos y vulvas y estos adminículos no fueran meros sirvientes de los fantasmas que gobiernan nuestras almas, y segrega el amor físico del resto de experiencias humanas. El erotismo, en cambio, lo integra con todo lo que somos y tenemos. En tanto que, para usted, pornógrafo, lo único que cuenta a la hora de hacer el amor es, como para un perro, un mono o un caballo, eyacular, Lucrecia y yo, envídienos, hacemos el amor *también* desayunando, vistiéndonos, oyendo a Mahler, conversando con amigos y contemplando las nubes o el mar.

Cuando digo estético usted puede, tal vez, pensar —si la pornografía y el pensamiento son compatibles— que, por ese atajo, caigo en la trampa de lo gregario y que, como los valores son generalmente compartidos, en este dominio yo soy menos yo y un poco más ellos, es decir, una parte de la tribu. Reconozco que el peligro existe; pero, lo combato sin tregua, día y noche, defendiendo mi independencia contra viento y marea mediante el uso constante de mi libertad.

Entérese y juzgue, si no, por esta pequeña muestra de mi tratado de estética particular (que espero no compartir con mucha gente y que es flexible y se deshace y rehace como la greda en manos de un diestro ceramista).

Todo lo que brilla es feo. Hay ciudades brillantes, como Viena, Buenos Aires y París; escritores brillantes, como Umberto Eco, Carlos Fuentes, Milan Kundera y John Updike, y pintores brillantes como Andy Warhol, Matta y Tàpies. Aunque todo eso destella, para mí es prescindible. Sin excepción, todos los arquitectos modernos son brillantes, por lo cual la arquitectura se ha marginado del arte y convertido en una rama de la publicidad y las relaciones públicas, por lo que es conveniente descartar a aquéllos en bloque y recurrir únicamente a albañiles y maestros de obras y a la inspiración de los profanos. No hay músicos brillantes, aunque lucharon por serlo y casi lo consiguieron compositores como Maurice Ravel y Erik Satie. El cine, divertido como el ludo o la lucha libre, es postartístico y no merece ser incluido dentro de consideraciones sobre estética, pese a algunas anomalías occidentales (esta noche salvaría a Visconti, Orson Welles, Buñuel, Berlanga y John Ford) y una japonesa (Kurosawa).

Toda persona que escribe «nuclearse», «planteo», «concientizar», «visualizar», «societal» y sobre todo «telúrico» es un hijo (una hija) de puta. También lo son quienes usan escarbadientes en público, infligiendo al prójimo ese repelente espectáculo que afea los paisajes. Y, lo mismo, esos asquerosos que sacan la miga del pan, la amasan y la dejan hecha bolitas sobre la mesa. No me pregunte usted por qué los autores de estas fealdades son unos hijos (unas hijas) de puta; esos conocimientos se intuyen y asimilan por inspiración; son infusos, no se estudian. La misma consigna vale, por supuesto, para el mortal de cualquier sexo que, pretendiendo castellanizar el whisky, escribe güisqui, yinyerel o jaibol. Estos últimos, estas últimas, deberían incluso morir, pues sospecho que sus vidas son superfluas.

La obligación de una película y de un libro es entretenerme. Si viéndola o leyéndolo me distraigo, cabeceo o me quedo dormido, han faltado a su deber y son un mal libro, una mala película. Ejemplos conspicuos: *El hombre sin cualidades*, de Musil, y todas las películas de esos embauques llamados Oliver Stone o Quentin Tarantino.

En lo relativo a pintura y escultura, mi criterio de valoración artístico es muy simple: todo lo que yo podría hacer en materia plástica o escultural es una mierda. Sólo califican, pues, los artistas cuyas obras están fuera del alcance de mi mediocridad creativa, aquellos que yo no podría reproducir. Este criterio me ha permitido determinar, al primer golpe de vista, que toda la obra de «artistas» como Andy Warhol o Frida Kahlo es una bazofia, y, por el contrario, que hasta el más somero diseño de Georg Grosz, de Chillida o de Balthus son geniales. Además de esta regla general, la obligación de un cuadro también es excitarme (expresión que no me gusta, pero la uso porque aún me gusta menos, ya que introduce un elemento risueño en lo que es serísimo, la criolla alegoría: «ponerme a punto de caramelo»). Si me gusta, pero me deja frío, sin la imaginación invadida por deseos teatral-copulatorios y ese cosquilleo rumoroso en los testículos que precede a las tiernas erecciones, es, aunque se trate de la Mona Lisa, El Hombre de la Mano en el Pecho, el Guernica o la Ronda Nocturna, un cuadro sin interés. Así, le sorprenderá saber que de Goya, otro monstruo sagrado, sólo me placen los zapatitos de hebillas doradas, tacón en punta y adornos de raso, acompañados de medias blancas de punto con que calzaba en sus óleos a sus marquesas, y que en los cuadros de Renoir sólo miro con benevolencia (placer, a veces) los rosados traseros de sus campesinas y evito el resto de sus cuerpos, sobre todo esas caritas de miriñaque y los ojos-luciérnaga, que anticipan —¡vade retro!— a las conejitas de *Playboy*. De Courbet, me interesan las lesbianas y aquel gigantesco trasero que hizo ruborizar a la fruncida Emperatriz Eugenia.

La obligación de la música para conmigo es zambullirme en un vértigo de puras sensaciones, que me haga olvidar la parte más aburrida de mí mismo, la civil y municipal, me desatore de preocupaciones, me aísle en un enclave sin contacto con la sórdida realidad circundante, y, de este modo, me permita pensar con claridad en las fantasías (generalmente eróticas y siempre con mi esposa en el papel estelar) que me hacen llevadera la existencia. Ergo, si la música se hace demasiado presente, y, porque comienza a gustarme demasiado o porque hace mucho ruido, me distrae de mis propios pensamientos y reclama mi atención y la consigue —citaré a la carrera a Gardel, Pérez Prado, Mahler, todos los merengues y cuatro quintas partes de las óperas— es mala música y queda desterrada de mi estudio. Este principio hace, claro está, que ame a Wagner, a pesar de las trompetas y los molestos cornos, y que respete a Schoenberg.

Espero que estos rápidos ejemplos que, desde luego, no aspiro a que comparta conmigo (y menos aún lo deseo) lo ilustren sobre lo que quiero decir cuando afirmo que el erotismo es un juego (en la alta acepción que daba el gran Johan Huizinga a la palabra) privado, en el que sólo el yo y los fantasmas y los jugadores pueden participar, y cuyo éxito depende de su carácter secreto, impermeable a la curiosidad pública, pues de esta última sólo puede derivarse su reglamentación y manipulación desnaturalizadora por agentes írritos al juego erótico. Aunque me repelen las velludas axilas femeninas, respeto al *amateur* que persuade a su compañero o compañera que se las riegue y fomente para jugar con ellas con labios y dientes hasta llegar al éxtasis con aullidos en do mayor. Pero, no puede tenerlo, en absoluto, y sí, más bien, conmiseración, por el pobre cacaseno que bastardea ese antojo de su fantasma, comprando —por ejemplo, en los almacenes de artefactos porno con los que ha sembrado Alemania la ex-aviadora Beate Uhse— esas velludas matas de axilas y pubis artificiales (de «pelo natural», se jactan las más costosas) que se venden allí en diferentes formas, tamaños, sabores y colores.

La legalización y reconocimiento público del erotismo, lo municipaliza, cancela y encanalla, volviéndolo pornografía, triste quehacer al que defino como erotismo para pobres de bolsillo y de espíritu. La pornografía es pasiva y colectivista, el erotismo creador e individual, aun cuando se ejercite de a dos o de a tres (le repito que soy adversario de elevar el número de participantes para que estas funciones no pierdan su sesgo de fiestas individualistas, ejercicios de soberanía, y no se manchen con la apariencia de mítines, deportes o circos). Por eso, me merecen carcajadas de hiena los argumentos del poeta *beatnik* Allen Ginsberg (véase su entrevista con Allen Young en *Cónsules de Sodoma*) defendiendo los acoplamientos colectivos en la oscuridad de las piscinas, con el cuento de que esta promiscuidad es democrática y justiciera, pues permite, gracias a la tiniebla igualitaria, que la fea y la bonita, la flaca y la gorda, la joven y la vieja, tengan las mismas oportunidades de placer. ¡Qué razonamiento absurdo, de comisario constructivista! La democracia sólo tiene que ver con la dimensión civil de la persona, en tanto que el amor —el deseo y el placer— pertenece, como la religión, al ámbito privado, en el que importan sobre todo las diferencias, no las coincidencias con los demás. El sexo no puede ser democrático; es elitista y aristocrático y una cierta dosis de despotismo (recíprocamente pactado) suele serle indispensable. Los ayuntamientos colectivos en los baños oscuros que el poeta *beatnik* recomienda como modelos eróticos se parecen demasiado a los amancebamientos de potros y yeguas en las dehesas o los pisotones indiscriminados de gallos a gallinas en los alborotados gallineros, para confundirlos con esa hermosa creación de ficciones animadas, de carnales fantasías, en que participan por igual el cuerpo y el espíritu, la imaginación y las hormonas, lo sublime y lo abyecto de la condición humana, que es el erotismo para este modesto epicúreo y anarquista escondido en el cuerpo ciudadano de un asegurador de propiedades.

El sexo practicado a la manera de *Playboy* (vuelvo y volveré sobre este tema hasta que mi muerte o la suya me lo impida) elimina dos ingredientes esenciales a Eros, a mi entender: el riesgo y el pudor. Entendámonos. El aterrado hombrecillo que, en el autobús, venciendo su vergüenza y su miedo, se abre el abrigo y, por cuatro segundos, ofrece a la desaprensiva comadrona a la que el destino deparó viajar frente a él, el espectáculo de su enhiesta verga, es un temerario impúdico. Hace lo que hace a sabiendas de que el precio de su fugaz capricho puede ser una paliza, un linchamiento, el calabozo y un escándalo que divulgaría ante la opinión pública un secreto con el que quisiera irse a la tumba y lo condenaría a la condición de réprobo, psicópata y peligro social. Pero, se arriesga a ello porque el placer que le produce ese mínimo exhibicionismo es inseparable del miedo y de la transgresión de ese pudor. Qué distancia astral la que lo separa —la distancia que hay entre el erotismo y la pornografía, precisamente— del ejecutivo arrebosado de colonias francesas y de muñecas esposadas por un reloj Rolex (¿qué otro iba a ser?), que, en un bar de moda amenizado por música de blues, abre el último número de *Playboy* y se exhibe con él y lo exhibe convencido de que está exhibiendo su verga ante el mundo, mostrándose hombre mundano, desprejuiciado, moderno, gozador, *in*. ¡El pobre imbécil! No sospecha que aquello que exhibe es el santo y seña de su servidumbre al lugar común, a la publicidad, a la moda desindividualizadora, su abdicación de la libertad, su renuncia a emanciparse, gracias a sus fantasmas personales, de la esclavitud atávica de la serialización.

Por eso, a usted y a la revista de marras y afines y a todos los que la leen —o, incluso, hojean— y con ese miserable sustento prefabricado alimentan —quiero decir, matan— a su libido, los acuso de ser la punta de lanza de esa gran operación desacralizadora y banalizadora del sexo en que se manifiesta la barbarie contemporánea. La civilización oculta y sutiliza al sexo para mejor aprovecharlo, rodeándolo de rituales y códigos que lo enriquecen hasta límites insospechados para el hombre y la mujer pre-eróticos, copulatorios, engendradores de vástagos. Después de haber recorrido un larguísimo camino, del que en cierto modo el progresivo alquitaramiento del juego erótico fue espina dorsal, por insólita vía —la sociedad permisiva, la cultura tolerante— hemos retornado al punto de partida ancestral: hacer el amor ha vuelto a ser una gimnasia corporal y semipública, ejercitada sin ton ni son, al compás de estímulos fabricados, no por el inconsciente y el alma, sino por los analistas del mercado, estímulos tan estúpidos como esa falsa vagina de vaca que pasan en los establos ante las narices de los toros a fin de que eyaculen y poder de este modo almacenar el semen que se utiliza en la inseminación artificial.

Vaya, compre y lea su último *Playboy*, suicidado vivo, y ponga otro granito de arena en la creación de ese mundo de eunucos y eunucas eyaculantes en el que habrán desaparecido la imaginación y los fantasmas secretos como pilares del amor. Yo, por mi parte, voy ahora mismo a hacer el amor con la Reina de Saba y Cleopatra, juntas, en una representación cuyo guión no pienso compartir con nadie, y, menos que con nadie, con usted.

UN PIECECITO

«Son las cuatro de la madrugada, Lucrecia querida», pensó don Rigoberto. Como casi todos los días, se había despertado en la lóbrega humedad del amanecer para celebrar el rito que repetía cacofónicamente desde que doña Lucrecia se fue a vivir al Olivar de San Isidro: soñar despierto, crear y recrear a su mujer al conjuro de esos cuadernos donde invernaban sus fantasmas. «Y donde, desde el día que te conocí, eres reina y maestra.»

Sin embargo, a diferencia de otras madrugadas desoladas o ardientes, hoy no le bastaba imaginarla y desearla, charlar con su ausencia, amarla con su fantasía y su corazón, de donde nunca se había apartado; hoy, necesitaba un contacto más material, más cierto, más tangible. «Hoy, me podría suicidar», pensó, sin angustia. ¿Y, si le escribía? ¿Y, si respondía por fin a sus picamentosos anónimos? La pluma se le cayó de las manos, apenas la cogió. No lo conseguiría, y, en todo caso, tampoco podría despacharle la carta.

En el primer cuaderno que abrió, saltó y lo mordió una frase oportunísima: «Mis feroces despertares al alba tienen siempre como acicate una imagen de ti, real o inventada, que inflama mi deseo, enloquece mi nostalgia, me levanta en vilo y arrastra a este escritorio a defenderme contra la aniquilación, amparándome en el antídoto de mis cuadernos, grabados y libros. Sólo esto me cura». Cierto. Pero, hoy, el remedio acostumbrado no tendría el efecto benéfico de otras madrugadas. Se sentía confuso y atormentado. Lo habían despertado mezcladas sensaciones donde se confundían una rebeldía generosa, parecida a la que, a sus dieciocho años, lo llevó a la Acción Católica y llenó su espíritu de impulsos misioneros, renovadores del mundo, con el arma de los Evangelios, y la emulsionante nostalgia de un piececito de mujer asiática entrevisto al pasar, por sobre el hombro de un peatón detenido a su lado unos segundos por la luz roja del semáforo en una calle del centro, y la actualización en su memoria de un plumífero francés del siglo dieciocho llamado Nicolás Edmé Restif de la Bretonne, de quien tenía en su biblioteca un solo libro —lo buscaría y lo encontraría antes de que comenzara la mañana—, una primera edición comprada hacía muchos años en un anticuario de París, que le había costado un ojo de la cara. «Vaya mezclas.»

En apariencia, nada de eso tenía que ver directamente con Lucrecia. ¿Por qué, entonces, esa urgencia de comunicárselo, de referirle de viva voz, con minucioso detalle, toda la efervescencia de su mente? «Miento, amor mío, pensó. Claro que tiene que ver contigo.» Todo lo que él hacía, incluidas las estúpidas operaciones gerenciales que de lunes a viernes lo maniataban ocho horas en una compañía de seguros del centro de Lima, tenía que ver profundamente con Lucrecia y con nadie más. Pero, sobre todo, y de manera aún más esclava, le estaban dedicadas con fidelidad caballeresca, sus noches y las exaltaciones, ficciones y pasiones que las poblaban. Ahí estaba la prueba, íntima, incontrovertible, dolorosísima, en cada página de los cuadernos que ahora hojeaba.

¿Por qué había pensado en rebeldías? Lo que hacía unos momentos lo despertó, fueron más bien, multiplicadas, la indignación, la consternación de esa mañana al leer en el periódico la noticia, que Lucrecia debía de haber leído también, y que, con letra renqueante, se puso a transcribir en la primera página en blanco que encontró:

Wellington (Reuter). Una profesora de Nueva Zelanda, de 24 años, ha sido condenada a cuatro años de cárcel por un juez de esta ciudad por violación sexual, tras haberse comprobado que la maestra mantenía relaciones carnales con un niño de diez años, amigo y compañero de colegio de su hijo. El juez precisó que le había dado la misma sentencia que hubiera impuesto a un hombre que hubiera violado a una niña de esa edad.»

«Amor mío, Lucrecia queridísima, no veas en esto ni la sombra de un reproche a lo pasado entre nosotros», pensó. «Ni una alusión de mal gusto, nada que pudiera parecer restrospectivo, mezquino rencor.» No. Debía ver exactamente lo contrario. Porque, cuando las pocas líneas de ese cable se delinearon bajo sus ojos, esa mañana, mientras tomaba los primeros sorbos del amargo café del desayuno (no porque lo tomara sin azúcar, sino porque no estaba Lucrecia a su lado para ir comentando con ella las noticias del periódico) don Rigoberto no sintió angustia, dolor, mucho menos gratitud y entusiasmo por el fallo del juez. Más bien: una solidaridad impetuosa, sobresaltada, de adolescente mitinero, por esa pobre maestra neozelandesa tan brutalmente castigada por haber hecho conocer las delicias del cielo mahometano (el más carnal de los que se ofrecían en el mercado de las religiones, según su entender) a ese niño afortunado.

«Sí, sí, amadísima Lucrecia.» No posaba, no mentía, no exageraba. Todo el día lo había sublevado la misma indignación de la mañana por la estulticia de ese juez, malogrado por el mecanicismo simétrico de ciertas doctrinas feministas. ¿Podía ser lo mismo que un hombre adulto violase a una niña impúber de diez años, crimen punible, que una señora de veinticuatro descubriese la dicha corporal y los milagros del sexo a un jovencito de diez, capaz ya de tímidos endurecimientos y escuetas transpiraciones seminales? Si en el primer caso la presunción de violencia del victimario contra la víctima era de rigor (aun si la niña tuviera suficiente uso de razón para dar su consentimiento, sería víctima de una agresión física contra su himen), en el segundo era simplemente inconcebible, pues si había habido có- pula, sólo pudo haberla, de parte del niño, con aquies- cencia y entusiasmo, sin los cuales el acto carnal no se habría consumado. Don Rigoberto cogió la pluma y es- cribió, enfebrecido de rabia: «Aunque odio las utopías y las sé cataclísmicas para la vida humana, acaricio, ahora, ésta: que todos los niños de la ciudad sean desvirgados al cumplir diez años por señoras casadas treintañeras, de preferencia tías, maestras y madrinas». Respiró, algo desahogado.

Todo el día lo atormentó la suerte de esa profesora de Wellington, y lo tuvo condoliéndose por el escarnio público a que se habría visto expuesta, las humillaciones y burlas que padecería, además de perder su trabajo y verse tratada por esa inmundicia cacográfica, electrónica y ahora digital, la prensa, los llamados medios, como co- rruptora de menores, como degenerada. No se mentía, no perpetraba una farsa masoquista. «No, Lucrecia que- rida, te juro que no.» En el curso del día y de la noche, la cara de esa profesora, encarnada en la de su ex-mujer, se le había aparecido muchas veces. Y, ahora, ahora, sentía la necesidad imperiosa de hacerle saber («de hacerte sa- ber, amor mío») su arrepentimiento y su vergüenza. Por haber sido tan insensible, tan obtuso, tan inhumano y tan cruel como ese magistrado de Wellington, ciudad que sólo pisaría para cubrir de rosas rojas fragantes los pies de esa admirada y admirable profesora que pagaba su generosidad, su grandeza, encerrada entre filicidas, ladronas, estafadoras y carteristas (anglófilas y maoríes).

¿Cómo serían los pies de esa profesora neozelande- sa? «Si echara mano a una fotografía suya no vacilaría en encenderle velas y quemarle incienso», pensó. Esperó y deseó que fueran tan bellos y delicados como los de doña Lucrecia y como el que vio, ese mediodía, en el satinado papel de una página de la revista *Time*, por sobre el hombro de un peatón, cuando lo detuvo un semáforo en la esquina de La Colmena, camino hacia el salón Miguel Grau, del Club Nacional, donde le había dado cita uno de esos imbéciles encorbatados que dan citas en el Club Nacional y de los cuales viven los imbéciles cuyo ganapán eran los seguros de bienes muebles e inmuebles, como él. Fue una visión de unos segundos, pero, tan iluminadora y rutilante, tan convulsiva y frontal, como debió ser, para aquella muchacha de la Galilea, la del alado Gabriel anunciándole la nueva que tantos desaguisados traerían a la humanidad.

Era un solo piececito de perfil, de talón semicircular y airoso empeine, levantado orgullosamente sobre una planta de contorno finísimo, que culminaba en unos deditos dibujados con primor, un pie femenino no afeado por callos, durezas, ampollas ni horrendos juanetes, en el que nada parecía desentonar ni limitar la perfección del todo y de la parte, un piececillo levantado y al parecer sorprendido por el alerta fotógrafo instantes antes de posarse sobre una mullida alfombra. ¿Por qué, asiático? Tal vez porque el aviso que engalanaba era de una compañía aérea de esa región del mundo —Singapure Airlines— o, acaso, porque, en su recortada experiencia, don Rigoberto creía poder afirmar que las mujeres del Asia tenían los pies más bonitos del planeta. Se conmovió, recordando las veces que, besándoselos, había llamado «patitas filipinas», «talones malayos», «empeines japoneses» a las deleitables extremidades de su amada.

El hecho es que todo el día, junto con su furor por la desventura de esa nueva amiga, la maestra de Wellington, el piececillo femenino del aviso de *Time* había perturbado su conciencia, y, más tarde, desasosegado su sueño, desenterrando, del fondo de su memoria, el recuerdo nada menos que de la Cenicienta, una historia que al serle contada, de niño, precisamente en el detalle del emblemático zapatito de la heroína, que sólo su menudo pie podía calzar, había despertado sus primeras fantasías eróticas («humedades con media erección, si debo dar precisiones técnicas», dijo en voz alta, en el primer rapto de buen humor de esa madrugada). ¿Alguna vez había comentado, con Lucrecia, su tesis de que la amable Cenicienta contribuyó, sin duda, más que toda la infecta caterva de pornografía antierótica del siglo veinte, a crear legiones de varones fetichistas? No lo recordaba. Una laguna en su relación matrimonial que debería subsanar, alguna vez. Su estado había mejorado bastante desde que se despertó, exasperado y añorante, muerto de cólera, de soledad, de pena. Desde hacía unos segundos, se autorizaba incluso —era su manera de no sucumbir a la desesperación de cada día— ciertas fantasías que tenían que ver, hoy, no con los ojos, ni los cabellos, ni los pechos ni muslos ni caderas de Lucrecia, sino exclusivamente con sus pies. Tenía ya a su lado —le había costado encontrarlo en los estantes en los que se hallaba refundido— aquella edición príncipe, en tres tomitos, de esa novela de Nicolás Edmé Restif de la Bretonne (de puño y letra había anotado en una ficha: 1734-1806), la única de las decenas de decenas que cacografió ese incontinente polígrafo: *Le pied de Franchette ou l'orpheline française. Histoire interessante et morale* (Paris, Humblot Quillau, 1769, 2 parties en 3 volumes, 160-148-192 págs.) Pensó: «Ahora, lo hojeo. Ahora, tú te asomas, Lucrecia, descalza o calzada, en cada capítulo, página, palabra».

Sólo una cosa había en ese escribidor inflacionario, Restif de la Bretonne, que mereciera su simpatía y lo hiciera asociarlo, en esta madrugada con garúa, a Lucrecia, en tanto que otras mil (bueno, quizás algo menos) lo hacían olvidable, transitivo y hasta antipático. ¿Alguna vez había hablado de él con ella? ¿Asomó alguna vez su nombre en sus nocturnas fiestas conyugales? Don Rigoberto no lo recordaba. «Pero, aunque sea tarde, carísima, te lo presento, te lo ofrezco y pongo a tus pies (nunca mejor dicho).» Nació y vivió en una época de grandes convulsiones, el dieciocho francés, pero era improbable que el buenazo de Nicolás Edmé se diera cuenta de que el mundo entero se deshacía y rehacía a su alrededor en razón de los vaivenes revolucionarios, obsesionado como estaba con su propia revolución, no la de la sociedad, la económica, la del régimen político —«las que, en general, tienen buena prensa»— sino la que le concernía personalmente: la del deseo carnal. Eso lo hacía simpático, eso lo llevó a comprar la edición príncipe de *Le pied de Franchette*, novela de truculentas coincidencias y cómicas iniquidades, absurdos enredos y estúpidos diálogos, que cualquier crítico literario estimable o lector de buen gusto encontraría execrable, pero que, para don Rigoberto, tenía el alto mérito de exaltar hasta extremos deicidas el derecho del ser humano de insurgir contra lo establecido en razón de sus deseos, de cambiar el mundo valiéndose de la fantasía, aunque fuera por el efímero período de una lectura o un sueño.

Leyó en voz alta lo que había anotado en el cuaderno sobre Restif, luego de leer *Le pied de Franchette*: «No creo que este provinciano, hijo de campesinos, autodidacta pese a pasar por un seminario jansenista, que se enseñó a sí mismo lenguas y doctrinas, todas mal, y que se ganó la vida como tipógrafo y fabricante de libros (en los dos sentidos de la expresión, pues los escribía y manufacturaba, aunque hacía lo segundo con más arte que lo primero) sospechara nunca la importancia trascendental que tendrían sus escritos (importancia simbólica y moral, no estética), cuando, entre sus exploraciones incesantes de los barrios obreros y artesanos de París, que lo fascinaban, o de la Francia aldeana y rural a la que documentó como sociólogo, robándole el tiempo a sus enredos amorosos —adúlteros, incestuosos o mercenarios, pero siempre ortodoxos, pues el homosexualismo le producía un espanto carmelita— los escribía a la carrera, guiándose, horror de horrores, por la inspiración, sin corregirlos, en una prosa que le salía frondosa y vulgar, acarreadora de todos los detritus de la lengua francesa, confusa, repetitiva, laberíntica, convencional, chata, horra de ideas, insensible y, en una palabra que la define mejor que ninguna otra: subdesarrollada».

¿Por qué, pues, luego de fallo tan severo, perdía este amanecer rememorando una imperfección estética, un chusco cacógrafo que, para colmo, llegó a ejercer el feo oficio de soplón? El cuaderno era pródigo en datos

311

sobre él. Había producido cerca de doscientos libros, todos literariamente ilegibles. ¿Por qué, entonces, empeñarse en acercarlo a doña Lucrecia, su antípoda, la perfección hecha mujer? Porque, se respondió, nadie, como este silvestre intelectual, hubiera podido comprender su emoción del mediodía al percibir fugazmente, en el anuncio de una revista, ese piececillo alado de muchacha asiática, que esta noche le había traído el recuerdo, el deseo de los pies de reina de Lucrecia. No, nadie como Restif, amateur, conocedor supremo de ese culto que la abominable raza de psicólogos y psicoanalistas prefería llamar fetichismo, lo hubiera podido entender, acompañar, asesorar, en este homenaje y acción de gracias a aquellos adorados pies. «Gracias, Lucrecia mía —rezó con unción—, por las horas de placer que yo les debo, desde aquella vez que los descubrí, en la playa de Pucusana, y, bajo el agua y las olas, los besé.» Transido, don Rigoberto volvió a sentir los salobres, ágiles deditos moviéndose en la gruta de su boca, y las arcadas por el agua marina que tragó.

Sí, ésa era la predilección de don Nicolás Edmé Restif de la Bretonne: el pie femenino. Y, por extensión y *simpatía*, como diría un alquimista, lo que los abriga y rodea: la media, el zapato, la sandalia, el botín. Con la espontaneidad y la inocencia de lo que era, un rústico transmigrado a la ciudad, practicó y proclamó su predilección por esa delicada extremidad y sus envoltorios sin el menor rubor, y, con el fanatismo de los convertidos, sustituyó en sus inconmensurables escritos el mundo real por uno ficticio, tan monótono, previsible, caótico y estúpido como aquél, salvo en que, en el amasado con su mala prosa y su monotemática singularidad, lo que allí brillaba, destacaba y desataba las pasiones de los hombres no eran los graciosos rostros de las damas, sus cabelleras en cascada, sus gráciles cinturas, ebúrneos cuellos o bustos arrogantes, sino, siempre y exclusivamente, la belleza de sus pies. (Si existiera todavía, se le ocurrió, llevaría al amigo Restif, con el consentimiento de Lucrecia, desde luego, a su casita del Olivar, y, ocultándole el resto de su cuerpo, le mostraría sus pies, encerrados en unos preciosos botines estilo abuelita, y permitido incluso que la descalzara. ¿Cómo habría reaccionado aquel ancestro? ¿Cayendo en éxtasis? ¿Temblando, aullando? ¿Precipitándose, sabueso feliz, lengua afuera, narices dilatadas, a aspirar, a lamer el manjar?).

¿No era respetable, aunque escribiera tan mal, quien rendía de ese modo pleitesía al placer y defendía con tanta convicción y coherencia a su fantasma? ¿No era el buen Restif, pese a su indigesta prosa, «uno de los nuestros»? Desde luego que sí. Por eso se le había presentado esta noche en el sueño, atraído por aquel furtivo piececillo birmano o singapurense, para hacerle compañía en este amanecer. Una brusca desmoralización atenazó a don Rigoberto. El frío le caló los huesos. Cómo hubiera querido, en este instante, que Lucrecia supiera todo el arrepentimiento y el dolor que lo atormentaban, por la estupidez, o por la incomprensión cerril que, hacía un año, lo habían impulsado a actuar con ella como lo acababa de hacer, en la ultramarina Wellington, aquel innoble juez que condenó a cuatro años de cárcel a esa profesora, a esa amiga («Otra de las nuestras») por haber hecho entrever —no, habitar— el cielo, a esa dichosa criatura, a ese Fonchito neozelandés. «En vez de sufrir y reprochártelo, debí agradecértelo, adorable niñera.» Lo hacía ahora, en esta madrugada de olas ruidosas y espumantes y de lluviecita invisible y corrosiva, secundado por el servicial Restif, cuya novelita, deliciosamente titulada *Le pied de Franchette*, y estúpidamente subtitulada *ou l'orpheline française. Histoire interessante et morale* (después de todo, sí había razón para llamarla moral) tenía sobre las rodillas y acariciaba con las dos manos, como a una parejita de lindos pies.

Cuando Keats escribió *Beauty is truth, truth is beauty* (la cita reaparecía sin cesar en cada cuaderno que abría) ¿pensaba en los pies de doña Lucrecia? Sí, aunque el infeliz no lo supiera. Y, cuando Restif de la Bretonne escribió e imprimió (a la misma velocidad, probablemente) *Le pied de Franchette*, en 1769, a los treinta y cinco años, también lo había hecho inspirado, desde el futuro, por una mujer que vendría al mundo cerca de dos siglos más tarde, en una bárbara comarca de la América llamada (¿en serio?) Latina. Gracias a las anotaciones del cuaderno, don Rigoberto iba recordando la historia de la novelita. Convencional y previsible a más no poder, escrita con los pies (no, esto no debía pensarlo ni decirlo), que su verdadero protagonista no fuera la bella huerfanita adolescente, Franchette Florangis, sino los piececillos trastornadores de Franchette Florangis, la levantaba y singularizaba, dotándola de vivencias, de la capacidad persuasiva que tiene una obra de arte. No eran imaginables los trastornos que causaban, las pasiones que encendían en torno, los nacarados piececillos de la joven Franchette. Al vejete de su tutor, Monsieur Apatéon, que se deleitaba comprándoles primorosos calzados y aprovechaba cualquier pretexto para acariciarlos, lo inflamaban al extremo de intentar violar a su pupila, hija de un amigo queridísimo. Del pintor Dolsans, un joven bueno, quien, desde que los veía, encajados en unos zapatitos verdes y ornados de una flor dorada, quedaba prendado de ellos, hacían un loco despechado lleno de proyectos criminales que perdía por ellos la vida. El afortunado joven rico, Lussanville, antes de tener en sus brazos y en su boca a la bella muchacha de sus sueños, se solazaba con uno de sus zapatitos, que, amateur él también, había robado. Todo pantalón viviente que los veía —financistas, mercaderes, rentistas, marqueses, plebeyos— sucumbía a su hechizo, quedaba flechado de amor carnal y dispuesto a todo por poseerlos. Por eso, el narrador afirmaba con justicia la frase que don Rigoberto había transcrito: «Le joli pied les rendait tous criminels». Sí, sí, esas patitas volvían a todos criminales. Las chinelas, sandalias, botines, zapatillas de la bella Franchette, objetos mágicos, circulaban por la historia alumbrándola con cegadora luz seminal.

Aunque los estúpidos hablaran de perversión, él, y, por supuesto, Lucrecia, podían comprender a Restif, celebrar que tuviera la audacia y el impudor de exhibir ante los demás su derecho a ser diferente, a rehacer el mundo a su imagen y semejanza. ¿No habían hecho eso, él y Lucrecia, cada noche, por diez años? ¿No habían desarreglado y rearreglado la vida en función de sus deseos? ¿Volverían a hacerlo, alguna vez? ¿O, quedaría todo ello confinado en el recuerdo, con las imágenes que atesora la memoria para no sucumbir a la desesperanza de lo real, de lo que en verdad es?

Esta noche-madrugada, don Rigoberto se sentía como uno de los varones desquiciados por el pie de Franchette. Vivía vacío, reemplazando cada noche, cada amanecer, la ausencia de Lucrecia con fantasmas que no bastaban para consolarlo. ¿Había alguna solución? ¿Era demasiado tarde para dar marcha atrás y corregir el error? ¿No podía una Corte Suprema, un Tribunal Constitucional, en Nueva Zelanda, revisar la sentencia del obtuso magistrado de Wellington y absolver a la profesora? ¿No podría un gobernante neozelandés desprejuiciado, amnistiarla, e incluso condecorarla como a heroína civil por su probada abnegación por la puericia? ¿No podía ir él a la casita del Olivar de San Isidro a decir a Lucrecia que la estúpida justicia humana se equivocó y la condenó sin tener derecho para ello, y devolverle el honor y la libertad para... para? ¿Para qué? Vaciló, pero siguió adelante, como pudo.

¿Era ésa una utopía? ¿Una utopía como las que también fantaseó el *fetichista* Restif de la Bretonne? Aunque, no, pues las de don Rigoberto, cuando, a veces, llevado por la dulzura inerte de la divagación, se abandonaba a ellas, eran utopías privadas, incapaces de entrometerse en el libre albedrío de los otros. Esas utopías ¿no eran acaso lícitas, muy distintas de las colectivas, enemigas acérrimas de la libertad, que acarreaban consigo, siempre, la semilla de un cataclismo?

Éste había sido el lado flaco y peligroso de Nicolás Edmé, también; una enfermedad de época a la que sucumbió, como buena parte de sus contemporáneos. Porque, el apetito de utopías sociales, el gran legado del siglo de las luces, junto con nuevos horizontes y audaces reivindicaciones del derecho al placer, trajo los apocalipsis históricos. Don Rigoberto no recordaba nada de eso; sus cuadernos, sí. Ahí estaban los datos acusatorios y las fulminaciones implacables.

En el delicado gustador de piececillos y calzados femeninos que fue Restif —«Que Dios lo bendiga por ello, si existe»— había también un pensador peligroso, un mesiánico (un cretino, si se trataba de calificarlo con crueldad, o un iluso si era preferible perdonarle la vida), un reformador de instituciones, un redentor de deficiencias sociales, que, entre las montañas de papel que garabateó, dedicó unos cuantos montes y colinas a construir esas cárceles, las utopías públicas, para reglamentar la prostitución e imponer la felicidad a las putas (el horrendo empeño aparecía en un libro de tramposo y lindo título, *Le Pornographe*), perfeccionar el funcionamiento de los teatros y las costumbres de los actores (*Le Mimographe*), para organizar la vida de las mujeres, asignándoles obligaciones y fijándoles límites, de modo que hubiera armonía entre los sexos (el temerario engendro llevaba también un título que parecía augurar placeres —*Les Gynographes*— y en verdad proponía cepos y grillos para la libertad). Mucho más ambiciosa y amenazadora había sido, por supuesto, su pretensión de reglamentar —en verdad, sofocar— las conductas (*L'Andrographe*) del género humano y de introducir una legalidad intrusa y perforante, agresora de la intimidad, que hubiera puesto fin a la libre iniciativa y la libre disposición de sus deseos a los humanos: *Le Thermographe*. Frente a esos excesos intervencionistas, de Torquemada laico, se podía considerar una barrabasada infantil el haber llevado Restif su frenesí reglamentarista a proponer una reforma total de la ortografía (*Glossographe*). Él había reunido estas utopías en un libro que llamó *Idées singulières* (1769), y, sin duda, lo eran, pero en la acepción siniestra y criminosa de la noción de singularidad.

La sentencia estampada en el cuaderno era inapelable y don Rigoberto la aprobó: «No hay duda, si este diligente imprentero, documentalista y refinado amateur de terminales femeninos, hubiera llegado a tener poder político, hubiera hecho de Francia, acaso de Europa, un campo de concentración muy bien disciplinado, en el que una malla fina de prohibiciones y obligaciones habría volatilizado hasta la última pizca de libertad. Afortunadamente, fue demasiado egoísta para codiciar el poder, concentrado como estaba en la empresa de reconstruir en ficciones la realidad humana, recomponiéndola a su conveniencia, de manera que en ella, como en *Le pied de Franchette*, el valor supremo, la mayor aspiración del bípedo masculino, no fuera perpetrar acciones heroicas de conquista militar, ni alcanzar la santidad, ni descubrir los secretos de la materia y la vida, sino ese deleitable, delicioso, sabroso como la ambrosía que alimentaba a los dioses del Olympo, piececillo femenino». Como el que don Rigoberto había visto en el aviso de *Time* y que le había recordado los de Lucrecia, y que lo tenía aquí, sorprendido por las primeras luces de la mañana, enviando a su amada esta botella que lanzaría al mar, en su busca, sabiendo muy bien que no le llegaría, pues ¿cómo podría llegarle lo que no existía, lo que estaba forjado con el evanescente pincel de sus sueños?

Don Rigoberto terminaba de hacerse esa desesperada pregunta, con los ojos cerrados, cuando, al musitar sus labios el amoroso vocativo «¡Ah, Lucrecia!», su brazo izquierdo hizo caer al suelo uno de los cuadernos. Lo recogió y echó una ojeada a la página abierta con la caída. Dio un respingo: el azar tenía detalles maravillosos, como él y su mujer habían tenido ocasión de comprobar, a menudo, en sus devaneos. ¿Con qué se encontró? Con dos notas, de hacía muchos años. La primera, una olvidable mención de un grabadito finisecular anónimo en el que Mercurio ordenaba a la ninfa Calipso que liberase a Odiseo —de quien se había enamorado y al que mantenía prisionero en su isla— y lo dejara proseguir su viaje rumbo a Penélope. Y, la segunda, vaya maravilla, una apasionada reflexión sobre: «El delicado fetichismo de Johannes Vermeer, que, en *Diana y sus compañeras*, rinde plástico tributo a ese desdeñado miembro del cuerpo femenino, mostrando a una ninfa entregada a la amorosa tarea de lavar —acariciar, más bien— con una esponja, el pie de Diana, en tanto que otra ninfa, en dulce abandono, se acaricia el suyo. Todo es sutil y carnal, de una delicada sensualidad que disimula la perfección de las formas y la suavísima bruma que baña la escena, dotando a las figuras de esa calidad desrealizada y mágica que tienes tú, Lucrecia, cada noche en carne y hueso, y también tu fantasma, cuando visitas mis sueños». Qué cierto, qué actual, qué vigente.

¿Y si contestara sus anónimos? ¿Y si, de verdad, le escribiera? ¿Y si fuera a tocar su puerta, esta misma tarde, apenas cumplida la última vuelta a la noria de su servidumbre aseguradora y gerencial? ¿Y si, nada más verla, cayera de rodillas y se humillara para besar el suelo que ella pisa, pidiéndole perdón, llamándola, hasta hacerla reír, «Mi niñera querida», «Mi profesora neozelandesa», «Mi Franchette», «Mi Diana»? ¿Se reiría? ¿Se echaría en sus brazos y, ofreciéndole los labios, haciéndole sentir su cuerpo, le haría saber que todo quedaba atrás, que podían empezar de nuevo a construir, solos, su secreta utopía?

ESTOFADO DE TIGRE

Contigo tengo amores hawaianos en que bailas para mí el *ukelele* en noches de luna llena, con sonajas en las caderas y los tobillos, imitando a Dorothy Lamour.

Y amores aztecas, en que te sacrifico a unos dioses cobrizos y ávidos, serpentinos y emplumados, en lo alto de una pirámide de piedras herrumbrosas, en torno a la cual pulula la selva impenetrable.

Amores esquimales, en fríos iglús iluminados con antorchas de grasa de ballena, y noruegos, en que nos amamos enganchados sobre el esquí, despeñándonos a cien kilómetros por hora por las faldas de una montaña blanca erupcionada de tótems con inscripciones rúnicas.

Mi engreimiento de esta noche, amada, es modernista, carnicero y africano.

Te desnudarás ante el espejo de luna, conservando las medias negras y las ligas rojas, y ocultarás tu hermosa cabeza bajo la máscara de una fiera feroz, de preferencia la tigre en celo del Ruben Darío de *Azul...*, o una leona sudanesa.

Quebrarás la cadera derecha, flexionarás la pierna izquierda, apoyarás tu mano en la cadera opuesta, en la pose más salvaje y provocativa.

Sentadito en mi silla, amarrado al espaldar, yo te estaré mirando y adorando, con mi servilismo acostumbrado.

Sin mover ni una pestaña, sin gritar me estaré, mientras me clavas tus zarpas en los ojos y tus blancos colmillos desgarran mi garganta y devoras mi carne y sacias tu sed con mi sangre enamorada.

Ahora estoy dentro de ti, ahora también soy tú, amada estofada de mí.

La cita del Sheraton

—Para atreverme, para darme ánimos, me tomé un par de whiskies puros —dijo doña Lucrecia—. Antes de empezar a disfrazarme, quiero decir.

—Quedaría usted borrachísima, señora —comentó Justiniana, divertida—. Con la cabecita de pollo que tiene para el trago.

—Tú estabas ahí, desvergonzada —la reprendió doña Lucrecia—. Excitadísima con lo que podía pasar. Sirviendo los tragos, ayudándome a ponerme el disfraz y riéndote a tus anchas mientras me convertía en una de ésas.

—Una tipa de ésas —le hizo eco la empleada, retocándole el rouge.

«Ésta es la peor locura que he hecho en mi vida, pensó doña Lucrecia. Peor que lo de Fonchito, peor que casarme con el loco de Rigoberto. Si la hago, me arrepentiré hasta que me muera.» Pero, la iba a hacer. La peluca pelirroja le quedaba cabalita —se la había probado en la tienda donde la encargó— y su alta, barroca orografía de bucles y mechas parecía llamear. Apenas se reconoció en esa incandescente mujer de curvas pestañas postizas y redondos aretes tropicales, pintarrajeada con unos labios color bermellón encendido que duplicaban los verdaderos, lunares y ojeras azules de mujer fatal, estilo película mexicana, años cincuenta.

—Caramba, caramba, nadie diría que es usted —la examinó, asombrada, Justiniana, tapándose la boca—. No sé a quién se parece, señora.

—A una tipa de ésas, pues —afirmó doña Lucrecia.

El whisky había hecho su efecto. Las vacilaciones de hacía un momento se habían evaporado y, ahora, intrigada, divertida, observaba su transformación en el espejo del cuarto. Justiniana, progresivamente maravillada, le fue alcanzando las prendas dispuestas sobre la cama: la minifalda que la ceñía tanto que le costaba trabajo respirar; las medias negras terminadas en unas ligas rojas con adornos dorados; la blusa de fantasía que exhibía sus senos hasta la punta del pezón. La ayudó, también, a calzarse los plateados zapatos de tacón de aguja. Tomando distancia, después de pasarle revista de arriba abajo, de abajo arriba, volvió a exclamar, estupefacta:

—No es usted, señora, es otra, otra. ¿Va a salir así, de verdad?

—Por supuesto —asintió doña Lucrecia—. Si no me aparezco hasta mañana, avisas a la policía.

Y, sin más, pidió un taxi a la estación de la Virgen del Pilar y ordenó al chofer, con autoridad: «Al hotel Sheraton». Anteayer, ayer y esta mañana, mientras preparaba su atuendo, tuvo dudas. Se había dicho que no iría, no se prestaría a semejante payasada, a lo que seguramente era una broma cruel; pero, ya en el taxi, se sintió segurísima y resuelta a vivir la aventura hasta el final. Pasara lo que pasara. Miró el reloj. Las instrucciones decían entre once y media y doce de la noche y sólo eran las once, llegaría adelantada. Serena, lejos de sí misma gracias al alcohol, mientras el taxi avanzaba por el semi-desierto Zanjón rumbo al centro, se preguntó qué haría si, en el Sheraton, alguien la reconocía a pesar de su disfraz. Negaría la evidencia, atiplando la voz, poniendo la entonación acaramelada y huachafa de las tipas ésas: «¿Lucrecia? Yo me llamo Aída. ¿Nos parecemos? Alguna parienta lejana, tal vez». Mentiría con total desfachatez. Se le había evaporado el miedo, totalmente. «Estás encantada de jugar a la puta, por una noche», pensó, contenta de sí misma. Advirtió que el chofer del taxi a cada momento alzaba la vista para espiarla por el espejo retrovisor.

Antes de entrar al Sheraton, se puso los anteojos oscuros de montura de concheperla y terminados en forma de tridente que había comprado esa misma tarde en una tiendecita de la calle la Paz. Los eligió por su chocarrero mal gusto y porque, dado su tamaño, parecían un antifaz. Cruzó el lobby con paso rápido, rumbo al Bar, temiendo que uno de los porteros uniformados, que se la quedaron mirando afrentosamente, se le acercara a preguntarle quién era, qué buscaba, o a echarla, sin preguntas, por su aparatosa apariencia. Pero, nadie se le acercó. Subió la escalera hacia el Bar, sin apurarse. La penumbra le devolvió la seguridad que estuvo a punto de perder bajo las fuertes luces de la entrada, ese salón sobre el que se elevaba el opresivo rascacielos rectangular y carcelario de pisos, muros, pasadizos, balaustradas y dormitorios del hotel. En la medialuz, entre nubecillas de humo, notó que pocas mesas estaban ocupadas. Tocaban una música italiana, con un cantante prehistórico —Domenico

Modugno— que le recordó una lejana película de Claudia Cardinale y Vittorio Gassman. Borrosas siluetas se delineaban en la barra, contra el fondo azulado amarillento de copas e hileras de botellas. De una mesa se elevaban las voces chillonas de una borrachera principiante.

Otra vez animosa, confiada en sus fuerzas para hacer frente a cualquier imprevisto, cruzó el local y tomó posesión de una de las empinadas banquetas de la barra. El espejo que tenía delante le mostró un esperpento que, en vez de asco o risa, le mereció ternura. Su sorpresa no tuvo límites cuando oyó que el barman, un cholito de engominados pelos tiesos, embutido en un chaleco que le bailaba y una corbatita de lazo que parecía ahorcarlo, la tuteaba con grosería:

—Consumes o te vas.

Estuvo a punto de hacerle un escándalo, pero recapacitó y se dijo, gratificada, que esa insolencia probaba el éxito de su disfraz. Y, estrenando su nueva voz, dengosa y azucarada, le pidió:

—Un etiqueta negra en las rocas, me hace el favor.

El hombre se la quedó mirando, dudoso, sopesando si aquello iba en serio. Optó por murmurar «En las rocas, entendido», ya alejándose. Pensó que su disfraz habría sido completo si, además, le hubiera añadido una larga boquilla. Entonces, pediría cigarrillos mentolados marca Kool, extralargos, y hubiera fumado echando argollas hacia el cielorraso de estrellitas que le hacían guiños.

El barman le trajo el whisky con la cuenta y ella tampoco protestó por esa muestra de desconfianza; pagó, sin dejarle propina. Apenas había tomado el primer sorbo, alguien se sentó a su lado. Tuvo un ligero estremecimiento. El juego se ponía serio. Pero, no, no se trataba de un hombre, sino de una mujer, bastante joven, con pantalones y un polo oscuro de cuello alto, sin mangas. Tenía los pelos sueltos, lacios, y la cara fresca, de airecillo canalla, de las muchachas de Egon Schiele.

—Hola —La vocecita miraflorina le sonó familiar—. ¿Nos conocemos, no es cierto?

—Creo que no —repuso doña Lucrecia.

—Me parecía, perdona —dijo la chica—. La verdad, tengo una memoria pésima. ¿Vienes mucho por aquí?

—De vez en cuando —vaciló doña Lucrecia. ¿La conocía?

—El Sheraton ya no es tan seguro como antes —se lamentó la muchacha. Encendió un cigarrillo y echó una bocanada de humo, que tardó en deshacerse—. El viernes hubo una redada aquí, me han dicho.

Doña Lucrecia se imaginó subiendo a empellones el furgón policial, llevada a la Prefectura, fichada como meretriz.

—Consumes o te vas —advirtió el barman a su vecina, amenazándola con el dedo en alto.

—Anda vete a la mierda, cholo maloliente —dijo la muchacha, sin siquiera volverse a mirarlo.

—Tú siempre tan lisurienta, Adelita —sonrió el barman, mostrando una dentadura que doña Lucrecia estuvo segura verdeaba de sarro—. Sigue, nomás. Estás en tu casa. Como eres mi debilidad, abusas.

En ese momento, doña Lucrecia la reconoció. ¡Adelita, por supuesto! ¡La hija de Esthercita! Vaya, vaya, nada menos que la hija de la cucufata de Esther.

—¿La hija de la señora Esthercita? —se carcajeó Justiniana, doblada en dos—. ¿Adelita? ¿La niña Adelita? ¿La hija de la madrina de Fonchito? ¿Levantando clientes en el Sheraton? No me lo trago, señora. Ni con Coca Cola ni con champaña me lo trago.

—Ella misma y no sabes cómo —le aseguró doña Lucrecia—. De lo más despercudida. Soltando palabrotas, moviéndose como pez en el agua, ahí, en el Bar. Como la tipa más experimentada de todo Lima.

—¿Y, ella, no la reconoció?

—No, felizmente. Pero, todavía no has oído nada. Ahí estábamos conversando, cuando, no sé de dónde, nos cayó encima el sujeto. Adelita lo conocía, por lo visto.

Era alto, fuerte, un poco gordo, un poco bebido, un poco todo lo que hace falta para sentirse temerario y mandón. De terno y corbata brillante, con rombos y zigzags, respiraba como un fuelle. Debía de ser cincuentón. Se colocó entre las dos, abrazándolas, y, como lo hubiera hecho con dos amigas de toda la vida, les dijo a manera de saludo:

—¿Se vienen a mi *suite*? Hay trago fino y *something for the nose*. Más lluvia de dólares para las chicas que se portan bien.

Doña Lucrecia sintió vértigo. El aliento del hombre le daba en la cara. Estaba tan cerca, que, con un pequeño movimiento hubiera podido besarla.

—¿Estás solito, primo? —le preguntó la muchacha, con coquetería.

—Para qué hace falta nadie más —se chupó el hombre los labios, tocándose el bolsillo donde debía de llevar

327

la cartera—. Cien verdes por cabeza ¿okey? Pago por adelantado.

—Si no tienes dólares de diez o de cincuenta, prefiero soles —dijo Adelita, de inmediato—. Los de cien son siempre falsos.

—Okey, okey, tengo de cincuenta —prometió el hombre—. Andando, chicas.

—Espero a alguien —se disculpó doña Lucrecia—. Lo siento.

—¿No puede esperar? —se impacientó el hombre.

—No puedo, de veras.

—Si quieres, subamos los dos —intervino Adelita, prendiéndose de su brazo—. Te trataré bien, primito.

Pero el hombre la rechazó, decepcionado:

—Tú sola, no. Esta noche, me estoy premiando. Mis burros ganaron tres carreras y la dupleta. ¿Les cuento? Voy a realizar un capricho que me tiene curcuncho, hace días. ¿Les digo cuál? —Las miró a una y a otra, muy serio, aflojándose el cuello, y encadenó con ansiedad, sin esperar su visto bueno—. Empalarme a una mientras me como a la otra. Viéndolas por el espejo, manoseándose y besándose, sentaditas en el trono. Ese trono que seré yo.

«El espejo de Egon Schiele», pensó la señora Lucrecia. Se sentía menos disgustada por la vulgaridad del hombre que por el brillo desalmado de sus pupilas mientras describía su capricho.

—Te vas a poner virolo de ver tantas cosas a la vez, primo —se rió Adelita, dándole un falso puñete.

—Es mi fantasía. Gracias a los burros, esta noche la voy a realizar —dijo el hombre, con orgullo, a manera de

328

despedida—. Lástima que estés ocupada, payasita, porque, a pesar de tus colorines, me gustaste. Chaucito, primas.

Cuando se perdió entre las mesas —el Bar tenía más gente que antes y se había adensado el humo, multiplicado el rumor de las conversaciones y la música de los parlantes era ahora un merengue de Juan Luis Guerra— Adelita se adelantó hacia ella, cariacontecida:

—¿Es verdad lo de la cita? Con ese pata era una ganga. Lo que contó de los caballos es cuento. Ése es narco, todo el mundo lo conoce. Y, se va ahí mismo, a cien por hora. Eyaculación precoz, llaman a eso. Tan, tan rápido, que ni alcanza a empezar muchas veces. Era un regalo, primita.

Doña Lucrecia trató de esbozar una sonrisa sabihonda, que no le salió. ¿Cómo podía estar diciendo semejantes cosas la hija de Esther? Esa señora tan estirada, tan rica, tan presumida, tan elegante, tan católica. Esthercita, la madrina de Fonchito. La muchacha seguía con sus comentarios desenfadados que tenían a doña Lucrecia boquiabierta:

—Una tontera haber perdido esta oportunidad de ganarse cien dólares en media hora, en quince minutos —se quejaba—. A mí, subir contigo a trabajarnos a ese pata me parecía bacán, te juro. Habría salido regio, en un dos por tres. No sé a ti, pero, lo que a mí me molesta, son las parejitas. El maridito mirón, mientras calientas a su mujercita. ¡Las odio, prima! Porque, siempre, la cojuda se muere de vergüenza. Las risitas, los disfuercitos, hay que darle trago, cariñitos. Pucha, hasta me vienen náuseas, te digo. Y, sobre todo, cuando se te echan a llorar y les da el arrepentimiento. Las mataría, te juro. Se pasan las medias horas y las horas con esas huevonas. Quieren, no quieren, y te hacen perder un montón de plata. Yo ya no tengo paciencia, prima. ¿No te ha pasado?

—A quién no —se sintió obligada a decir doña Lucrecia, forcejeando para que cada palabra aceptara salir de su boca—. Algunas veces.

—Ahora que, peor todavía, los dos amigotes, las yuntas, los compinches ¿no te parece? —suspiró Adelita. La voz le cambió y doña Lucrecia pensó que debía haberle ocurrido algo tremendo, con sádicos, locos o monstruos—. Qué machos se sienten cuando están de a dos. Y empiezan a pedir todas las majaderías. La cornetita, el sandwichito, el chiquito. ¿Por qué no vas mejor a pedírselo a tu mamacita, papacito? Yo no sé a ti, prima, pero, lo que es yo, el chiquito, ni de a vainas. No me gusta. Me da asco. Y, además, me duele. Así que ni por doscientos dólares lo doy. ¿Y tú?

—Yo, lo mismo —articuló doña Lucrecia—. Asco y dolor, igualito que a ti. Y, el chiquito, ni por doscientos, ni por mil.

—Bueno, por mil, quién sabe —se rió la muchacha—. ¿No ves? Nos parecemos. Bueno, ahí está tu cita, me imagino. A ver si la próxima le hacemos el trabajo al descerebrado de los burros. Chau y que te diviertas.

Se hizo a un lado, dejando su sitio a la delgada silueta que se acercaba. En la mediocre luz del recinto, doña Lucrecia vio que era joven, algo rubio, de facciones aniñadas, con un vago parecido ¿a quién? ¡A Fonchito! Un Fonchito con diez años más, cuya mirada se había endurecido y, el cuerpo, elevado y ahilado. Estaba vestido con un elegante terno azul y llevaba un pañuelito rosado del mismo color que la corbata en el bolsillo del saco.

—El inventor de la palabra *individualismo* fue Alexis de Tocqueville —le dijo, a modo de saludo, con una vocecita estridente—. ¿Cierto o falso?

—Cierto. —Doña Lucrecia empezó a sudar frío: ¿qué iba a pasar, ahora? Decidida a llegar hasta el final, añadió—: Yo soy Aldonza, la andaluza de Roma. Puta, estrellera y zurcidora, a sus órdenes.

—Lo único que entiendo es puta —acotó Justiniana, mareada por lo que oía—. ¿Iba en serio? ¿No se le soltaba la risa? Perdón por la interrupción, señora.

—Sígame —dijo el recién llegado, sin pizca de humor. Se movía como un robot.

Doña Lucrecia se descolgó de la banqueta de la barra y adivinó la malintencionada miradita del barman al verla partir. Siguió al joven rubio, que avanzaba de prisa entre las mesas atestadas, hendiendo la atmósfera humosa, hacia la salida del Bar. Luego, cruzó el pasillo hacia los ascensores. Doña Lucrecia vio que pulsaba el piso 24 y su corazón dio un brinco con el vacío en el vientre por la velocidad con que subieron. Una puerta se abrió apenas salieron al pasillo. Estaban en la recepción de una enorme *suite:* tras el ventanal de cristales, se extendía a sus pies un mar de luces con manchas oscuras y bancos de neblina.

—Puedes quitarte la peluca y desvestirte en el baño. —El muchacho le señaló una habitación, a un costado de la salita. Pero, doña Lucrecia no atinó a dar un paso, fascinada por esa faz juvenil, de mirada de acero y pelos alborotados —los había creído rubios y eran claros, tirando a oscuros— que tenía al frente, modelados por el cono de luz de una lámpara. ¿Cómo era posible? Parecía él, en persona.

—¿Cómo que Egon Schiele? —le salió al paso Justiniana—. ¿El pintor que tiene maniático a Fonchito? ¿El fresco que pintaba a sus modelos haciendo sinvergüenzuras?

—¿Por qué crees que me quedé pasmada, si no? Ése mismo.

—Ya sé que me le parezco —le explicó el muchacho, en el mismo tono serio, funcional y deshumanizado en que se había dirigido a ella desde el primer momento—. ¿Es eso lo que te tiene tan desconcertada? Bueno, me le parezco. ¿Y qué? ¿O crees que soy Egon Schiele resucitado? ¿No serás tan tonta, no?

—Es que, me ha dejado muda el parecido —reconoció doña Lucrecia, examinándolo—. No es sólo la cara. También, el cuerpecito largo, raquítico. Las manos, tan grandes. Y la manera como juegas con tus dedos, ocultando el pulgar. Igualito, idéntico a todas las fotografías de Egon Schiele. ¿Cómo es posible?

—No perdamos tiempo —dijo el muchacho, con frialdad y un ademán de fastidio—. Quítate esa peluca asquerosa y esos horribles aretes y collares. Te espero en el dormitorio. Ven desnuda.

Su cara tenía algo desafiante y vulnerable. Parecía, pensó doña Lucrecia, un muchachito malcriado y genial, al que, con todas sus travesuras y desplantes, audacias y temeridades, le hacía mucha falta su mamá. ¿Estaba pensando en Egon Schiele o en Fonchito? Doña Lucrecia estuvo totalmente segura de que el muchacho prefiguraba lo que sería el hijo de Rigoberto dentro de unos años.

«A partir de este momento, comienza lo más difícil», se dijo. Tenía la certeza de que el muchacho parecido a Fonchito y a Egon Schiele había echado doble llave a la puerta y que, aunque lo quisiera, no podría escapar ya de la *suite*. Tendría que permanecer allí el resto de la noche. Junto con el miedo que se había apoderado de ella, la devoraba la curiosidad, y hasta un amago de excitación. Entregarse a ese esbelto joven de expresión fría y algo cruel sería como hacer el amor con un Fonchito-joven-casi-hombre, o con un Rigoberto rejuvenecido y embellecido, un Rigoberto-joven-casi-niño. La ocurrencia la hizo sonreír. El espejo del cuarto de baño le mostró su expresión relajada, casi alegre. Le costaba trabajo quitarse la ropa. Sentía las manos agarrotadas, como si las hubiera tenido expuestas a la nieve. Sin la absurda peluca, libre de la minifalda que la cinchaba, respiró. Conservó el calzoncito y el mínimo sostén de encaje negro, y, antes de salir, se soltó y arregló los cabellos —los había sujetado con una redecilla—, deteniéndose un instante en la puerta. Otra vez, el pánico. «Puede que no salga viva de aquí.» Pero, ni siquiera ese temor hizo que se arrepintiera de haber venido y de estar interpretando esta truculenta farsa para dar gusto a Rigoberto (¿o a Fonchito?). Al salir a la salita, comprobó que el muchacho había apagado todas las luces de la habitación, salvo una lamparita, de un alejado rincón. Por el enorme ventanal, parpadeaban allá abajo miles de luciérnagas de un cielo invertido. Lima parecía disfrazada de gran ciudad; la oscuridad borraba sus harapos, su mugre y hasta su mal olor. Una música suave, de harpas, trinos, violines, bañaba la penumbra. Mientras avanzaba hacia la puerta que el muchacho le había señalado, siempre aprensiva, sintió una nueva ola de excitación, enderezándole los pezones («Lo que le gusta tanto a Rigoberto»). Se deslizaba silenciosamente por la moqueta. Tocó la puerta con los nudillos. Estaba junta y se abrió, sin un chirrido.

—¿Y estaban ahí, los de antes? —exclamó Justiniana, todavía más incrédula—. Cómo va a ser, pues. ¿Los dos de antes? ¿Adelita, la hija de la señora Esther?

—Y el tipo de los caballos, el narco o lo que fuera —confirmó doña Lucrecia—. Sí, ahí. Los dos. En la cama.

—Y, por supuesto, calatos —lanzó una risita Justiniana, llevándose una mano a la boca y revolviendo los ojos con descaro—. Esperándola, señora.

La habitación parecía más grande de lo habitual en un hotel, incluso en una *suite* de lujo, pero doña Lucrecia no pudo darse cuenta exacta de sus dimensiones, porque sólo estaba encendida la lamparita de uno de los veladores y la luz circular, enrojecida por la gran pantalla color alacrán, sólo alumbraba con total claridad a la pareja tendida y entreverada sobre la bituminosa colcha, con manchas color lúcuma oscuro, que cubría la cama de dos plazas. El resto de la habitación se hallaba en penumbra.

—Pasa, amorcito —le dio la bienvenida el hombre, agitando una mano, sin cesar de besuquear a Adelita, sobre la que estaba semimontado—. Tómate un trago. Sobre la mesa, hay champagne. Y, coquita, en esa tabaquera de plata.

La sorpresa de encontrar allí a Adelita y al hombre de los caballos, no la hizo olvidar al delgado joven de boca cruel. ¿Había desaparecido? ¿Espiaba, desde la sombra?

—Hola, prima —la cara traviesa de Adelita surgió por sobre el hombro del tipo—. Qué bueno que te zafaras de tu cita. Apúrate, ven. ¿No tienes frío? Aquí esta calientito.

Se le quitó el miedo por completo. Fue hasta la mesa y se sirvió una copa de champagne de una botella metida en un balde de hielo. ¿Y si se pegaba un jalón de coca, también? Mientras bebía, a sorbitos, en la penumbra, pensó: «Es magia o brujería. Milagro, no puede ser». El hombre era más gordo de lo que parecía vestido; su cuerpo, blancón y con lunares, tenía rollos en la barriga, unas nalgas lampiñas y unas piernas muy cortas, con matitas de vellos oscuros. Adelita, en cambio, era aún más delgada de lo que creyó; un cuerpo alargado, morenito, una cintura muy estrecha en la que resaltaban los huesitos de las caderas. Se dejaba besar y abrazar y abrazaba también al narco caballista, pero, aunque sus gestos simulaban entusiasmo, doña Lucrecia advirtió que ella no lo besaba y que, más bien, evitaba su boca.

—Ven, ven, ya casi no aguanto —rogó el hombre, de pronto, con vehemencia—. Mi capricho, mi capricho. ¡Ahora o nunca, muchachas!

Aunque la excitación de hacía un momento se le había eclipsado y sentía más bien algo de asco, luego de apurar la copa, doña Lucrecia le obedeció. Yendo hacia la cama, vio de nuevo por el ventanal, allá abajo, y también arriba, en los cerros donde comenzaba la lejana

Cordillera, el archipiélago de luces. Se sentó en una esquina de la cama, sin miedo, pero confusa y cada momento más asqueada. Una mano la cogió del brazo, la atrajo y obligó a tenderse bajo un cuerpo pequeño y fofo. Se ablandó, se dejó hacer, anonadada, desmoralizada, decepcionada. Se repetía, como autómata: «No vas a llorar, Lucrecia, no vas a llorar». El hombre la abrazó a ella con su brazo izquierdo y a Adelita con el derecho y su cabeza pivotaba de una a otra, besándolas en el cuello, en las orejas, y buscándoles la boca. Doña Lucrecia veía muy cerca la cara de Adelita, despeinada, congestionada, y, en sus ojos, un signo de complicidad, burlón y cínico, animándola. Los labios y dientes de él se apretaron contra los suyos, forzándola a abrir la boca. Su lengua entró en ella, como un áspid.

—A ti quiero empalarte —lo oyó implorar, mientras la mordisqueaba y acariciaba sus pechos—. Móntate, móntate. Rápido, que me voy.

Como vacilaba, Adelita la ayudó a subirse sobre él y se acuclilló también, pasando una de sus piernas sobre el hombre y acomodándose de modo que él tuviera su boca a la altura de su sexo depilado, en el que doña Lucrecia percibió apenas una línea ralita de vellosidad. En eso, se sintió corneada. ¿Había crecido tanto al entrar en ella esa cosita menuda, a medio atiesar, que segundos antes se frotaba contra sus piernas? Ahora, era un espolón, un ariete que la levantaba, perforaba y hería con fuerza cataclísmica.

—Bésense, bésense —gimoteaba el de los burros—. No las veo bien, maldita sea. ¡Nos faltó un espejo!

Mojada de sudor de los cabellos a los pies, atontada, adolorida, sin abrir los ojos, estiró los brazos y buscó la cara de Adelita, pero cuando encontró los labios delgaditos, la muchacha, aunque apretándolos contra los suyos, los mantuvo cerrados. No se abrieron cuando ella los presionó, con su lengua. Y, en eso, por entre sus pestañas y las gotitas de sudor que rodaban de su frente, vio al joven desaparecido de ojos acerados, allá arriba, cerca del techo, haciendo equilibrio en lo alto de una escalera. Semioculto por lo que parecía un biombo laqueado, con caligrafía chinesca, las orejitas medio paradas, sus ojos incendiados, la boquita cruel fruncida, la pintaba, los pintaba, furiosamente, con un largo carboncillo, en una cartulina blanquísima. En efecto, parecía un ave de presa, agazapado en lo alto de la escalera de tijeras, observándolos, midiéndolos, retocándolos con trazos largos, enérgicos, y esos ojillos feroces, vivísimos, que saltaban de la cartulina a la cama, de la cama a la cartulina, sin prestar atención a nada más, indiferentes a las luces de Lima desparramadas al pie de la ventana y a su propia verga, que se había abierto camino fuera del pantalón haciendo saltar los botones y se estiraba y crecía como un globo que llenan de aire. Ofidio volador, se balanceaba ahora sobre ella, contemplándola con su ojo de gran cíclope. No le sorprendió ni le importó. Cabalgaba, colmada, ebria, agradecida, embotellada, pensando, ora en Fonchito, ora en Rigoberto.

—Por qué sigues brincando, ¿no ves que me fui? —lloriqueó el hombre de los caballos. En la media oscuridad, su cara parecía de ceniza. Hacía pucheros de niño malcriado—. Maldita suerte, siempre me pasa. Cuando se pone rico, me voy. No puedo aguantarme. No hay manera, no hay. Fui donde el especialista y me recetó baños de fango. Una mierda. Me daba dolor de estómago y vómitos. Masajes. Otra mierda. Fui donde un curandero de la Victoria y me metió en una tina con hierbas, que olía a caca. ¿De qué me sirvió? De nada. Ahora me voy más rápido que antes. ¿Por qué esa suerte perra, maldita sea?

Se le escapó un gemido y sollozó.

—No llores, compadre, ¿no tuviste tu capricho acaso? —lo consoló Adelita, volviendo a pasar la pierna por sobre la cabeza del llorón y tumbándose a su lado.

Por lo visto, ninguno de los dos veía a Egon Schiele, o su doble, haciendo equilibrio a un metro encima de ellos, en lo alto de la escalera y ayudándose a no caer, a guardar el centro de gravedad, gracias a esa inmensa verga que se mecía suavemente sobre la cama, luciendo en la escasa luz sus delicados pliegues sonrosados y las alegres venitas del lomo. Y, sin duda, tampoco lo oían. Ella sí, clarísimo. Repetía entre dientes, como un mantra, chillón y beligerante: «Soy el más tímido de los tímidos. Soy divino».

—Descansa, prima, qué haces ahí, la función ya terminó —le dijo Adelita, con cariño.

—Que no se vayan, antes pégales. No las dejes irse. ¡Pégales, pégales fuerte a las dos!

Era Fonchito, naturalmente. No, no el pintor concentrado en su tarea de abocetarlos. Era el niño, su entenado, el hijo de Rigoberto. ¿Estaba ahí, él también? Sí. ¿Dónde? En alguna parte, segregado por las sombras del cuarto de las maravillas. Quieta, encogida, desexcitada, aterrada, cubriéndose los pechos con las manos, doña Lucrecia miró a la derecha, buscó a la izquierda. Y, por fin, los encontró, reflejados en un gran espejo de luna donde se vio ella también, repetida como una modelo de

Egon Schiele. La medialuz no los disolvía; más bien, daba al padre y al hijo, sentados uno junto a otro —aquél observándolos con benevolencia afectuosa y, éste, sobreexcitado, la angelical carita congestionada de tanto gritar «Pégales, pégales» — en un sillón que parecía un palco encaramado sobre el proscenio de la cama.

—¿O sea que se aparecieron también el señor y Fonchito? —comentó Justiniana, con tono desabrido y franca decepción—. Esto sí que no hay quien se lo crea.

—Muy sentaditos y mirándonos —asintió doña Lucrecia—. Rigoberto, muy formal, comprensivo y tolerante. Y, el niñito, incontenible, haciendo las diabluras de costumbre.

—Yo no sé usted, señora —dijo Justiniana, de pronto, cortándole el relato de golpe y levantándose—. Pero, en este mismo momento, necesito una ducha de agua bien fría. Para no pasarme otra noche desvelada y con sofocón. Estas conversaciones con usted, a mí me encantan. Pero, me dejan medio turumba y cargada de electricidad. Si no me cree, póngame la mano aquí y verá qué sacudón recibe.

LA BABA DEL GUSANO

Aunque sé de sobra que es usted un mal necesario, sin el cual la vida en comunidad no sería vivible, debo decirle que usted representa todo lo que detesto, en la sociedad y en mí mismo. Pues, desde hace un cuarto de siglo por lo menos, de lunes a viernes y de ocho de la mañana a seis de la tarde, con algunas actividades ancilares (cocteles, seminarios, inauguraciones, congresos) a las que me es imposible sustraerme sin poner en peligro mi supervivencia, soy también una especie de burócrata, aunque no trabaje en el sector público sino en el privado. Pero, como usted y por culpa de usted, en estos veinticinco años mi energía, mi tiempo y mi talento (tuve alguno) se los han tragado, en gran parte, los trámites, las gestiones, las solicitudes, las instancias, los procedimientos inventados por usted para justificar el sueldo que gana y el escritorio donde engrasa sus posaderas, dejándome apenas unas migajas de libertad para tomar iniciativas y llevar a cabo un trabajo que merezca llamarse creativo. Ya sé que los seguros (mi ramo profesional) y la creatividad se hallan tan alejados como los planetas Saturno y Plutón en el universo sideral, pero esta distancia no sería tan vertiginosa si usted, hidra reglamentarista, oruga tramitadora, rey del papel sellado, no la hubiera hecho abismal. Porque, aun en el árido desierto de las aseguradoras y reaseguradoras podría volcarse la imaginación del ser humano y extraer de él estímulo intelectual y hasta placer, si usted, encarcelado en esa densa malla de regulaciones asfixiantes —destinadas a dar carácter de necesidad a la obesa burocracia que ha puesto a reventar las reparticiones públicas y a crear una miríada de coartadas y justificaciones a sus chantajes, coimas, tráficos y robos— no hubiera convertido la tarea de una compañía de seguros en una embrutecedora rutina parecida a la de esas complicadas y diligentes máquinas de Jean Tinguely, que, moviendo cadenas, poleas, carriles, palas, cucharas y émbolos terminan por parir una pelotita de ping pong. (Usted no sabe quién es Tinguely y tampoco le conviene saberlo, aunque, estoy seguro, si el azar las pusiera en su camino, usted ya habría tomado todas las precauciones para no entender, banalizándolos, los sarcasmos feroces que le disparan las obras de ese escultor, uno de los pocos artistas contemporáneos que me entiende.)

Si le cuento que yo entré en esta compañía recién recibido de abogado, con un puestecito insignificante en el departamento legal, y que en estos cinco lustros he escalado la jerarquía hasta ocupar la gerencia, ser miembro del Directorio y dueño de un buen paquete de acciones de la empresa, usted me dirá que, en esas condiciones, de qué puedo quejarme, y que peco de ingratitud. ¿Acaso no vivo bien? ¿No formo parte del microscópico fragmento de la sociedad peruana que tiene casa propia, automóvil, la posibilidad de viajar una o dos veces por año a Europa o Estados Unidos de vacaciones y de vivir con unas comodidades y disfrutar de una seguridad impensables e insoñables para las cuatro quintas partes de nuestros compatriotas? Todo eso es cierto. También lo es, que, gracias a este éxito profesional (¿así lo llaman ustedes, no es cierto?) he podido llenar mi estudio de libros, grabados y cuadros que me amurallan contra la estupidez y la ramplonería reinantes (es decir, contra todo lo que usted representa) y formar un enclave de libertad y fantasía donde, cada día, mejor dicho cada noche, he podido desintoxicarme de la espesa costra de convencionalismos embrutecedores, viles rutinas, actividades castradoras y gregarizadas que usted fabrica y de las que se nutre, y vivir, vivir de verdad, ser yo mismo, abriendo a los ángeles y demonios que me habitan las puertas enrejadas detrás de las cuales —por culpa de usted, de usted— están obligados a esconderse el resto del día.

Usted me dirá, también: «Si odia tanto los horarios de oficina, las cartas y las pólizas, los informes legales y los protocolos, las reclamaciones, los permisos y los alegatos ¿por qué no tuvo el coraje de sacudirse todo eso de encima y vivir la vida verdadera, la de su fantasía y sus deseos, no sólo en las noches, también en las mañanas, mediodías y tardes? ¿Por qué cedió más de la mitad de su vida al animal burocrático que, junto con sus ángeles y demonios, también lo esclaviza?». La pregunta es pertinente —me la he formulado muchas veces—, pero también lo es mi respuesta: «Porque el mundo de fantasía, de placer, de deseos en libertad, mi única patria querida, no hubiera sobrevivido indemne a la escasez, la estrechez, las angustias económicas, el agobio de las deudas y la pobreza. Los sueños y los deseos son incomestibles. Mi existencia se hubiera empobrecido, vuelto caricatura de sí misma». No soy un héroe, no soy un gran artista, carezco de genio, de manera que no hubiera podido consolarme la esperanza de una «obra» que acaso me sobreviviría. Mi aspiración y mis aptitudes no van más allá de saber diferenciar —en eso soy superior a usted, a quien su condición adventicia ha mermado hasta la nada el sentido de discriminación ético y estético—, dentro de la maraña de posibilidades que me rodean, lo que amo y lo que detesto, lo que me embellece la vida y lo que me la afea y embadurna de estupidez, lo que me exalta y lo que me deprime, lo que me hace gozar y lo que me hace sufrir.

Para estar simplemente en condiciones de discernir constantemente entre esas opciones contradictorias necesito la tranquilidad económica que me da este quehacer profesional maculado por la cultura del trámite, esa miasma deletérea que usted genera como el gusano la baba y que ha pasado a ser el aire que respira el mundo entero. Las fantasías y los deseos —al menos, los míos— requieren para manifestarse un mínimo de tranquilidad y de seguridad. De otro modo, enflaquecerían y morirían. Si quiere deducir de ello que mis ángeles y demonios son incombustiblemente burgueses, es una estricta verdad.

Mencioné antes la palabra *parásito* y usted se habrá preguntado si tengo yo derecho, siendo un abogado que, aplicando desde hace veinticinco años la ciencia jurídica —el más nutritivo alimento de la burocracia y la primera engendradora de burócratas— a la especialidad de los seguros, a usarla despectivamente contra nadie. Sí, lo tengo, pero sólo porque también me la aplico a mí mismo, a mi mitad burocrática. En efecto, y para colmo de males, el parasitismo legal fue mi primera especialización, la llave que me abrió las puertas de la compañía La Perrichoili —sí, ése es el ridículo nombre que la acriolla— y me consiguió las primeras promociones. ¿Cómo no iba a ser el más ingenioso enredador o desenredador de argumentos jurídicos quien descubrió desde su primera clase de derecho, que la llamada legalidad es, en gran medida, una intrincada selva donde los técnicos en enredos, intrigas, formalismos, casuismos, harán siempre su agosto? Que esa profesión no tiene nada que ver con la verdad y la justicia sino, exclusivamente, con la fabricación de apariencias incontrovertibles, con sofismas y embrollos imposibles de desenmadejar. Es verdad, se trata de una actividad esencialmente parasitaria, que he llevado a cabo con la eficiencia debida para ascender hasta la cima, pero, sin engañarme jamás, consciente de ser un forúnculo que se nutre de la indefensión, vulnerabilidad e impotencia de los demás. A diferencia de usted, yo no pretendo ser un «pilar de la sociedad» (inútil remitirlo al cuadro de Georges Grosz de ese título: usted no conoce a este pintor, o, peor todavía, sólo lo conoce por los espléndidos culos expresionistas que pintó y no por sus letales caricaturas de los colegas de usted en la Alemania de Weimar): sé lo que soy y lo que hago y desprecio esa parte de mí mismo tanto o más que lo que desprecio en usted. Mi éxito como legalista ha derivado de esa comprobación —que el derecho es una técnica amoral que sirve al cínico que mejor la domina— y de mi descubrimiento, también precoz, de que en nuestro país (¿en todos los países?) el sistema legal es una telaraña de contradicciones en la que a cada ley o disposición con fuerza de ley se puede oponer otra u otras que la rectifican y anulan. Por eso, todos estamos aquí siempre vulnerando alguna ley y delinquiendo de algún modo contra el orden (en realidad, el caos) legal. Gracias a ese dédalo usted se subdivide, multiplica, reproduce y reengendra, vertiginosamente. Y, gracias a ello, vivimos los abogados y algunos —*mea culpa*— prosperamos.

Ahora bien, pese a que mi vida ha sido un suplicio de Tántalo, una lucha diaria y moral entre el lastre burocrático de mi existencia y los ángeles y demonios secretos de mi ser, usted no me ha vencido. Siempre conseguí mantener ante lo que hacía de lunes a viernes y de ocho

344

a seis de la tarde, la ironía suficiente para despreciar ese quehacer y despreciarme por hacerlo, de modo que las horas restantes pudieran desagraviarme y redimirme, compensarme y humanizarme (lo que, en mi caso, siempre quiere decir separarme del hato o la manada). Imagino la comezón que lo recorre, esa curiosidad biliosa con que se pregunta: «¿Y qué es lo que hace en esas noches que lo inmuniza contra mí, que lo salva de ser lo que yo soy?». ¿Quiere saberlo? Ahora que estoy solo —separado de mi mujer, quiero decir— leo, contemplo mis grabados, reviso y alimento mis cuadernos con cartas como ésta, pero, sobre todo, fantaseo, sueño, construyo una realidad mejor, depurada de todas las escorias y excrecencias —usted y su baba— que hacen a la existente tan siniestra y sórdida como para inducirnos a desear una distinta. (Hablo en plural y me arrepiento; no se repetirá.) En esa otra realidad, usted no existe. Existen sólo la mujer que amo y amaré siempre —la ausente Lucrecia— mi hijo Alfonso y algunos movibles y transitorios figurantes que aparecen como fuegos fatuos, el tiempo de serme útiles. Sólo cuando estoy en ese mundo, en esa compañía, existo, pues gozo y soy feliz.

Ahora bien, esas briznas de felicidad no serán posibles sin la inmensa frustración, el árido aburrimiento y la agobiadora rutina de mi vida real. En otras palabras, sin una vida deshumanizada por usted y lo que usted teje y desteje contra mí desde todos los engranajes del poder que detenta. ¿Entiende, ahora, por qué lo llamé al principio un *mal necesario*? Usted se creía, señor del estereotipo y el lugar común, que lo califiqué así porque pensaba que una sociedad debe funcionar, disponer de un orden, una legalidad, unos servicios, una autoridad, para no naufragar en la behetría. Y se creía que ese regulador, ese nudo gordiano, ese mecanismo salvador y organizador del hormiguero, era usted, el *necesario*. No, horrible amigo. Sin usted, la sociedad funcionaría bastante mejor de como funciona ahora. Pero, sin usted aquí, emputeciendo, envenenando y recortando la libertad humana, ésta no sería tan apreciada por mí, ni volaría tan alto mi imaginación, ni mis deseos serían tan pujantes, pues todo eso nace como rebeldía contra usted, como la reacción de un ser libre y sensible contra quien es la negación de la sensibilidad y el libre albedrío. De modo que, fíjese por dónde, a través de qué vericuetos, resulta que, sin usted, yo sería menos libre y sensible, mis deseos más pedestres y mi vida más hueca.

Ya sé que tampoco lo entenderá, pero, qué importa, si sobre esta carta jamás se posarán sus abotargados ojos de batracio.

Lo maldigo y le doy las gracias, burócrata.

EL SUEÑO ES VIDA

Bañada en sudor, sin salir del todo aún de esa delgada frontera en que el sueño y la vigilia se mezclaban, don Rigoberto siguió viendo a Rosaura, vestida con saco y corbata, cumplir sus instrucciones: se acercó a la barra y se inclinó sobre las espaldas desnudas de la llamativa mulata que le había estado haciendo avances desde que los vio entrar a esa *boîte* de enganche.

¿Estaban en la ciudad de México, no es cierto? Sí, luego de una semana en Acapulco, haciendo una escala en su regreso a Lima, al término de esas cortas vacaciones. Don Rigoberto había tenido el capricho de disfrazar a doña Lucrecia de varón e ir con ella así vestida a un cabaret de fulanas. Rosaura-Lucrecia cuchicheó algo con ella entre sonrisas —don Rigoberto vio cómo apretaba con autoridad el brazo desnudo de la mulata, que la miraba con unos ojos despercudidos y aviesos— y finalmente la sacó a bailar. Tocaban un mambo de Pérez Prado, por supuesto —*El ruletero*—, y en la estrecha pista de baile, humosa, atestada y cuyas sombras violentaba por rachas un reflector de colorines, don Rigoberto aprobó: Rosaura-Lucrecia interpretaba su papel bastante bien. No parecía una advenediza en esas ropas de varón, ni distinta con ese corte de pelo a lo *garçon*, ni incómoda llevando a su pareja los ratos que, cansadas de hacer figuras, se enlazaban. En estado crecientemente febril, don Rigoberto, lleno de admiración y gratitud hacia su mujer, tenía que desafiar la tortícolis para no perderlas de vista entre tantas cabezas y hombros adventicios. Cuando la desafinada —pero miedosa— orquestita pasó del mambo al bolero —*Dos almas*, que le recordó a Leo Marini— sintió que los dioses estaban con él. Interpretando su secreto deseo, vio que Rosaura estrechaba de inmediato a la mulata pasándole los dos brazos por la cintura y obligándola a pasarle los suyos sobre los hombros. Aunque en la media luz no podía llegar a esas precisiones, estuvo seguro de que su mujercita adorada, el falso varón, había comenzado a besar y mordisquear despacito el cuello de la mulata, contra cuyo vientre y tetas se frotaba como un verdadero caballero espoleado por la excitación.

Estaba despierto ya, sin la menor duda, pero, a pesar de tener todos sus sentidos alertas, la mulata y Lucrecia-Rosaura estaban todavía allí, apretadas en medio de esa nocturna humanidad prostibularia, en ese local estridente y truculento de mujeres pintarrajeadas como pericas, ancas tropicales y una clientela masculina de tipos con bigotes lacios, mofletudos, de miradas marihuanas ¿preparados para sacar las pistolas y entrematarse al menor descuido? «Por esta excursión a los bajos fondos de la noche mexicana, Rosaura y yo podemos perder la vida», pensó, con un escalofrío feliz. Y anticipó los titulares de la abyecta prensa: «Doble asesinato: hombre de negocios y esposa trasvestista degollados en casa de citas mexicana», «El anzuelo fue una mulata», «El vicio los perdió», «Degollada en bajos fondos de México pareja de la sociedad limeña», «Lacra blanca: pagan en sangre sus excesos». Regurgitó una risita como un eructo: «Si nos han matado, qué le importará el escándalo a nuestros gusanos».

Volvió al local de marras y ahí seguían bailando la mulata y Rosaura, el falso varón. Ahora, para su dicha, se manoseaban descaradamente y también se besaban en la boca. Pero, cómo: ¿no eran reacias las profesionales a ofrecer los labios a sus clientes? Sí, pero ¿acaso había obstáculo que Rosaura-Lucrecia no pudiera vencer? ¿Cómo había conseguido que la gran mulata abriera esa bocaza de gruesos labios bermejos y recibiera la visita sutil de su lengua serpentina? ¿Le habría ofrecido dinero? ¿La habría excitado? No importaba cómo, lo importante era que esa lengua dulce y blanda, casi líquida, estaba ahí, en la boca de la mulata, ensalivándola y absorbiendo la saliva —que imaginó espesa y olorosa— de esa exuberante mujer.

Y, entonces, lo distrajo la pregunta: ¿por qué Rosaura? Rosaura era también un nombre de mujer. Si se trataba de camuflarla por completo, como había hecho con su cuerpo abrigándolo con ropas de varón, preferible llamarla Carlos, Juan, Pedro, Nicanor. ¿Por qué, Rosaura? Casi inconscientemente se había levantado de la cama, puesto bata y zapatillas y mudado a su estudio. No necesitaba ver el reloj para saber que pronto asomarían en las tinieblas, como saliendo del mar, las lucecitas del amanecer. ¿Conocía él alguna Rosaura de carne y hueso? Buscó y fue categórico: ninguna. Era, pues, una Rosaura imaginaria, venida a aposentarse en su sueño sobre Lucrecia y a fundirse con ella, esta noche, desde la página olvidada de una novela o desde algún dibujo, óleo, grabado, que tampoco recordó. En todo caso, el nombre postizo seguía allí, adherido a Lucrecia, como ese traje de varón que habían comprado esa misma tarde en una tienda de la Zona Rosa, entre risas y cuchicheos, una vez que él preguntó a Lucrecia si accedería a materializar su fantasía y ella —«como siempre, como siempre»— dijo sí. Ahora, Rosaura era un nombre tan real como esa parejita que, cogida del brazo —la mulata y Lucrecia eran casi de la misma altura— había dejado de bailar y se acercaba a la mesa. Se levantó a recibirlas y, ceremonioso, extendió la mano a la mulata.

—Hola, hola, mucho gusto, asiento.

—Me muero de sed —dijo la mulata, abanicándose con las dos manos—. ¿Pedimos algo?

—Lo que tú quieras, amorcito —le dijo Rosaura-Lucrecia, en el acto, acariciándole la barbilla y llamando a un mozo—. Pide, pide tú.

—Una botella de champagne —ordenó la mulata con una sonrisa de triunfo—. ¿De veras, te llamas Rigoberto? ¿O es tu nombre de guerra?

—Así me llamo. Un nombrecito algo raro ¿no?

—Rarísimo —asintió la mulata, mirándolo como si en vez de ojos tuviera dos tizones llameantes en la cara redonda—. Bueno, al menos, es original. Tú también eres bastante original, la verdad. ¿Quieres saber una cosa? Nunca he visto unas orejas y una nariz como las tuyas. ¡Qué enormes, madre mía! ¿Me dejas que te las toque? ¿Me permites?

A don Rigoberto, el pedido de la mulata —alta, ondulante, ojos incandescentes, cuello largo, hombros fuertes y una bruñida piel que destacaba con el vestido amarillo canario de amplio escote— lo dejó mudo, sin ánimos siquiera para responder con una broma a lo que parecía una demanda muy seria. Lucrecia-Rosaura vino a socorrerlo:

—Todavía no, amorcito —dijo a la mulata, pellizcándole la oreja—. Cuando estemos solos, en el cuarto, le tocarás todo lo que se te antoje.

—¿Vamos a estar solos los tres en un cuarto? —se rió la mulata, revolviendo los ojos de sedosas pestañas postizas—. Gracias por ponerme al tanto. ¿Y qué voy a hacer yo sola con ustedes dos, angelitos? No me gustan los números impares. Lo siento. Puedo llamar a una amiga y así seremos dos parejas. Yo sola con dos, ni muerta.

Pero, cuando el mozo trajo la botella de lo que él llamaba champagne y era un espumante dulzón con reminiscencias de trementina y alcanfor, la mulata (dijo que se llamaba Estrella) pareció autoanimarse con la idea de pasar el resto de la noche con la desigual pareja, e hizo bromas, lanzó risotadas y distribuyó amables manazos entre don Rigoberto y Rosaura-Lucrecia. De tanto en tanto, como un estribillo, volvía a burlarse de «las orejas y la nariz del caballero», a las que miraba con una fascinación impregnada de misteriosa codicia.

—Con unas orejas así, uno debe oír más que las personas normales —decía—. Y, con semejante nariz, oler lo que no huele el común de los hombres.

«Probablemente», pensó don Rigoberto. ¿Y si fuera cierto? ¿Si él, gracias a la munificencia de esos dos órganos, viera más y oliera mejor que sus congéneres? No le gustaba el sesgo cómico que iba tomando la historia —su deseo, avivado hacía un momento, decaía, y no lograba reanimarlo, pues, por culpa de las burlas de Estrella, su atención se apartaba de Lucrecia-Rosaura y la mulata para concentrarse en sus desproporcionados adminículos auditivo y nasal. Trató de quemar etapas, saltando por encima de la negociación con Estrella que duró lo que aquella botella de supuesto champagne, de los trámites para que la mulata saliera de la *boîte* —hubo de canjear una ficha con un billete de cincuenta dólares—, del gargantoso taxi aquejado de temblores de terciana y del registro en el hediondo hotel —*Cielito lindo* decía el letrero luminoso en rojo y azul de su fachada— y de la negociación con el recepcionista bizco que se hurgaba las narices, para que los dejara ocupar un solo cuarto. Aplacar sus temores a que la policía hiciera una redada y multara al establecimiento por alquilar un dormitorio a un trío, costó a don Rigoberto otros cincuenta dólares.

En el mismo momento en que cruzaron el umbral de la habitación, y, bajo la endeble luz del mismo foco, apareció la cama de dos plazas cubierta con una colcha azulada junto a la cual había un lavador, una palangana con agua, una toalla, un rollo de papel higiénico y una desportillada bacinica —el bizco acababa de irse, entregándoles la llave y cerrando tras él la puerta—, don Rigoberto recordó: ¡Por supuesto! ¡Rosaura! ¡Estrella! Se dio un golpe en la frente, aliviado. ¡Naturalmente! Esos nombres venían de aquella función madrileña de *La vida es sueño*, de Calderón de la Barca. Y una vez más sintió en el fondo de su corazón brotar, como un surtidor de agua clara, un tierno sentimiento de gratitud hacia esas profundidades de la memoria de las que inagotablemente estaban manando sorpresas, imágenes, fantasmas, sugerencias, para dar cuerpo, escenario y anécdota a los sueños con que se defendía de la soledad, de la ausencia de Lucrecia.

—Desnudémonos, Estrella —decía Rosaura, levantándose, sentándose—. Te vas a llevar la sorpresa de tu vida, así que prepárate.

—No me quito el vestido si no le toco antes la nariz y las orejas a tu amigo —repuso Estrella, esta vez muy seria—. No sé por qué, pero las ganas de tocárselas me comen vivita.

Esta vez, en lugar de encolerizarse, don Rigoberto se sintió halagado.

Había sido una función que doña Lucrecia y él vieron en un teatro de Madrid, en su primer viaje a Europa a los pocos meses de casados, una representación tan anticuada de *La vida es sueño* que hasta risas desembozadas se oyeron en la oscuridad de la platea durante la obra. El flaco y espigado actor que encarnaba al príncipe Segismundo era tan malo, su voz tan engolada y se lo veía tan abrumado por el papel, que el espectador —«bueno, *este* espectador», matizó don Rigoberto— se sentía inclinado a ser benevolente con su cruel y supersticioso padre, el rey Basilio, por haberlo tenido encadenado toda su niñez y juventud, como fiera feroz, en esa solitaria torre, temeroso de que se cumplieran con ese hijo, si subía al trono, los cataclismos que los astros y su ciencia matemática habían predicho. Todo había sido pobre, tremebundo y torpe en aquella función. Y, sin embargo, don Rigoberto recordó clarísimamente que la aparición de la joven Rosaura, vestida de hombre, en la primera escena, y, más tarde, con espada al cinto, lista para entrar en la batalla, le llegó al alma. Ahora sí, estaba seguro de haber sido visitado desde entonces, varias veces, por la tentación de ver alguna vez a Lucrecia ataviada con botas, sombrero emplumado, casaca de guerrero, a la hora del amor. *¡La vida es sueño!* Pese a ser espantosa aquella función, execrable su director, peores los actores, no sólo esa actricilla había perdurado en su memoria e inflamado muchas veces sus sentidos. Además, algo en la obra lo había intrigado, porque —el recuerdo era inequívoco— lo indujo a leerla, algún tiempo después. Algunas notas

353

deberían quedar de esa lectura. A cuatro patas sobre la alfombra del estudio, don Rigoberto revisó y descartó cuaderno tras cuaderno. Éste no, éste no. Tenía que ser éste. Éste era el año.

—Ya estoy desnuda, papito —dijo la mulata Estrella—. Deja que te coja las orejas y la nariz, de una vez. No te hagas de rogar. No me hagas sufrir, no seas castigador. ¿No ves que me muero de ganas? Dame ese gusto, amorcito, y te haré feliz.

Tenía un cuerpo lleno y abundante, bien formado, aunque algo blando en el vientre, unos pechos espléndidos apenas caídos y, en las caderas, rollitos renacentistas. Ni siquiera parecía percatarse de que Rosaura-Lucrecia, quien acababa de desnudarse también y se había tumbado en la cama, no era un hombre sino una bella mujer de delineados contornos. La mulata sólo tenía ojos para él, o más bien, para sus orejas y su nariz, que, ahora —don Rigoberto se había sentado a la orilla de la cama para facilitarle la operación— acariciaba con avidez, con furia. Sus dedos ardientes sobaban, apretaban y pellizcaban con desesperación, sus orejas primero, luego su nariz. Él cerró los ojos, angustiado, porque adivinó que muy pronto esos dedos en su nariz le provocarían uno de esos accesos de alergia que no se detenían antes de —lujuriosa cifra— sesentainueve estornudos. Aquella aventura mexicana, inspirada en Calderón de la Barca, terminaría en una grotesca sesión de desafuero nasal.

Sí, ahí estaba —don Rigoberto acercó el cuaderno a la luz de la lamparilla: una paginita de citas y anotaciones, hechas a medida que iba leyendo, bajo el título: *La vida es sueño* (1638).

Las dos primeras citas, sacadas de parlamentos de Segismundo, le hicieron el efecto de dos latigazos: «*Nada me parece justo / en siendo contra mi gusto*». Y la otra: «*Y sé que soy / un compuesto de hombre y fiera*». ¿Había una relación de causa-efecto entre las dos citas que había transcrito aquella vez? ¿Era un compuesto de hombre y fiera porque nada que fuera contra su gusto le parecía justo? Tal vez. Pero, cuando leyó aquella obra, luego de aquel viaje, no era el hombre viejo, cansado, solitario y abatido que buscaba desesperadamente refugio en las fantasías para no volverse loco o suicidarse en que se había convertido; era un cincuentón feliz, pletórico de vida, que en los brazos de su segunda y flamante mujer, estaba descubriendo que la dicha existía, que era posible construir, junto a la amada, una ciudadela singular, amurallada contra la estupidez, la fealdad, la mediocridad y la rutina de aquella donde pasaba el resto del día. ¿Por qué había sentido la necesidad de tomar esas notas leyendo una obra, que, en ese entonces, no incidía para nada en su situación personal? ¿O, acaso sí?

—Yo, con un hombre armado de unas orejas y una nariz así, perdería la cabeza y me convertiría en su esclava —exclamó la mulata, dándose un respiro—. Le daría gusto en todos sus caprichos. Barrería el suelo con mi lengua, para él.

Estaba sentada sobre sus talones y tenía la cara congestionada, sudorosa, como si la hubiera tenido inclinada sobre una sopa en ebullición. Toda ella parecía vibrar. Hablaba pasándose golosamente la lengua por esos labios húmedos con los que acababa de besuquear, mordisquear y lamer interminablemente los órganos auditivos y olfativos de don Rigoberto. Éste, aprovechando ese respiro, tomó aire y sacando su pañuelo se secó las orejas. Luego, haciendo mucho ruido, se sonó.

—Este hombre es mío y sólo te lo presto por esta noche —dijo Rosaura-Lucrecia, con firmeza.

—Pero ¿tú eres el propietario de estas maravillas? —preguntó Estrella, sin dar la más mínima importancia al diálogo. Sus manos se apoderaron de la cara ya alarmada de don Rigoberto y su gruesa boca avanzó de nuevo, resuelta, hacia sus presas.

—¿Ni siquiera te has dado cuenta? No soy hombre, soy una mujer —protestó, exasperada, Rosaura-Lucrecia—. Al menos, mírame.

Pero la mulata, con un ligero movimiento de hombros, la desdeñó y prosiguió enardecida su tarea. Tenía dentro de su gran bocaza caliente la oreja izquierda de don Rigoberto y éste, incapaz de contenerse, lanzó una carcajada histérica. Estaba muy nervioso, en verdad. Presentía que, en cualquier momento, Estrella pasaría del amor al odio y le arrancaría la oreja de un mordisco. «Desorejado, Lucrecia ya no me querrá», se entristeció. Lanzó un suspiro profundo, cavernoso, tétrico, parecido a aquellos que, en su torre secreta, barbón y encadenado, lanzaba el príncipe Segismundo mientras inquiría a los cielos, a gritos destemplados, qué delito había cometido *contra vosotros naciendo*.

«Esa pregunta es estúpida», se dijo don Rigoberto. Siempre había despreciado el deporte sudamericano de la autocompasión y, desde ese punto de vista, ese príncipe lloriqueador de Calderón de la Barca (un jesuita, por lo demás) que se presentaba al público gimiendo «*Ay mísero de mí, ay infelice*» no tenía nada para atraerlo ni para que se identificara con él. ¿Por qué, entonces, en su sueño, sus fantasmas habían estructurado esa historia prestándose los nombres de Rosaura y de Estrella y el disfraz masculino de aquel personaje de *La vida es sueño*? Tal vez, porque su vida se había vuelto puro sueño desde la partida de Lucrecia. ¿Acaso *vivía* esas sombrías, opacas horas que pasaba en la oficina discutiendo balances, pólizas, reaseguros, juicios, inversiones? El único rincón de vida se lo deparaba la noche, cuando se adormilaba y en su conciencia se abría la puerta de los sueños, como debía de ocurrirle en su desolada torre de piedra, en ese bosque extraviado, a Segismundo. Él también había encontrado allá que la vida verdadera, la rica, la espléndida vida que se plegaba y hacía a sus caprichos, era la vida de a mentiras, la que su mente y sus deseos secretaban —despierto o dormido—, para sacarlo de su celda y escapar a la asfixiante monotonía de su encierro. Después de todo, no era gratuito el inesperado sueño: había un parentesco, una afinidad entre los dos miserables soñadores.

Don Rigoberto recordó un chiste en diminutivos que, de puro estúpido, los había hecho reírse como un par de chiquillos a él y a Lucrecia: «Un elefantito se acercó a beber agua a la orilla de un laguito y un cocodrilito lo mordió y le arrancó la trompita. Lloriqueando, el elefantito ñatito protestaba: «Chistocito de mierdita».

—Suéltame la nariz y te daré lo que quieras —imploró, aterrado, con voz gangosa, cantinflesca, porque los dientecillos carniceros de Estrella le obturaban la respiración—. La plata que quieras. ¡Suéltame, por favor!

—Calla, me estoy corriendo —balbuceó la mulata, soltando un segundo y volviendo a capturar la nariz de don Rigoberto con su doble hilera de dientes carniceros.

Hipogrifo violento, ella sí que corría pareja con el viento, estremeciéndose toda, mientras don Rigoberto, hundido en el pánico, veía por el rabillo del ojo que Rosaura-Lucrecia, afligida, desconcertada, incorporada a medias en la cama, había cogido a la mulata de la cintura y trataba de apartarla, con suavidad, sin forcejeos, seguramente temiendo que si la jaloneaba, Estrella, en represalias, se llevara entre sus dientes la nariz de su esposo. Así estuvieron un buen rato, dóciles, enganchados, mientras la mulata se encabritaba y gemía, lengüeteando con desenfreno el adminículo nasal de don Rigoberto y éste, entre brumas ansiosas, recordaba el monstruo de Bacon, *Cabeza de hombre*, óleo estremecedor que durante mucho tiempo lo había obsesionado, ahora sabía por qué: así lo iban a dejar las fauces de Estrella, luego del mordisco. No era su faz mutilada lo que lo espantaba, sino una pregunta: ¿seguiría queriendo Lucrecia a un marido desorejado y desnarigado? ¿Lo abandonaría?

Don Rigoberto leyó en su cuaderno este fragmento:

> *¿qué pudo ser*
> *esto que a mi fantasía*
> *sucedió mientras dormía*
> *que aquí me he llegado a ver?*

Segismundo lo recitaba al despertar de ese sueño artificial en que (con un compuesto de opio, adormidero y beleño) lo sumían el rey Basilio y el viejo Clotaldo, y le montaban esa innoble farsa, trasladándolo de su torre prisión a la corte, para hacerlo reinar por un breve lapso, haciéndole creer que esa transición era también un sueño. «Lo que sucedió a tu fantasía mientras dormías, pobre príncipe, pensó, es que te adormecieron con drogas y mataron. Te devolvieron por un ratito a tu verdadera condición, haciéndote creer que soñabas. Entonces, te tomaste las libertades que uno se toma cuando goza de la impunidad de los sueños. Diste rienda suelta a tus deseos, desbarrancaste por el balcón a un hombre, casi matas al viejo Clotaldo y al mismísimo rey Basilio. Así, tuvieron el pretexto necesario —eras violento, eras irascible, eras indigno— para devolverte a las cadenas y a la soledad de tu prisión.» Pese a ello, envidió a Segismundo. Él también, como el desdichado príncipe condenado por la matemática y las estrellas a vivir soñando para no morir de encierro y soledad, era lo que había anotado en el cuaderno: «un esqueleto vivo», «un animado muerto». Pero, a diferencia de aquel príncipe, ningún rey Basilio, ningún noble Clotaldo, vendrían a sacarlo de su abandono y soledad, para, luego de adormecerlo con opio, adormidera y beleño, despertarlo en brazos de Lucrecia. «Lucrecia, Lucrecia mía», suspiró, dándose cuenta de que estaba llorando. ¡Qué llorón se había vuelto este último año!

Estrella lagrimeaba también, pero de alegría y felicidad. Luego del estertor final, durante el que don Rigoberto sintió un sacudón simultáneo en todas las madejas de nervios de su cuerpo, abrió la boca, soltó la nariz y se dejó caer de espaldas sobre la cama encolchada de azul, con una desarmante y beata exclamación: «¡Qué rico me corrí, Virgen santa!». Y, agradecida, se persignó, sin el menor ánimo sacrílego.

—Muy rico para ti, sí, pero a mí casi me dejaste sin nariz y sin orejas, forajida —se quejó don Rigoberto.

Estaba segurísimo de que las caricias de Estrella le habían puesto la cara como la de ese personaje vegetal del Arcimboldo que tenía una tuberosa zanahoria por nariz. Con un creciente sentimiento de humillación, advirtió, por entre los dedos de la mano con los que se frotaba su magullada nariz, que Rosaura-Lucrecia, sin pizca de compasión ni preocupación por él, miraba a la mulata (desperezándose, aplacada, sobre la cama) con curiosidad, una sonrisita complacida flotando por su cara.

—¿Y eso es lo que te gusta de los hombres, Estrella? —le preguntó.

La mulata asintió.

—Lo único que me gusta —precisó, acezando y lanzando un vaho denso, vegetal—. Lo demás, que se lo metan donde el sol no les alumbre. Generalmente, me contengo y lo oculto, por el qué dirán. Pero, esta noche, me solté. Porque, nunca he visto unas orejas y una nariz como las de tu hombre. Ustedes me hicieron sentir en confianza, mamita.

Examinó de arriba abajo a Lucrecia con una mirada de conocedora y pareció aprobarla. Estiró una de sus manos y colocó el dedo índice en el pezón izquierdo —don Rigoberto creyó ver cómo el pequeño botón craquelado de su mujer se enderezaba— de Rosaura-Lucrecia y dijo, con una risita:

—Descubrí que eras mujer cuando estábamos bailando, en la *boîte*. Te sentí las tetitas y me di cuenta

360

que no sabías llevar a tu pareja. Te llevaba yo a ti, no tú a mí.

—Lo disimulaste muy bien, yo creí que te había engañado —la felicitó doña Lucrecia.

Siempre frotándose la acariciada nariz y las resentidas orejas, don Rigoberto sintió una nueva vaharada de admiración por su mujer. ¡Qué versátil y adaptable podía ser! Era la primera vez en su vida que Lucrecia hacía cosas así —vestirse de hombre, ir a un cabaretucho de fulanas en un país extranjero, meterse a un hotel de mala muerte con una puta—, y, sin embargo, no denotaba la menor incomodidad, turbación ni fastidio. Ahí estaba, conversando de tú y voz con la mulata otorrinolaringóloga, como si fuera igual a ella, de su ambiente y profesión. Parecían dos buenas compañeras, intercambiando experiencias en un momento de asueto en su ajetreada jornada. ¡Y qué bella, qué deseable la veía! Para saborear ese espectáculo de su mujer desnuda junto a Estrella, en ese chusco camastro de cubrecama azulado, en la aceitosa medialuz, don Rigoberto cerró los ojos. Estaba echada de costado, la cara apoyada en su mano izquierda, en un abandono que realzaba la deliciosa espontaneidad de su postura. Su piel parecía mucho más blanca en esa pobre luz y sus cabellos cortos más negros y la matita de vellos del pubis azulada de retinta. Mientras, amorosamente, seguía los suaves meandros de sus muslos y espalda, escalaba sus nalgas, pechos y hombros, don Rigoberto se fue olvidando de sus adoloridas orejas, de su maltratada nariz, y también de Estrella y del hotelito de mala muerte en el que se habían refugiado, y de la ciudad de México: el cuerpo de Lucrecia fue colonizando su conciencia, desplazando, eliminando toda otra imagen, consideración, preocupación.

Ni Rosaura-Lucrecia ni Estrella parecían advertir —o, tal vez, no le daban importancia— que él, maquinalmente, se había ido quitando la corbata, el saco, la camisa, los zapatos, las medias, el pantalón y el calzoncillo, que fue arrojando al averiado suelo de linóleo verdoso. Y, ni siquiera cuando, de rodillas al pie de la cama, comenzó a acariciar con sus manos y a besar respetuosamente las piernas de su mujer, le prestaron atención. Siguieron enfrascadas en sus confidencias y chismografías, indiferentes, como si no lo vieran, como si él fuera el fantasma.

«Lo soy», pensó, abriendo los ojos. La excitación estaba allí siempre, golpeándole las piernas, sin mucha convicción ya, como un aherrumbrado badajo que golpea la vieja campana desafinada por el tiempo y la rutina, de la iglesita sin parroquianos, sin la menor alegría ni decisión.

Y, entonces, la memoria le devolvió el profundo desagrado —el mal sabor en la boca, en verdad— que le había dejado el final cortesano, abyectamente servil al principio de autoridad y a la inmoral razón de Estado, de aquella obra de Calderón de la Barca, cuando, al soldado que inició la rebelión contra el rey Basilio gracias a la cual el príncipe Segismundo llega a ocupar el trono de Polonia, el desagradecillo y canallesco flamante Rey condena a pudrirse de por vida en la torre donde él mismo padeció, con el argumento —su cuaderno reproducía los espantosos versos: «*el traidor no es menester/ siendo la traición pasada*».

«Horrenda filosofía, repugnante moral», reflexionó, olvidando transitoriamente a su bella mujer desnuda a la que, sin embargo, seguía acariciando de modo maquinal. «El príncipe perdona a Basilio y Clotaldo, sus opresores y torturadores, y castiga al valiente soldado anónimo que solivantó a la tropa contra el injusto rey, y sacó a Segismundo de su cueva y lo hizo monarca, porque había que defender, por encima de todo, la obediencia a la autoridad constituida, condenar el principio y la idea misma de rebeldía contra el Rey. ¡Qué asco!»

¿Acaso merecía una obra envenenada con esa inhumana doctrina enemiga de la libertad ocupar y alimentar sus sueños, amueblar sus deseos? Y, sin embargo, alguna razón habría de haber para que, esa noche, sus fantasmas hubieran tomado posesión tan rotunda y exclusiva de su sueño. Volvió a revisar sus cuadernos, en pos de una explicación.

El viejo Clodoaldo llamaba a la pistola «áspid de metal» y la disfrazada Rosaura se preguntaba *«si la vista no padece engaños / que hace la fantasía, / a la medrosa luz que aún tiene el día».* Don Rigoberto miró hacia el mar. Allá, a lo lejos, en la raya del horizonte, una medrosa luz anunciaba el nuevo día, esa luz que destruía violentamente, cada mañana, su pequeño mundo de ensueño y sombras donde era feliz (¿feliz? No, donde era apenas algo menos desdichado) y lo regresaba a la rutina carcelaria de cinco días por semana (ducha, desayuno, oficina, almuerzo, oficina, comida) en la que apenas le quedaba resquicio para filtrar sus invenciones. Había unos pequeños versos acotados con una indicación al margen que decía «Lucrecia» y una flechita señalándolos: *«…mezclando / entre las galas costosas de Diana los arneses / de Palas».* La cazadora y la guerrera, confundidas en su amada Lucrecia. Por qué no. Pero, evidentemente, no era eso lo que había incrustado la historia del príncipe Segismundo en el fondo de su subconsciencia ni lo que lo había actualizado en sus fantasías de esta noche. ¿Qué, entonces?

«*No es posible que quepan / en un sueño tantas cosas*», se asombraba el príncipe. «Eres un idiota», le replicó don Rigoberto. En un solo sueño cabe toda la vida». Lo emocionó que Segismundo, al ser trasladado, bajo el efecto de la droga, de su cárcel al palacio, respondiese cuando le preguntaban qué lo había impresionado más al volver al mundo: «*Nada me ha suspendido, / que todo lo tenía prevenido; mas si admirarme hubiera / algo en el mundo, la hermosura fuera / de la mujer*». «Y eso que nunca viste a Lucrecia», pensó. Él la veía ahora, espléndida, sobrenatural, derramada en aquel cubrecamas azul, ronroneando delicadamente con las cosquillas que los labios de su amoroso marido le hacían al besarla en las axilas. La amable Estrella se había incorporado, cediendo a don Rigoberto el sitio que ocupaba en la cama junto a Rosaura-Lucrecia, y había ido a sentarse en el rincón que ocupaba don Rigoberto antes, mientras ella se afanaba con sus orejas y nariz. Se mantenía discreta e inmóvil, no queriendo distraerlos e interrumpirlos, y los observaba con curiosidad simpática, mientras se abrazaban, entreveraban y comenzaban a amarse.

> *¿Qué es la vida? Un frenesí.*
> *¿Qué es la vida? Una ilusión,*
> *una sombra, una ficción,*
> *y el mayor bien es pequeño;*
> *que toda la vida es sueño,*
> *y los sueños, sueños son.*

«Mentira», dijo en voz alta, golpeando la mesa del escritorio. La vida no era un sueño, los sueños eran una endeble mentira, un embeleco fugaz que sólo servía para escapar transitoriamente de las frustraciones y la soledad, y para apreciar mejor, con más dolorosa amargura, lo hermosa y sustancial que era la vida verdadera, la que se comía, tocaba y bebía, tan superior y plena comparada al simulacro que mimaban, conjurados, los deseos y la fantasía. Abrumado por la angustia —era ya de día, la luz del amanecer revelaba los grises acantilados, el mar plomizo, las nubes panzudas, el sardinel desbaratado y la calzada leprosa—se aferró al cuerpo desnudo de Lucrecia-Rosaura, con desesperación, para aprovechar esos últimos segundos, en procura de un imposible placer, con el presentimiento grotesco de que en cualquier momento, acaso en el del éxtasis, sentiría aterrizar sobre sus orejas las súbitas manos de la mulata.

LA VÍBORA Y LA LAMPREA

Pensando en ti, he leído *La perfecta casada*, de Fray Luis de León, y entendido por qué, dada la idea del matrimonio que predicaba, prefirió aquel fino poeta, al tálamo nupcial, la abstinencia y los hábitos agustinos. Sin embargo, en esas páginas de buena prosa y pletóricas de involuntaria comicidad, encontré esta cita del bienaventurado San Basilio que calza como un guante ¿adivinas en qué marfileña mano de mujer excepcional, esposa modelo y amante añoradísima?:

La víbora, animal ferocísimo entre las sierpes, va dili-
gente a casarse con la lamprea marina; llegada, silva, como
dando señas de que está allí, para desta manera atraherla de
la mar a que se abrace maridablemente con ella. Obedece la
lamprea, y júntase con la ponçoñosa fiera sin miedo. ¿Qué di-
go en esto? ¿Qué? Que por más áspero y de más fieras condi-
ciones que el marido sea, es necesario que la muger le soporte,
y que no consienta por ninguna ocasión que se divida la paz.
¡Oh! ¿Que es un verdugo? ¡Pero es tu marido! ¿Es un beodo?
Pero el ñudo matrimonial le hizo contigo uno. ¡Un áspero, un
desapazible! Pero miembro tuyo ya, y miembro el más princi-
pal. Y, porque el marido oiga lo que le conviene también: la ví-
bora entonces, teniendo respeto al ayuntamiento que haze,
aparta de sí su ponçoña, ¿y tú no dexarás la crueza inhumana
de tu natural, por honra del matrimonio? Esto es de Basilio».

Fray Luis de León, *La perfecta casada*,
cap. III.

Abrázate maridablemente con esta víbora, lamprea
amadísima.

EPÍLOGO

Una familia feliz

—Después de todo, lo del picnic no resultó tan desastroso —dijo don Rigoberto, con una amplia sonrisa—. Nos ha servido para aprender una lección: en la casa se está mejor que en ninguna parte. Y, sobre todo, mejor que en el campo.

Doña Lucrecia y Fonchito celebraron la ocurrencia, y hasta Justiniana, que en ese momento traía los sándwiches de pollo y de palta con huevo y tomate a que había quedado reducido el almuerzo por culpa del frustrado picnic, también se echó a reír.

—Ahora ya sé lo que significa pensar en positivo, maridito —lo felicitó doña Lucrecia—. Y tener actitudes constructivas ante la adversidad.

—Poner al mal tiempo buena cara —remachó Fonchito—. ¡Bravo, papá!

—Es que, hoy, nadie ni nada puede empañar mi felicidad —asintió don Rigoberto, considerando los sándwiches—. No digo un miserable picnic. Ni una bomba atómica me haría mella. Bueno, salud.

Bebió un trago de cerveza fría con visible satisfacción y dio un mordisco al sándwich de pollo. El sol de Chaclacayo le había quemado la frente, la cara y los brazos, enrojecidos por la insolación. Se lo notaba muy

369

contento, en efecto, disfrutando del improvisado almuerzo. De él había salido, la noche anterior, la ocurrencia de un picnic a Chaclacayo, ese domingo, para escapar de la neblina y la humedad de Lima y gozar de buen tiempo en contacto con la Naturaleza, a orillas del río y en familia. Doña Lucrecia se extrañó mucho con esa propuesta, pues recordaba el santo horror que todo lo campestre le había inspirado siempre, pero aceptó de buena gana. ¿No estaban estrenando una segunda luna de miel? Estrenarían, también, nuevas costumbres. Partieron esa mañana a la hora prevista —las nueve—, equipados con una buena provisión de bebidas y un almuerzo completo, preparado por la cocinera, que incluía manjarblanco con frituritas, el postre preferido de don Rigoberto.

Lo primero que salió mal fue la carretera del centro, atestada de tal modo que el avance era lentísimo, cuando avanzaban, entre camiones, autobuses y toda clase de vehículos destartalados que, además de embotellar la carretera y paralizar el tráfico por largos intervalos, echaban de los escapes abiertos un humo negruzco y un hedor a gasolina quemada que mareaban. Alcanzaron Chaclacayo pasado mediodía, exhaustos y congestionados.

Encontrar un lugar aparente, junto al río, resultó más arduo de lo que imaginaban. Antes de tomar el atajo que los aproximara a la orilla del Rímac —a esas alturas, a diferencia que en Lima, parecía un río de verdad, ancho, cargado de agua, decorado de espuma y olitas saltarinas en las zonas donde batía contra las piedras y roquedales— tuvieron que dar vueltas y vueltas que los regresaban siempre a la maldita carretera. Cuando, gracias a la ayuda de un compasivo vecino, descubrieron un desvío que los acercó hasta la orilla, en vez de mejorar, las cosas empeoraron. El Rímac, en ese lugar, servía de basural al vecindario (también de orinal y cagadero) que había arrojado allí todos los desperdicios imaginables —desde papeles, latas y pomos vacíos, hasta restos de comida, excrementos y animales muertos—, de modo que, además de la deprimente vista, maculaba el lugar una hediondez insoportable. Nubes de moscas agresivas los obligaron a taparse las bocas con las manos. Nada de esto parecía amoldarse a la eglógica expedición anticipada por don Rigoberto. Éste, sin embargo, armado de una paciencia incombustible y un optimismo de cruzado que maravillaban a su mujer y a su hijo, persuadió a su familia de que no se dejaran amilanar por las azarosas circunstancias. Siguieron buscando.

Cuando, luego de un buen rato, pareció que llegaban a un lugar más hospitalario —es decir, desprovisto de hedores mefíticos y de basuras— ya estaba tomado por innumerables grupos familiares que, algunos bajo sombrillas playeras, comían tallarines embadurnados en salsas rojizas y escuchaban música tropical, a todo volumen, en radios y caseteras portátiles. El error que cometieron entonces, fue responsabilidad exclusiva de don Rigoberto, aunque inspirado en el más legítimo de los deseos: la búsqueda de un mínimo de privacidad, apartarse algo de la muchedumbre de comedores de pasta, para los que, por lo visto, era inconcebible salir de la ciudad por unas horas sin llevarse consigo ese producto urbano por antonomasia que es el ruido. Don Rigoberto creyó encontrar la solución. Como un *boy scout*, propuso que, descalzándose y arremangándose los pantalones, vadearan un pedazo de río hacia lo que semejaba una minúscula islita de arena, pedruscos y conatos de maleza, que, milagrosamente, no estaba ocupada por la numerosa colectividad dominguera. Así lo hicieron. O, mejor dicho, empezaron a hacerlo, cargando las bolsas de comida y bebida preparadas por la cocinera para la matiné campestre. Apenas a unos metros de la idílica islita, don Rigoberto —el agua le llegaba sólo a las rodillas y hasta allí el trayecto había transcurrido sin incidentes— resbaló en una forma cartilaginosa. Cayó sentado en las frescas aguas del río Rímac, lo que, en sí, no hubiera tenido importancia dado el calor que hacía y lo sudado que estaba, si no hubiera naufragado, al mismo tiempo que su humanidad, la canasta del picnic, que, para añadir un toque de burla al accidente, antes de ir a reposar en el lecho del río se desparramó toda, regando a diestra y siniestra de las alborotadas aguas que los arrastraba ya en dirección a Lima y el mar Pacífico, el picante cebiche, el arroz con pato y las frituritas con manjarblanco, así como el primoroso mantel y las servilletas a cuadraditos rojos y blancos que doña Lucrecia había seleccionado para el picnic.

—Ríanse, nomás, no se aguanten las ganas, no me voy a enojar —decía don Rigoberto a su esposa y a su hijo, que, ayudándolo a incorporarse, hacían grotescas morisquetas y trataban de sofrenar las carcajadas. También la gente de las orillas se reía, viéndolo ensopado de pies a cabeza.

Dispuesto al heroísmo (¿por primera vez en su vida?), don Rigoberto propuso perseverar y quedarse, alegando que el sol de Chaclacayo lo secaría en un dos por tres. Doña Lucrecia fue terminante. Eso sí que no, podía darle una pulmonía, se regresaban a Lima. Lo hicieron, derrotados, aunque sin ceder a la desesperación. Y, riéndose con cariño del pobre don Rigoberto, que se había quitado el pantalón y manejaba en calzoncillos. Llegaron a la casa de Barranco cerca de las cinco de la tarde. Mientras don Rigoberto se duchaba y cambiaba de ropa, doña Lucrecia, ayudada por Justiniana, que acababa de regresar de su salida de fin de semana —el mayordomo y la cocinera sólo volverían a la noche— prepararon los sándwiches de pollo y palta con tomate y huevo de ese tardío y accidentado almuerzo.

—Desde que te amistaste con mi madrastra te has vuelto bueno, papá.

Don Rigoberto apartó la boca del sándwich a medio comer. Recapacitó.

—¿Lo dices en serio?

—Muy en serio —replicó el niño, volviéndose hacia doña Lucrecia—. ¿No es cierto, madrastra? Hace dos días que no reniega ni se queja por nada, está de buen humor y diciendo cosas bonitas todo el tiempo. ¿No es eso ser bueno?

—Sólo llevamos dos días de amistados —se rió doña Lucrecia. Pero, poniéndose seria y mirando con ternura a su marido, añadió—: En realidad, siempre fue buenísimo. Has tardado un poco en darte cuenta, Fonchito.

—No sé si me gusta que me llamen bueno —reaccionó al fin don Rigoberto, adoptando una expresión cavilosa—. Todas las personas buenas que he conocido eran un poco imbéciles. Como si hubieran sido buenas por falta de imaginación y de apetitos. Espero que, por

373

sentirme contento, no me esté volviendo más imbécil de lo que soy.

—No hay peligro. —La señora Lucrecia acercó la cara a su marido y lo besó en la frente.— Eres todas las cosas del mundo, salvo eso.

Estaba muy bella, con las mejillas arrebatadas por el sol de Chaclacayo, los hombros y los brazos al aire, en ese ligero vestido floreado de percala que le daba un aire fresco y saludable. «Qué bella, qué rejuvenecida», pensó don Rigoberto, deleitándose en el espigado cuello de su mujer y la graciosa curva de una de sus orejas, en la que se enroscaba una mecha suelta de sus cabellos, sujetados en la nuca con una cinta amarilla del mismo color de las alpargatas del paseo. Habían pasado once años y estaba más joven y atractiva que el día que la conoció. ¿Y, dónde se reflejaba más esa salud y esa belleza física que desafiaban la cronología? «En los ojos», se respondió. Esos ojos que cambiaban de color, de un pálido pardo a un verde oscuro, a un suave negro. Ahora, se veían muy claros bajo las largas pestañas oscuras y animados de una luz alegre, casi chispeante. Inadvertida de la contemplación de que era objeto, su mujer daba cuenta con apetito del segundo sándwich de palta con tomate y huevo, y bebía, de rato en rato, traguitos de cerveza fría que dejaban sus labios húmedos. ¿Era la felicidad, esta sensación que lo embargaba? ¿Esta admiración, gratitud y deseo que sentía por Lucrecia? Sí. Don Rigoberto deseó con todas sus fuerzas que volaran las horas que faltaban para el anochecer. Una vez más estarían solos y tendría entre sus brazos a su mujercita adorable, al fin, aquí, de carne y hueso.

—Por lo único que a ratos no me siento tan parecido a Egon Schiele es que a él le gustaba mucho el campo
y a mí nada —dijo Fonchito, continuando en alta voz
una reflexión comenzada en silencio hacía rato—. En
eso, he salido a ti, papá. Tampoco me gusta nada eso de
ver árboles y vacas.

—Por eso el picnic nos salió patas arriba —filosofó
don Rigoberto—. Una venganza de la Naturaleza contra
dos enemigos. ¿Qué dices de Egon Schiele?

—Que en lo único que no me parezco a él es en lo
del campo, a él le gustaba y a mí no —explicó Fonchito—. Ese amor a la Naturaleza lo pagó caro. Lo me-
tieron preso y lo tuvieron un mes en una prisión, donde
casi se vuelve loco. Si se quedaba en Viena, eso no le hubiera pasado jamás.

—Qué bien informado estás sobre la vida de Egon
Schiele, Fonchito —se sorprendió don Rigoberto.

—No te imaginas hasta qué extremo —lo interrumpió doña Lucrecia—. Se sabe de memoria todo lo
que hizo, dijo, escribió y le pasó en sus veintiocho años
de vida. Se conoce todos los cuadros, dibujos y grabados
de memoria, con títulos y fechas. Y, hasta se cree Egon
Schiele reencarnado. A mí me asusta, te juro.

Don Rigoberto no se rió. Asintió, como ponderan-
do esa información con el mayor cuidado, pero, en verdad, disimulando la súbita aparición en su conciencia de
un gusanito, una estúpida curiosidad, esa madre de todos
los vicios. ¿Cómo se había enterado Lucrecia de que
Fonchito sabía tantas cosas sobre Egon Schiele? «¡Schiele!, pensó. Variante aviesa del expresionismo al que Oscar
Kokoshka llamaba, con toda justicia, un pornógrafo.» Se

descubrió poseído de un odio visceral, ácido, bilioso, a Egon Schiele. Bendita la gripe española que se lo cargó. ¿De dónde sabía Lucrecia que Fonchito se creía ese garabateador abortado por los últimos vagidos del imperio austrohúngaro al que, también en buena hora, se había cargado la trampa? Lo peor era que, inconsciente de estar hundiéndose en las aguas pútridas de la autodelación, doña Lucrecia seguía torturándolo:

—Me alegro de que toquemos este tema, Rigoberto. Hace tiempo quería hablarte de eso, hasta pensé escribirte. Me tiene muy preocupada la manía de este niño con ese pintor. Sí, Fonchito. ¿Por qué no lo conversamos, entre los tres? ¿Quién mejor que tu padre para aconsejarte? Ya te lo he dicho varias veces. No es que me parezca mal esa pasión tuya por Egon Schiele. Pero, te estás obsesionando. No te importa que cambiemos ideas entre los tres ¿no es cierto?

—Creo que mi papá no se siente bien, madrastra —se limitó a decir Fonchito, con un candor que don Rigoberto tomó como una suplementaria afrenta.

—Dios mío, qué pálido estás. ¿No ves? Te lo dije, esa remojada en el río te ha hecho daño.

—No es nada, no es nada —tranquilizó don Rigoberto a su mujer, con una vocecita difusa—. Un bocado demasiado grande y me atoré. Un huesecito, creo. Ya está, ya me lo pasé. Estoy bien, no te preocupes.

—Pero, si estás temblando —se alarmó doña Lucrecia, tocándole la frente—. Te has resfriado, por supuesto. Ahora mismo un matecito de yerbaluisa bien caliente y un par de aspirinas. Yo te lo preparo. No, no protestes. Y, a la cama, sin chistar.

Ni siquiera la palabra cama levantó algo el ánimo de don Rigoberto, que, en pocos minutos, había pasado de la alegría y el entusiasmo vitales a una desmoralización confusa. Vio que doña Lucrecia se alejaba de prisa rumbo a la cocina. Como la mirada transparente de Fonchito le producía incomodidad, dijo, para romper el silencio:

—¿Schiele estuvo preso por ir al campo?

—No por ir al campo, cómo se te ocurre —lanzó una risa su hijo—. Lo acusaron de inmoralidad y seducción. En un pueblecito que se llama Neulengbach. Nunca le hubiera pasado eso si se quedaba en Viena.

—¿Ah, sí? Cuéntame —lo invitó don Rigoberto, consciente de que trataba de ganar tiempo, sólo que no sabía para qué. En vez del glorioso y soleado esplendor de estos dos días, su estado de ánimo era en este momento una calamidad con aguaceros, rayos y truenos. Apelando a un recurso que había funcionado otras veces, trató de calmarse enumerando mentalmente figuras mitológicas. Cíclopes, sirenas, letrigones, lotófagos, circes, calipsos. Ahí se quedó.

Había ocurrido en la primavera de 1912; en el mes de abril, exactamente, explicaba el niño con locuacidad. Egon y su amante Wally (un apodo, se llamaba Valeria Neuzil) estaban en pleno campo, en una casita alquilada, en las afueras de esa aldea difícil de pronunciar. Neulengbach. Egon solía pintar al aire libre, aprovechando el buen tiempo. Y, una tarde, se apareció una muchacha a buscarle conversación. Conversaron y no pasó nada. La chica volvió varias veces. Hasta que, una noche de tormenta, llegó empapada y anunció a Wally y a Egon que se había escapado de casa de sus padres. Trataron de convencerla, has hecho mal, vuelve a tu casa, pero, ella, no, no, déjenme al menos pasar la noche con ustedes. Aceptaron. La chica durmió con Wally; Egon Schiele, en un cuarto aparte. Al día siguiente... pero, el regreso de doña Lucrecia, con una humeante infusión de yerbaluisa y dos aspirinas en las manos, interrumpió la narración de Fonchito, que, por lo demás, don Rigoberto apenas escuchaba.

—Tómatela todita, así, bien caliente —lo mimó doña Lucrecia—. Con las dos aspirinas. Y, después, a la cama, a hacer rorró. No quiero que te me resfríes, viejito.

Don Rigoberto sintió —sus grandes narices aspiraban la fragancia jardinera de la yerbaluisa— que los labios de su esposa se posaban unos segundos sobre los ralos cabellos de su cráneo.

—Le estoy contando la prisión de Egon, madrastra —aclaró Fonchito—. Te la he contado tantas veces que te aburrirá oírla de nuevo.

—No, no, qué va, sigue nomás —lo animó ella—. Aunque, es cierto que ya me la sé de memoria.

—¿Cuándo le contaste esa historia a tu madrastra? —se le escapó entre los dientes a don Rigoberto, mientras soplaba el mate de yerbaluisa—. Si hace apenas dos días que está en la casa y yo la he monopolizado día y noche.

—Cuando iba a visitarla a su casita del Olivar —repuso el niño, con su cristalina franqueza habitual—. ¿No te ha contado?

Don Rigoberto sintió que el aire del comedor se electrizaba. Para no tener que hablar ni mirar a su esposa, tomó un heroico trago de la ardiente yerbaluisa que le quemó la garganta y el esófago. El infierno se instaló en sus entrañas.

—No tuve tiempo todavía —oyó que musitaba doña Lucrecia. La miró y —¡ay, ay!— estaba lívida—. Pero, por supuesto, iba a contárselo. ¿Acaso tenían algo de malo esas visitas?

—Qué de malo iban a tener —afirmó don Rigoberto, tragando otro sorbo del infierno líquido y perfumado—. Me parece muy bien que fueras donde tu madrastra a llevarle noticias mías. ¿Y esa historia de Schiele y su amante? Te has quedado a la mitad y yo quiero saber cómo termina.

—¿Puedo seguir? —se alegró Fonchito.

Don Rigoberto sentía su garganta como una pura llaga y adivinaba que a su esposa, muda y petrificada a su lado, el corazón se le había desbocado. Igual que a él.

Bueno, pues… Al día siguiente, Egon y Wally llevaron a la chica, en el tren, a Viena, donde vivía su abuelita. Les había prometido que se quedaría donde esa señora. Pero, en la ciudad, se arrepintió y más bien pasó la noche con Wally, en un hotel. Egon y su amante, a la mañana siguiente, regresaron con la muchacha a Neulengbach, donde ésta se quedó con ellos dos días más. Al tercer día, se apareció el padre. Enfrentó a Egon en el exterior, donde estaba pintando. Muy alterado, le advirtió que lo había denunciado a la policía, acusándolo de seducción, pues su hija era menor. Mientras Schiele trataba de calmarlo, explicándole que no había pasado nada, en el interior de la casa, la muchacha, al descubrir a su padre, cogió unas tijeras y trató de cortarse las venas. Pero, entre Wally, Egon y su padre la atajaron, la auxiliaron y ella y el señor tuvieron una explicación y una amistada. Partieron juntos y Wally y Egon se creyeron que todo se había arreglado. Por supuesto, no fue así. Pocos días después, vino la policía a arrestarlo.

¿Escuchaban su relato? En apariencia, sí, pues tanto don Rigoberto como doña Lucrecia se hallaban inmóviles y parecían haber perdido no sólo el movimiento, también la respiración. Tenían los ojos clavados en el niño, y a lo largo de su historia, recitada sin vacilaciones, con pausas y énfasis de buen contador, ninguno pestañó. Pero ¿y la palidez que lucían? ¿Y esas miradas reconcentradas y absortas? ¿Los conmovía tanto aquella antigua anécdota, de ese lejano pintor? Ésas eran las preguntas que creía leer don Rigoberto en los grandes ojos vivarachos de Fonchito, que, ahora, examinaban a uno y a otro, con calma, como esperando un comentario. ¿Se reía de ellos? ¿Se reía de él? Don Rigoberto fijó la vista en los ojos claros y translúcidos de su hijo, buscando el brillo malévolo, ese guiño o inflexión de luminosidad que delatara su maquiavelismo, su estrategia, su doblez. No descubrió nada: sólo la sana, clara, pulcra mirada de la conciencia inocente.

—¿Sigo, o ya te aburriste, papá?

Negó con la cabeza y haciendo un gran esfuerzo —su garganta estaba seca y áspera como una lija—, murmuró: «¿Y qué le pasó en la prisión?».

Lo habían tenido veinticuatro días entre rejas, acusado de inmoralidad y seducción. Seducción, por el episodio de la chica, e, inmoralidad, por unos cuadros y dibujos de desnudos que la policía encontró en la casa. Como se demostró que no había tocado a la muchacha, fue absuelto de la primera acusación. Pero, no de inmoralidad. El juez consideró que, ya que visitaban la casa niñas y niños menores de edad que habían podido ver los desnudos, Schiele merecía un castigo. ¿Cuál? Quemar el más inmoral de sus dibujos.

En la prisión, sufrió lo indecible. En los autorretratos que pintó en su calabozo, se lo veía flaquísimo, con barba, los ojos hundidos, la expresión cadavérica. Llevó un diario donde escribió («Espera, espera, la frase me la sé de memoria»): «Yo, que soy, por naturaleza, uno de los seres más libres, me hallo atado por una ley que no es la de las masas». Pintó trece acuarelas y eso lo salvó de volverse loco o matarse: el camastro, la puerta, la ventana y una luminosa manzana, una de las que le llevaba Wally todos los días. Ella, iba a colocarse cada mañana en un lugar estratégico, en los alrededores de la prisión, y Egon podía verla a través de los barrotes de su calabozo. Porque, Wally lo quería muchísimo y se había portado maravillosa con él, ese mes terrible, dándole todo su apoyo. En cambio, él no debía de quererla tanto. La pintaba, sí; la usaba como modelo, sí; pero, no sólo a ella, a muchas otras, sobre todo a esas niñitas que recogía en las calles y tenía ahí, medio desvestidas, mientras las pintaba en todas las poses imaginables trepado en su escalera. Las niñitas y los niñitos eran su obsesión. Se moría por ellos y, bueno, parecía que no sólo para pintarlos, que le gustaban de verdad, en el sentido bueno y en el malo de la palabra. Eso decían sus biógrafos. Que, al mismo tiempo que un artista, era un poco perverso, porque tenía predilección por los niños y las niñas...

—Bueno, bueno, creo que me he enfriado un poco, en efecto —lo interrumpió don Rigoberto, poniéndose de pie tan bruscamente que la servilleta que tenía sobre las piernas rodó al suelo—. Mejor sigo tu consejo, Lucrecia, y me acuesto. No vaya a pescar uno de esos resfríos de caballo que me dan.

Habló sin mirar a su mujer, sólo a su hijo, quien, cuando lo vio de pie, calló y adoptó una expresión alarmada, como ansioso de echar una mano. Don Rigoberto tampoco miró a Lucrecia al pasar junto a ella rumbo a la escalera, pese a la curiosidad que lo devoraba por saber si aún estaba lívida, o más bien granate, de indignación, de sorpresa, de incertidumbre, de desasosiego, preguntándose como él si eso que el chico había dicho, hecho, obedecía a una maquinación, o era obra del azar intrigante, rocambolesco, frustrador y mezquino, enemigo de la felicidad. Se dio cuenta de que arrastraba los pies como un anciano ruinoso y se enderezó. Subió las escaleras a un ritmo vivo, como para demostrar (¿a quién?) que era todavía un hombre enérgico y en plena forma.

Quitándose sólo los zapatos, se echó de espaldas en la cama y cerró los ojos. Su cuerpo ardía, afiebrado. Vio una sinfonía de puntos azules en la oscuridad de sus párpados y le pareció oír el beligerante zumbido de las avispas que había escuchado esa mañana, durante el frustrado picnic. Poco después, como bajo el efecto de un fuerte somnífero, cayó dormido. ¿O, desmayado? Soñó que tenía paperas y que Fonchito, niño de voz revejida y aires de especialista, le advertía: «¡Cuidado, papá! Se trata de un virus filtrante y si baja hasta los compañones, te los pondrá igual que dos pelotas de tenis y tendrían que arrancártelos. ¡Como las muelas del juicio final!». Despertó acezando, bañado en sudor —doña Lucrecia le había echado encima una frazada— y advirtió que había caído la noche. Estaba oscuro, el cielo no tenía estrellas, la neblina apagaba las lucecitas del malecón de Miraflores. La puerta del baño se abrió y, en medio del chorro de luz que entró a la habitación en penumbra, apareció doña Lucrecia, en bata, lista para acostarse.

—¿Es un monstruo? —le preguntó don Rigoberto, angustiado—. ¿Se da cuenta de lo que hace, de lo que dice? ¿Hace lo que hace sabiéndolo, midiendo las consecuencias? ¿O, es posible que no? ¿Que sea, simplemente, un niño travieso, cuyas travesuras resultan monstruosas, sin que él lo quiera?

Su mujer se dejó caer a los pies de la cama.

—Me lo pregunto todos los días, muchas veces al día —dijo, muy abatida, suspirando—. Creo que él tampoco lo sabe. ¿Te sientes mejor? Has dormido un par de horas. Te he preparado una limonada bien caliente, ahí en el termo. ¿Te sirvo un vasito? Oye, a propósito. Jamás pensé ocultarte que Fonchito iba a visitarme al Olivar. Se me fue pasando, en estos dos días tan atareados.

—Por supuesto —se atropelló don Rigoberto, manoteando—. No hablemos de eso, por favor.

Se puso de pie, y murmurando «Es la primera vez que me quedó dormido fuera de horas», fue a su vestidor. Se desnudó; en bata y zapatillas, se encerró en el baño a hacer sus minuciosas abluciones de antes de dormir. Se sentía apesadumbrado, confuso, con un zumbido en la cabeza que parecía presagiar una fuerte gripe. Puso a llenar la bañera con agua tibia y desparramó en ella medio frasco de sales. Mientras se llenaba, se limpió los dientes con el hilo dental, luego se los escobilló y con una delgada pinza depuró sus orejas de los vellitos recientes. ¿Cuánto tiempo hacía que abandonó la costumbre de dedicar un día de la semana, además del baño cotidiano, a la higiene especializada de cada uno de sus órganos? Desde la separación de Lucrecia. Un año, más o menos. Restablecería aquella saludable rutina semanal: lunes, orejas; martes, nariz; miércoles, pies; jueves, manos; viernes, boca y dientes. Etcétera. Hundido en la bañera, se sintió menos desmoralizado. Trató de adivinar si Lucrecia se habría metido ya bajo las sábanas, qué camisón llevaba puesto, ¿estaría desnuda?, y consiguió que por momentos se eclipsara de su cabeza la ominosa presencia: la casita del Olivar de San Isidro, una figurita infantil de pie junto a la puerta, un dedito tocando el timbre. Había que tomar una decisión respecto al niño, de una vez. Pero ¿cuál? Todas parecían ineptas o imposibles. Luego de salir de la bañera y secarse, se friccionó con agua de colonia de la tienda *Floris*, de Londres, de donde un colega y amigo del Lloyd's le hacía periódicos envíos de jabones, cremas de afeitar, desodorantes, talcos y perfumes. Se puso un pijama de seda limpio y dejó su bata colgada en el vestidor.

Doña Lucrecia estaba ya en la cama. Había apagado las luces de la habitación, salvo la de su velador. Afuera, el mar rompía con fuerza contra los acantilados de Barranco y el viento lanzaba lamentos lúgubres. Sentía su corazón latiendo con fuerza mientras se deslizaba bajo las sábanas, junto a su esposa. Un suave aroma a hierbas frescas, a flores húmedas de rocío, a primavera, penetró por sus narices y llegó hasta su cerebro. En estado casi de levitación de lo tenso que se hallaba, podía percibir a milímetros de su pierna izquierda el muslo de su mujer. En la escasa, indirecta luz vio que ella llevaba un camisón de seda rosa, sujeto a los hombros por dos delgados tirantes, con una orla de encaje por el que divisaba sus pechos. Suspiró, transformado. El deseo, impetuoso, liberador, colmaba ahora su cuerpo, se desbordaba por sus poros. Se sentía mareado y embriagado con el perfume de su mujer.

Y, en eso, adivinándolo, Lucrecia estiró la mano, apagó la luz de la lamparita y con el mismo movimiento giró hacia él y lo abrazó. Se le escapó un gemido al sentir el cuerpo de doña Lucrecia, al que ansioso abrazó, apretó, enredando a él brazos, piernas. A la vez, la besaba en el cuello, en los cabellos, murmurando palabras de amor. Pero, cuando había comenzado a desnudarse y a despojar a su mujer del camisón, doña Lucrecia deslizó en su oído una frase que le hizo el efecto de una ducha helada:

—Fue a verme hace seis meses. Se apareció una tarde, de repente, en la casita del Olivar. Y, desde entonces, me visitó sin parar, al salir del colegio, escapándose de la academia de pintura. Tres y hasta cuatro veces por semana. Tomaba el té conmigo, se quedaba una hora, dos. No sé por qué no te lo conté ayer, anteayer. Lo iba a hacer. Te juro que lo iba a hacer.

—Te suplico, Lucrecia —imploró don Rigoberto—. No tienes que contarme nada. Por lo que más quieras. Yo te amo.

—Quiero contarte. Ahora, ahora.

Seguía abrazada a él, y, cuando su marido le buscó la boca, abrió la suya y lo besó también, ávidamente. Lo ayudó a quitarse el pijama y a sacarle el camisón. Pero, luego, mientras él la iba acariciando con sus manos, pasándole los labios por los cabellos, las orejas, las mejillas y el cuello, siguió hablando:

—No me acosté con él.

—No quiero saber nada, amor mío. ¿Tenemos que hablar de eso, ahora?

—Sí, ahora. No me acosté con él, pero, espera. No por mérito mío, por culpa suya. Si me lo hubiera pedido, si me hubiera hecho la menor insinuación, me hubiera acostado con él. De mil amores, Rigoberto. Muchas tardes me quedé enferma, por no haberlo hecho. ¿No me vas a odiar? Tengo que decirte la verdad.

—Yo no te voy a odiar nunca. Yo te amo. Vida mía, mujercita mía.

Pero, ella volvió a atajarlo, con otra confesión:

—Y, la verdad es que, si no sale de esta casa, si sigue viviendo con nosotros, volverá a pasar. Lo siento, Rigoberto. Es mejor que lo sepas. No tengo defensas contra ese niño. No quiero que pase, no quiero hacerte sufrir, como la vez pasada. Ya sé que sufriste, amor mío. Pero, para qué voy a mentirte. Tiene poderes, tiene algo, no sé qué. Si se le mete en la cabeza otra vez, lo haré. No podré impedirlo. Aunque destruya el matrimonio, esta vez para siempre. Lo siento, lo siento, pero, es la verdad, Rigoberto. La cruda verdad.

Su mujer se había puesto a llorar. Se eclipsaron los últimos residuos de excitación que le quedaban. La abrazó, consternado.

—Todo lo que me dices, lo sé de sobra —murmuró, acariñándola—. ¿Qué puedo hacer? ¿No es mi hijo, acaso? ¿Adónde lo voy a mandar? ¿Donde quién? Es muy chico aún. ¿Crees que no he pensado mucho en esto? Cuando sea más grande, por supuesto. Que termine el colegio, por lo menos. ¿No dice que quiere ser pintor? Pues, muy bien. Que vaya a estudiar Bellas Artes. A Estados Unidos. A Europa. Que vaya a Viena. ¿No le gusta tanto el expresionismo? Que vaya a la academia donde estudió Schiele, a la ciudad donde vivió y murió Schiele. Pero, ¿cómo puedo sacarlo de la casa, ahora, a su edad?

Doña Lucrecia se apretó a él, entreveró sus piernas con las suyas, buscó apoyar sus pies sobre los de su marido.

—No quiero que lo saques de la casa —susurró—. Me doy cuenta muy bien de que es un niño. Nunca he conseguido adivinar si sabe lo peligroso que es, las catástrofes que puede provocar, con esa belleza que tiene, con esa inteligencia mañosa, medio terrible. Te lo digo sólo porque, porque es verdad. Con él, viviremos siempre en peligro, Rigoberto. Si no quieres que pase otra vez, vigílame, célame, acósame. No quiero acostarme nunca con nadie más, sólo contigo, maridito querido. Te amo tanto, Rigoberto. No sabes cuánta falta me has hecho, cómo te he extrañado.

—Lo sé, lo sé, amor mío.

Don Rigoberto la hizo ladearse, ponerse de espaldas y se colocó encima de ella. A doña Lucrecia también parecía haberla ganado el deseo —ya no había lágrimas en sus mejillas, su cuerpo estaba caldeado, su respiración agitada—, y, apenas lo sintió encima, abrió las piernas y se dejó penetrar. Don Rigoberto la besó larga, profundamente, con los ojos cerrados, inmerso en una total entrega, de nuevo feliz. Perfectamente encajados uno en otro, tocándose y rozándose de pies a cabeza, contagiándose sus sudores, se mecían despacio, acompasadamente, prolongando su placer.

—En realidad, te has acostado con muchas personas todo este año —dijo él.

—¿Ah, sí? —ronroneó ella, como hablando con el vientre, desde alguna secreta glándula—. ¿Cuántas? ¿Quiénes? ¿Dónde?

—Un amante zoológico, que te acostaba con gatos —«qué asco, qué asco», protestó su mujer, débilmente—. Un amor de juventud, un científico que te llevó a París y a Venecia y que se iba cantando...

—Los detalles —acezó doña Lucrecia, hablando con dificultad—. Todos, hasta los más chiquitos. Lo que hice, lo que comí, lo que me hicieron.

—Estuvo a punto de violarte el cacaseno de Fito Cebolla y, también, a Justiniana. Tú la salvaste de su furia rijosa. Y terminaste haciendo el amor con ella, en esta misma cama.

—¿Con Justiniana? ¿En esta misma cama? —soltó una risita doña Lucrecia—. Lo que son las cosas. Pues, por culpa de Fonchito casi hice el amor con Justiniana, una tarde, en el Olivar. La única vez que mi cuerpo te engañó, Rigoberto. Mi imaginación, en cambio, un montón de veces. Como tú a mí.

—Mi imaginación no te ha engañado nunca. Pero, cuéntame, cuéntame —aceleró su marido el mecerse, el columpiarse.

—Yo, después, tú primero. ¿Con quién más? ¿Cómo, dónde?

—Con un hermano gemelo que me inventé, un hermano corso, en una orgía. Con un motociclista castrado. Fuiste una profesora de leyes, en Virginia, y corrompiste a un jurista santo. Hiciste el amor con la embajadora de Argelia, tomando un baño de vapor. Tus pies enloquecieron a un fetichista francés del siglo XVIII. La víspera de nuestra reconciliación, estuvimos en un prostíbulo de México, con una mulata que me arrancó una oreja de un mordisco.

—No me hagas reír, tonto, no ahora —protestó doña Lucrecia—. Te mato, te mato, si me cortas.

—Yo también me estoy yendo. Vámonos juntos, te amo.

Momentos después, ya sosegados, él de espaldas, ella acurrucada a su lado y con la cabeza en su hombro, reanudaron la conversación. Afuera, junto al ruido del mar, rompían la noche estentóreos maullidos de gatos peleándose o en celo y, espaciados, bocinazos y rugidos de motores.

—Soy el hombre más feliz del mundo —dijo don Rigoberto.

Ella se restregó contra él, modosa.

—¿Va a durar? ¿Vamos a hacerla durar, la felicidad?

—No puede durar —dijo él, con suavidad—. Toda felicidad es fugaz. Una excepción, un contraste. Pero, tenemos que reavivarla, de tiempo en tiempo, no permitir que se apague. Soplando, soplando la llamita.

—Empiezo a ejercitar mis pulmones desde ahora —exclamó doña Lucrecia—. Los pondré como fuelles.

Y, cuando comience a apagarse, lanzaré un ventarrón que la levante, que la infle. ¡Fffffuuu! ¡Fffffuuu!

Permanecieron en silencio, abrazados. Don Rigoberto creyó, por la quietud de su mujer, que se había dormido. Pero, tenía los ojos abiertos.

—Siempre supe que nos íbamos a reconciliar —le dijo, al oído—. Lo quería, lo buscaba, hace meses. Pero, no sabía por dónde empezar. Y, en eso, me empezaron a llegar tus cartas. Me adivinaste el pensamiento, amor mío. Eres mejor que yo.

El cuerpo de su mujer se endureció. Pero, inmediatamente, volvió a relajarse.

—Una idea genial, lo de las cartas —continuó él—. Los anónimos, quiero decir. Una carambola barroca, una estrategia coruscante. Inventarte que yo te mandaba anónimos para tener un pretexto y así poder escribirme. Siempre me estarás sorprendiendo, Lucrecia. Creí que te conocía, pero no. Nunca me hubiera imaginado tu cabecita maquinando esas carambolas, esos enredos. Qué buen resultado dieron ¿no? En buena hora para mí.

Hubo otro largo silencio, en el que don Rigoberto contó los latidos del corazón de su mujer, que hacían contrapunto y a ratos se confundían con los suyos.

—Me gustaría que hiciéramos un viaje —divagó, un poco después, sintiendo que comenzaba a vencerlo el sueño—. A un sitio lejanísimo, totalmente exótico. Donde no conociéramos a nadie y nadie nos conociera. Por ejemplo, Islandia. Tal vez, a fin de año. Puedo tomarme una semana, diez días. ¿Te gustaría?

—Me gustaría ir más bien a Viena —dijo ella, con la lengua un poco trabada ¿por el sueño?, ¿por la pereza en que la dejaba siempre el amor?—. Ver la obra de Egon Schiele, visitar los lugares donde trabajó. Estos meses, no he hecho más que oír hablar de su vida, de sus cuadros y dibujos. Me ha picado la curiosidad, al final. ¿No te sorprende la fascinación de Fonchito con ese pintor? A ti, Schiele nunca te ha gustado mucho, que yo sepa. ¿De dónde le vino, entonces?

Él se encogió de hombros. No tenía la menor idea de dónde podía haberle brotado esa afición.

—Bueno, en diciembre iremos a Viena, entonces —dijo—. A ver los Schieles y oír a Mozart. Nunca me gustó, es cierto; pero, quizás ahora empiece a gustarme. Si te gusta a ti, me gustará. No sé de dónde le nacería ese entusiasmo a Fonchito. ¿Te estás durmiendo? Y yo no te dejo, metiéndote conversación. Buenas noches, amor.

Ella murmuró «buenas noches». Se dio media vuelta y pegó su espalda al pecho de su marido, que se había ladeado también y flexionado sus piernas, para que ella estuviera como sentada en sus rodillas. Así habían dormido los diez años anteriores a la separación. Y así lo hacían, también, desde anteayer. Don Rigoberto pasó uno de sus brazos sobre el hombro de Lucrecia y dejó descansar su mano en uno de sus pechos, en tanto que con la otra la asía de la cintura.

Los gatos dejaron de pelear o de amarse en la vecindad. El último bocinazo o ronquido de motores se había extinguido hacía buen rato. Tibio y entibiado por la cercanía de esas formas amadas soldadas a la suya, don Rigoberto tenía la sensación de navegar, de deslizarse, movido por una afable inercia, en unas aguas tranquilas y delgadas, o, acaso, por el espacio astral, despoblado, rumbo a las gélidas estrellas. ¿Cuántos días, horas más duraría sin quebrantarse, esta sensación de plenitud, de armoniosa calma, de sintonía con la vida? Como respondiendo a su muda interrogación, escuchó a doña Lucrecia:

—¿Cuántos anónimos míos recibiste, Rigoberto?

—Diez —repuso él, dando un respingo—. Creí que estabas dormida. ¿Por qué me lo preguntas?

—Yo también recibí diez anónimos tuyos —replicó ella, sin moverse—. Eso se llama amor por la simetría, supongo.

Ahora fue él quien se puso rígido.

—¿Diez anónimos míos? Yo no te escribí nunca, ni uno solo. Ni anónimos ni cartas firmadas.

—Ya lo sé —dijo ella, suspirando hondo—. Tú eres el que no sabe. Tú eres el que anda en la luna. ¿Vas entendiendo? Yo tampoco te mandé anónimos. Sólo una carta. Pero, apuesto que, ésa, la única auténtica, nunca te llegó.

Pasaron dos, tres, cinco segundos, sin hablar ni moverse. Aunque sólo se oía el ruido del mar, a don Rigoberto le parecía que la noche se había llenado de gatos enfurecidos y gatas en celo.

—¿No estás bromeando, no? —murmuró al fin, sabiendo muy bien que doña Lucrecia le había hablado muy en serio.

Ella no contestó. Permaneció tan quieta y silenciosa como él, otro buen rato. Qué poco había durado, que cortísima esa abrumadora felicidad. Ahí estaba, de nuevo, cruda y dura, Rigoberto, la vida real.

—Si se te ha quitado el sueño, como a mí —propuso, por fin—, quizá, como otros cuentan ovejas para poder dormirse, podríamos tratar de aclararlo. Mejor ahora, de una vez. Si te parece, si quieres. Porque, si prefieres que nos olvidemos, nos olvidamos. No hablaremos más de esos anónimos.

—Sabes de sobra que nunca podremos olvidarnos de ellos, Rigoberto —afirmó su esposa, con un dejo de cansancio—. Hagamos de una vez lo que tú y yo sabemos muy bien que acabaremos haciendo de todas maneras.

—Vamos, pues —dijo él, incorporándose—. Vamos a leerlos.

Había enfriado y, antes de pasar al estudio, se pusieron las batas. Doña Lucrecia llevó consigo el termo con la limonada caliente para el supuesto resfrío de su marido. Antes de mostrarse las cartas respectivas, tomaron traguitos de limonada tibia, del mismo vaso. Don Rigoberto tenía guardados sus anónimos en el último de sus cuadernos, aún con páginas sin anotaciones ni pegotes; doña Lucrecia, los suyos, en una cartera de mano, atados con una cintita morada. Comprobaron que los sobres eran idénticos y también el papel; unos sobres y papeles de esos que se venden por cuatro reales en las bodeguitas de los chinos. Pero, la letra era distinta. Y, por supuesto, la carta de doña Lucrecia, la única verdadera, no estaba entre las otras.

—Es mi letra —murmuró don Rigoberto, superando lo que él creía era el límite de su capacidad de asombro y asombrándose todavía un poquito más. Había revisado la primera carta con mucho cuidado, casi sin atender a lo que decía, concentrándose sólo en la caligrafía—. Bueno, es verdad, mi letra es lo más convencional que existe. Cualquiera puede imitarla.

—Sobre todo, un jovencito aficionado a la pintura, un niño-artista —concluyó doña Lucrecia, blandiendo los anónimos supuestamente escritos por ella, que acaba de hojear—. Ésta, en cambio, no es mi letra. Por eso no te entregó la única carta que te escribí. Para que no la compararas con éstas y descubrieras el fraude.

—Se parece algo —la corrigió don Rigoberto; había cogido una lupa y la examinaba, como un filatelista un sello raro—. Es, en todo caso, una letra redonda, muy dibujada. Una letra de mujer que estudió en un colegio de monjas, probablemente el Sophianum.

—¿Y tú, no conocías mi letra?

—No, no la conocía —admitió él. Era la tercera sorpresa, en esta noche de grandes sorpresas—. Ahora me doy cuenta que no. Que yo recuerde, nunca antes me escribiste una carta.

—Éstas, tampoco te las escribí yo.

Luego, durante una buena media hora, estuvieron en silencio, leyendo sus respectivas cartas, o, mejor dicho, cada uno, la otra mitad desconocida de esa correspondencia. Se habían sentado juntos, en el gran sofá de cuero, con cojines, bajo esa alta lámpara de pie cuya mampara tenía dibujos de una tribu australiana. La amplia redondela de luz los alcanzaba a ambos. A ratos, bebían traguitos de limonada tibia. A ratos, a uno de ellos se le escapaba una risita, pero, el otro, no se volvía a preguntarle nada: a ratos, a uno se le alteraba la expresión, debido al pasmo, la cólera o a una debilidad sentimental, ternura, indulgencia, vaga tristeza. Acabaron la lectura al mismo tiempo. Se miraban de soslayo, exhaustos, perplejos, indecisos. ¿Por dónde comenzar?

—Se ha metido aquí —dijo, por fin, don Rigoberto, señalando su escritorio, sus estantes—. Ha rebuscado, leído, mis cosas. Lo más sagrado, lo más secreto que tengo, estos cuadernos. Que ni siquiera tú conoces. Mis supuestas cartas a ti, en realidad, son mías. Aunque, no las escribiera yo. Porque, estoy seguro, todas las frases, las ha transcrito de mis cuadernos. Haciendo una ensalada rusa. Mezclando pensamientos, citas, bromas, juegos, reflexiones propias y ajenas.

—Por eso, esos juegos, esas órdenes me parecieron de ti —dijo doña Lucrecia—. En cambio, estas cartas, no sé cómo pudieron parecerte mías.

—Estaba loco por saber de ti, por recibir alguna señal de ti —se excusó don Rigoberto—. Los náufragos se agarran de lo que se les pone delante, sin hacer ascos.

—Pero ¿esas huachaferías? ¿Esas cursilerías? ¿No parecen de Corín Tellado, más bien?

—Son de Corín Tellado, algunas —dijo don Rigoberto, recordando, asociando—. Hace unas semanas comenzaron a aparecer sus novelitas, por la casa. Creí que eran de la muchacha, de la cocinera. Ahora sé de quién eran y para qué servían.

—A ese chiquito yo lo mato —exclamó doña Lucrecia—. ¡Corín Tellado! Te juro que lo mato.

—¿Te ríes? —se maravilló él—. ¿Te parece una gracia? ¿Debemos festejarlo, premiarlo?

Ella se rió ahora de verdad, más largo, con más franqueza que antes.

—La verdad, no sé qué me parece, Rigoberto. Seguramente no es para reírse. ¿Es para llorar? ¿Para enojarse? Bueno, enojémonos, si es lo que hay que hacer. ¿Eso harás mañana, con él? ¿Reñirlo? ¿Castigarlo?

Don Rigoberto se encogió de hombros. Tenía ganas de reírse, también. Y se sentía estúpido.

—Nunca lo he castigado y menos pegado, no sabría cómo hacerlo —confesó, con algo de vergüenza—. Por eso habrá salido como es. La verdad, no sé qué hacer con él. Tengo la sospecha de que, haga lo que haga, siempre ganará.

—Bueno, en este caso, también hemos ganado algo nosotros —Doña Lucrecia se dejó ir contra su marido, que le pasó el brazo por los hombros—. ¿Nos amistamos, no? Tú, nunca te hubieras atrevido a llamarme por teléfono, a invitarme a tomar té a la Tiendecita Blanca, sin esos anónimos previos. ¿No es cierto? Y, yo, no hubiera ido a la cita sin esos anónimos, tampoco. Seguramente, no. Ellos prepararon el camino. No podemos quejarnos; nos ayudó, nos amistó. Porque, no te arrepientes de que nos hayamos amistado ¿no, Rigoberto?

Él terminó por reírse, también. Frotó su nariz contra la cabeza de su mujer, sintiendo que sus cabellos le hacían cosquillas en los ojos.

—No, de eso no me voy a arrepentir nunca —dijo—. Bueno, después de tantas emociones, nos hemos ganado el derecho al sueño. Todo esto está muy bien, pero mañana tengo que ir a la oficina, esposa.

Regresaron al dormitorio a oscuras, tomados de la mano. Ella, todavía se atrevió a hacer una broma:

—¿Llevaremos a Fonchito a Viena, en diciembre?

¿Era, en verdad, una broma? Don Rigoberto alejó de inmediato el mal pensamiento, proclamando en voz alta:

—A pesar de todo, formamos una familia feliz ¿no, Lucrecia?

Londres, 19 de octubre de 1996